吉林师范大学教材出版基金资助

东北作家研究

周青民——著

中国社会科学出版社

图书在版编目(CIP)数据

东北作家研究/周青民著.—北京：中国社会科学出版社，2023.8
ISBN 978-7-5227-2205-4

Ⅰ.①东… Ⅱ.①周… Ⅲ.①中国文学—现代文学史—研究 Ⅳ.①I209.6

中国国家版本馆 CIP 数据核字(2023)第 123078 号

出 版 人	赵剑英
责任编辑	郭晓鸿
特约编辑	杜若佳
责任校对	师敏革
责任印制	戴 宽

出　　版	中国社会科学出版社
社　　址	北京鼓楼西大街甲 158 号
邮　　编	100720
网　　址	http://www.csspw.cn
发 行 部	010-84083685
门 市 部	010-84029450
经　　销	新华书店及其他书店
印　　刷	北京明恒达印务有限公司
装　　订	廊坊市广阳区广增装订厂
版　　次	2023 年 8 月第 1 版
印　　次	2023 年 8 月第 1 次印刷
开　　本	710×1000 1/16
印　　张	16.25
插　　页	2
字　　数	243 千字
定　　价	89.00 元

凡购买中国社会科学出版社图书，如有质量问题请与本社营销中心联系调换
电话：010-84083683
版权所有　侵权必究

目　录

第一章　东北文学概述 ……………………………………………（1）
　第一节　东北古代文学 ……………………………………………（2）
　第二节　东北现当代文学 …………………………………………（27）

第二章　穆儒丐 ……………………………………………………（53）
　第一节　作品论：《香粉夜叉》《北京》 …………………………（54）
　第二节　作家论：作为多面手的"小说圣手" …………………（68）

第三章　萧红 ………………………………………………………（73）
　第一节　作品论：《呼兰河传》《商市街》 ………………………（74）
　第二节　作家论：落红殇处话萧红 ………………………………（87）

第四章　端木蕻良 …………………………………………………（91）
　第一节　作品论：《科尔沁旗草原》《鴜鹭堡》 …………………（92）
　第二节　作家论：风雨沧桑见端木 ………………………………（103）

第五章　山丁 ………………………………………………………（106）
　第一节　作品论：《绿色的谷》《残缺者》 ………………………（107）
　第二节　作家论：一草一木一山丁 ………………………………（119）

第六章　别列列申 (123)
第一节　作品论:《界限》《迷途的勇士》等 (124)
第二节　作家论:中国大地哺育的俄侨诗人 (132)

第七章　巴依阔夫 (135)
第一节　作品论:《大王》《在篝火旁》等 (136)
第二节　作家论:中国东北密林原始生态的书写与记录者 (143)

第八章　洪峰 (147)
第一节　作品论:《瀚海》《离乡》 (148)
第二节　作家论:洪峰涌起处,风月自无边 (159)

第九章　阿成 (164)
第一节　作品论:《赵一曼女士》《东北吉普赛》等 (165)
第二节　作家论:上帝之手奏响胡地天籁 (175)

第十章　迟子建 (179)
第一节　作品论:《额尔古纳河右岸》《世界上所有的夜晚》 (180)
第二节　作家论:岁月如歌,优雅如昨 (194)

第十一章　杨利民 (200)
第一节　作品论:《大荒野》《秋天的二人转》 (201)
第二节　作家论:黑色的石头,荒原的歌者 (213)

第十二章　鲍尔吉·原野 (219)
第一节　作品论:《羊的样子》《流水似的走马》 (220)
第二节　作家论:静观草原,守望心灵 (231)

参考文献 (236)

后记 (256)

第一章　东北文学概述

周恩来总理视察东北时感叹"东北文风不盛",并做出"文科人材缺乏,应当加以改变"的指示。当然,总理是从社会科学发展的整体视角做出总体指导,这里的"文风"当然包含文学,同时"文风不盛"也是基于关内地区文化发展的视角而做出的基本判断。"东北文风不盛"作为一个基本事实长期困扰着本地的文化发展和经济建设。这种历史遗憾是多重原因造成的,地理位置上的边缘处境是其中的基本原因,塞外格局使得东北不是主流文化、精英文化的中心,虽然红山文化的发现证明了东北也属于中华文明的起源地之一,但是"塞缘文化心态"的长期存在固化了人们的自我认知思维,长期以来,东北人对中原文化的渴慕意识和模仿行为便是一个突出表现。打破这一思维惯性的关键点在于摆脱汉族文学的单一模式和线性思维,"要切实关注到各个时期东北文学的多民族性,以平等开放的思维对待多民族的优秀文学成果。"[1]研究者要深入挖掘、梳理、辨析、解读东北文学遗产及其再生资源,不断找寻东北文学中的地域性和创新性成分,特别是要看到在漫长历史岁月中因地缘阻隔而不断形成的属于自身的存在特点和发展规律,又必须通过具体的文本案例证明东北文学在复杂多变的态势中所呈现的内部交融性、外部互动性以及与中国文学主脉的不可分割性。研究者要细致探寻作家的文学史地位和文学思想,探寻文学文本的丰富内涵和多重色彩,

---

[1] 周青民:《东北现代文学研究中的开放性思维》,《楚雄师范学院学报》2017年第2期。

通过专题研究夯实东北文学评价上的基础性依据，这是充分解决上述问题的一种务实方法。首先从宏观论述开始，逐步走进东北文学的微观世界，在东北作家个体系统中逐步发掘东北文学大系统的完整风貌。

第一节 东北古代文学

东北古代文学大致可以分为口头文学和书面文学两部分，二者呈现相互补充的态势，形成了多彩而独特的基本风貌。

一 口头文学

东北古代先民通过口耳相传的文艺样式记录生活和行动，传递知识，表现情思，特别是展现出对于自然界的原始而古朴的认知形态，以及在与自然界的斗争过程中试图征服自然的美好愿望，从口头文学可以窥见东北先民原始的、多元的精神世界，这无疑是十分珍贵的。口头文学在东北文化系统中是一种丰富的存在，虽然形成文字时间相对较晚，且文献散佚问题严重，但是从保留下来的文字材料来看它们是能够形成规模的。东北古代口头文学主要包含民间神话、民间传说、民间长诗（英雄史诗）、民间故事、民间歌谣等类型。

（一）民间神话

东北地区民族众多，目前生活着汉族、满族、蒙古族、鄂伦春族、赫哲族、朝鲜族、鄂温克族、达斡尔族、锡伯族等，这些民族是经历历史演变而最终稳定下来的，其中很多少数民族都可以向上追溯到历史诸民族的身影。众多民族构成了民间传说的丰富性。

1. 创世神话。创世神话主要是指以解释天地起源和万物起源为主的神话，同时人类起源神话、文化起源神话也可以作为创世神话的有机补充成分。[①] 如果说神话是人类的史前记忆，作为人类对于世界肇始和

---

① 文日焕、王宪昭：《中国少数民族神话概论》，民族出版社2011年版，第222页。

人类诞生做出首次猜想的特有方式，神话在解释世界时既简单又庞杂更具诗性气质，特别是创世神话在中华民族的史前记忆中富有独特的浪漫气息，这些充满想象力的创世、造人、造物之举，神奇、灵动、绚丽，充满力量感，又不失悲壮之感甚至是痛感。东北创世神话同样富有魅力。

满族神话《天宫大战》（亦称《天神大战》）最能代表东北少数民族神话特别是创世神话的风格。《天宫大战》的创世构成不是单一的或者瞬间完成的，而是由几个部分构成。第一部分是天母阿布卡赫赫女神本身的创造。混沌未开时，从水泡泡里生出的"她像水泡那么小，/可她越长越大，/有水的地方，/有水泡的地方，/都有阿布卡赫赫"。①"她身轻能漂浮空宇，/她身重能深入水底。/无处不在，/无处不有，/无处不生。"② 更加厉害的是"她能气生万物，/光生万物，/身生万物。"③ 这是一种奇异且大胆的想象，也富有艺术地烘托出这个人物的神性气质。第二部分是天母阿布卡赫赫从混沌中对宇宙的创造。阿布卡赫赫催动神鼓，在隆隆声中创造了宇宙，依赖"光"与"气"生成宇宙万物，"清光成天，/浊雾成地，/才有了天地姊妹尊神。/清清为气，/白光为亮，/气浮于天，/光游于光，/气静光燥，/气止光行，/气光相搏，/气光骤离，/气不束光"④。阿布卡赫赫创造了诸神：地母神巴纳姆赫赫是从阿布卡赫赫的下身裂生出的，西里女神卧勒多赫赫是从阿布卡赫赫上身裂生出来的，三女神"同身同根，/同现同显，/同存同在，/同生同孕"⑤。同时，"阿布卡气生云雷，/巴纳姆肤生谷泉，/

---

① 富育光讲述，荆文礼整理：《天宫大战 西林安班玛发》，吉林人民出版社2009年版，第9页。
② 富育光讲述，荆文礼整理：《天宫大战 西林安班玛发》，吉林人民出版社2009年版，第9—10页。
③ 富育光讲述，荆文礼整理：《天宫大战 西林安班玛发》，吉林人民出版社2009年版，第10页。
④ 富育光讲述，荆文礼整理：《天宫大战 西林安班玛发》，吉林人民出版社2009年版，第10—11页。
⑤ 富育光讲述，荆文礼整理：《天宫大战 西林安班玛发》，吉林人民出版社2009年版，第11页。

卧勒多用阿布卡赫赫眼睛,／发布生顺、毕牙、那丹那拉呼,／三神永生永育,／育有大千"①。第三部分是天母阿布卡赫赫对人与万物的创造。三位女神用自身的血肉和骨头创造了男人和女人。《天宫大战》还讲述了天禽、地兽、土虫的创生,并且指出它们各有性情和性别特征,讲述中展示出独特的想象力。第四部分则是天母阿布卡赫赫不断重新创世。

《天宫大战》是典型的化身型神话。现世的万事万物都由阿布卡赫赫等三女神"生"出来,是神用自己躯体的一部分化生出来,而非通过技能或利用某种工具材料制作出来,比如女神的身体器官化为天体、森林、河流。《天宫大战》没有了盘古从混沌世界开辟出天地的利斧,其创世主体是女性,意味着女性所具有的历史主动性,区别于古希腊神话中女神所处的附属地位,古希腊神话是父系英雄时代的精神产物,《天宫大战》则是东北母系氏族社会状况的集中反映。整个神话展现了一个系统的女神王国,并讴歌了女神创世的艰难。《天宫大战》展现了客观世界的自然运动,具有朴素的唯物主义倾向。在"伍腓凌"②中,作品"对许多自然现象作了天真有趣的解释,如星辰的运行、日月的再现,其中有恶神之功,如星辰东升西移,是让耶鲁里抛出的星移路线,善于观察的北方初民已在社会实践中感悟到客观世界所实有的自然辩证法"③。《天宫大战》可与古希腊《伊里亚特》《奥德赛》相媲美,是早于希腊神话一个历史时代的世界神话之林中的范本之一,是有必要通过新的理论方法进行再解读的重要文学文本,是打开东北原始先民神秘思维和心灵世界的一把钥匙。

《天宫大战》反映了满族创世神话的特点:不加工,不润色,不夸张,语言质朴不做作,既有想象力又接地气。《天宫大战》十分贴合东北地区的生活环境和存在形态,是一幅从人类的视角描绘的独具北国风

---

① 富育光讲述,荆文礼整理:《天宫大战 西林安班玛发》,吉林人民出版社2009年版,第11页。
② 腓凌,女真古语,意为"段落",《天宫大战》有9个腓凌。
③ 王宏刚编:《追太阳:萨满教与中国北方民族文化精神起源论》,民族出版社2011年版,第335页。

情的世界创造图景。作品原本是通过萨满口头传承的,既有庄严感和神秘感,也适合吟诵,声调的雄浑、深沉,节奏的明快、起伏,情绪的投入、激昂,都使文本富有独特的视觉魅力。今天所见汉译本中,满语的神韵已然削减不少,加之文人的整理也削弱了原始色彩,不过生动的排比句的使用和形象远阔的比喻方式,读来仍可令人感受到一种阔大的雄浑的气势,辅以鲜活生动的语言、优美动人的情节,仍然具有一定的震撼力,比我国南方民族许多创世神话更具丰富性和战斗性。

其他创世神话中,白云格格的故事令人感动。天神阿布卡恩都里的小女儿白云格格为拯救世间万物,从天庭聚宝宫中盗出两个万宝匣,匣内储放着具有神力的砂土,可以吞没洪水。她把黄砂土、黑砂土撒向大地,洪水被压住,人类得救了,此举却触怒了天神,阿布卡恩都里派天兵到处抓她,并让两个姐姐劝她回天宫,只要承认错误便可得到饶恕。但白云格格认为自己是为了救助那些可怜的生灵,并没有错,反而认为是阿玛的过错。阿布卡恩都里听后气愤万分,派雪神降下大雪以示惩罚。白云格格宁死不屈,最后被冻死了,化作身穿白纱的一棵白桦树,傲雪斗霜,迎风而立,盛长在长白林海之中。这里居住的满族祖先和她朝夕相处。她让人们用她的躯体做耙犁辕、盖房子、建哈什,用她的银衫编筐织篓,夏日则让人们用她的汁液解渴。这里的人们亲切地称她白云格格。白云格格外柔内刚,表现出一种不屈不挠的战斗品格和自我牺牲精神。关于日月峰的神话传说中,天帝的小女儿为了给大地带来光明和温暖,毫不犹豫地献出了自己的双眼和生命,这种自我牺牲精神同样令人钦佩。

满族的这些创世神话带有显著的地域性色彩,白云格格故事中用柳树枝制成的船与满族的居住环境、民间信仰密切相关,白云格格化身为白桦树也与东北的自然事物相关联。满族的创世神话讴歌了女性的崇高美,保留了显著的母系氏族观念,凝结着原始人类的童心,充满积极向上的浪漫主义精神。在将白云格格治洪水的决心和方式跟鲧禹治水神话进行对读后会发现,这些神话的基本情节很相似,所表现出来的不屈不挠的斗争气质、战胜自然的崇高理想在精神实质上是一致的。这种情况说明，当人类都处于童年时代，在生产力水平相近的时候，人们对于自然与社会的认识和理解往往存在相通之处。

另外，鄂温克族的萨满创世神话反映出萨满教的观念和信仰，蒙古族的冰天大战创世神话透射出蒙古族神话的博大、壮观和奇特风采，鄂伦春族创世神话体现出人与动物同根同源的观念以及协调人与自然关系的生态伦理意识，朝鲜族的创世神话大多遵循着"通过仪礼"之再生原理，各具特色，既有不同生态环境下的民族性与地域性特色，又有深层的共通性：创世之初宇宙多为液态，天地起源神话以天神创世为主，且女神形象占据主体，广泛流传着神鸟创世和神兽创世形态。

2. 祖先神话。肃慎族的卵生神话最具代表性。肃慎是今天满族的先祖，是史籍记录中最早的满族称谓，可见于《大戴礼记》《左传》《国语》，以及《史记》中的《五帝本纪》《周本纪》《孔子世家》等篇。商周时期的"肃慎"、汉晋时期的"挹娄"、北朝时期的"勿吉"、隋唐时期的"靺鞨"、辽宋元时期的"女真"等名称不断变换，显示出该民族顽强的生存发展态势，同时也孕育了富有特色的神话传说。其中，三仙女神话最具代表性。

《满文老档》记载：古来传说，三个女子恩古伦、曾古伦、佛库伦来到布尔和里池沐浴。佛库伦获得神雀衔来的果实，含在嘴中进入喉咙就受孕了，生下布库里雍顺。这则满文记载的是最早的肃慎族源神话传说，最终经过文人和统治者的加工和利用而成为爱新觉罗氏一族的族源故事。在加工的故事中所生男孩变得生而能言，相貌奇特，长大母亲告知其缘故，赐其姓为爱新觉罗，名为布库里雍顺。这则神话的政治性演化自有其特定的时代需求，典型之处更在于其在族源神话研究方面的参考价值。特别是当我们将它与殷商、高句丽等族源神话进行比较时会发现它们的相似之处：三个民族的族源神话中的主人公均为"三仙女"，又都基本包含着"入浴祈子"的习俗。有所不同的是，殷商族的族源神话是简狄吞玄鸟卵而生契，高句丽族的族源神话是柳花为日影所照而生朱蒙，满族的族源神话是佛库伦因吞神雀所衔朱果而生布库里雍顺，形态各异，又多元一体，"正体现出中华文化的多元辩证发展的总体特征和基本规律"①，神话情节和构成形态以及观念意识的相似性甚至相同成分体现出远古文化的同源性，"变异部分则是民族迁徙后社会环境与自然环境的变化所致"②。三仙女神话从一个角度说明中国古代民族所存在的流动和交流态势，也证明了"在遥远的古代，中华诸民族都参与了中华民族的融合过程和缔造中华民族文化的活动"③。

3. 英雄神话。英雄神话是人类与自然斗争过程中通过夸大想象制造出的具有神性的英雄人物的故事，这些英雄行为均拥有一种为民除害的崇高目标，他们更具有超凡能力，在传播过程中已经成为神的化身，或者是半人半神形态。汉民族的后羿射日、夸父追日、大禹治水都属于英雄神话。在我国东北各民族中不乏这类神话，比如有关天池的英雄神话，典型的有如下两则。

"天池"的故事：远古时的长白山每年都要喷发一次大火，整座山被烧秃，几乎所有的生命都灭绝了。勇敢的日吉纳姑娘请风神灭火，结果是风越吹火越大，又请雪神灭火，冰雪尚未降到大火上就被融化了。日吉纳并不灰心，又向白天鹅借了一对翅膀飞上天庭去请天帝，天帝给她一块最冷的冰，让她钻进火魔肚子将火魔心脏冻僵，这样才能降伏它。日吉纳照办了，降伏了火魔，喷火的山口被雨水填满，形成一个很大很大的水池，人们把它叫作"天池"。

"勇敢的阿浑德"讲述的也是长白山火山爆发及天池成因的神话：阿济格毕拉忽然来了一条火龙，烧焦了森林和原野。西伦妈妈率领自己的部落逃难，在路上捡到诺温和阿里两个孩子，并把他们抚养成人。两个孩子长大后决心去降伏火龙，经过一场殊死搏斗，火龙被杀死了，他们也牺牲了。阿里从北海背来的冰块掉在长白山顶融成水就形成了天池。人们为了纪念阿里和诺温，就把从长白山顶流下的水所汇成的江叫阿里，把诺温在追杀火龙的战斗中豁开的沟所形成的江叫诺温，这就是

---

① 张碧波：《殷商、高句丽、满族"三仙女"族源神话的比较研究》，《满语研究》2000年第1期。
② 苑利：《殷商与满族始祖神话同源考》，《民族文学研究》1991年第4期。
③ 赵志辉主编：《满族文学史 第1卷》，辽宁大学出版社2012年版，第12页。

今天的松花江和嫩江。

两则故事形象地记录了长白山的史前状态,也反映了东北原始先民面对这座休眠火山的数次喷发造成的恐怖景象时产生的恐惧心态,又因渴望征服它而幻想出那位日吉纳姑娘和西伦妈妈的两位儿子,通过这些人的艰苦卓绝的斗争以达成获取生存权的雄心壮志和美好愿望。这些英雄神话都有鼓舞人心的积极进取精神,同时也有浓郁的地域色彩,具有丰富的艺术魅力。它们保存了东北各民族原始先民在拼搏历史过程中的种种悲剧刻痕,深深地镌刻着各个民族的原始思维和文化记忆,是一个民族或地域诗化的历史,为我们研究东北各民族原始文化心理或进行各种比较性研究提供了十分鲜活的文本。

总体来看,东北英雄神话中的英雄区别于创世神话中的英雄,这些英雄拥有比较多的社会属性,这些英雄融入了各民族的审美价值取向和民族性格元素,是一个复杂的文化综合体,对于理解和探寻东北神话发展演变过程中特定时期的社会发展过程、文化生活习俗等具有典型意义。"牡丹江的传说"是描写满族人民与旱灾的斗争,"手鼓的传说"既讲述了手鼓和崇柳风俗[①]的来历,也歌颂了主人公达木鲁的勇敢顽强。肃慎时期的"女真定水"神话,故事中黑龙江被三条孽龙霸占,经常制造灾难危害人间,一对名叫完达、女真的年轻夫妇与孽龙展开殊死搏斗。完达被青龙抓伤,死后变成一座山。被完达砍伤后的黑龙更加猖狂地兴风作浪,使黑龙江汹涌不定。女真带领一双儿女历经千辛万苦终于把打碎了的定水宝珠碎片收拢回来,并用这些定水珠片钉住了黑龙,使河床定位,恢复平静。从此,黑龙江再也不能危害人间了。[②] 这则故事里既有肃慎人为生存而斗争的坚强意志,也有黑龙江一带山川地貌的形成以及黑龙江经常泛滥成灾的原始佐证。

---

① 达木鲁依靠神的指点,插柳种树,发神水灭火,使大地上的草木和庄稼十分茂盛,人们安居乐业。

② 赵志辉主编:《满族文学史 第1卷》,辽宁大学出版社2012年版,第17页。

(二) 民间传说

满族的民间传说最具代表性，题材内容广泛，故事情节曲折，人物形象鲜活，内容丰富多彩且想象奇特，具有很强的艺术感染力。比如"珠浑哈达"传说中部族族长英森库尔在"深山拜师"的情节。进山打猎的英森库尔偶遇一白胡子老者，老者不仅奚落了他，还强迫他向自己射三箭，并扬言只要箭头碰到自己一根汗毛，甘愿拜英森库尔为师。英森库尔认为自己的箭是射向狼虫虎豹的，并表示各走各的路，但老者不依不饶，故意刁难他。已经有些恼火的英森库尔还是按捺住了情绪，以谦逊的态度施以晚辈之礼，两次甩了三下箭袖，十指对齐举过眉梢，表示不能无缘无故伤害老人家，绕过老者朝山下要走。老者见状提议射香头，英森库尔只得答应了，一箭便将百步之外的香头射掉。老者要求他第二箭把香拔起来，第三箭再把香压回原处，英森库尔认为不可能办到，只见老者取下自己的弓搭上箭，轻轻动了两动，树杈上的那炷香腾地跳起三尺多高，"啪"地又落回原处。英森库尔跪地磕头，老者捋着白胡子笑着说自己就是来收他为徒的，早就听说英森库尔是个好猎手，还认为：今天，英森库尔不肯跟老年人动气，不忍心射他这个老头儿，看来众人的尺子能量出一个人的长短！"珠浑哈达"传说情节精彩，构思精巧，充满神奇的想象，上面拜师一段展现了英森库尔谦虚好学的性格，同时也带有奇异色彩，其他情节如"闹祭桌"更具满族传统风情。

关于黑妃的传说。黑妃传说与红罗女传说、罕王传说、萨布素将军传说合称为满族民间有关人物的四大传说。黑妃的民间传说有多种异文，经不同人采集整理有《黑妃》《三道铁亮子与黑妃娘娘》《一夜皇妃》《黑妃娘娘》《黑娘娘的传说》《打鱼楼》等十余种。故事内容大同小异，其相同处是都说一个偶然机会，黑妃被选进宫，进宫后留下三种（有的加黄菸为四种）土贡、草莓果进京的规矩，最后因顾惜山河地理裙而被皇上踢死。黑妃传说具有独特的思想性和艺术性，果钧搜集整理的《黑娘娘的传说》结尾讲道：

黑娘娘从进宫以来，对皇上没说一句感谢的话，今天听到叫她出皇宫，却高兴地说了一句"谢谢皇上"，回头就下金銮殿。她怕踩了裙子，就用手提着裙子走，皇上见了说："真是个贱人。"上前一脚踢在黑娘娘的后心。黑娘娘就这样死在了皇宫里。

边外的人民听说黑娘娘死了，都大哭了三天。妇女们为了纪念黑娘娘，都穿起她剪裁的那种连衣带裙的长衫，这种长衫就被称为旗袍。说也奇怪，凡是穿上旗袍的妇女，不论是旗人、民人，都变得十分苗条、秀美。据说，那都是黑娘娘来帮助打扮的。[1]

这段文字让黑妃的结局产生了悲剧性色彩，从中我们还可以知晓旗袍的来历，故事具有了一定的民俗学价值。

满族民间传说还有"珍珠门""百花公主点将台""大马哈鱼的传说""白家雀的传说"等，都具有较高的艺术价值。

其他民族的民间传说中，代表性的一则是关于鄂温克、鄂伦春族源的传说。鄂温克族的"莱墨尔根和巨人"故事讲述的是：很久以前，黑龙江发源地附近有一个部落，首领叫莱墨尔根。这个部落的人最初靠吃苔藓类植物度日，后来逐渐学会使用弓箭打猎和用火烤熟兽肉的本领。当发现黑龙江南岸的野兽很少了，莱墨尔根便骑着一批火红马到江北打猎，一次遇到一个骑着马的独眼巨人。巨人借机靠近他，还要活捉他。大红马驮着莱墨尔根一路狂奔返回南岸，紧追不舍的巨人最终未敢轻易过江。莱墨尔根回到部落后集合众人，讲述了自己的遭遇，并提出应该离开此处另寻猎场。部落里的一部分人愿意跟着莱墨尔根迁徙他处，他们顺着黑龙江朝西南方向走来，睡觉时也是头朝西南，这些人的后裔就是索伦鄂温克人，另外一部分人不愿走而继续留在山上的便是鄂伦春人。鄂伦春族源的传说则是讲述一群魔鬼入侵鄂伦春部落并杀人吃人，部落首领率人做出坚决的斗争，得到天神下凡救助驱逐了恶魔，天神还教会人们射杀禽兽、烤吃食物，搭建撮罗子，在大兴安岭的大森林里生存下来的这支部落便成为后来的鄂伦春族。这个传说还有另外一种

---

[1] 何庆章、蔡德禄讲述，果钧搜集整理：《黑娘娘的传说》，《民间故事选刊》1989年第2期。

版本，讲的是天神用飞禽的骨头和肉创造了鄂伦春人。两个民族有许多相同之处，都生活于黑龙江地区，居住源头都可以追溯到贝加尔湖一带①，其族源传说也有相近之处。两则传说反映出当时先民的社会发展阶段和生活状况，比如以狩猎为主，使用弓箭和火。

民间传说本身并非完全意义的纯虚构，是基于历史上的人和事衍化而成，具有现实性和人情味特征，很多民间传说立足于民间立场，善恶是非、爱憎好恶界限分明，具有陶冶人的品格情操的教育意义，在东北民间传说中，以真人事迹衍生而出的传说故事会对人们的历史观和英雄主义情怀的培养起到一定的建构作用。这些传说故事又往往与各民族的历史事件、历史人物、传统习俗、自然风物相联系，产生了鲜明的民族风格和民族特点。富有想象力、吸引力和表现力的故事创造与讲述技巧，运用本色自然的东北方言达到幽默风趣甚至俏皮状态的喜剧效果，都是东北民间传说文学艺术价值的体现。东北民间传说以民间视角建构起富有想象力的东北认知，在生活细节上丰富了东北形象，保存了大量生动而直观的民俗资料。

另外，在民间长诗（英雄史诗）方面，满族的《尼山萨满》塑造了一位有胆有识、生动饱满、个性鲜明的女萨满形象，不光是一部优秀的民间文学作品，单从宗教视角来看也是一部内容丰富的萨满教"教科书"。清末流传于科尔沁草原的蒙古族叙事长诗《诺丽格尔玛》内容丰富、情节曲折，通过女主人公的不幸命运唱出一曲蒙古族社会的悲歌。人数很少的赫哲族为我们保存下来的民间长诗（英雄史诗）多达数十部，其中《满斗莫日根》具有一定代表性。达斡尔族的史诗《阿拉坦噶乐布尔特》是该民族祖先氏族时代的作品，塑造了一位高大勇武的英雄形象，是民族生存斗争精神的体现。

总体上看，东北口头文学地域色彩浓厚，多民族融合发展过程中形成了某些共通之处，也在各民族内部呈现出各自的独特性，且由于不同民族语言的差异和活动范围的影响，很多口头文学作品无法进行广泛性

---

① 源头追溯会产生不同观点，鄂温克族族源有三种最具代表性的观点：源于南方说，源于乌苏里江、绥芬河、图们江下游说，源于贝加尔湖周围说。

传播，地域性传承和民族内部传承造成很多作品的神秘属性。

东北口头文学相对发达，这与狩猎游牧民族的流动性和频繁的地方政权更迭所造成的经济文化的长期不稳定性有关。这种民间的俗文化相对而言亦是民间的雅文化，它以自身特有的形式记录了东北从蛮荒走来的风云历史以及地方政权更迭中的政治、经济、文化诸多方面的发展历程，这既是一个不断缺损或增殖的过程，亦是一个不断分解和更新的过程，也正是这种分解和更新使我们可以通过口头文学的类型化内部动态演变而寻找到更多社会现实的身影，比如东北的婚制问题，血缘婚、普那路亚婚、对偶婚、一夫一妻制等都可以依托东北神话故事梳理出相关发展脉络以及各种变形形态。

东北口头文学从整体上所呈现的广博精深的民俗学、社会学、宗教学、地理学、文化人类学等诸多学科的研究价值是无可回避的。比如朝鲜族创世神话中视熊为本民族祖先的说法，就可以从文化人类学、民俗学、宗教学等方面加以阐释。叶舒宪教授在阐释口头文化时认为"文本文学"限制了人类智慧和创造的空间，他以史诗为例，认为"其讲述是开放的，其展现是立体的，每一次'文本'都是不确定的，都是一种新的创作，都粘附着多种东西：仪式，道具，音乐，假面，化妆，表演，图像……信息量不相等，不固定，不完结"[①]。这种不断的生长性是"文本文学"所不具备的，表明口头文学具备独特价值。因此，东北口头文学的研究意义重大，尤其在东北文学研究中属于一部分不能忽视的重要构成，能够让我们看到一部完整的东北区域文学发展史。

二 书面文学

东北书面文学也存在多民族性，各民族的发展水平亦参差不齐，这里主要分阶段呈现汉文字形成的书面文学的发展状态。

---

① 叶舒宪等：《史诗研究：回归文学的立体性》，《淮阴师范学院学报》（哲学社会科学版）2003年第1期。

(一) 清代以前的书面文学

归属于东北地域范畴的文学创作，如果向上追溯的话，有箕子①的诗、伯夷和叔齐②的《采薇歌》、东北地区出土的汉代铜镜铭文中的七言诗③等。曹操北征活跃于辽西一带的乌桓民族途中所作《步出夏门行》是一组表现辽西历史生活的组诗，其中的名篇《观沧海》写到"东临碣石，以观沧海"，据考证，这里的"碣石"应指山海关外渤海辽东湾的姜女坟，即耸立海中的三座巨石，古称碣石山，今属辽宁省绥中县，这与曹操征讨乌桓的路线相吻合。东北边地的深秋海景、萧瑟秋风与曹操作为政治家的雄才壮志相映成趣，全诗深邃的意境、激越的情感也受益于辽西壮阔的山河风物。

东汉末年中原战争频仍，管宁、邴原④、王烈⑤三位贤士相继避乱辽东，并称为"辽东三杰"。管宁（158—241），字幼安，东汉北海朱虚（今山东临朐）人，三国时期著名学者，以操守淡泊著称于世。管宁在襄平（今辽宁省辽阳市附近）一带的山谷中结庐讲学，对辽东尤其是襄平一地的学风和社会风气都产生了积极影响。管宁居于辽东37年，主要从教，讲授儒家经典的同时能够做到身体力行，以高尚的道德感化民众。著有《氏姓论》一书，今已散佚，流传下来的只有《辞疾上书》《辞征命上疏》《辞辟别驾文》《答桓范书》四篇应用文，其中《辞辟别驾文》当写于辽东。整体上看，几篇文章感情诚挚恳切，文辞优美练达。

"辽东三杰"之于东北的意义并不在文学创作方面，而是他们聚众讲学，推动了中原学风和文风在东北地区的传播，至少为辽宁一带的文

---

① 箕子是商朝末期的宗室贵族，武王伐纣前后率领家族赴朝鲜，朝鲜作为封国或地域的名字，当在今天辽宁西部的朝阳一带，参见毕宝魁所著《东北古代文学概览》、白长青主编《辽宁文学史》等书。

② 二人是孤竹国君的儿子，孤竹国当在今天的辽宁省朝阳市喀左县一带，据《史记·伯夷传》正义："首阳山，《说文》云，首阳山在辽西。"

③ 吉林省东辽县出土的西汉"精白镜"上面铸有铭文："恐浮云兮蔽白日，复清美兮冥素质。行精白兮光运明，谤言众兮有何伤。"

④ 邴原，字根矩，东汉北海朱虚（今山东临朐）人，居辽东十余年。

⑤ 王烈（141—219），字彦方，东汉平原（今属山东）人，在辽东得到敬重，病故于此。

化教育事业发展奠定了重要基础，为中原文化借助辽宁一地向吉林、黑龙江等东北地区辐射发挥了文化积淀的作用。

到了南北朝时期，值得一提的是韩麒麟①、韩显宗父子以及高谦之、高恭之兄弟的应用散文，虽为表疏文体，亦不乏文采，如韩麒麟的《陈时务表》、高谦之的《陈时务疏》。

隋唐时期，与东北有关的诗文作品明显增多了，如隋炀帝杨广的《纪辽东二首》《白马篇》、唐太宗李世民的《辽城望月》《伤辽东战亡》《辽东山夜临秋》、崔颢的《辽西作》、沈佺期的《关山月》、高适的《营州歌》《塞上听吹笛》、王建的《辽东行》《渡辽水》《远征归》，等等。杨广和李世民的相关诗作都与征伐高句丽有关，多为征伐途中所写。崔颢等的诗作则是唐朝战胜高句丽在辽东设置安东都护府后辽宁一带社会生活的反映，且多与戍守边塞生活相关，对戍地荒寒、将士思乡之情多有展现。高适的《营州歌》直接描写了东北少数民族生活："营州少年厌原野，狐裘蒙茸猎城下。虏酒千钟不醉人，胡儿十岁能骑马。"② 崔颢的《辽西作》风格雄浑放逸："燕郊芳岁晚，残雪冻边城。四月青草合，辽阳春水生。胡人正牧马，汉将日征兵。露重宝刀湿，沙虚金鼓鸣。寒衣著已尽，春服与谁成？寄语洛阳使，为传边塞情。"③ 本诗表现"出身事边""报国赴难"的昂扬感情，也流露了厌战的情绪，诗的感染力得益于东北雄浑的自然山水，从中可以看出东北当时常年征战的社会现实。不过要注意，上述诗人的观察视角是中原的，因此王建才会在《辽东行》中发出"宁为草木乡中生，有身不向辽东行"的咒怨。

唐朝时，东北地区出现了地方政权"渤海国"，渤海的文籍书册、文学作品虽极少传世，但"已见于《新唐书》、《旧唐书》、出土文物以及朝鲜、日本的有关文字记载中的渤海人的散文和韵文，就已经有近40篇，至于上述史书及有关资料中所谈及的渤海人的作品，则足有数

---

① 昌黎棘城（今辽宁锦州附近）人。
② 韩兆琦编注：《唐诗选注汇评》，北岳文艺出版社1998年版，第261页。
③ 万竟君注：《崔颢诗注·崔国辅诗注》，上海古籍出版社1982年版，第4页。

百篇之多。其中某些书、牒、状、笺和墓铭,就其驾驭文字的能力看,可以说无逊于同时期中原一些名士的手笔;而杨泰师、王孝廉等渤海国著名诗人的优秀篇章,即便录入《全唐诗》也毫不逊色,甚至堪称上乘"[1]。据史料可知,历代渤海将军、使者、高僧多能写诗,且不少人与唐朝诗人有过往来唱和。辽金两代文学的一个特征是土生土长的东北籍作家明显增多,这与上层统治者对文化的重视有关。从经济和文化的角度来说,此时的东北地区当然明显落后于我国南方和中原,但至少在东北区域内部出现了相对强大和稳定的政权架构,统治阶级上层存在一种比较普遍的中原文化歆羡心理,模仿和学习中原文化成为趋势。从史料来看,辽人尊汉,其事多攀拟汉人,"典章文物,仿效甚尔"[2]。辽代文学的一个基本趋势是朝着汉文学方向发展和汇入。

辽代契丹贵族一般都有比较高的文化素养,往往能工诗文,比如辽代皇帝耶律隆绪、耶律宗真、耶律洪基等。辽太祖耶律阿保机长子耶律倍(899—936)的汉名为李赞华,是一位积极吸收汉文化的先行者,诗文俱佳,所作《乐田园诗》为世人传颂。他在政治斗争中处于劣势并最终出走后唐,留下《海上诗》:"小山压大山,大山全无力。羞见故乡人,从此投外国。"[3] 这是辽代见于记载的最早的五言诗,全诗朴实自然,比喻得当,展现出对于宫廷争斗、流走他乡的无奈心绪,既有怨怒之情,也有离别之凄。"山"是契丹小字,其义为"可汗",与汉字之"山"形同义异,"小山压大山"实际上是写母后述律平不喜欢他,立次子耶律德光为帝,他本人受到猜忌和监视。诗人借助汉字"山"的意象与契丹文"可汗"之意的巧合,建构出全诗鲜明的意象和深微的隐喻之义,这是契丹文和汉文合璧为诗的典型例子。清人赵翼称赞此诗"情词凄惋,言短意长,已深有合于风人之旨矣"[4]。

辽代文学的一个突出现象是女性作家非常活跃,特别是皇后、皇妃

---

[1] 彭放编:《黑龙江文学通史 第1卷》,北方文艺出版社2002年版,第4页。
[2] (北宋)朱彧:《萍洲可谈》,载吴玉贵、华飞主编《四库全书精品文存 第十八卷》,团结出版社1997年版,第392—432页。
[3] 周振甫主编:《唐诗宋词元曲全集 全唐诗 第14册》,黄山书社1999年版,第5404页。
[4] 赵翼著,王树民校证:《廿二史札记校证》,中华书局1984年版,第591页。

往往出手不凡,以至于现代文学史家吴梅曾有"辽邦闺阁多才"的感叹。辽道宗皇后萧观音(1040—1075)接受过中原文化的教育,才华出众,爱好音乐,尤善琵琶,工诗,还能自制歌词,善于模仿苏轼、欧阳修等之文风,被道宗誉为"女中才子"。现存诗 4 首,词 10 首。《伏虎林应制》:"威风万里压南邦,东去能翻鸭绿江。灵怪大千俱破胆,那教猛虎不投降。"① 该诗不乏宏伟之气魄,豪迈雄壮,笔力雄健,令辽帝辽臣无不叹服。《怀古》:"宫中只数赵家妆,败雨残云误汉王。惟有知情一片月,曾窥飞燕入昭阳。"② 该诗通过对赵飞燕的同情,以怀古的方式糅入自我的身世之哀,此前,萧观音曾因道宗沉湎于田猎宴饮而谏阻之,故而遭到疏远,这首诗便表现了失宠之后的孤寂苦闷之情。将这种情感表达得更为深切的则是《回心院》词十首,既有被君王疏远的悲痛心境的抒发,也有对恩宠能够复旧的期望。其一:"扫深殿,闭久金铺暗。游丝络网尘作堆,积岁青苔厚阶面。扫深殿,待君宴。"其三:"换香枕,一半无云锦。为是秋来展转多,更有双双泪痕渗。换香枕,待君寝。"其六:"叠锦茵,重重空自陈。只愿身当白玉体,不愿伊当薄命人。叠锦茵,待君临。"③ 通篇从宴寝起居日常生活诸方面联章铺叙,反复咏叹渲染,如泣如诉,委婉曲折地道出孤处深宫女子的不幸和哀愁,具有很强的艺术感染力。《回心院》词十首以婉约见长,辞藻华丽,怨而不怒,含蓄悠远,被誉为辽代文学的压卷之作。最终,这位才女因《怀古》诗而获罪,被道宗赐死,实为可惜之至。另一位才女萧瑟瑟(?—1121)是辽天祚帝耶律延禧之妃。她不仅工文墨,善歌诗,且正直而有远见,疾恶如仇,悲吟时运,《讽谏歌》《咏史》风格奔放,忧思壮语富有撼动人心的力量。萧瑟瑟的忠心劝谏亦招来杀身之祸。

辽天祚帝时曾任南府宰相的张琳④所作悼词《道宗宣懿皇后哀册》

---

① 苏者聪选注:《中国历代妇女作品选》,上海古籍出版社 1987 年版,第 242 页。
② 苏者聪选注:《中国历代妇女作品选》,上海古籍出版社 1987 年版,第 243 页。
③ 夏承焘、唐圭璋、缪钺、叶嘉莹等撰写:《宋词鉴赏辞典 6》,上海辞书出版社 2017 年版,第 2243 页。
④ 沈州(今辽宁沈阳)人。

是一篇形式优美的散文作品。中原入辽的汉人文学以韩延徽、赵延寿、李澣等为代表，其中李澣的作品辞藻特丽，俊秀不群。这些人都受到辽朝统治者的重视，高居显官，可惜作品几乎全都失传。

金人亦重视学习汉文化，金汉文化的融合特别是文人之间的相互影响和渗透使得金文化逐步产生新的活力。金初"借才异代"见效很快，不仅推动了北方汉族文人文化水平的提升，而且加快了少数民族汉化的速度。[①]

海陵王完颜亮（1122—1161）系金代第四任皇帝，女真名为迪古乃，可以借助汉诗格律直接抒情，代表着金朝统治阶级汉化的较高水平，其作品也集中体现着金代文学作品所禀有的清新自然、刚健雄豪的风貌格调。《书壁述怀》《题西湖图》都表现出一种雄心和野心，《鹊桥仙·待月》更透露出横厉恣肆、不可一世的气概："停杯不举，停歌不发，等候银蟾出海。不知何处片云来，做许大、通天障碍。//虹霓捻断，星眸睁裂，唯恨剑锋不快。一挥截断紫云腰，仔细看、嫦娥体态。"[②] 豪放遒劲的政治吟唱是帝王的自信、自豪心态的体现，此外也有一些清婉宁静的感怀之作，显示出娴熟的创作技巧。完颜亮的诗作为时人所称道，为当时的金国文坛吹进了一股新风，他以粗犷雄奇之美入诗，去除了汉族文人中常见的那种脂粉气和腐儒气，集中展现了女真族豪放不羁的文化心理，也艺术化地表达了彪悍尚武的民族精神，"金朝后期出现的文学繁荣与他也有关系"[③]。

由于北宋灭亡而羁留东北的中原名士进行大量诗文创作，是金代汉文学在初期所呈现的一个特别现象。这些中原名士包括洪皓[④]、朱弁[⑤]、宇文虚中[⑥]、吴激[⑦]、高士谈、施宜生、祝简等，人数众多且创作娴熟，显露出出色的才华，这些人在一定程度上促进了当地的文化建设。需要

---

① 傅璇琮、蒋寅主编：《中国古代文学通论 辽金元卷》，辽宁人民出版社2016年版，第47页。
② 陶然编撰：《金元词一百首》，岳麓书社2011年版，第16页。
③ 毕宝魁：《东北古代文学概览》，春风文艺出版社1993年版，第120页。
④ 洪皓（1088—1155），出使金国被扣，流放到黑龙江地区，滞留达15年。
⑤ 朱弁（1085—1144），奉宋高宗之命前往慰问徽钦二帝，被扣，滞留金国十几年。
⑥ 宇文虚中（1079—1146），两度出使金国，后被扣留并赐以高官厚禄。
⑦ 吴激（1090—1142），出使金国被强留，并授予官职。

提到的是宋徽宗赵佶，当年所见不多写于北国的作品自是悔恨、悲苦、哀伤、孤独、渴盼、绝望等多重情感的集中传达。

金代的王遵古和王庭筠父子曾以文名轰动一时。王遵古（？—1197），字元仲，盖州熊岳（辽宁盖县熊岳镇）人，熊岳王氏为文学世家，先祖为王烈。王遵古的道德学问为一时之冠，人称"辽东夫子"。王庭筠（1151—1202），字子端，自号黄华山主。儿时聪颖，七岁学诗，11岁能创作完整的诗篇，又精于书法和绘画，文采风流，映照一时。1176年考中进士。今存有《黄华集》辑本。元好问对他曾有"辽海东南天一柱"之誉。王庭筠诗学黄庭坚，隐居阶段曾受陶渊明影响。创作可以1190年为分界，前期作品有灵动的景象和流畅的表达，简质平易，风格清峻，现存诗多作于此时，且历来评价较高；后期作品语言新奇险峭，情感上有些低落甚至孤寂，"模拟"与"工新"并存，并表达出对于士大夫品格的坚守。晚年诗律深严，七言长篇尤工险韵。

王庭筠的作品题材丰富，有对社会不平及奔波愁苦的书写，有对祖国山川的歌咏和对田园生活的向往，有的则感叹人生无常并显露出世之心。多数作品不事雕琢，清新自然，比如《栖霞观》便有一种自然流畅之感，与金代其他很多道教义理诗的枯燥不同。其诗善于白描，长于写景，往往通过景物抒写幽独情怀，写景时又不喜用典，未浸入同时期文人的谈禅论道之风，显得淳朴率真。因精通绘画，使得诗中很有画境，比如《野堂（二首）》其一："绿李黄梅绕屋疏，秋眠不著鸟相呼。雨声偏向竹间好，山色渐从烟际无。"烟气缭绕中，景色忽隐忽现，生动逼真。《秋郊》："瘦马踏晴沙，微风度陇斜。西风八九月，疏树两三家。寒草留归犊，夕阳送去鸦。邻村有新酒，篱畔看黄花。"[1] 该诗有种悠闲淡雅之气，隐含了倦游思归的情感。《河阴道中·其一》："梨叶成阴杏子青，榴花相映可怜生。林深不见人家住，道上唯闻打麦声。"[2] 该诗写得有声有色，愉悦之余又略显清幽。《栖霞观》《超化诗》等作品对于理解王庭筠的思想流变以及当时东北文人的内心活动和精神世界

---

[1] 薛瑞兆、郭明志编纂：《全金诗》，南开大学出版社1995年版，第218页。
[2] 薛瑞兆、郭明志编纂：《全金诗》，南开大学出版社1995年版，第219页。

也是必要的文本。《狱中见燕》《谒金门》《被责南归至中山》等诗词亦可谓佳品，《狱中见燕》"诗作立意巧妙，言近旨远，可与骆宾王的《在狱咏蝉》相媲美"[1]。王庭筠具有一定探索精神，在宋金文坛可谓独放异彩，对金代文学产生了深广影响。

金代其他东北籍作家邢具瞻、刘仲尹、庞铸、张澄、王浍、李经、高宪、刘泽、刘光谦、冯文叔等也有不少作品传世，刘仲尹的《冬日》、高宪的《题新山寺壁》、庞铸的《怀友》、王浍的《洞仙歌》等诗词皆可视为佳作。

元明清时期的东北文学进一步发展，元代女真人的杂剧、明代有关东北的诗歌以及清代满族的诗歌、小说等方面，都取得了不可忽视的成就。女真人在元杂剧形成过程中作出显著贡献。元杂剧又称北曲或北杂剧，作为一种新型的综合艺术，内容与形式达到成熟经历了一个过程，在这个过程中曾不断吸收北方汉族、契丹、女真、蒙古族等各族民歌，通过与北方民间长期流行的曲调相结合，从而形成新的乐曲体系，这说明东北地区文艺发挥了关键作用。辽宁籍女真族剧作家石君宝积极开展创作实践，据记载，其创作杂剧10种，今传3种，为《曲江池》《紫云亭》《秋胡戏妻》，其中《紫云亭》与一些南戏相比并不逊色，甚至在辞藻方面略胜一筹，塑造的韩楚兰形象也有血有肉，《秋胡戏妻》在思想性和艺术性方面也比较高。石君宝善于在矛盾发展中刻画人物，风格接近关汉卿，笔下妇女形象性格较为鲜明。

明代东北文学与元代情况相似，相对而言仍处于低谷阶段，有多部诗集问世，却几已不传，其中贺钦、冯惟敏的创作值得一提。贺钦（1437—1510），义卫州（今辽宁锦州义县）人，祖籍浙江，进士出身，在辽宁一带从教数十年，赢得乡人的尊重和怀念。其诗风格质朴，多重理趣，善于寓理于物，如《题画猫》："躯如雪兮，尾如墨兮，双目如炬势雄杰兮。主家鼠辈群唧唧兮，匪特夜游闹白日兮，汝独何为弗搏击兮？华饰以戏空窃食兮，空窃食兮曾不思其职兮！"[2] 作品中的自警自

---

[1] 任惜时、赵文增、藏恩钰主编：《东北文学通览》，辽宁大学出版社1994年版，第64页。
[2] （明）贺钦著，武玉梅校注：《医闾先生集》，辽宁人民出版社2011年版，第150页。

勉类诗歌占有一定比重，这与其理学家身份有一定关系。贺钦被尊为明代东北唯一理学家。贺钦文集和言行被整理编辑为《医闾先生集》九卷，《医闾先生集》是明代唯一传世的东北文人别集。冯惟敏作有杂剧《梁状元不伏老》，诗歌、散曲也有一定成就，诗文雅丽，尤善乐府。

  清代东北文学成就仍以诗歌为主，散文也有一定成绩，小说方面出现了佟世思的笔记类小说《鲊话》和《耳书》。满族说唱艺术子弟书也有文人加入创作行列，东北子弟书主要作家有韩小窗、鹤侣氏（爱新觉罗·奕赓）、喜晓峰、廖东麟、春树斋、芸窗等，其中韩小窗的创作最具代表性。著名文学家、书法家王尔烈在东北颇具影响，有"关东才子"之誉，民间流传着很多有关他的传说。王尔烈（1727—1801），字君武，号瑶峰，祖籍河南，辽宁辽阳人。诗作多已散佚，流传下来的作品由金毓黻辑录为《瑶峰集》，收录的是1777年4月与亲友游览千山所作游千山诗共计60首，其中许多篇章值得一读，"瀑水时飞岩际雨，怪松皆走石间根"堪称佳句。清代吉林地区第一位本土作家沈承瑞（1783—1840）系吉林汉军旗人，清乾隆、道光年间著名诗人，生前自编诗稿《茄园诗钞》，诗作有浓郁的田园风格。沈承瑞之后又有被称为"吉林三杰"的成多禄、宋小濂、徐鼐霖出现。清代前中期满族贵族的创作可圈可点，出现了清太宗皇太极第六子高塞[①]的诗歌，康熙、乾隆、嘉庆的归省诗，纳兰性德的诗词。帝王归省诗以1682年康熙东巡于松花江上所作《松花江放船歌》、1698年康熙第三次东巡至今辽宁新宾境内所作《兴京》最为典型，具有一定韵味。满洲正黄旗人纳兰性德（1654—1685）的诗词成就很高，被称为"清代第一词人"，但其只能被视为东北籍作家，主要创作成就在关内。纳兰性德于1675年中进士后一直出任宫廷侍卫，有机会随康熙出巡东北，在东北途中也有作品问世，如经典之作《长相思》："山一程，水一程，身向榆关那畔行。夜深千帐灯。//风一更，雪一更，聒碎乡心梦不成。故园无此声。"[②]

---

  ① 高塞（1637—1670），久居盛京（今辽宁沈阳）、医巫闾山（今属辽宁锦州），著有《恭寿堂集》。
  ② 刘淑丽编著：《纳兰性德词评注》，商务印书馆2017年版，第78页。

这首词乍看很像描写爱情，实则描写了边塞风光。1682年纳兰性德随康熙巡游吉林时创作了《浣溪沙·小兀喇》："桦屋鱼衣柳作城，蛟龙鳞动浪花腥。飞扬应逐海东青。//犹记当年军垒迹，不知何处梵钟声。莫将兴废话分明。"① 此词描写的景象富于民族特色，读来亦令人感伤。其他与东北有关的词作还有《菩萨蛮·朔风吹散三更雪》《蝶恋花·又到绿杨曾折处》等。这些诗作往往苍茫、哀凉，富有意境，与那些抒写闲愁和情思的作品有着较大不同。纳兰性德属于清代最重要的边塞词人之一，大力拓展了边塞词的意境。

（二）清代东北的流人文学

在清代，提起边塞诗词，除了纳兰性德外，展现出流派色彩又呈现出独特风貌且在文学史上占据一定位置的便是东北流人文学。最早的东北流人文字记载见于《汉书·哀帝纪》，明清两代流人数量最多，清代流人所形成的流人文学也最为耀眼。清代东北流人文学及流人文化的产生与东北封禁政策的实施密切相关，封禁政策导致劳动力短缺，清政府便将罪犯遣戍东北，为东北地区的开发建设提供了大量可控性强的劳动力，流放政策成为统治者解决问题的有效途径之一。遣戍东北的流人有多种，比如发遣至边台、驿站、官庄等处当差，或者赏给旗人为奴，从事田地耕作，保证旗人不失骑射本业，以维持八旗武力。流人的大量遣戍，不利于流放地的约束、收管及社会治安，对满洲风俗也造成一定冲击，流人皆是有罪之人，在遣地往往重新犯罪，偷盗财物、斗殴、酗酒闹事、伤人致死等各类事件层出不穷，造成了社会治安的恶化。同时，我们还要看到流人文化的积极一面，流人促进了当地经济开发，其中部分汉族文人因遭到政治打击等原因来到东北，也将先进的科学文化知识带到东北，使一度沉寂而荒凉的东北地区焕发新的生机。清初被流放的文人多居留于尚阳堡②、沈阳、宁古塔③、卜魁④、黑龙江城⑤等地。流

---

① 刘淑丽编著：《纳兰性德词评注》，商务印书馆2017年版，第99页。
② 今属辽宁省开原市。
③ 今黑龙江省宁安县。
④ 今黑龙江省齐齐哈尔市。
⑤ 今黑龙江省黑河市南爱辉乡。

人文化构成了清代封禁时期东北文化的重要内容，主要表现在以下几个方面。

首先，流人文人将大批汉文典籍和先进思想带到东北并起到了传播文化的作用。流人所在地多荒凉落后，文化典型更属稀有之物，据杨宾在《柳边纪略》中所载："宁古塔书籍最少，惟余父有《五经》、《史记》、《汉书》、《李太白全集》、《昭明文选》、《历代古文选》。"[①] 汉文典籍的传入奠定了文化传播的重要基础。

其次，流人文人大多受到地方官员的尊重与照顾，受聘教书，这既是自身谋生之手段，也客观上促进了当地文化教育事业的发展。吴兆骞曾受聘于宁古塔将军，王亭霖在流放地即今天的齐齐哈尔教授八旗"义学"，当然这些是局限于官宦、富人或旗人层面，与这些人不同，发配至宁古塔的杨越，"于其乡人教以诵书作字暨礼让之节，所在化之"[②]，此种方式带来了文化传播面的扩大，具有积极的社会层面的意义。随着东北三省在清政府的授意下创建多所省级书院，流人文化群体在这个办学过程中发挥了重要作用。

再次，流人文人积极从事学术研究活动，为东北文化增添了新元素。流人文人们在戍所从事各种文化活动，其中主要是教书育人、创作诗文、编写著述。杨宾著有《柳边纪略》，吴桭臣写成《宁古塔纪略》，张缙彦写成《宁古塔山水记》，陈梦思主持编写了《盛京通志》。方拱乾到宁古塔不到三年即写出诗作千余首，在赎归后通过回忆写出《绝域纪略》，描述黑龙江山水风物，材料翔实，且有文学趣味。吴兆骞的代表作品《秋笳集》《归来草堂尺牍》也是在流放东北时期创作的。《柳边纪略》全书五卷，作者记述了当年柳条边外的所见所闻，涉及形势、山川、道路、卫所、官制、兵额、城堡、驿站、部落、寺庙、贡赋、物产、民情、风俗等诸多方面，内容详致，纠正了某些史书记载的谬误，对于研究清初东北部分地区历史地理情况有重要参考价值，文字亦精练而有神韵。《宁古塔山水记》是研究黑龙江历史地理的一部重要

---

① 杨宾等撰，杨立新等整理：《吉林纪略》，吉林文史出版社1993年版，第59页。
② 杨宾等撰，杨立新等整理：《吉林纪略》，吉林文史出版社1993年版，第238页。

著作，也是一本颇有文采的散文集。

最后是结社，定期举行文学创作活动。清初东北第一个文人结社是函可和尚组织的冰天诗社，其骨干大多是前明进士或举人，主要成员有函可、左懋泰、季开生、戴尊先等。张缙彦在宁古塔组织了"七子之会"，成员有姚其章、吴兆骞、钱威、钱虞仲、钱方叔、钱丹季。唱和属于诗社活动中的保留节目，借此创作出大量诗文，促进了文学观念和写作技能的交流。这些文人结社带动和丰富了文学创作，也进一步活跃了文化氛围，是东北空乏的地域文化空间中一场空前的、规模化的精神运动。

此外，流人文人还传播了戏曲、歌舞。流人文人或教书授徒，或行医编书，或吟咏著述，为东北培养了大批文化人才，为东北的文化知识传播、教育进步和史料建设贡献了力量。

东北流人文人的诗歌成就突出，色彩鲜明。诗人们的诗歌作品因自身特殊的人生境遇而生成一种独特的精神气质，他们通过诗歌宣泄了感伤暗淡的情绪，笔下出现的"寒峰""崖冰""乱山""荒沙""鸟道""野荒""悲风""惨秋风""愁云""暗云"等意象，与诗人心绪相对应，实现着物我之间的双向交流。他们对眼前雄壮景象的特殊关注并非纯粹出于好感和偏好，往往只是情非得已，那些清冷、寂寥、灰暗的情感色调正是人生特殊境遇的明确指向。同时，诗作中还表现出对绝望的一种顽强抗争。诗人们在"悲惨"的境遇中艰难生存，虽困处厄塞，却能寄情于诗文，以激励自身精神和意志，面对流放的苦难显示出人性的高贵，诗人有时甚至将苦难本身作为一种欣赏对象。诗人们能够在困厄的环境中保持生存的顽强和生命的韧性，深层原因在于传统文化力量对主观精神世界的内在支撑作用，陈志纪的《塞外岁暮枕上作》开篇有这样几句："普天皆王土，万里犹比邻。狂言不加诛，蒙恩为戍民。"[①]这是典型的与统治者达成内在同构性的文人士大夫心态。文学创作在一部分诗人那里成为实现自我心理调适和整合的一种有效手段，其最终目

---

① 张玉兴选注：《清代东北流人诗选注》，辽沈书社1988年版，第394页。

的仍然是希望与统治者达成某种和解,实现再度合作,进而也传达了不愿被士大夫阶层遗弃的焦灼和忧虑之情,这部分群体复杂的精神世界值得探寻。

函可（1612—1660）,字祖心,号剩人,俗名韩宗騋,广东博罗人。明崇祯十二年（1639年）皈依佛门,法号函可。因在南京期间创作的《再变纪》一书而于清顺治五年（1648年）被判流放盛京。1652年,函可陆续主持七大寺刹宣讲佛法,被称为辽沈地区弘扬佛法的"开宗鼻祖"。死后葬于千山。有《千山诗集》二十卷、《千山剩人禅师语录》六卷等传世。

《千山诗集》的诗歌数量达1412首,内容广泛,涉及伤悼、咏怀、写景咏物、交游酬唱、赠答怀人等多方面,体裁涉及五言、七言、杂体、乐府。诗作思想积极,艺术上朴实无华,气势豪放,感情充沛,有些丝悲气但并不消沉,激愤、刚健与飘逸相互融合,比如《遥哭美周》:"一身许国气无前,贡水波漫热血溅。菩萨道穷饭马革,孝廉船覆失龙泉。家余老母西方泪,梦绕孤僧北塞烟。节义文章浑泡影,莲须重结后生缘。"[1] 与此诗属于同类伤悼之作的《遥哭秋涛》《遥哭玄子》《遥哭未央》《遥哭巨源》《哭吴岸先》《哭李给谏》《哭晋中张子》等篇是最能折射时代悲剧气氛的作品,映衬出诗人对于该时代知识分子悲剧命运的思考。诗作既有对自身逆境境况的展示及坚贞气节的持守,也有对统治者的批判和劳动人民的同情；既有强烈的民族意识,又有现实批判力和战斗性,正如此,乾隆在检阅各省呈缴应毁书籍时发现函可的诗本,即感到"语多狂悖……恐无识之徒,目为缁流高品,并恐沈阳地方,或奉以为开山祖席,于世道人心,甚有关系"[2]。最终,函可的诗集和语录皆被列为禁书。

函可生前寂寞,但后世对其作品评价很高,《千山诗集》被称为"千山史集",即使《盛京通志》等地方志也无法取代。比如《初到沈

---

[1] 张玉兴选注:《清代东北流人诗选注》,辽沈书社1988年版,第9页。
[2] 中国第一历史档案馆编:《清代档案史料 纂修四库全书档案 上》,上海古籍出版社1997年版,第456页。

阳》一诗，是对当地荒凉景象的书写，也是对当时沈阳一带经济状况的记录，具备一定知识价值。在处理东北景色时，函可能够充分把握东北边陲的地理特征，用冰雪严寒的基本色调烘托流人的悲剧命运和凄凉心境。从思想性和艺术性两个方面来衡量，"函可都是清前期东北诗坛上成就与影响最大的诗人。特别是他是清代东北诗歌创作的开拓者、奠基者，对于东北诗坛的繁荣起了重要的推动作用。"①

吴兆骞（1631—1684），字汉槎，号季子。江南吴江（今属江苏苏州吴江区）人。幼时聪颖，9岁可作长达五千字的《胆赋》，10岁作《京都赋》，享誉江南文坛，与彭师度、陈维崧被合誉为"江左三凤凰"，与无锡顾贞观齐名，时人曾誉之为"当时贾生"，被清代著名文学家沈德潜赞为"唐初四杰"一类人物。1657年，江南发生丁酉科场案，吴兆骞作为这一科的新中举人遭到牵连，涉嫌作弊而被定罪，于翌年被遣戍宁古塔，后来在好友顾贞观、徐乾学、宋德宜和纳兰性德等合力帮助下，于1681年被纳款赎回。有《秋笳集》8卷、书信集《归来草堂尺牍》、与友人合编《名家绝句钞》行世。

吴兆骞在诗歌创作方面各体皆工，七言歌行较多，亦擅辞赋，《冰井曲》《长白山赋》等皆很有名，文学创作整体风格苍凉雄丽。早年诗作清丽雅秀，谪戍后书写关外山川风物，善于即景抒情，自此境界为之一新，写有大量表达愤懑之绪和思乡之情的边塞诗，呈现出新的风韵与意境，也有表现歌颂满汉军民抗击沙俄侵略的爱国诗篇，诗人亲身经历并记录了一些重大历史事件，相关作品具有重要的史料价值。在戍地所作诗歌中也有对难友、边卒和妇女的同情，与谪戍之前的创作相比，这类作品已由个人际遇的自我顾怜转向悲悯他人的群体范畴和格局，打上显著的时代烙印，在时代更替中书写了兴亡之感。不过，相较于其他汉族诗人，吴兆骞又有所不同，"相比函可对清兵的屠杀暴虐，清廷的专制残酷之大胆揭露和直接抨击，吴通过作品只是洒下同情和伤心的泪水，但吴诗长于渲染气氛，注重以情感人，多哀怨愁痛之句，亦有一定的艺术感染力"。② 可见诗人内心世

---

① 佟冬主编：《中国东北史　第4卷》，吉林文史出版社2006年版，第1785页。
② 李春燕主编：《东北文学史论》，吉林文史出版社1998年版，第178页。

界的复杂特征。通过吴兆骞及其作品我们可以感知清朝文治武功征服江南文士的历史缩影,亦可窥见民族融合心理的折射情境。

吴兆骞书写风景的作品数量众多。《抚顺寺前晚眺》:"乱山残照戍城东,立马萧萧古寺空。接塞烟岚天半雨,背人雕鹗晚来风。辽金宫阙寒芜里,刘杜旌旗野哭中。俯仰不堪今昔恨,欲将空法问支公。"① 此诗深沉雄浑,颇见功力。《出关》:"边楼回首削嶙峋,笮簝喧喧驿骑尘。敢望余生还故国,独怜多难累衰亲。云阴不散黄龙雪,柳色初开紫塞春。姜女石前频驻马,傍关犹是汉家人。"② 作为一首悲愤诗,开篇之景便为全诗定下感伤基调,全诗风格沉郁,感情凄怆、痛楚、激愤。《自木丹还城作》:"萧萧征马涉溪流,飒飒寒旌背驿楼。万里独来天北极,十年空逐海西侯。秋深城阙还悲角,老去关山只敝裘。日暮登台瞻大漠,黑松黄草不胜愁。"③ 此诗借助塞外景观抒展思乡之情,忧伤与哀思令人动容,又充满苍劲之力。此外,书写风景的诗句多有豪气,如"龙庭亦是豪游地,海月边霜未觉愁"。且佳句颇多,如"山空春雨白,江迥暮潮青""羌笛关山千里暮,江云鸿雁万家秋""愁心却是春江水,日日东流无尽时",皆传诵一时。

置身于白山黑水的特殊语境中,吴兆骞创作了大量描摹东北风光的山水诗并形成了独有的风格,对于整个清代山水诗甚至中国古典山水诗来说也具有一定的贡献意义。吴兆骞在东北流人文人中颇有声望,作为清初东北流人文学的突出代表,是清初文人人生遭际与生存苦难的典型个案,体现了身、家、国相统一的重要特征。④ 其他流人文人方拱乾、方孝标、陈之遴、戴梓、左懋泰、季开生、张贲、讷尔朴等亦有丰富的诗文创作。

---

① 吴兆骞、戴梓:《秋笳集·归来草堂尺牍·耕烟草堂诗钞》,黑龙江大学出版社2010年版,第193页。
② 吴兆骞、戴梓:《秋笳集·归来草堂尺牍·耕烟草堂诗钞》,黑龙江大学出版社2010年版,第23页。
③ 吴兆骞、戴梓:《秋笳集·归来草堂尺牍·耕烟草堂诗钞》,黑龙江大学出版社2010年版,第107页。
④ 何宗美:《"吴兆骞现象"及其经典意义——兼论清初东北流人文学的历史内涵》,《求是学刊》2009年第5期。

东北流人文学的文化价值在于首次将东北的山川风物大规模纳入表现视野，莽莽荒野、冰天雪地的奇异世界赋予诗人以无限的创作动力和源泉，成就了诗人丰硕而独特的篇章，也极大丰富了我国古代文学的艺术形象，并宣告了自唐以来日渐式微的边塞诗的再度勃兴。这些文人是地域文化和风情的记录者，其作品也是特殊时代中国知识者尤其是部分失意的封建士大夫的心灵写照和精神历史。在此前很长一个时期，辽宁一带因地缘关系而相对处于文学发展的繁盛地段，随着流人文学的出现，吉林、黑龙江等地的文学发展也有了进一步的延伸发展态势，增添了新的文学内容，这有效缓解了地域文学发展的不平衡性，对于清初东北地区来说更具有文化启蒙的重要意义。

第二节　东北现当代文学

东北古代文学带有浓厚的少数民族地域特色，这是东北文学的内在特殊性，从文学的外在形式上来看又更多受到中原地区汉文学的影响，在一些方面体现出与中原汉文学的同一性。进入19世纪，东北文学在继承前述文学传统的同时也随着近代历史时序和社会环境的深度变迁而逐步发生面貌变化，不过由于各方原因，旧的文化元素仍然占据强势地位，使得新的思想文化的接受方面变得动力不足，出现明显的文学发展断层。到了20世纪，随着新文化运动的开展，沈阳《盛京时报》[①] 等报刊已经出现"新诗"概念并开始刊登胡适等的新诗作品，但《盛京时报》直至1921年才设置"新诗"专栏，其"文苑"栏仍然是旧体格律诗的阵地，在新文化运动初期，"文苑"栏甚至整个文艺副刊都未明显受新文化思潮的影响，新的文学嬗变仍然处于迟滞态势，由此可见一斑。东北现代文学的发展与东北社会形态的演变体现出一定同步性，形成了自身内在的发展逻辑，在基础弱起步晚的前提下有一个艰辛追赶的过程，从启蒙到救亡再到新生的演变中也呈现了鲜明的个性特征，

---

① 1906年10月18日，日本人中岛真雄在沈阳创办大型中文报纸《盛京时报》，此报为穆儒丐日后的主要文学阵地。1944年9月14日，《盛京时报》终刊。

并在艰难的成长环境中以开放包容的态势与关内新文学实现有效的互动和交融。

一 东北现代文学的发展流变过程与重要贡献

东北现代文学可大致分为三个阶段:"九·一八"事变以前的新文学、"九·一八"事变后曲折发展的东北沦陷时期文学、抗战胜利之后的解放战争时期文学。

(一) 五四新文化思潮推动下的新文学

在五四新文化思潮的影响和推动下,东北文学以报刊为依托达成了文体形式的拓展,这意味着东北文学有了幅度较大的新变,一些报刊由文言向白话转变,也有了文学题材和体式方面的新的内在需求。《盛京时报》及时转载了鲁迅、郭沫若、刘大白、徐志摩、冰心、俞平伯等作家的作品,郭沫若的新诗《雷峰塔下》《赵公祠畔》《三潭印月》《司春的女神歌》等于1921年刊载于"新诗"栏。《盛京时报》在新的形势下"首开东北叙事文学的先河,结束了东北旧体诗一花独放的历史"[1]。哈尔滨的《远东报》、大连的《泰东日报》、长春的《长春日报》等相继跟进,小说文体不断发展起来。1918年1月15日,《盛京时报》创办副刊《神皋杂俎》,由作家穆儒丐主持,《神皋杂俎》是东北中文报纸第一家有刊名且大量刊载白话小说的文化性副刊,穆儒丐自己创作的白话小说《女优》《香粉夜叉》等相继连载发表,带动了东北白话小说的发展。

1923年是比较重要的一年。8月12日,在穆木天[2]和徐玉诺[3]的助

---

[1] 铁峰:《二十年代的东北新文学》,《社会科学辑刊》1992年第1期。
[2] 穆木天(1900—1971),原名穆敬熙,吉林省四平市伊通县人,诗人、翻译家,与王独清、冯乃超合称为"后期创造社三诗人"。1918年毕业于天津南开中学后赴日本留学。1921年在日本加入创造社。1922年暑假回吉林从事新文学活动。1929年,穆木天到吉林市的吉林省立大学任教,后因向学生讲授蒋光慈的小说、诗歌等新文学作品,被学校解聘,遂去上海。
[3] 徐玉诺(1894—1958),河南鲁山县人。诗人。曾先后于1922年和1926年两次到吉林市毓文中学任教。

力下，东北地区最早出现的新文学团体白杨社在吉林市成立，有郭桐轩、何霭人等成员约二十人，刘政同和高启福为实际主持人和主要撰稿人①，出版了不定期刊物《白杨文坛》。白杨社虽然名声不显且存在时间不长，但是它的出现和存在对于东北现代文学发展来说具有拓荒和奠基的意义，从1923年开始，东北新文学出现了发展的新气象，并逐步开拓了新的局面。

1924年，启明学社创办了《启明旬刊》，该杂志在倡导新思潮反对封建主义的同时还发表了大量文学作品，激发了东北特别是沈阳文学青年创办报刊的热情，为新文化思想的引入以及在东北积极宣传新文学运动作出一定贡献。这一年，新文化运动领袖胡适于7月应邀来到辽宁大连，途经沈阳时曾作短暂停留，并在大连做了题为"新文化运动"的演讲。《盛京时报》对胡适的东北之行作了报道，其演讲稿发表于《青年翼》上。提倡白话文写作并有一定文学成绩的胡适此时的到来，对于东北新文学的发展产生了一定积极作用。

在东北新文化的传播过程中，还需提到郭沫若和张云责。张云责（1891—1931），吉林省榆树县（今榆树市）人，吉林省最早的马列主义传播者，也是吉林省新文化运动的主要传播者之一。张云责在日本结识了郭沫若。1916年张云责提前结束留学生涯回到东北，后来到吉林市毓文中学工作，出任教导处主任。张云责盛情邀请郭沫若去该校任教。郭沫若在毓文中学做了题为《发扬"五四"爱国精神，振奋中国新文化》的演讲。还代了几节国文课，先后为学生讲古典文学和诗词，让毓文中学学生们顿有耳目一新之感。② 郭沫若对张云责创办的校刊《毓文周刊》给予高度评价，并希望他能创办一个刊物，面向东北地区，借以唤起民众的觉悟，进而达到利用文艺揭露黑暗反对军阀强权势力的目的，这些意见促成后来的《不平鸣》《春鸟秋虫》《吻爽》《白杨文坛》等刊物的出版发行。郭沫若在毓文中学做客仅有短暂的20多

---

① 成立时间说法不一，成员和建立者都可以参见殷之《白杨社与〈白杨文坛〉》（《东北师大学报·哲学社会科学版》1985年第5期）一文的考证。
② 窦应泰：《郭沫若1921年吉林之旅》，《钟山风雨》2010年第1期。

天，其言行却给毓文中学师生留下深刻影响，也给吉林新文学运动带来新的元素，对于东北现代文学和新文化运动来说则是意义深远的。

在东北新文学、新文化的倡导和传播过程中，杨晦、李辉英、阎宝航、王卓然、梅佛光、吴竹村、塞克（陈凝秋）、金剑啸（巴来）等都功不可没。到了20世纪20年代的后半期，新文学在沈阳、大连一带已经站稳脚跟。1928年以后，哈尔滨的各家报纸副刊几乎都开始以新文学为主了。[1]

此时的主要文学社团有：春潮社（1925）、关外社（1928）、灿星社（1928）、火犁社（1928）、北国社（1929）、蓓蕾社（1929）等。蓓蕾社是由惜梦牵头、孔罗荪和陈纪滢负责组织成立的哈尔滨最大的新文学社团，几乎囊括了哈尔滨的新文学作家，并在《国际协报》副刊附页上出有社刊《蓓蕾》文学周刊，不仅发行至全东北，也发行至平、津、沪等地。这些文艺社团大都办有刊物，众多报纸也办有文艺副刊，共同成为东北新文学发展的重要阵地。

此时的东北新文学呈现如下发展特征。

第一，在传统和现代、主流和边缘的交织影响下，对自身规律和发展方向进行艰难探索。最初，新旧文学展开激烈交锋是一个不争的事实，旧文学垂死挣扎，新文学发起猛烈攻势，这集中体现在《盛京时报》等文艺副刊的讨论和论争中，也可从白话小说初登舞台所体现的通俗性质可见一斑，《盛京时报》初始刊载的白话文数量并不多，且与文言创作并肩前行，1915年《盛京时报》《远东报》刊载的小说陆续由白话回归了文言创作。[2] 这些通俗性质的小说又注入较强的社会性，体现出一定社会价值，比如表达了辛亥革命时期的一些重要主题。同时，东北文学对关内新文学的接受又不断采取积极融入的态势，特别是对俄苏、日本和欧美文学等外来文学养料的吸收，成为东北新文学增殖的重要条件，东北作家的这种拿来主义态度是值得肯定的，也看得出这是在传统势力强大和文风不盛条件下的一种必然选择。因此，自觉的理论意

---

[1] 彭放编：《黑龙江文学通史 第2卷》，北方文艺出版社2002年版，第49页。
[2] 詹丽：《伪满洲国通俗小说研究》，北方文艺出版社2017年版，第28页。

识和主动参与意识，成为东北现代文学发展的前提。勇于吸收国内优秀文化成果，大胆借鉴外国进步文艺经验，是东北现代文学得以发展的动力。这种成长环境也在一定程度上与堪忧的社会政治军事现实相结合，为东北新文学的忧郁格调奏响了前奏曲，这是一种晚熟性，也包含了独特性。

第二，现实主义追求和风格的养成。东北新文学一开始便有明显的贴近现实的倾向和积极的民间指向，"以创作贴近现实，反映生活，为时代风云作历史的记录，构成东北文学的基本主题和题材取向"①，这与东北长期的经济落后和民众的务实追求性格有关，在近代农业社会转型过程中，东北社会的动荡与不稳定进一步加深和刺激了人们头脑中深潜的民族苦难意识。东北作家的创作普遍表现出坚持乡土文学的现实主义品格，与五四时期的现实主义文学思潮的传入有很大关系，五四时期小说"主要是描写现实人生"② 的观念在东北地区得到比较广泛的响应，现实社会的主体、作家们日常接触的对象都是社会底层的普通人尤其是穷苦之人，处于乡土社会中的东北作家在创作中自然倾心于以乡土小说完成现实审美表达，乡土特色和民俗质感显得浓郁和强烈。另外，由于俄国文学大量传入，俄国文学中关注小人物的现实主义传统影响了东北作家的思维取向和关注重点。社会功利主义的现实沉思抑制了浪漫的人生幻想，其他形态文学作品在东北很难生根发芽。即使在20世纪20年代出现了金小天③带有鲜明浪漫主义特色的作品，如中篇小说《灵华的傲放》，但也只是昙花一现，并未掀起多大的波澜。东北新文学发展之初就注意描绘国难乡愁和勾勒人民觉醒的真切图景，反映阶级矛盾和民族矛盾交锋中的小人物命运，以文学的世界折射现实世界。这种开端也为东北沦陷时期梁山丁等提倡乡土文学写作奠定了坚实基础。这也说明，虽然"九·一八"事变东北沦陷改变了东北现代文学的进程，但其整

---

① 张毓茂主编：《东北现代文学史论》，沈阳出版社1996年版，第22页。
② 茅盾：《茅盾全集　第19卷　中国文论二集》，人民文学出版社1991年版，第13页。
③ 金小天（1902—1966），原名金光耀，曾用名金德宣，笔名小天。辽宁沈阳人。创作发表小说《怨杀》《柳枝》《屈原》《鸾凤离魂录》《春之微笑》《灵华的傲放》、长诗《青春之歌》等。1949年后工作于辽宁省博物馆。

体上并未游离于中国现代文学的发展语境,反而是那种现实关怀更加凝重了,这与沦陷以前东北新文学萌芽发展态势存在密切的关联性。

(二) 沦陷时期东北文学在曲折中艰难前进

"九·一八"事变之后,东北现代文学踏上了曲折的求生之路,踩着荆棘艰难前进。在异族的高压统治和严密控制下,东北文学自然不会产生创造惊人文学奇迹的基本条件,"但它绝不是一片虚空,恐怕也不那么苍白"①。

此时,东北作家面临的政治文化环境是异常恶劣的,然而他们从未停止过追求的脚步,进步文学及其所体现的抗争精神构成了东北沦陷时期文学创作的动人画面。沦陷初期,金剑啸、罗烽、舒群、萧军、萧红、梁山丁等人以伪满《大同报》文艺副刊《夜哨》②、《国际协报》副刊《文艺》等为阵地,发表反满抗日的文艺作品。《夜哨》的进步文学属于东北抗日文学的发生和兴起的重要标志,"而且引导了其后更大范围内的沦陷区抗日文学的正确道路,同时更为东北文学的长期发展积聚了力量、锻炼了队伍"③。《国际协报》副刊被誉为东北作家群的摇篮,萧红、萧军、塞克、金剑啸、舒群、白朗等均从这里起步并崭露头角。到了沦陷中后期,王秋萤、关沫南、田贲、石军、田兵、也丽、成弦、未名、袁犀、金音、古丁、外文、冷歌、疑迟、李乔、安犀、陈隄、柯炬等的创作也都有明显的反满抗日倾向。另外,东北抗联文学也是属于东北进步文学的重要组成部分,杨靖宇、李兆麟的诗歌以及民众抗日歌谣所反映出来的坚定的抗争意志,具有很强的艺术感染力。

女性作家群体值得关注,包括萧红、白朗、梅娘、但娣、杨絮、左蒂、朱媞、吴瑛等。但娣(1916—1989),黑龙江汤原人,原名田琳,著有小说《安荻和马华》等。杨絮(1918—2004),辽宁沈阳人,回族,集作家、翻译家、编辑、记者、歌手、话剧演员、播音员等于一

---

① 钱理群:《"言"与"不言"之间——〈中国沦陷区文学大系〉总序》,《中国现代文学研究丛刊》1996年第1期。
② 1933年8月6日创刊,12月24日被迫终刊,共出21期。
③ 佟雪、张文东:《〈夜哨〉的文学与文学的"夜哨"——伪满〈大同报〉副刊〈夜哨〉的文学史意义》,《社会科学战线》2012年第5期。

身，出版有文集《落英集》《我的日记》等。女性作家出于女性自身特质，对于地域风俗和生活的观察描绘更加细致入微，也记录和揭示了特殊阶段特殊环境中女性的生活和情感状态，"她们在文学创作中强调女性身份认同，着重表现殖民语境下的性别关系，以代言的立场表达女性的伪满洲国生存体验"①，具有较高的美学价值。

文艺社团良莠不齐，内容芜杂，出现了冷雾、飘零、新社、白光、LS（鲁迅）文学社（对外称灵菲社）、白眼、白云、寒寂、曦虹、孤雾、旭日、落潮、新潮、野狗、寒光、春水等，其中影响较大的有冷雾社②、飘零社③、新社、白光社，被称为文坛"四大社团"。

此时，文学界出现了艺文志派、文选派、文丛派、作风派和学艺派。文选派和文丛派又合称为文选文丛派，或者直接称为文选派。艺文志派和文选派是1939年出现的两大主要文学派别，对立尖锐，斗争激烈。前者主要作家为古丁、爵青、小松和疑迟，后者主要作家有山丁、秋萤、吴瑛、梅娘、袁犀等。两个文化社团的出现是与当时恶劣的通俗文艺相对应的，《文选》第一辑"刊行缘起"这样写道："我们现在的出版界虽然并不贫乏，但是投机的风气，低级的翻印，不但与推进文化无关，更等于送给读者以毒素。""我们已经观察到，一般读者不完全是嗜毒成癖，过分的专爱上通俗恶劣的读物，只是出版市场上缺乏含有滋养成分的精神食粮。"④ 艺文志派强调写印主义，主张避开"主义"和"方向"，有关"写印主义"与文选派发生了论争。在论争中，山丁、秋萤等基于现实主义的文学立场严厉批评了艺文志派，但奇怪的是，艺文志派的反应并不十分激烈，这至少说明双方在创作质量和作品的强调上有着相一致的目标。

文选派因乡土文学的主张而引起瞩目，作为主要倡导者和实践者的山丁在乡土文学作品的创作中实绩丰厚，笔触集中于乡村和农民。同

---

① 王越：《抗战时期东北地区作家群落研究》，吉林大学出版社2020年版，第255页。
② 成立于1933年，成立者为成雪竹（成弦）、骧弟（马寻）、灵非（姜灵非）等，办有《冷雾》周刊。
③ 成立于1933年，主要成员有孟素、曼秋、秋萤、石卒，办有《飘零》周刊。
④ 秋萤：《刊行缘起》，《文选》1939年创刊号。

样致力于乡土文学创作的秋萤更倾向于展现矿山和都市风情，小说《小工车》《矿坑》反映了东北产业工人的苦难境遇，属于东北沦陷区文学题材的新开拓，秋萤为开辟东北新文学的现实主义道路做出了巨大努力。

艺文志派注重外来文学营养的吸收，展开了多元的艺术探索。古丁（1909—1960），原名徐长吉，后改名徐汲平，其杂文多进行社会批评，风格有"鲁迅风"，《鹦鹉和文人》一文辛辣地讥讽了为日伪政权唱颂歌的文人们的丑恶嘴脸。著有杂文集《一知半解集》、小说集《奋飞》《竹林》、长篇小说《平沙》《新生》等。两部长篇小说展现了作家驾驭长篇创作的艺术素质与能力。爵青（1917—1960），被时人称为"鬼才"，其创作明显受到欧美文学的影响，主要作品有小说集《群像》《归乡》《欧阳家的人们》、长篇小说《麦》等。爵青作品自身的超前性和先锋性与东北沦陷区整体文学批评能力和欣赏水平之间产生一定距离，甚至超出当时批评界的接受能力范畴。疑迟是东北乡土短篇能手，作品带有俄苏文学的影子。小松的创作具有"纯美"追求。

戏剧方面，话剧演出活动比较活跃，呼应关内新文学成果的同时也推动了本土剧作家的创作，话剧演出也成为部分爱国知识者与群众在殖民语境下表达抗争之音的一种有效方式。金剑啸等团结了大批左翼文艺工作者，使北满的革命文艺运动蓬勃发展，他们的演出激起了一部分民众的反抗意识。东北各地，爱国师生们也排演出一些进步戏剧。在政治压迫与威胁面前，东北正义之士利用话剧武器勇于直面现实，表现出了抵抗的勇气和智慧。此时的东北话剧，"从总体上讲还未进入成熟状态，但是，东北话剧的自觉、新的话剧艺术技巧的使用与探索、特殊的表现领域与内容，构成了不失光彩的起点，为后来东北话剧的发展和成熟打开了一个广阔的空间"[①]。

李乔和安犀不仅以戏剧活动著称剧坛，也是在乡土剧方面有创作实绩和影响力的剧作家，其剧作在各剧团的上演率很高。

[①] 肖振宇：《沦陷时期的东北话剧创作概览》，《戏剧文学》2006年第11期。

李乔（1916—1990），原名李公越，笔名野鹤，辽宁沈阳人。一生以戏剧创作为主，亦创作小说、散文，晚年主要从事翻译工作。创作的剧目主要有6幕剧《长白山》、4幕剧《虞美人》《塞上烽火》、独幕剧《血刃图》《生命线》《紫丁香》《家乡月》《夜歌》《夜航》《夜巷》《夜深沉》等。李乔的剧作强化戏剧动作性，适应演出需要，有对异族侵略的反抗，也有被政治压迫的无奈。成熟期的很多剧作通过强烈的戏剧冲突展现东北民众的生活与现实问题，通过"夜"的隐喻书写，熟练动人地"将鲜血与泪水摆在观众面前，展现一种死亡的悲壮，让每一个有良知的人观后都有道德的震颤，从而引起民众对不平社会现实的思索与反抗"[1]，《长白山》《塞上烽火》《血刃图》《家乡月》《夜航》等都寓有讽喻现实的深意，具有一定的进步色彩。

安犀（1916—1972），又名安凤麟，辽宁沈阳人。毕业于北京大学。1936年开始文学活动，创作有《姜家老店》《猎人之家》《归去来兮》《东方夫人》《朱买臣》《清明节》《三代》《晚钟》《淑女》等剧作。安犀的剧作具有较强的舞台意识，有较强的现实生命力与吸引力，关东乡野色彩更为浓重，特别是惯于通过"野性""野趣"的追求来呼唤民间复仇精神和原始生命强力。独幕剧《姜家老店》（又名《野店恩仇记》）描写了发生在东北密林堡子中的复仇故事。主人公姜大刚性格刚强、剽悍、豪爽，从他的身上我们可以感受到一种旺盛的生命冲动，一种带有原始性、强烈爆发性和力量感的复仇精神，这正是来自东北民间的一种"山林性格"，是自然野性和江湖气质的折射，是民间反抗精神的充分外化。《朱买臣》《东方夫人》等剧作中刚烈的女性形象渗透着一种强悍的民族性格，寄托着作家强烈的现实愤懑。

东北沦陷时期文学呈现如下发展特征。

第一，苦难主题的集中书写。作家们保持着执着的现实主义追求，展现了多重悲凉的现实生存世相，呈现了异族的暴行和民族的灾难，抒发了国破家亡时代的精神苦痛，同时揭示了知识青年的"时代忧郁症"

---

[1] 张毓茂主编：《东北现代文学史论》，沈阳出版社1996年版，第275页。

以及畸形社会里人性的丑恶和畸变。社会各阶层民众的困难生活是东北沦陷时期作家主要的题材表现领域。在书写苦难的同时很多作家也试图探寻苦难的拯救方式，即在政治低气压下不断彰显顽强的民族精神，突出民众的勤劳、勇敢、不屈不挠、自强不息等精神品性，表现出强烈的忧患意识、参与意识和反抗精神。

第二，借助多种题材和表现对象以实现精神抗争。题材多样，其中乡土题材和知识者题材占比较大也比较有特色。东北现代文学扩大了鲁迅提出的乡土文学影响，并注入了新的时代内容。东北沦陷时期的乡土文学曾使得殖民当局惶恐不安，作家们运用特殊手法暴露黑暗，表现抗争，在一定程度上丰富了乡土文学的内涵和艺术容量。秋萤很注重书写知识者，"他以切身的生活感受，真实地再现那个动荡的年代里知识者的不幸和悲惨命运"[1]，忠实记录了东北青年知识者在历史巨变和民族灾难面前的不同选择和表现，展示他们或沉或浮的心路历程。作家们善于在反封建题材中暗含反帝主题，从知识者的视角透视封建家庭在内忧外患的矛盾中走向破落的命运。

作家们善于通过细节描写展示社会悲剧和人生悲剧，在表现小人物悲剧命运时，多关注其生活遭遇及相关场景，以小人物的视角透视社会历史变化、人心动荡。作家们还意在对黑暗的社会制度展开抗争，发掘蕴藏在普通劳动者身上的反抗精神，以此来探求民族自强新生之路。

第三，显著的隐喻性特征。囿于社会局势，一些作品无法带有敏感的政治倾向，很多作家在"言"与"不言"之间进行艰难选择，作家的自我及族群认同意识只能在殖民意识形态的遮掩下达到隐性的流露，运用曲折暗示、象征隐喻的方法达成表现、暴露和反抗的文学主题。沦陷时期的东北文学，"是血与火的结晶，是在窒息状态下的呼号，是戴着镣铐的跳舞"[2]。

关沫南发表于1939年的小说《两船家》以阶级对立的紧张状态隐

---

[1] 高翔：《现代东北的文学世界》，春风文艺出版社2007年版，第185页。
[2] 孙中田、逄增玉、黄万华、刘爱华：《镣铐下的缪斯——东北沦陷区文学史纲》，吉林大学出版社1999年版，第12页。

喻着民族矛盾。"我"（张先生）从拐子湾这个地方乘坐夹板船返回故乡——200多里外的一个小镇，随身携带着五千元钱，是给父亲的官司做贿赂用的。船家是老赵和小王。头一晚平安无事，第二天半夜"我"被声音惊醒了，看到小王被老赵摁倒在船板上，一把刀丢在不远处。老赵谎称小王要割桅杆，随手将刀扔于水中。到家后，"我"收到一个小孩传递的信件，才知这个老赵就是同学、好友赵柴民。"我"追求他的妹妹，想要侮辱她，使她受重伤而死，赵柴民申诉，结果反被逮捕，再后来是被释放了。信中这样写道：

  我的信念和我的事业告诉我，这不单纯是个人的仇恨，它需要总的解决。

  我踌躇了再三没有置你于死地。你知道吗？你从梦中惊醒的那天夜里，我的伙伴已经要用那把刀结束你的生命了。我考虑之后，拦住了他。因为这样一来，我们就变成了只是图财害命了。何况，我们一向不主张，用这种手段解决你们和我们之间的问题，这也是解决不了的。就这样，你又得以逍遥自在了……随意欺凌弱小和无辜。但是你要知道，这一切是长久不了的，历史早晚会做出回答。虽然我只是个摆渡船家，我却坚信着。[①]

这是作家精心的内容安排，此处作家想要告诉我们，个人复仇并不能从根本上解决阶级矛盾，它需要"总的解决"、需要整体意义的彻底抗争。同时，作家也在暗示一个道理：民族矛盾何尝不需要"总的解决"？关沫南实则通过摆渡船家的信心，呼唤那种代表历史趋势的进步正义力量的必然来临。"这一切是长久不了的，历史早晚会做出回答。"这样的曲笔本质上是对于日本侵略者的最后判决，让苦难的同胞看到光明的前景。

作家们还会通过民间文化的传达与书写来实现一种精神还乡的象征

[①] 张毓茂主编：《东北现代文学大系　第二集　短篇小说卷　上》，沈阳出版社1996年版，第637页。

过程。作家笔触指向乡土民间意味着指向祖国，更意味着指向中国文化，彰显一种文化恋母情结。作家"怒发冲冠"的艺术情感定势通过语言的地方化实现了普遍的传达。东北语言因其巨大的包容性和混杂性呈现出浓重的乡土性和地域性特征，溶于文学中则生出十分独特的艺术魅力，形成了不同于其他地域的文学表达系统。作家通过语言民俗实现了与东北大野上的困苦群体的情感融合和无限接近。民俗文化成为苦痛情感的象征物，通过一种合乎逻辑的想象与建构，最终道出了一切生之苦恼和憎厌。李乔的乡土剧便以丰富的隐喻性和浓郁的关东色彩引发当时东北观众的深切共鸣，"长白山""家乡月"等标题的运用便是充满象征意味的。这种带有乡邦思念意味的创作在努力排斥多重阻力中安放着作家所无法弃置的情感归属和本能的抗争需求。

隐喻也带来凝重、沉郁的艺术风格。东北作家在审美上强调真实俗白，在艺术表现上讲究力度，强调雄浑和质朴。与京派作家探索人性、海派作家琢磨心理不同，东北作家常常在苍茫的大自然背景下，以强劲有力的笔触探求森林的力、山谷的力、土地的力、普通生命的力，凝重、沉毅之气让人过目难忘。

第四，东北沦陷时期文学具有一种特殊属性。东北沦陷时期文学继承了五四新文学的传统，在时间上显出了滞后错位性，在宏观上有许多相似之处，如社团和流派、文艺大众化追求和描写黑暗等方面。相似不是简单的重复，拿社团和流派所承担的任务来说，五四新文学更多集中于启蒙，以期实现反封建的主要目标，东北沦陷时期文学的反帝目标更为突出，进步作家们采取多种方式进行了不懈追求。

东北沦陷区作家与东北流亡作家相比，二者有共同的东北地域文化展现，就作家的创作方法而言，都普遍采用了现实主义的创作方法。但在反帝主题表达方式上存在明显差异，东北流亡作家大都可以直抒胸臆，而东北沦陷区作家则主要采取曲折隐晦的手段。在题材选择与处理上，东北流亡作家主要选择战争题材，东北沦陷区作家则普遍规避了这种敏感题材。东北流亡作家普遍选择的乡土回忆题材，在东北沦陷区作家这里往往缺少题材确立的土壤，生于斯长于斯的切身体会和忧患之思驱使他们更愿意通过"暴露乡土现实"的方式生成文学表达的力度感。上述独特属性使得东北沦陷时期文学具有一定的比较研究价值。

(三) 东北解放区文学的蓬勃发展与大众化追求

东北解放区文学发展时间虽短，但也取得了十分重要的成绩。在党的领导下，东北解放区文学得到蓬勃发展，形成了包容性强和追求大众化的特点，多种文体都得到发展。

小说方面出现了周立波的《暴风骤雨》、草明的《原动力》、马加的《江山村十日》。长篇小说《暴风骤雨》记录和展现了1946年至1948年间东北地区土改运动的历史画面，具有全景式史诗性，是东北地区土改运动的艺术写实，气魄宏伟，结构严谨，人物个性鲜明，笔触生动活泼，东北个性化的群众语言为作品增添了浓郁的生活气息和鲜明的地域品格。草明（1913—2002），原名吴绚文，广东顺德人。20世纪30年代，草明在上海曾受到鲁迅和茅盾的指导，早期作品常常从女性角度出发关注和探讨女性的物质生活和精神要求。创作于1948年的《原动力》描写了东北一水力发电厂在党的领导下工人们团结奋战、克服困难最终修复机组发出电力的故事，是中国现代文学史上第一部反映工业生产的中篇小说，将前工业时代那种"力之美"生动地呈现了出来，也为中国当代工业题材小说奠定了一种美学品格，总体来看，其思想认识价值远高于审美价值。中华人民共和国成立后，草明又创作了工业题材长篇小说《火车头》（1950）、《乘风破浪》（1959）。草明因此被誉为"新中国工业文学的开拓者"。马加的中篇小说《江山村十日》首版于1949年5月，是反映东北地区土改运动的优秀作品，画面真实明快，结构完整严密，注重运用方言口语，东北乡土气息浓厚。另外，陆地、雷加、韶华、陈学昭、草明、白朗、李纳、刘白羽、白刃、西虹、鲁琪、董速、方青、井岩盾、颜一烟等的短篇小说创作也各具特色。

戏剧方面形式多样，从思想到内容都发生了深刻变革，新秧歌剧兴起并涌现大量作品。在戏剧创作上，王大化积极实践并作出重要贡献。

东北解放区秧歌剧的主要特征为：主题内容上的"革命化"，创作和演出的"模式化"，革命话语与民间话语体系的互渗。① 秧歌剧"将明确的意识形态诉求与秧歌剧的形式予以有机融合、创造一种民族的、民间的、地方的、大众化的审美意识形态，使人民在喜闻乐见和审美狂欢中转变思想意识，实现对新政治、新政权和新文化的认同，进而以改变了的政治和文化身份参与历史的创造。东北解放区秧歌剧的这种成功的艺术实践使其发挥了文化唯物主义的对现实和实践改造的巨大力量"②。

诗歌方面，集中于工农兵诗歌、政治诗、讽刺诗等多种形式，一个共同特点是面向大众、贴近现实。方冰、公木是此间最有影响的诗人。

散文方面，作品追求积极的政治思想内容，表现出解放区人民大无畏的、顽强的战斗精神。刘白羽、华山等的报告文学语言生动活泼，具有可读性，对战斗场面和军旅生活的记录具有重要的史料价值。另外，陈学昭、草明的散文创作也都可圈可点。

文艺刊物方面，以《东北文学》和《东北文艺》最具代表。《东北文学》从1945年12月至1946年4月间共计出版5期，连续发表了有关东北沦陷时期十四年间文学创作情况的概括与评述文章，为相关文学研究保存了珍贵史料。《东北文艺》从1946年12月至1948年1月间共计出版12期，是东北解放区比较有影响的文艺刊物之一，围绕该刊聚集了周立波、赵树理、公木、罗烽、萧军、塞克、舒群、白朗、严文井、刘白羽、宋之的、马加、雷加等中国现当代文学史上的优秀作家，也团结了作家群体和东北文艺创作队伍。

另外，东北文艺工作团在东北文艺特别是戏剧运动的发展繁荣方面作出了突出贡献。东北书店是中共中央东北局领导下创办的国营书店，1945年11月在沈阳成立，1949年7月改名为东北新华书店，在极其艰苦复杂的环境下，东北书店出版的各类书籍依然达到千余种，有效承接并拓展了党在红色根据地的出版事业，为新中国出版事业的发展壮大奠定了坚实基础。作为东北解放区最大、最权威的出版发行机构，

---

① 肖振宇：《民间狂欢：东北解放区的秧歌剧》，《社会科学战线》2009年第7期。
② 逄增玉：《东北现当代文学与文化论稿》，中国社会科学出版社2012年版，第221页。

东北书店标志着东北解放区出版事业的繁荣，促进了东北地区文学艺术的发展。

总而言之，东北解放区文学是以延安为中心的抗日根据地文学的延伸和发展，从多方面"将延安文艺体制全面继承、发展、扩大和完善，并在1949年后整体性移植、整合到共和国文艺制度中，对当代文学和文艺制度产生了重要和深远的影响"①。

最后，我们谈一下东北现代文学的历史贡献。如果将东北现代文学置于现代中国的历史发展语境中加以探讨，会发现东北现代文学对整个中国现代文学有着突出和独特的贡献。东北现代文学贡献了中国现代文学史上第一部白话长篇小说即穆儒丐创作并发表的《香粉夜叉》。东北现代文学贡献了中国现代文学史上第一部梦幻主义小说即金小天所作《春之微笑》，这部作品既充满浪漫主义色彩，又向人们展现了一个神秘缥缈的宇宙世界，体现出浓重的梦幻主义格调。东北现代文学还为中国现代文学史贡献了一支以反抗异族侵略为最基本特征的文学群体即东北流亡作家群，这个群体崛起于关内文坛，其创作是东北现代文学最具华彩的乐章。此外，李辉英的抗日爱国题材长篇小说《万宝山》以鲜明的反抗基调和呐喊声音，"成为中国现代反帝文学的里程碑式的作品"②。

我们要从总体上认识到东北现代文学构成元素的多元性，这在理解东北现代文学发展进程和历史贡献的特殊性上可以找到新的材料支撑点。东北地区的民族多元性是一种历史的事实存在，同样东北文学的多民族性也是一种历史的事实存在。在东北，少数民族作家也形成了一个阵容颇为壮观的创作群体，如穆儒丐、端木蕻良、舒群、金剑啸、马加、关沫南、田贲、陶明浚、陆地、李旭等，活跃于文学发展的各个时期。由于历史特殊原因，在东北尤其黑龙江地区还存在着大量值得关注的俄罗斯侨民文学。哈尔滨的俄侨文学可谓丰富多彩，涌现出很多著名作家，创作并发表了大量文学作品，作品中体现出独具一格的中国声

---

① 逄增玉：《东北解放区文学制度生成及其对当代文学制度的预制》，《文学评论》2017年第4期。

② 张毓茂主编：《东北现代文学史论》，沈阳出版社1996年版，第147页。

调。俄侨文学丰富了 20 世纪上半叶的东北文学，属于东北文学乃至中国文学的一个特殊组成部分。

二　东北当代文学的发展流变过程与艺术新变

东北现代文学是探索的、奋进的、充满斗争精神的文学，经历了风霜雪雨的坎坷历程，当东北文学步入当代阶段，也经历一个另一种形态的曲折而艰难的发展过程，最终达成多元审美追求。东北当代文学在发展中能够自觉融入全国文学的整体格局，在不同阶段都表现出对全国文学的整体呼应，不断找寻属于自己的位置，"并绘就了时代与地域特色交融的运行轨迹"[①]，折射出东北这块神奇土地的丰富的历史文化沉淀，成为中国当代文学中不可缺少的一部分。

（一）"十七年"东北文学

从中华人民共和国成立初期至 1957 年上半年，东北文学与全国一样出现了文学创作的繁荣期，涌现了一大批具有一定艺术水准的文学作品，小说方面有曲波的《林海雪原》、雷加的《春天来到了鸭绿江》、鄂华的《自由神的眼泪》、草明的《火车头》和《乘风破浪》。

曲波（1923—2002），山东蓬莱人。长篇小说《林海雪原》写于 1955 年 2 月至 1956 年 8 月。1955 年时的曲波已从部队转业，在黑龙江的齐齐哈尔车辆厂当党委书记，利用业余时间创作这部小说，最后在北京完成。小说根据曲波本人在 1946 年冬天亲率部队深入牡丹江地区的深山老林以半年时间清剿国民党土匪残部的真实经历为背景创作而成，全书共计 40 万字，1957 年 9 月出版。《林海雪原》是"十七年文学"中红色叙事方面极其重要的代表性作品之一。小说洋溢着革命乐观主义精神，成功塑造了侦察排长杨子荣的形象，特别是对反面人物的刻画，并未简单地漫画化、脸谱化。小说在情节构造、人物塑造、环境描写等方面都凸显了传奇性，注重表达和表现方式的民族化和大众化，尤其是

[①] 何青志：《前言：与共和国同行》，载何青志主编《东北文学六十年》，吉林人民出版社 2009 年版，第 1—3 页。

独特的地域景观与雄奇风貌的展现是作品获得成功的不可或缺的重要因素之一。

宏伟叙事、政治话语的存在为《林海雪原》的叙述风格和文本的流行奠定了坚实的基础，而作为一部长篇革命英雄传奇小说，真正使之生色且具有鲜明个性特征的还在于民间文化形态和民间话语的渗入。小说兼顾了史实、传奇和通俗三个特点，其"民族风格"在于与中国通俗小说的三大类型——"神魔小说"、"英雄（武侠）小说"与"言情小说"的内在联系①，在人物类型、叙事结构、修辞方法以及艺术风格等方面都与我国文化传统实现有效对接。

从1957年下半年至1961年，文学创作大部分是颂歌内容的作品，1962年前后，随着文艺政策的调整，文学创作出现了瞬间的活跃状态，表现形式也多样化，革命历史题材和现实农村题材作品仍然居多。从50年代末至1966年，由于"左倾"思潮的干扰，"双百方针"名存实亡，文学陷入尴尬的位置和处境。此时，红色叙事文本的共同性为：多运用宏大的叙事方式，偏重于对整个阶级、国家、政党价值理想的表现，充分肯定为了总的目标和远大理想而牺牲奋斗的精神，作为叙事主体的个体的心理需求、情感体验与价值实现完全被宏大的目标遮蔽。

整体来看，"十七年"东北文学体现如下发展特征：农村题材有余，城市题材不足；长篇小说创作的数量和质量相对明显不足；文学批评力量显得比较薄弱；对人性的丰富和复杂、人的主体性和存在感缺少深度关注与揭示，比如五六十年代的北大荒文学创作，唱响了一曲拓荒者之歌，充盈着一种乌托邦精神，却较多从宏观层面上关注人的存在，对个体内心世界的透视不够。

（二）新时期东北文学

新时期东北文学不仅紧跟时代步伐，关注社会变革，也在创作题材、艺术风格和表现形式方面力求多样化。新旧交替之初的东北小说，在伤痕文学、反思文学、改革文学、知青文学等方面做出积极响应与实践。

---

① 李杨：《〈林海雪原〉与传统小说》，《中国现代文学研究丛刊》2001年第4期。

这方面的作品有张笑天的《公开的"内参"》《没画句号的故事》、金河的《大车店一夜》《不仅仅是留念》、邓刚的《迷人的海》《我们这帮海碰子》、达理的《让我们荡起双桨》《湖畔小夜曲》、张抗抗的《北极光》《隐形伴侣》、巴波的《小城风情》、关沫南的《神秘的雪橇》、梁晓声的《这是一片神奇的土地》《今夜有暴风雪》《雪城》，等等。

梁晓声于1949年生于黑龙江哈尔滨，1979年开始文学创作。虽然很久以前就离开北大荒了，但梁晓声的早期小说多以北大荒为背景，真实而生动地记述了一代知青走过的足迹和他们曾经的追求。梁晓声后期作品侧重探讨现实与人性。获得第十届茅盾文学奖的长篇小说《人世间》堪称一部近50年中国百姓生活史，体现出中国当代小说的史诗性之所在，梁晓声带着深情书写故乡东北的普通人与家常事，丰腴的世俗生活图景展现出梁氏风格的人性与温情。

张笑天（1939—2016），黑龙江省哈尔滨市延寿县人，其创作力旺盛，影响力大，在东北文学中具有标志性的意义。文字数量大也是一个重要特征，出版的《张笑天文集》达到1800万字。主要作品有长篇小说《雁鸣湖畔》《严峻的历程》《归来吧，罗兰》《爱的葬礼》《中正剑之梦》《永宁碑》《死岛情仇》，中篇小说40多部。作品集有《张笑天短篇小说选》《张笑天中篇小说选》《家务情官》《她微笑着走向牢门》《追花人》《黑十字架》《春眠不觉晓》等，还发表了20余部电影文学剧本。因此，有"鬼才""写作机器"之称。1982年发表的中篇小说《公开的"内参"》《离离原上草》都曾在当时引起评论界的争议，他是东北作家当中对新时期中国文学整体潮流走向较早做出呼应的作家之一，上述两篇作品中所传达的观念在当时无疑具有开拓性意义。他还是新时期最早将写作视点投注在知识者身上的作家之一，对处于变革社会中的知识者做出比较深刻的精神透视。张笑天的作品选材广阔，又显出厚重之感，特色鲜明，特别是从20世纪90年代开始，历史剧创作格外受到关注，并让作品与影视艺术相结合，进行丰富的电影剧本创作，赢得非常多的受众，2000年首播的大型历史剧《太平天国》曾被媒体称为"20世纪历史剧关门之作"。张笑天的历史题材小说一贯追求磅礴气势,叙述结构宏大,人物形象鲜活生动,给人一种深厚的文化感和历史感,并融入了作家深入的思考,很好地做到将历史、文学与现实相融合。张笑天在认真审思历史的同时还放眼中国变革的现实,着重反映和思考当前社会生活中人们的思想、情操、道德、信仰、法制、人性等诸多方面的问题,显示出敏锐的现实捕捉能力。

新时期的东北乡土小说立足于现实层面,重新审视传统的历史文化,注意发掘地域文化的历史积淀对于人的精神生成的影响,代表作品有万捷的长篇小说《叩拜黑土地》。

在热衷于高蹈的形式探索的先锋作家中,东北作家马原和洪峰成为旗手与主将,不仅引领了20世纪80年代的文学新潮流,而且在文本中所呈现出来的创新与反叛精神深刻影响了90年代的文学创作。马原,生于1953年,辽宁锦州人。1982年从辽宁大学毕业后赴西藏,曾在西藏群众艺术馆工作,创作出轰动文坛的西藏系列小说。马原是中国当代小说叙事革命的先行者和代表人物,被称为"中国小说文体之父",其文本策略即著名的"马原的叙事圈套",成为众多作家的叙事蓝本和小说实验的起点。《冈底斯的诱惑》以文本形式的碎片化、意旨的朦胧性与后现代主义达到了某种程度的契合,为小说叙事提供了新的可能。洪峰这样评价:"马原给我们提供的可能性绝不单单是操作上的可能性,而是摧毁一种整个思维方式,他使我们对小说的理解发生了一次革命性的变化。……马原的意义就在于他不是教会了我们该怎样做,而是给了我们一个巨大的提醒。"[1] 马原和洪峰的先锋文学实践其实与东北文化精神存在一定内在契合度,东北的传统文化本质上是一种以生存为本位的文化,它的最根本的精神内核首先是"征服"与"反抗",先锋主义文化精神的核心也是"反抗"。东北的传统文化是一种感性化的、小团体主义的、利己的文化,这种文化和不愿受伦理、宗法限制的绝对个人主义的先锋文化精神十分契合。[2] 马原和洪峰的先锋小说的叙事冒险和技巧实验明显采取

---

[1] 洪峰:《永久占有》,时代文艺出版社2001年版,第124—125页。
[2] 李春燕主编:《19—20世纪东北文学的历史变迁》,吉林人民出版社2004年版,第304—305页。

了一种萨满式的寓言和隐喻方式，以一种先知的身份来介入小说的叙事功能，无疑与东北地域文化精神的熔铸存在一定关联。

迟子建无疑是新时期东北女作家中一位颇具实力和影响力者。阿成的短篇小说集中于地域历史文化积淀的深入开掘。孙春平在20世纪90年代审视和思考了中国社会在市场经济转型中的变革，以及人们的思维、心灵、观念变动。张涛的小说《窑地》作为文化寓言式的长篇作品带给人们一种叙事的陌生感。吴梦起、郭大森的富有一定影响力的童话创作也值得关注。其他小说作家还有金河、谢友鄞、邓刚、达理、张涛等。

总体上看，新时期的东北小说家尤以马原、洪峰、迟子建、阿成等为代表，持续书写着东北故事的朴拙道劲和东北文化的苍凉辽远。从他们的创作中，我们可以寻找到敬畏自然的原始文化情结，也可以感受到作家和人物性格中的韧性与力度，还可以体味到作家对于生存和生命的挥之不去的忧郁与困惑，有赖于东北这片神奇的土地，作家们获得了不凡的心理特质和内在精神。

诗歌方面，不仅有公木、丁耶、阿红、胡昭等"复出的诗人"仍然坚持创作，还有以李松涛、巴音博罗、南永前、刘家魁等为代表的"青年诗人群"的新追求新探索，尤其青年诗人们各有侧重，特色鲜明。在历史文化长诗创作方面，李松涛的《黄之河》、巴音博罗的《苍黄九章》脱颖而出，视角开阔，内涵丰富。朝鲜族诗人南永前的图腾诗在寻找民族精神之根方面展开一种浪漫化探索。本为江苏人的刘家魁在吉林省工作生活20余年，1984年发表了叙事诗《一个英雄和三个败类》，引起文坛关注，被认为是1984年中国诗歌的最重大的收获之一，自此以后他在叙事诗方面用力很勤，形成自己创作的特色。胡昭和薛卫民的儿童诗以各自的特点显示了对于诗歌创作之路的坚守和艺术责任意识的追求。林雪、阎月君的朦胧诗写作都是向现代主义靠拢的典型，达到了一定水平。

散文方面，王充间、刘兆林、马秋芬、素素、任林举、胡冬林、迟子建、鲍尔吉·原野等都有不凡的创作。王充间的散文具有持续性，从1958年发表文学作品开始一直致力于散文创作，著有散文集《清风白水》《春宽梦窄》《面对历史的苍茫》《沧桑无语》《何处是归程》《一生爱好是天然》等。散文有诗人化和学者化的特点,既写情说理又注重趣味性,"集历史沧桑感之深厚、文化艺术气息之浓郁、学术思辨之深邃、哲理玄想之幽思于一身是王充闾的文化散文在内容上的最大特色"①。另外,刘兆林的长篇散文《父亲祭》写得情真意切,系情感散文类的优秀之作,刘兆林的散文具有悲悯、沉静、幽默的三原色。

新时期散文的一个特点是地域文化散文大量出现。马秋芬的文化散文《到东北看二人转》,以灵动的笔触、独特的叙事方式、厚重的地域文化风情而成为书写东北地方文化史的典范之作。素素的《独语东北》明显体现出对于东北地域文化的自觉书写意识,她在《独语东北》的《自序》中写道:"我有一个计划,先读东北,然后走东北,再然后写东北……东北是我的母土,我得了解它,懂它,然后描述它……我向自己挑战:用女性的笔去写雄性的东北。"②《独语东北》具有取材新颖、内涵丰邃、题旨宏大、文体圆润、风格恣肆等方面特征,体现出一位女性作家面对生活的独特感悟和细腻感受。其中的《移民者的歌谣》一文通过对儿时居住的屯子里"最后的移民者"张代五夫妻演唱二人转场景的回忆,发出有关二人转的感悟:二人转是书,二人转是乐,二人转是风俗,二人转是移民者的歌谣。素素的感悟富有历史的沉重感也富有一种现代感,在历史与现实的交错中对二人转的不断演变产生感喟,并勾起人的乡愁:"我又有些恍然。这些文雅的城市人大多也是移民者的后代,他们或许已经知道,二人转越来越像一个遗产,一件文物,故乡遥远,来路遥远,再不为它叫好,它可能更快地变成枯干的标本变成易碎的化石了。"③对于乡村人来说,二人转已经是他们最后的歌谣,东北已经是他们最后的家园。④素素的忧思往往能直抵心灵,而对于二人转的忧思更让人体会到二人转当代狂欢语境下引发的寂寞和痛楚,这

---

① 何青志主编:《东北文学六十年》,吉林人民出版社2009年版,第180页。
② 素素:《独语东北》,百花文艺出版社2001年版,第1—5页。
③ 素素:《独语东北》,百花文艺出版社2001年版,第118页。
④ 素素:《独语东北》,百花文艺出版社2001年版,第118页。

种寂寞和痛楚既是素素的,也是很多知识者思考者的,更是那些站在关东大地上乡间垄沟边从灵魂深处爱恋着二人转的老乡们的。通过对东北及其历史的观察和解读,素素既抵达了历史的细节,实现了主观体验的个性化表达,也抵达了东北人丰富的心灵世界,实现了东北文化的诗性反思。任林举的《玉米大地》、胡冬林的《青羊消息》《拍溅》《鹰屯》、迟子建的《冰灯》《伤怀之美》《房屋杂谈》等文章,都是深深扎根地域文化土壤的收获,其中胡冬林的散文透露出浓重的环保意识。

戏剧方面,主要代表有崔德志、陈欲航、杨宝琛、杨利民等。杨利民的石油题材话剧、杨宝琛的大荒话剧都极富龙江特色。

(三) 21世纪东北文学

20世纪90年代,随着价值追求的多元化,中国文学显示出多元发展态势,市场、消费、时尚、碎片、边缘、大众这些词汇和形态跟文学交叉相容,又变得若即若离,东北文学便在这样一种大背景下步入一个新的世纪,21世纪以来的东北文学既有继承甚至还有某种回归,同时也有许多艺术新变。

首先是文本叙事在视域上的拓展。随着互联网技术的发展,全球范围的逐步"地球村"化,全球化带来民众生活节奏的加快,也带来一些民族特别是少数民族的民俗及文化的变迁、异化甚至消亡,作家们也随着视野的打开而对相关问题展开探讨,人们立足于全球化视域和人类性视角,在对多民族历史文化的叙写中表现出一种强烈的有关人类文化生态发展的人文关怀和哲学思考。在这个方面,女性作家的表现极具代表性,其中迟子建表现出明显的回应意识,她的《额尔古纳河右岸》描写了一个民族是如何受现代文明挤压的。迟子建认为:"发达的第一世界和不发达的第三世界在对待文明的态度上是惊人的相像或者一致,即文明有先进与落后之分,先进的文明一定要取代落后的文明。用这一点来判断这个世界是很荒谬的。"[1] 达斡尔族作家萨娜的小说以其鲜明的少数民族文化色彩以及女性特有的细腻和优美完整地呈现了达斡尔

---

[1] 迟子建、周景雷:《文学的第三地》,《当代作家评论》2006年第4期。

族、鄂伦春族等中国北方古老民族的心灵象征和精神寓言，萨娜对于民族记忆的追寻源于面对现代文明挤压下民族文化信仰式微的强烈现实，她试图寻回业已逝去的文明记忆和正在流失的民族之根，也是要在全球化趋势下寻回个体及其背后一个种族迷失过后的正确方向。萨娜的中篇小说《额尔古纳河的夏季》《伊克萨玛》《金色牧场》《蓝蓝的天上白云飘》，以及长篇小说《多布库尔河》等都是现代性和地域性相结合的特色文本。《多布库尔河》（2013）是一部鄂伦春族艰难跋涉的心灵史，借助鄂伦春族文化的丰富性和神秘性的呈现而表达出一种平等和谐的生态观，当作家逐步揭示出一个人口占比很小的民族从传统走向现代又面对现代文明"侵蚀"所产生的内心挣扎，小说文本便具有了丰富的启示意义。萨娜以女性的身份和独特的写作视角彰显了当代我国少数民族女性写作的精神厚度。除了上述作家，金仁顺、苏赫巴鲁等的作品也在地域性书写的同时拥有了国际化的视野。作为朝鲜族作家的金仁顺的部分创作也试图对自身的民族文化进行诗意的建构，寻求自我族裔文化归属，"但她并不是一味地固守在本民族古老的文化中流连忘返，而是以知识女性柔和而又清冽的目光注目着那段历史中的人与事，竭力打通当下与历史的壁垒，金仁顺的历史故事也是当下的故事，她在对历史的打捞中试图展现人性中相通而又永恒的一面"①。

　　除了上述新变，"新世纪以来东北女性写作以对日常生活的恣意讲述彰显了世俗生活的质感，在不同程度上裂解了以往宏伟叙事和精英话语对世俗生活的遮蔽，具有重要的文学史意义"②。迟子建、金仁顺、马秋芬、孙慧芬都在文学叙事的日常姿态中呈现了各自的审美维度和风韵。其中，孙慧芬的特殊之处在于乡土守望的虔诚性，将女性写作引入更为广阔的乡村世界，并在城乡互望中思考城乡所出现的新问题，触摸着时代的精神律动。长篇小说《上塘书》（2004）乡土气息浓郁、叙事节奏张弛有序，最特别的是，采取中国传统的"地方志"的结构形式展开叙事，富有创新精神，对于中国乡村伦理道德失范的逼真叙述，对

---

① 郑春凤：《东北女作家论》，吉林出版集团股份有限公司2017年版，第148页。
② 郑春凤：《东北女作家论》，吉林出版集团股份有限公司2017年版，第102—103页。

于典型的乡村妇女群像的塑造及其出路问题的思考都传递出作家的深切焦虑与忧思。这部小说运用大叙事展现小乡村在变革中的阵痛与艰辛，唱响一曲乡村的挽歌，是21世纪初期比较重要的乡土书写文本。孙慧芬的其他长篇小说还有《歇马山庄》《秉德女人》《吉宽的马车》等，叙事结构多元而独特，展现了长篇作品的建构能力。《歇马山庄》被誉为"中国乡土女性的特殊文本"。

其次是写作艺术的现代性追求。东北作家在21世纪的探索中，既有持之以恒的现实观照，也在写作技巧发生现代性变革的大趋势下实现了知性的认知和智性的寻求。被称为辽宁小说家中"孤独的异类"的刁斗出版有《游戏法》《代号：SBS》等多部长篇小说，在20世纪90年代便有了叙述的自觉，《证词》《回家》《死人档案》等显得驾轻就熟，21世纪发表的中篇小说《身份》（2004）颇有现代思考意识。主人公于非愚在一次出差回来后发现一切都变了，家里的电话成了空号，敲开家门吃惊地看到妻子任杰也有一个名为于非愚、长相与自己相似的丈夫，更为尴尬的是，接下来他在工作单位、父母、儿子那里都无法实现作为一个真实的于非愚的身份确认，就连让他在自己家中借宿的朋友张巍最终也认为他是假的于非愚。一番折腾后，于非愚只能代替在矿难中死去的堂弟生活在这个世界上。《身份》中的身份缺失的尴尬和寻求自我身份确认的过程，与米兰·昆德拉的《身份》、卡夫卡的《变形记》等作品一样都触及现代人的身份缺失和焦虑问题。如果把刁斗讲述的这个故事置于世界文学史当中来看会给人一种略显老套的感觉，不过刁斗能够适时地立足于中国社会高速发展的社会现实而展开关于人的主体性的现代性思考，不失为一种有益的探索。

大连作家津子围的中篇小说《存枪者》（2006）与刁斗的《身份》有异曲同工之妙，也涉及身份认证的一个话题。小说讲述了汪永学在不同时代不断费尽心机藏枪的故事，他瞒过妻子、女儿、派出所民警这些身边人，一直把自己包装成无枪的人，在他想向人们证明自己有枪的过程中就遇到了前所未有的尴尬。汪永学在精神压力极大的情况下想要把枪丢到跨海大桥下，便搭乘一辆出租车去了跨海大桥，因为那里平时很少有人去，出租车司机觉得很奇怪，既担心他出意外，又怕自己担责任，于是就报了警。在警察面前他坦言自己去丢枪，而民警早就知道他是一个枪模爱好者，哪来的真枪啊！妻女更认为他有枪是一件荒唐事，他说自己有枪便被认为是精神上有问题，汪永学为了证明自己精神没问题，就必须证明自己有枪，而他又无法证明自己有枪，因为这把枪已经扔到海里了，找到它是一件无法完成的事情。两篇小说中的主人公主体价值的存在都需要他者的证明，否则就会陷入身份确认的尴尬境地和悖论处境之中。津子围善于通过表现普通人在种种现实境遇中身份意识的变化来探寻人的精神世界，在《大戏》中，主人公丁红军是一名城市转业军人，他打算与来自外地农村的杨林芳结婚，到派出所开具身份证明时却发现自己已经被销了户口，并且已"死"了四年多。丁红军在居委会和派出所之间奔忙，始终无法得到身份证明。这种身份的无法证明本身就隐喻了人生的某种荒谬性，而不必要的反复奔忙动作更增强了这种荒谬性。津子围在20世纪90年代创作的小说已经显出先锋探索气质，如《眼镜》《马凯的钥匙》《在河面上行走》《三个故事和一把枪》等，进入21世纪后他将目光聚焦于社会底层与小人物，又更加接近"新写实小说"，从而使得他的作品既有现代性气氛，又不失温情与悲悯情怀。无论从先锋还是从新写实的角度来审视津子围，他都是一个独特的个体。

吉林省四平市作家朱日亮的早期小说创作带有明显的先锋实验气质，虽然他曾经调整了自己的文学理念，但在叙事技巧的运用上一直都不松懈不含糊。朱日亮的小说总是站在特殊的地缘位置上，以生活日常为起点，以一种沉稳平静甚至达到安详状态的叙述笔调接近生活和人性的隐秘本质。朱日亮的小说创作总是从关注人的生存境遇开始，不断指向人类生存的暧昧和焦虑，因此，他的很多小说尤其是中短篇小说的思想直径远远超越了小说的文本篇幅。作品有短篇《走夜的女人》、中篇《丢失的生活》、长篇《跑调子的王家安》等。

此外，阿成、刘庆、孙春平、马晓丽、皮皮、高君、刘兆林、王立纯等皆有不错的小说作品问世。杨子忱、牟心海、薛卫民、于耀江、张洪波、林雪等的诗歌，胡冬林、格致等的散文，徐光荣、杨子忱的传记文学，皆各领风骚。水格、双雪涛、班宇、郑执等"80后"作家，鱼人二代、流浪的蛤蟆、月关、李枭等网络作家的文学创作亦呈现一定探索态势。

在东北"80后"作家中，水格充满才情，成名较早。水格原名杨学会，吉林省扶余市人，毕业于吉林师范大学文学院，早期参加《萌芽》杂志社发起的新概念作文大赛时，其作品便被关注并显示出明显的辨识度，著有《一个人的海市蜃楼》《半旗》《隔着栅栏的爱情》《刻在树干上的结夏》《青耳》《逆光》等多部长篇小说，《隔着栅栏的爱情》曾被评论者誉为中国首部青春伦理小说。水格以"青春、校园、学习、心理、情感"为叙事对象展开规模化创作，成为21世纪最初十年"青春文学"写作的中坚力量。在水格笔下，那些青春的故事在阳光下缓缓铺开，多年以后，通过水格的文字人们可以重拾那些与青春有关的记忆，即使显得模糊不清、人影凌乱，却不会缺少它该有的温度。

双雪涛、班宇、郑执"铁西三剑客"的强势登场，为东北文学在新时代的持续发展带来了动力，也为"文学东北"图景的绘制提供了新的多重可能。他们的小说将浓郁的地方气息和娴熟的写作技巧相融合，尤其是简洁冷冽的语言风格令人印象深刻，在东北方言与书面语间自由穿梭，转化流畅而自然。他们的创作触摸到东北人的生存困境，更有对人的精神世界的深入探寻，特别是他们笔下的东北后工业时代生活气象，不仅唤起了几代人心中的工业文化创伤记忆，唤起对于那些久违的远逝年代的强烈怀旧情绪，也是人们重新认识东北历史，关注东北人现实命运和思考东北未来走向的一个窗口。双雪涛受到王小波、海明威、村上春树等的影响，既有现代主义的风格趋向，又显示出状写现实、探寻遮蔽之真实的超凡能力，"更有意义的是，暴露一个社会的颓败怠懒之余，双雪涛预留了出走甚至超越现实的余地"[①]。中篇小说《平原上的摩西》以复杂、多元而矛盾的时代状貌为当下文学界提供了一个重新为20世纪90年代赋形的典型文本。

[①] 王德威：《艳粉街启示录——双雪涛〈平原上的摩西〉》，《文艺争鸣》2019年第7期。

第二章　穆儒丐

穆儒丐（1885—1961），生于北京西郊香山健锐营，满族正蓝旗人，祖籍吉林省。原名穆都哩，后更名穆笃哩，亦作穆都里、穆笃里。自号辰公，又号六田（居士）。发文时亦署穆辰公、穆六田。别字儒丐。

1905年，考取官费留学生，入日本早稻田大学附设师范部史地科。1907年，留日学生恒钧、乌泽声、裕端等创办《大同报》，穆儒丐为主要撰稿人。该报提倡君主立宪，宣扬满汉平等，同革命派展开论战。穆儒丐发表《世界列国现今之状势》《蒙回藏与国会问题》等文。1908年入日本早稻田大学专门部政治经济科，讲习3年。1911年春从日本毕业回国。初任禁卫军书记长。清政府覆灭，仕途被阻，遂离开军队，从事新闻和教育工作。1912年，到乌泽声生主持的安福系言论机关报《国华报》做社会新闻编辑，后改做小说编辑。北京期间，曾供职于多家报纸。

1915年，其长篇章回体纪实小说《梅兰芳》连载于《国华报》，至第七回停载。该小说促使报纸销量剧增，因纪实之风，对现实人物的影射，对梨园私寓等旧俗的反映，得罪了"捧梅"派的权贵冯耿光，小说被勒令停刊，穆儒丐被迫于翌年春赴辽宁沈阳教书。1917年冬，经日本人野满先生和北京《顺天时报》日本编辑辻听花（本名辻武雄）介绍，出任《盛京时报》小说编辑。

1918年，出任《盛京时报》副刊《神皋杂俎》主编和主笔。从

1918年至1944年，在《盛京时报》发表《女优》《梅兰芳》[①]《毒蛇鞻》《香粉夜叉》《海外掘金记》《落溷记》《笑里啼痕录》《同命鸳鸯》《徐生自传》《北京》《财色婚姻》《栗子》《福昭创业记》《琵琶记》《如梦令》《玄奘法师》等多部中长篇小说，短篇小说有《咬舌》《五色旗下的死人》《电灯》《难女的经历》《市政》《奇案》《道路与人心》《宜春里》《战争之背景》《锄与枪》《猪八戒上任》《他是个文学家》《遗嘱》《悲剧的开幕》《四皓》《一个绅士》《财政次长的兄弟》《春节的报告》《离婚》《一个生了子底妾》《捕鹰》《淘气歪毛识字记》等，还有童话《牛》《牛与虎》、戏剧《公理之失败》《马保罗将军》《两个讲公理的》，以及大量散文、戏评、译作、诗歌。1942年1—8月，长篇小说《新婚别》连载于《麒麟》第1卷第8期"新年特大号"至第2卷第8期。

其他主要活动：1925年，与淮阴（安怀音）等展开激烈论战。1929年5月，宋庆龄受南京国民政府之邀回国参加孙中山先生遗体安葬典礼，路经沈阳，穆儒丐作为新闻记者代表团访问发言者采访了宋庆龄。1931年，受政治局势影响，穆儒丐被迫出走，约在六七月间由沈阳返回北平，在北平市政府做秘书。1932年3月，与林质生、卓博公创办《北平新报》。1933年6月许，重回沈阳。

1945年，返回北平，从事秘书、教师、报纸编辑等职业，号称半亩老人。1953年，经张伯驹、蒋光鼐、叶恭绰等向叶剑英举荐，成为北京文史研究馆一名普通馆员。此间更名宁裕之。晚年不问世事。

第一节　作品论:《香粉夜叉》《北京》

一　《香粉夜叉》

故事梗概：夏日中夫妇在15年前带着3岁女儿夏佩文从关内到东北谋生，走到锦州地界时遭到土匪打劫，钱财被洗劫一空，落得沿街乞

[①] 于1918年下半年至翌年4月连载于《神皋杂俎》，该小说轰动沈阳，促使《盛京时报》发行量迅增，风靡一时。1919年8月由盛京时报社出版单行本，为东北地区出版单行本小说之始。

讨的境地。一次偶遇老乡魏向仁，魏家向夏家施以援手，夏家生活日见富足。两家住在一起和和睦睦，魏家儿子魏静文与夏佩文好似亲兄妹一般。七八年后，魏家夫妇不幸早逝，夏家顾惜老友旧情和魏家财产，收留了静文。静文考入高等学校，佩文进入女子师范，二人萌生爱意，准备毕业后结婚。不过随着接触社会，佩文渐渐对没有家产的静文疏远了，想象着过一种锦衣玉食的生活。一日，佩文在同学黎文涛家游玩时，被在黎家打牌的旧军阀、督军师长武大人看中。文涛之父利用夏家夫妇攀附权贵的心态和佩文爱慕虚荣的弱点，许以重金，最终帮助武大人纳了佩文为妾。佩文虽然觉得对不住静文，但奢靡富足的生活使她渐渐忘了静文。静文在经历这场婚变后毅然投奔"胡匪"并且成为首领，因袭劫了武大人在乡下的庄园而遭到官府缉捕，最终被杀。夏家父女自知愧对魏家，每晚噩梦不断，佩文也逐渐失宠。一次偶然的大火，夏家被烧得片瓦无存，夏家夫妇返归关内老家，留下受了刺激的佩文在武家苟延残喘。武大人等恶势力仍然横行于世上。

《香粉夜叉》的文学史意义在于它被部分学者认定为中国现代文学史上第一部白话长篇小说，高翔为《东北现代文学大系·长篇小说卷》所撰写的《导言》、张毓茂主编的《东北现代文学史论》、刘慧娟编著的《东北沦陷时期文学史料》以及徐光荣、铁峰、王金城、王晓恒等人的论文皆持有此种观点。理由主要如下。

第一，《香粉夜叉》创作和发表的时间比较早。小说于1919年11月18日至1920年4月21日连载于《盛京时报·神皋杂俎》，共123期22章。一般认为，张资平的《冲积期化石》和王统照的《一叶》共同构成中国新文学长篇小说的发轫之作。《一叶》写于1922年5月，10月出版。《冲积期化石》也是在1922年由泰东图书局出版，不过写作时间相对长一些，1919年秋冬开始动笔，直至1921年秋才完成，时断时续。由于穆儒丐的创作方式基本都是边构思边写作边连载，因此《香粉夜叉》与《冲积期化石》的创作初始时间基本同时，但从公开发表情况来看，《香粉夜叉》早了两年左右的时间。

第二，《香粉夜叉》在形式方面已经具备现代小说的基本特征。从整体结构上看,《香粉夜叉》采取的是现代小说的章节划分方式,故事情节组织方面也是按照现代小说通常以事件发展为叙述方式进行的,小说使用的语言基本上是白话文。作家在讲述一个完整故事的同时也注意到情节发展和结构形式,有意规避了旧式套路存在的一些问题,还有意对故事情节进行横剖性展示,做到了布局变换,尤其是适当进行了相对复杂而细密的心理描写。

　　现代文学是用现代文学语言与文学形式表达现代中国人的思想、感情、心理的文学,其中一个基本特征或是显著变化就是白话文代替了文言文。五四新文学运动在提出"人的文学"的同时及时提出了用白话代替文言的主张,掀起了白话文学思潮,当然这种变化并不是一蹴而就,在那个新旧交织和转换的时代,鲁迅于1918年发表的作为中国小说现代化标志的短篇小说《狂人日记》也多少留下了很多旧式痕迹。在《香粉夜叉》中,我们明显可以感觉到写作语言的转型期特殊气质,比如第五章这段话:"老夏夫妇见女儿相与了这样一位千金,也自觉喜欢。皆因她究竟是关里人,在奉天虽然十几年,始终没个高亲贵友,现在年头变了,遍街老虎皮,动不动受人欺负。"[①] 第六章开篇这样写道:"吾书至此,已演至六章。夏日中一家之关系,已发挥无余。今将踵续第一章,叙夏家过秋节一段景事矣。"[②] 还有如"闲言少叙""暂且按下""读者请看""作书的……""看书的……""却说……""前文已经表过了"等词暴露了小说的说书特征。同样,《冲积期化石》也存在类似的问题:"轮船展了轮,出了港口之后,速力渐次增加起来。"[③] "村里的男子尚没有受完全的教育。女子方面更不消说了。幸得她们双足天然,不加束缚,都可以从事劳动,对男子能够经济的独立,自耕而食,自织而衣;莳获期之外,还要联群结队,攀登几百密达的高山,砍柴回来,挑到方场里去卖,月中换得三五吊钱回来,帮家里的

[①] 张毓茂主编:《东北现代文学大系　第六集　长篇小说卷　上》,沈阳出版社1996年版,第21页。

[②] 张毓茂主编:《东北现代文学大系　第六集　长篇小说卷　上》,沈阳出版社1996年版,第21页。

[③] 张资平:《冲积期化石》,上海书店出版社1926年版,第12页。

油盐杂费。"① 到了《一叶》，虽然语言已经变得流畅很多了，但是仍有一些片段显得不够自然，比如："慧姐摇着一把时式的漆边嵌银丝的小团扇子，她的身子几乎斜欹倒在凉席上面，虽是园中的清风不断的吹，而她的柔润的发上，一滴一滴的汗珠，尚是不住手的用手帕拭着。"②

如果说上述这些可以暂且忽略，那么我们可以来谈技巧性的问题。《冲积期化石》的开头便显示出艺术上的粗拙性，以信件开篇的方式自有特别之处，但在活泼性方面略显不够。且看《香粉夜叉》的开篇：

夏媪谓其女曰："佩文，今天是十几了？你不说节下还有同学的找你来打牌？今天乘着工夫，好把东西预备出来。难道临时现忙？"佩文说："今天才十三，还有两天工夫呢。你老人家作吗这样催？"夏媪说："不是我催你，不忙着预备下，临时也得抓得过来？咱们家又没底下人，只一个老婆子，她会买什么。反正也得你哥哥回来买去。再说你那些同学喜欢吃什么我也不知道，你说都买什么好？"佩文说："我们都是姑娘人家，大酒大肉也吃不了，不过买点干鲜果子，再预备几样菜，也就够了。"夏媪说："虽然这样说，你哥哥那天也有朋友来，尽预备姑娘们喜吃的，他们又不挡口。"佩文说："你老人家太麻烦了，要买什么，你老人家就做主，要不等我父亲回来，你们老公母俩商量。只顾问我，我也想不起来买什么好。"夏媪听了笑道："你瞧，我不过与你商量，你又要犯脾气。得了，你不用管了，我自与你父亲商量。"佩文道："这不结咧。"说着，由抽屉内取出她的编物针，自往窗前编物去了。③

这段文字语言活泼，对话从侧面透露出人物的性格，佩文在与母亲的交谈中虽为说笑，看似性格温和，其实也显出执拗，暗示了后文中她

---

① 张资平：《冲积期化石》，上海书店出版社1926年版，第35页。
② 王统照：《王统照文集 第二卷》，山东人民出版社1981年版，第220页。
③ 张毓茂主编：《东北现代文学大系 第六集 长篇小说卷 上》，沈阳出版社1996年版，第3—4页。

与静文的若即若离状态。这段话交代了家里的人员构成，通过"老婆子"的存在而暗表了家庭经济状况。从中还可以看出故事发生的时间，因为马上要过中秋节了。佩文和哥哥都在读书，属于学生身份。这段人物对话尽显妙处，不枯燥又不夸张，进入日常，富有生活气息，也交代了需要交代的诸多背景内容。接着第二段写夏老头回来了，与夏老太太有一段简短对话。第三段的内容如下：

  正说着呢，只见进来一个学生，穿着高等学校制服，年约二十左右，中等身材，白净面皮，眉目之间颇带英气。见了夏老夫妇，忙脱帽鞠躬。夏老头说："静文，你今天怎回来晚了，教我不放心。"静文说："方才完了功课，在操场里和几个同学打会儿网球，故尔回来晚些，却劳伯父伯母等着。"夏老头说："我倒不怕你回家晚，只怕你遇了什么事。如今且去换了衣裳，咱们好吃饭。"静文见说，忙跑到自己屋子，换了便服，又去看他佩文妹。佩文见他来了，笑着向他说："你今天回来晚了，我三点钟就下学了。"静文说："我今天在外头多玩了一会，故尔回来晚些。明天我必要早回来的。"说着二人拉着手，一同去吃饭。①

这段文字充分描述了一家人的和谐状态，静文脱帽鞠躬，且对自己晚回原因不厌其烦地解释了两次，可见静文的知书达理，"伯父伯母"的称呼又使我们明白静文和佩文的兄妹关系并非真亲近，拉着手一同吃饭又突出了二人非同一般的特殊亲密关系。第一章只有三段，信息丰富，切入主题十分自然，无赘余之言，显示出穆儒丐驾驭文本和编制故事的能力。

  小说部分地采取了倒叙方式，第二章开始交代魏夏两家的交往历史，直至第五章结束，至此才接上第一章的内容，还有插叙等方法的运用，同时仍留有传统说书人的话语习惯，不过"作品也表现出了着力

---

① 张毓茂主编：《东北现代文学大系　第六集　长篇小说卷　上》，沈阳出版社1996年版，第4页。

第二章 穆儒丐

摆脱传统小说的由说书人充当叙事者的藩篱而变全知视角为特定观察视角的变革倾向"。① 小说整体上采取的仍是第三人称的全知视角，于是叙事者经常会跳出来发表议论，评论事态进展，评价书中人物，为下文埋下伏笔，比如描述完静文和佩文亲切相处的情景后，第四章开头就发表如此评论：

> 读者请看这两个人的情形，便是少年夫妇，也不过这样敦笃。实则他两个人心里也都知道将来必定是夫妇的。不但他两个知道，便是老夏夫妻，受了魏向仁多少好处，真所谓粉身难报。论情论事，这佩文当然是应归静文的……便是作书的此时也确信他两个是一双佳偶，想不到旁处去……②

这些议论也表达了读者的想法，增强了全文谴责趋炎附势的社会风气的力度。这与《冲积期化石》那种有些遏制不住的表现欲不同，《冲积期化石》中语调的生硬和批评的武断显示出作家表达能力方面的缺陷，比如最为知名的这段批判话语：

> 有好政府，有良好社会，有良好教育制度，一般的国民教育，也要做父兄的一一自己经手么？这是我们村里人民的不幸，也是我中国人民的不幸——因为支配我们地方的政府，像循周期律似的，经过一定年数，就要推纲倒常的变动一回。所以他们办事的人，也像住旅馆似的，匆匆的跑来，匆匆的跑去，没有一定的方针。他们说前政府是不良政府，所行的都是虐政，所以要推倒他。但他们接手之后，再分不出前政府所行的那一种是善政，那一种是虐政，总之要剥民脂吮民血的时候，就是前时自己攻击前政府不应行虐政

---

① 高翔：《导言》，载张毓茂主编《东北现代文学大系　第六集　长篇小说卷　上》，沈阳出版社1996年版，第5页。

② 张毓茂主编：《东北现代文学大系　第六集　长篇小说卷　上》，沈阳出版社1996年版，第16—17页。

· 59 ·

的，也"前据……照准此令"一纸空（公）文的承袭下去。①

穆儒丐在《香粉夜叉》中极力控制了自己通过议论方式表达对于黑暗现实不满的情绪，更多地在叙事范畴内处理叙事语言，防止产生不必要的节外生枝，即使静文被枪决后，也是通过环境变化的描写来烘托内心愤怒：

> 此时风渐住了，西北天角拥出一块黑云，渐渐布满天空，阴惨之状，不可言喻。少时，飘飘摇摇的，卷下一天大雪，不到半日，下了半尺多厚，将这浊恶的世界不留一隙，全行盖住。静文等四个尸身，却得这场大雪，严严密密的把他们覆在底下，他们却落得安安稳稳睡在那里，未被野犬觊觎了去。②

当然，静文被枪毙后天下大雪，昭示了冤情，佩文中邪，又似因果报应，这些传统小说的叙事特征依稀可见，能够看出整个文本复杂的一面。

第三，《香粉夜叉》的思想主题具有现代性。五四新文学强调小说的现代性，这种现代性在于"现代的思想主题获得了现代的存在方式"③。如果只是在时间和形式上看，鲁迅的《狂人日记》也许要输给陈衡哲的《一日》，关键在于现代思想的存在，《狂人日记》集中于统治者吃人、被统治者也吃人和觉醒者也曾吃过人三个层面并最终上升到文化传统、封建礼教吃人的本质，这种揭示眼光犀利、思想透彻。

五四新文学初期的总体特征是反映社会现实和表现人生，《香粉夜叉》符合这一时代趋向，也在试图揭示病痛以疗治社会暗疾，显示了思想主题的现代追求。《香粉夜叉》的表现对象指向普通的青年知识者和市民阶层，既有理性精神的张扬，又有感伤意识的流露，批判了旧道

---

① 张资平：《冲积期化石》，上海书店出版社1926年版，第59—60页。
② 张毓茂主编：《东北现代文学大系　第六集　长篇小说卷　上》，沈阳出版社1996年版，第130页。
③ 严家炎：《中国现代小说流派史》，人民文学出版社1989年版，第18页。

德，也肯定了个性精神。穆儒丐坚持以现实为创作基础，并未将结局设计成善有善报、恶有恶报的大团圆传统模式，而是制造了一个悲剧性结尾，安排善者静文死去，恶者武大人依旧横行霸道逍遥法外，与当时黑暗的社会现实相契合，具有强烈的批判现实主义精神。《香粉夜叉》连载结束后，穆儒丐又在《神皋杂俎》连续5期发表了《〈香粉夜叉〉或问》一文，阐释创作体会。作者说《香粉夜叉》原意"为救女界之沉沦而作也"，当有读者问："佩文、武大人、老夏、老黎诸人皆人所不齿者也，而不加以最恶之收场，未免有失劝惩之意"，作者这样回答："此类之人，丛生麕集，充斥社会，所以不加科罚者，正见其不易除耳。"① 作者的创作的确反映了当时一类社会现象，具有现实主义的写作观照，揭露了不合理的社会制度。

穆儒丐的作品是封建性与现代性并存的，《香粉夜叉》既有封建性的传统伦理道德，又充满了五四新文化运动后的现代意识觉醒。夏家三口人进入城市后，在激烈的传统与现代的思想碰撞中被扭曲的世俗意识俘获，成为旧道德的牺牲者。青年魏静文充满个性精神，追求自我价值，有壮烈的革命之举，可惜终被吃人的社会毁灭。特别是围绕一场爱情与婚姻的纠纷中展现了各色人等的真实嘴脸：夏家人的攀附权贵和市井心态，武大人的贪欲、丑陋和粗劣，黎文涛的卑劣以及其父老黎的奸恶、贪婪，等等，展现出人性的复杂性和丰富性，从一个侧面反映了那个时代的种种人生世相。由此可见，作品在很大程度上有别于传统的才子佳人小说的俗套，而闪现出新的时代精神。

综上，穆儒丐被视为东北现代文学的开拓者和建设者，为东北现代文学的发展尤其是现代小说的创作作出杰出的贡献，这种论断是有一定道理的。

二 《北京》

长篇小说《北京》的主人公宁伯雍是留学日本六年归来的满族青

---

① 儒丐：《〈香粉夜叉〉或问》，《盛京时报》1920年4月22日—28日。

年，因辛亥革命而隐居京郊，听说老同学白歆仁在前门外经营《大华日报》，便去求职，成为记者。他在龙泉寺认识了梆子小花旦白牡丹，又在妓院结识了妓女秀卿。伯雍与古越少年、沛上逸民等组织团体来捧白牡丹使之日渐走红，白牡丹却被维二爷独占，厌弃伯雍等人。秀卿厌恶高官富豪，对伯雍却另眼相待，痴心一片，两人渐生情愫。秀卿不幸患上肺痨而逝，临终前将母亲和弟弟托付给伯雍。伯雍不负所托，努力为秀卿的母亲和小兄弟崇格寻找安身之所。为此奔走中，所遇挫折使伯雍萌生一些念头，想在教育公所混个名头，又试图通过考取县知事助力社会民生，但是教育公所的黑暗、考县知事遭遇黑幕，这都让他无所适从，加之白牡丹变节、秀卿之死的打击，使他的热力慢慢消失殆尽。最后，尝尽失败苦果的宁伯雍不得不返回西山，一心要做一个文学家。

和很多北京出身的作家相似，穆儒丐也在写作中时常关注北京。1922年，穆儒丐在《神皋杂俎》先后连载了两部以北京为写作背景的小说，即中篇哀情小说《同命鸳鸯》和长篇社会小说《徐生自传》。第二年的2月28日—9月20日，连载完成长篇小说《北京》，共169期15章，此时，北京真正成为穆儒丐的审美对象。1924年2月，《北京》由盛京时报社出版单行本，署名穆辰公，它被认为是中国文学史上首部关于北京的长篇白话小说。小说具有如下特征及价值。

（一）《北京》带有自叙传和实录色彩。作品所叙宁伯雍的经历与穆儒丐的部分履历非常相似。从穆儒丐在中华人民共和国成立后更名宁裕之来看，作家在最初的人名设置方面有着自己的筹划，不是随意而为的。宁伯雍系北京香山健锐营旗兵之后，有日本留学经历，学习法政专业，为了糊口而就职于报馆从事记者工作，对于革命的态度，考取县知事，好捧伶人，等等，这些皆与穆儒丐的经历相吻合。特别是穆儒丐在北京期间与伶界的交往活动以及对于伶人的熟知都成就了《北京》这部作品相关细部的成功书写。1912年，穆儒丐在《国华报》做编辑期间，便成为京戏迷。1912—1913年间，穆儒丐还为荀慧生组织白社。今日仍能见到《国华报》组织童伶竞选，白牡丹选为童伶博士之记载。白牡丹为荀慧生唱梆子时的艺名，在小说中使用了化名。穆儒丐在书中所叙之事自然有文学性的加工，不过也基本遵循其亲历之实，从而达成细节的丰富性，赋予小说以实录色彩。

正是自叙传和实录色彩，使我们在阅读作品的时候能够了解那个时期在报刊史实记载当中所无法看到的一些"真实"情状，并从中窥见穆儒丐在北京生活阶段的心理变动。更主要的是，《北京》"是迄今能读到的用中文书写的、最为真切详备地收录有民国伊始京师旗族命运场景的记实之作"①，具有文学和史料的双重价值。

（二）《北京》是现代作家展开北京想象的重要文本。北京想象是一个重要话题，北京在真实的物理空间之外又具有文学建构的形象学意义，它以独特的地域文化深刻影响着现代作家的文学创作，同时现代作家也以各自不同的言说方式赋予文本以各自有关北京的都市想象和文化记忆。相关研究中，人们更多集中关注老舍、沈从文、周作人、林语堂、张恨水等著名作家及其在20世纪30年代和40年代所创作的文学作品。在满族作家中，老舍、王度庐无疑是书写北京的重要作家并得到关注。不过，当穆儒丐、蔡友梅、冷佛、剑胆等清末民初旗人诸家被陆续重新发掘，他们的创作有效填补了清季之曹雪芹、文康、石玉昆等与老舍、王度庐等中间的"缺环"部分，其中穆儒丐的《北京》等作品集中于对北京民国初年的想象，促使北京想象的文本变得充实起来。

《北京》翔实地记录了民国初年北京的旗人命运，真切细腻地再现了民国初年老北京的社会风貌，其北京想象包括如下层面。

第一，民国初年北京的风俗。《北京》中的风俗涉及多个层面，如居室设置、茶馆酒肆、市井街巷、妓院、戏园等，特别是对妓院行当的细致描写具有一定民俗学价值。作家不光展现这些民俗景象，也用比较对照的眼光加以审视以达到对于民俗背后的时代变迁的深入洞察，细腻地呈现了一个新的时代到来时那些旧有的文化习俗元素的现实处境，与后来出现的现代作家们集中描写的北京之"新"形成对照，共同构成

---

① 关纪新：《风雨如晦书旗族——也谈儒丐小说〈北京〉》，《满族研究》2007年第2期。

北京风俗历史长卷。

第二，民国初年北京的人与事。穆儒丐的北京风俗描写与北京人事存在高度对应性，在风俗的展现中实现了它们的叙事功能：映衬着经历时代变迁加速"堕落"的"新北京"印记，烘托了北京的人事沧桑。《北京》集中展现了清代灭亡以后八旗子弟的落魄生活，揭示了当时报纸采编工作的万象，以及洋车夫、妓女等下层民众的苦难生活，集趣味性与批判性于一体。《北京》对于北京人的描写涉及底层人物较多，又不惜以大量笔墨描写了知识阶层，展示了辛亥革命前后一部分满族知识者的内心世界。这部小说的社会现实成分十分丰富。穆儒丐的小说大多具有"社会史"的成分，他的《北京》《笑里啼痕录》《徐生自传》《财色婚姻》《如梦令》等在连载时皆标注为"社会小说"，作家通过小说创作反映社会真实，企图达到启蒙思想、干预社会的目的。

第三，基于旗人视角的北京想象。辛亥革命结束了中国两千多年的封建帝制，属于20世纪中国重大的历史事件和时代转折点，当汉族民众欢呼清王朝的消亡的时候，旗人们的生存境遇和所思所想是什么呢？仅从文史资料中考查可能还不够，《北京》便集中回答了这一问题。

从京郊来到城里后的宁伯雍看到一个日益变化的北京城，又最终回到京郊，他一路行来并非简单走马观花，而是一路观察，产生非常多的思虑与想法，穆儒丐是想通过伯雍的眼与心实现一个旗人对于自身及族群的认知与表达，从这个角度来说，作为故事发生场域的北京城已成为旗人世界境遇及思想变迁的象征物象。第一章中伯雍面对三镇兵士焚掠北京①的遗迹发出如此感慨：

    伯雍看了这些烧残的废址，他很害怕的起了一种感想。这北京城自从明末甲申那年，遭了流贼李自成一个特别的踩躏，三百来年，还没见有照李自成那样悍匪，把北京打破了，坐几天老子皇帝。便是洪杨那样厉害，也没打入北京。不过狡猾的外洋鬼子，乘

---

① 1912年2月29日，北洋军曹锟的第三镇（师）下属军队哗变，俗称"北京兵变"，又称"京保津兵变"。

着中国有内乱,把北京打破了两次,未久也就复原了,北京究竟还是北京。如今却不然了。烧北京打北京的,也不是流贼,也不是外寇,他们却比流贼外寇还厉害。那就是中国的陆军,当过北洋大臣、军机大臣、如今推倒清室忝为民国元首、项城袁世凯的亲兵。项城先生是北洋派的领袖,国家陆军多半与他有关系。如今他的兵,在他脚底下,居然敢大肆焚掠,流贼一般的饱载而去。此例一开,北京还有个幸免吗?嗳呀,目下不过是民国元年,大概二年上就好了。二年不好再等三年,三年不好,再等四年。四年不好,再等五年。五年不好,再等六年。六年不好,再等七年、八年、九年……若仍见不出一个新兴国家样子,那也就算完了。①

这段话表面来看是对北京未来的忧虑,但其忧虑是有一个旗人基点的,伯雍在此只字不提清兵入关之事,而是将怨气撒向辛亥革命之后的民国新政权,看似是忧虑国事,实则表达了对于清室政权消亡的一种怅惘。伯雍避开清王朝的软弱腐败导致政权覆灭等话题而谈其他,很显然缺乏一种反思意识,其背后隐藏着十分复杂的况味。穆儒丐通过宁伯雍之口透露出自己的遗民心理和情结,这种心理和情结并不是狭隘的民族主义,反而是民族融合之后的某种结果呈现,作为一个旗人既与这个国家的命运息息相关又自然地本能地保持着一种暂且挥之不去的优越与沮丧相掺杂的自我族群意识,这种意识恰是那个变革时代的一种真实反映,使我们真切地看到了一个旗人知识者的隐秘的精神世界,其实这正是《北京》这部小说的意义价值之所在。同时,我们还要仔细去看小说后面的表述,在不断呈现旗人底层人生活境遇的同时,宁伯雍也在不断思索这个族群的出路和前景问题,并在思索中切入中华民族大背景,展现了一个旗人知识者对于整个国家前途命运走向的忧虑与考量。其实,穆儒丐在日本《大同报》时期发表的文章已经在对中国由封建帝国向现代主权国家转变中的中华民族现代民族国家形成问题做出构想和

---

① 穆儒丐著,陈颖校注:《北京》,北京大学出版社2018年版,第18页。

努力。宁伯雍具有遗民心态，表现出对于清王朝的眷恋，其不出仕的原因自然有感念前朝的成分，同时他在精神角落也保持着一种新民立场，不出仕还在于对当时北京政坛的失望，不愿同流合污，他的意识里认为即使小国民的身份也要做大国民的事业，两个方面形成一种复调结构，构成解读这部作品的两条线索。穆儒丐守护和言说族群的伤痛无法被新民立场完全涵盖，但是从希望融入民国的角度来看，二者是存在交集和共振的。[1]

应当说，穆儒丐的旗人身份多少影响了他观察北京的视角，显得有些偏狭，但"作家表达了对革命的抵触情绪以及对下层民众苦难的同情和理解，对旗人中的堕落者也给予了尖锐的嘲讽和批判"[2]。由此可见，作家更是想以旗人社会为北京想象甚至中国想象的典型对象，从而达到对于"尴尬的国都"和不成熟民族国家的转喻。民国国家的不成熟状态确实属于一个基本的事实，官僚政治的封建化，民族国家观念的淡薄甚至阙如，这些不仅体现在普通民众阶层，也存在于知识者阶层，比如宁伯雍好友白歆仁的政治投机行为及其身边一色人等的酒色生活。当然作家也写到了坚守者，万松野人夫妇为救护旗族贫寒少女建立慈善机构和静宜女子学校的努力，作家予以褒扬赞许，认为万松野人不仅是满族优秀的知识者，也是那个时代的一个代表。与万松野人相对，一部分知识者仍然处于犹疑状态，宁伯雍便是其中一员，比如第十三章伯雍与凤兮的交谈，两个人既有抱负又流露出一种消极情绪，有些消极主义的表达又往往牵扯出一种无奈之感和无能为力，实则是一种精神的苦闷，也是部分时代情绪的透露，凤兮谈到自己只能以诗消遣，"我想这样安分守己，不事竞争，虽然对于国家社会没什么补救，可是也断不至于为国家社会之累"[3]。一种无可奈何溢于言表。作为一个理想主义者的宁伯雍，既有时代共性又有旗人特性，其想要改变中国的心路历程值

---

[1] 李丽：《遗民心态与新民立场——旗人作家穆儒丐20世纪20年代作品研究》，《民族文学研究》2020年第5期。

[2] 张伟、李永东：《民初北京的文学想象——以穆儒丐的长篇小说〈北京〉为中心》，《创作与评论》2017年第18期。

[3] 穆儒丐著，陈颖校注：《北京》，北京大学出版社2018年版，第187页。

得特别关注。中国现代作家塑造了大量知识者形象，鲁迅、郁达夫等主要传达了汉族知识者的内心情绪，穆儒丐笔下的时代变革中的满族知识者形象同样鲜明饱满。《北京》基于旗人视角所做出的北京想象，既复杂又值得品读，富有一定文学史意义。

（三）《北京》的艺术性及其他。《北京》是用纯正的北京话写成，在京语文学史上具有典型性，里面有大量北京方言的运用，还有部分满语的音译，也可作为语言学领域研究北京话的参考文本。日本学者太田辰夫将这本小说作为汉语及北京话教材，还专门写文章讨论其中的老北京话的释义。

小说细节展示有佳，尤其采取多角度去表现社会底层生活，伯雍入城时遇到一个勉强糊口的人力车夫德三，又在街头遇到过一个彪悍男子辱骂一个衣衫褴褛的老者，秀卿为养活母亲和幼弟而无奈身陷风尘，桂花因贫穷而无奈选择进入妓院，这些都全面指向旗人的悲苦之状。小说对秀卿之死描述过于简略，对秀卿死后伯雍的情感波澜的展现过于平淡，缺少更具艺术性的深度刻画。开头有佳（特别是景色描写），结尾欠缺火候，整体来看，前边几章构造精致，越往后越缺乏含蓄性，议论逐渐增多，尤其对于时政的议论性话语过多，对作品的艺术性造成一定损害。当然，也有很多地方的议论是很有必要的且能起到叙事作用，比如伯雍在教育公所走了一圈后因讨厌那个环境而决心不干了，与白歆仁的对话与议论可谓神来之笔，特别是白歆仁的"要得的人"与"要不得的人"的肺腑之谈，极富现实感，突出了白歆仁这个形象的复杂性与典型性特征，也通过对话展现了两个人的性格差异。

除了《北京》，特别值得一提的是《北京梦华录》，也是将北京作为主要审美对象。《北京梦华录》发表于1934年2月6日—7月25日，是穆儒丐回忆老北京风物的系列文章，共刊载125期，是仿照《东京梦华录》《梦粱录》等体例而作。从内容上看，《北京梦华录》展示了清末民初北京市民的生活，包括饮食、娱乐、手工艺和礼俗等多个层面，以重点篇幅描述了北京的饮食，如点心、粥、茶馆、酒馆等，特别是平民风味的各种粥和点心，涉及内容丰富、全面且吸引人。字里行间有对清末北京风味的怀恋之情，也有对民国以来的北京的失望心态。这部作品可与《北京》进行对读，充分了解穆儒丐的文化心态。《北京梦华录》是在《北京》写作10年之后完成的，此时穆儒丐已居留东北多年，东北异族统治的情态更加重了他对北京老家的怀恋之情，比如有关北京豆汁的描写："一个人到了旁处去作事，总要思想乡味的，如同张翰之思莼鲈，真是人情所难免。但是北京人一到外方，你要问他你想北京的什么吃的，他必说我想豆汁喝。其实北京的好饮食多了，何必单想豆汁呢？这也因为豆汁是北京特产，再说其中有一种不可言喻的神秘，除了久住北京沾染豆汁嗜好的能解其中奥妙，否则怎么说也不解其味。"① 总而言之，两部作品为京味民俗文化的再度挖掘和文学史研究都提供了重要范本，而对于穆儒丐来说，深处遥远的东北通过文字实现的则是一次又一次精神还乡的过程，当然他对东北也有一种故乡认同感，东北亦是一块情感归属之地，可见穆儒丐精神世界的复杂性。

第二节　作家论：作为多面手的"小说圣手"

穆儒丐与老舍、王度庐并称为"民国文坛三大满族小说家"，又被称为"满洲文学第一人"，属于东北现代文学的开拓者和建设者。张毓茂主编的《东北现代文学史论》一书视之为"现代长篇小说的先驱者""当时最负盛名的丰产作家"。长篇小说《梅兰芳》在20世纪30年代连载于期刊《影与戏》（至第六回结束），题名为"伶王秘史"，该刊在"编者前言"中提到"原来著作人'穆君'是一位小说圣手"。"小说圣手"的评价并不为过，其实何止小说的不菲收获，穆儒丐兴趣广泛，多才多艺，特别是文艺造诣很深，致力于文学创作和戏曲评论等多个方面，一生著述驳杂。

穆儒丐学识渊博，与阅读量大且广泛有关。留日期间，他极其崇拜新文艺，在学校通读了日译《莎士比亚全集》、新渡户博所著《浮士德

---

① 穆儒丐著，陈均编：《北京梦华录》，北京出版社2016年版，第3页。

研究》以及尾崎红叶、夏目漱石、森鸥外、托尔斯泰等著名作家的作品。外国作家比较推崇狄更斯和左拉，中国古典小说推崇《水浒》《石头记》《儒林外史》《儿女英雄传》等。这种阅读促使他的创作能够在固守传统的基础上推陈出新，思想传统又不乏改革意识。因此，在他的头脑里存在着新旧两种思想，二者相互交叉，有时显示出明显的矛盾性，比他如对辛亥革命和五四新文化运动皆有微词，但又能在写作中做出呼应五四新文化运动的姿态，且在思想上存在抨击自我阶级和旧有时代的一定意识。

穆儒丐还是一名翻译家，翻译作品数量广泛。在东北期间发表有：法国雨果的社会小说《克洛德·格》和长篇小说《哀史》（即《悲惨世界》）、法国大仲马的小说《严窟岛伯爵》（即《基督山伯爵》）、法国人所著侦探小说《古城情魔记》、英国狄·奎因士的小说《瘾君子自传》、德国战争长篇小说《情魔地狱》、波兰仙求为威（今译显克微支）的长篇小说《俪西亚郡主传》（今译《你往何处去》）、苏格兰米克尔的诗歌《赠杜鹃》、英国萨米页尔·洛格斯的诗歌《述怀》、日本谷崎润一郎的小说《麒麟》和《艺妒》、米歇尔·斯麦鲁的杂文《品性论》，等等。穆儒丐的翻译以日文为底本，以欧美、日本文学为主体，侧重于有影响力的作家作品，所选作品往往着眼于表现人性与仁爱，采取文言和白话相结合的方式并得到读者认可。穆儒丐自身的文学创作也由翻译实践获得一定启示。除了自己翻译的作品，穆儒丐主持的《神皋杂俎》还登载了相当数量的其他译者的翻译作品，如《夏夜梦》（即莎士比亚的《仲夏夜之梦》，张天翼译）、《时光老人》（爱罗先珂的小说，鲁迅译）、《一股节绳》（莫泊桑著，崔庆桂译）、《鬼新郎》（欧文著，士忱译）等。上述很多作品在东北文学现代化转型阶段且新文学需要站稳脚跟的过程中适时出现，为文学写作技巧的提升准备了摹本，也培养了新文学的读者。

穆儒丐将《神皋杂俎》定位为一个"公共的遣兴平台"，采取栏目编辑法，分为"小说""笔记""文苑""笑林""谐文""别录""戏评""杂报""启事"等栏目，内容丰富。穆儒丐虚心接受读者意见，不断改进栏目内容，并号召文学爱好者踊跃投稿。日本学者大久保明男在著作中说，穆儒丐"长年蛰居奉天，一直深居浅出，在长达近30年的报人生涯里，他恐怕几乎没有离开过报社一步"①。1936年，金小天为纪念《神皋杂俎》创刊30周年而作的纪念文章中说，20年间穆儒丐"连一年、一月、一天都没有休息过，不停的执笔创作，对于读者来说当然是捡了便宜。同时他在发展和开拓满洲文坛和读者园地方面功不可没"②。他全身心投入《神皋杂俎》工作，并在上面发表了大量时事短评、散文随笔、文艺评论、旧体诗歌。

穆儒丐以"丐"为署名在《盛京时报》头版发表大量评论，涉及内容广泛。比如，1924年1月12日至12月27日间的文章标题，从中可见一斑：《读书！》《根本生活》《医与药》《商界须觉悟》《思想与人生》《去党》《中俄之外交》《种牛痘》《国民道德》《说法治》《太戈尔来华》《物质文明》《吸烟与赌博》《修路秘诀》《民胞物与》《整顿金融》《制度与习惯》《绘画展览会》《"上下交争利"》《历史地理》《读文明史》《市政刍言》《转移学风》《眼睛卫生》《车牌之研究》《因循之害》《战争与战斗》《维持治安》《战时的服务》《拒毒会》《可靠的消息》《今后之时局》《时势之观测》《武力与平和》《冯玉祥下野》《清室问题》《忠告警界》《呜呼革命！》《人的事业》。

1939年，穆儒丐在《神皋杂俎》连载了241期的《随感录》，内容涉及政治、教育、文化、文学、风俗、衣食住行、宗教信仰等诸多方面，各期内容有一定连贯性，核心观点为"以日为师"。《随感录》论述逻辑严密，谈古论今，放眼中外，旁征博引，观点明确。1940年发表的《文艺的真势力》一文被认为是"满洲社会上难得的评论"，在当时产生较大影响。其他主要散文随笔有：《二柳庵随笔》《半亩寄庐说绘》《半亩寄庐感想录》《半亩寄庐杂缀》《半亩寄庐随手录》《旧小说闲话》《捻珠随笔》《捻珠随笔外篇》《冰房杂记》《曝檐琐语》等。

---

① ［日］大久保明男：《伪满洲国的汉语作家和汉语文学》，北方文艺出版社2017年版，第140页。
② 金小天：《从今天向回追想》，《盛京时报》1936年10月18日。

第二章 穆儒丐

穆儒丐对旧戏情有独钟，沈阳期间除了办副刊，大量时间都在戏园中度过，可从如下文章标题管窥一二：《三日晚第一楼观剧记》《凝香榭听书小志》《绮岫阁听书》《星期晚卿明顾曲记》《公园鹤林社顾曲记》《万泉听歌记》《万泉听鼓记》《会仙观戏记》《畅观听歌记》《星期晚之畅观楼》《星期二之会仙观剧记》《鸿泰轩一夕记》《青莲阁顾曲记》。返回北京后，穆儒丐还参加了朝阳庵、庆平轩票房活动。他特别喜爱八角鼓曲，编写有《屈原》《三笑》《鸳鸯》《雪艳娘》《荆轲刺秦王》《汉文帝夜梦黄头郎》等单弦牌子曲，以及《李逵赞》《武松赞》《鲁智深赞》《酒色财气》等岔曲，晚年以编曲唱曲为生，著有《半亩寄庐子弟书》手稿，由其子宁汝需于 1976 年整理，含八角鼓曲词多篇及七律《自遣》一首。穆儒丐在戏曲方面见解独到，剧评深合法度，时常传达出专业性见解，是一位有着丰富戏剧知识和深厚理论素养的戏曲评论家，如《绮梦轩剧话》《二柳庵论剧》《说新剧》《新剧与旧剧》《戏剧之教训》《说戏装》《中国的社会剧》《半亩寄庐说书》《戏剧之进化与退化》《戏剧戏文必经文人润色》《戏剧杂谈》等。穆儒丐也是为伶人作传第一人，早期的《伶史》仿照《史记》体例而作，系最早研究晚清民初戏曲的专书之一。1927 年 8 月 19 日金毓黻的日记载："六田与余无一面之识，而余颇赞其能论文、论书、论画，皆有独到处。所撰伶史颇能举清末梨园之掌故兼及前朝逸事，娓娓如数家珍，译外人说部笔曲而达，诚未易才也。"[1]

在旧体诗词方面，穆儒丐也有诸多作品问世，比如《缘春词（30 首）》、七绝《书感》、七律《辛酉中秋酒罢悲生因而有作》《东园留饮并赐小印感赋长句》《东园约饮醉报此诗即依原韵》、五律《自饮》《中秋感赋并序》、十句七言诗《奉和雅峰夫子秋日游静宜园韵（有序）》三首，等等。

穆儒丐还撰写或编述了《南宗画史》《汉学梗概》《美学史纲要》等文，编著有《大陆成语辞典》（1944），作为纂修参与了《奉天通志》

---

[1] 金毓黻：《静晤室日记 第 3 册 卷 36—卷 53》，辽沈书社 1993 年版，第 1927—1928 页。

"交涉志"的编纂工作（与伦明合编）。

穆儒丐还推崇新人新作，并给予大力指导和扶持。王冷佛的长篇小说《珍珠楼》便连载于《神皋杂俎》，在穆儒丐的影响下，王冷佛迅速成长为《神皋杂俎》的主力作家和理论家。1926年，王冷佛与金小天共同担任《盛京时报》新创办的文艺副刊《紫陌》的编辑工作。金小天于1923年11月8日—1924年1月18日连载的长篇哀情小说《鸾凤离魂录》，在"小天著"旁边标出"儒丐阅"字样。1931年，穆儒丐返回北平后，金小天接手了《神皋杂俎》编辑工作，并长期主持该副刊。

作为多面手的穆儒丐在当时东北地区影响很大，人们对其评价也很高。拿《梅兰芳》为例，1919年4月3日的《盛京时报》发表了花奴诗作《梅兰芳说部杀青在即爱题四绝并柬儒丐》，写道："辽海妇孺争快读，三都纸贵未为过。"辽宁籍著名学者金毓黻在日记中多次提到穆儒丐作品，如"自瑞轩借儒丐撰小说一册"①，甚至于夜晚"阅穆辰公儒丐所撰《梅兰芳小说》，至于脑昏目眵而止"②。金毓黻还写有《赠穆六田》一诗："京洛乌衣旧少年，伤心历遍劫三千。收书拾画归辽海，双绝人间穆六田。"③ 作为中国现代史上最早的白话小说家之一，其大部分小说内容丰富，情节曲折，注重故事的趣味性和新的文学手法对于故事的营造作用，"具有很高的文字造诣，写景状物、叙事描人，均很细腻传神"④。同时，我们要注意到《新婚别》的"反战"意识传达与《福昭创业记》制造"天心民意"以适应现实需求的做法所形成的鲜明对照，这说明穆儒丐的创作属于新旧思想交叉而矛盾的统一体，对存在争议的一些作品仍需持辩证或批判的态度。

---

① 金毓黻：《静晤室日记　第1册　卷1—卷17》，辽沈书社1993年版，第591页。
② 金毓黻：《静晤室日记　第1册　卷1—卷17》，辽沈书社1993年版，第605页。
③ 金毓黻：《静晤室日记　第3册　卷36—卷53》，辽沈书社1993年版，第1928页。
④ 上官缨：《上官缨书话》，吉林人民出版社2001年版，第70页。

第三章 萧红

萧红（1911—1942），黑龙江省呼兰县（今属哈尔滨的呼兰区）人。乳名荣华，学名张秀环，后改为张迺莹。

1927年秋入哈尔滨的中学读书，中学时代接触五四以来的进步思想和中外文学名著，以"悄吟"为笔名在校刊发表诗文。1932年春创作诗歌《可纪念的枫叶》《静》《偶然想起》《栽花》《春曲》。1933年初在萧军鼓励下参加哈尔滨《国际协报》征文，开始文学创作。

1933年，参加星星剧社的活动，与萧军自费出版小说、散文诗歌合集《跋涉》，引起东北文坛注意，很快《跋涉》因有"反满抗日"倾向遭到查禁。1934年，小说《麦场》（即《生死场》前两章《麦场》《菜圃》）连载于《国际协报》副刊《国际公园》，在青岛完成《麦场》的创作。1935年3—5月，写作《商市街》系列散文；12月，小说《生死场》作为"奴隶丛书"之三自费印行。1936年8月，出版散文集《商市街》；11月，出版散文、短篇小说合集《桥》。1937年，出版散文、短篇小说合集《牛车上》，在武汉开始小说《呼兰河传》的创作。1938年2月，与萧军在山西临汾分手；5月，与端木蕻良在武汉举行婚礼。

1940年1月，与端木蕻良赴香港。9月1日至12月27日，《呼兰河传》连载于香港《星岛日报》副刊《星座》。本年，出版短篇小说集《旷野的呼喊》、选集《萧红散文》、散文《回忆鲁迅先生》。1941年1月，出版长篇小说《马伯乐》第一部。2月至11月，《马伯乐》第二部在香港《时代批评》杂志连载（全文未完）。4月，发表小说《北中国》。5月，出版《呼兰河传》单行本。7月，发表小说《小城三月》。同年，在病重中得到史沫特莱、于毅夫（于成泽）、周鲸文、骆宾基等人救助。11月下旬，于毅夫到玛丽医院看望萧红，帮助急于出院的萧红离开玛丽医院出院治疗。随后，于毅夫安排了萧红的住宿、治疗和撤离香港①事宜，但因萧红病重不能行动，最终撤离无法完成。

1942年1月22日上午10时，萧红在香港凄然病逝。

第一节 作品论:《呼兰河传》《商市街》

一 《呼兰河传》

1937年9月，萧红与萧军离开上海抵达汉口。在武汉安顿下来之后，萧红开始创作《呼兰河传》，直至1940年12月20日完稿，可以说这部作品倾注了萧红的大量心血。《呼兰河传》是萧红的代表性长篇自传体小说，带着显著的北中国色彩。第一部分是描述故乡景物和风土人情的文字，写到大泥坑、火烧云、豆腐店、碾磨坊、染缸房、扎彩铺、卖豆芽菜的、卖麻花的、卖凉粉的，还有跳大神、唱秧歌、放河灯、野台子戏、四月十八娘娘庙大会等民俗活动。第二部分是自我生活及相关人物的回忆，从祖父写起，写到小团圆媳妇、长工有二伯、磨官冯歪嘴子等。

如果说《生死场》当中的方言表达所造成的阅读的迂延感以及文本断裂问题②存在许多争议观点，人们对待《呼兰河传》的价值认定可

---

① 12月8日，日军偷袭珍珠港，对英美宣战，进攻九龙。12月25日，香港沦陷。
② 对于文本断裂前后部分的有机联系等问题的探讨可以参考如下论文：摩罗《〈生死场〉的文本断裂及萧红的文学贡献》(《社会科学论坛》2003年第10期)、王颖《生与死的思考：摩罗〈生死场〉文本断裂的重新评估》(《名作欣赏》2011年第8期)、王桂青《书写在"女性身体"上的民族主义：论〈生死场〉兼与刘禾、摩罗商榷》(《名作欣赏》2011年第24期)、叶愚《如何重返矛盾重重的〈生死场〉：关于〈生死场〉的几种不同解读的比较分析》(《青年文学家》2011年第14期)、张露晨《文本的断裂与多重反抗主题的纠葛——谈萧红〈生死场〉的叙事困惑》[《内蒙古大学学报》(哲学社会科学版)2014年第2期]、段从学《大地，或者说愚昧的意义——论〈生死场〉的"场"》(《社会科学辑刊》2017年第2期)、周书婧《并非文本断裂，乃是主题续写与升华——抗战语境下〈生死场〉中女性悲剧生存书写的深化》(《泉州师范学院学报》2017年第3期)、刘东《跨域·"越轨"·诠释——重读萧红的〈生死场〉》(《文学评论》2020年第3期)，等等。

谓相对平稳。《呼兰河传》在萧红的创作中地位特殊，富有开阔的文本解读空间，是理解萧红全部创作的一个重要窗口。在人们不断的解读和认知中，《呼兰河传》呈现出独特而丰富的艺术魅力，成为现代文学中的经典。《呼兰河传》显示了萧红鲜明的艺术个性和可贵的探索精神。

（一）偏离与突破。《呼兰河传》明显表现出与左翼文学的疏离。其实萧红的创作伊始属于典型的左翼文学，其理论基石就是阶级论。从1933年5月至1934年3月期间创作的作品集中指向了城乡底层社会无处不在的苦难，《王阿嫂的死》揭露的便是惨烈的阶级压迫，此时的作品还在一定程度上自觉指向底层民众的觉醒和反抗。苦难与反抗是贯穿萧红早期创作中的两大题材和主题，它们在性质上既与左联所规定的主题和题材原则相吻合，也使萧红早期创作具备了典型的左翼形态，体现了左翼文学的基本要求和内涵。不过，萧红并不是在接受了严格的左翼文学理论的状态下进行创作的，接受的有限性也使得左翼概念化、模式化的影响变得十分有限，昭示着下一个创作阶段的顺畅开启。从1934年3月底至5月中旬，散文《蹲在洋车上》《镀金的学说》和小说《麦场》等作品的陆续发表标志着萧红由此开始疏离左翼文学，步入启蒙文学创作阶段。从契合走向疏离，意味着萧红在创作理念上产生了自我调整的追求，也说明她对文学的独立判断意识在增强。在现代作家中，萧红积极建构并坚守着自己的文学创作理念，这种"在而不属于""和而不同"的状态，意味着萧红的自我超越性以及挣脱政治革命话语束缚的努力。

1938年3月27日，中华全国文艺界抗敌协会在成立大会上提出了"文章下乡，文章入伍"的口号，鼓励作家深入现实斗争。4月29日，在胡风主持的一个座谈会上，萧红发言时谈及作家的身份和责任，直率坦言："作家不是属于某个阶级的，作家是属于人类的。现在或是过去，作家们写作的出发点是对着人类的愚昧！"[①] 这种文学观恰是萧红文学实践的一个客观而精准的自我总结和概括，流露出她对于文学功能

[①] 《现时文艺活动与〈七月〉——座谈会纪录》，《七月》1938年第3卷第3期。

和作家位置的清醒认识,在文学意识的表述中已然超越个人和民族层面而具备人类性观念元素,"即表现为对于人类生存状态的一种博大情怀和悲悯意识"[1]。在萧红笔下,北中国乡村荒野图景和小城中的各种"动物性"的生存状态显示出人的精神世界的贫瘠与麻木,这种看似地域化的生老与病死、愚昧与挣扎其实具有高度的概括性,一般认为,《呼兰河传》蕴含着作家改造国民灵魂的愿望,然而远不止于此,其实已上升到一种人类性观照,这种人类性的观照,"不仅对当时的人们施以影响,更在一个永恒的层面启示未来的人们对生命过程进行终极的思索。也正是这种魅力,使得萧红的部分作品获得了经典性的品质"[2]。萧红对于主导性文学价值取向的偏离与突破,在20世纪40年代的抗战大环境下显得有些不合时宜。茅盾在《〈呼兰河传〉序》中认为:"如果让我们在《呼兰河传》找作者思想的弱点,那么,问题恐怕不在于作者所写的人物都缺乏积极性,而在于作者写这些人物的梦魇似的生活时给人们以这样一个印象:除了因为愚昧保守而自食其果,这些人物的生活原也悠然自得其乐,在这里,我们看不见封建的剥削与压迫,也看不见日本帝国主义那种血腥的侵略。"[3] 茅盾还对萧红香港阶段创作转变表达了困惑之意。1945年12月,在重庆举行的萧红纪念大会上,胡风表示:"萧红后来走向了脱离人民脱离生活的道路,这是毁灭自己创作的道路,我们应该把这当作沉痛的教训。"[4] 萧红的这种"自我毁灭"其实早已显露端倪,从《生死场》开始便具有的那种小说写法与当时主流创作相比看似有些并不入流,萧红的作品在特定时期阐释了左翼文学观念,又在艺术追求方面带有强烈的个性化色彩,从这个角度来看,萧红的探索意识远远超越了同时代的作家,尤其是很多男性作家。

(二)多元建构意识。萧红的创作始终没有忽视文学审美性的把控问题,尤其到了《呼兰河传》阶段,艺术上趋于成熟稳定,能够做到

---

[1] 张福贵等:《文学史的命名与文学史观的反思》,北京大学出版社2014年版,第152页。
[2] 张福贵等:《文学史的命名与文学史观的反思》,北京大学出版社2014年版,第152页。
[3] 茅盾著,四川文艺出版社编:《茅盾选集 第5卷 文论》,四川文艺出版社1985年版,第335页。
[4] 胡风:《胡风回忆录》,人民文学出版社1997年版,第351页。

挥洒自如，达到了"淡妆浓抹总相宜"的艺术效果，加之思想主题等方面的多元追求，使得《呼兰河传》的多元建构意识十分突出，从而极大提升了作品的艺术魅力。

第一，多文体的探索。在中国现代小说史上，"萧红深具冲破已有格局的魄力"①，从《生死场》到《呼兰河传》孕育并造就了一种萧红式的独特的小说文体。《呼兰河传》具有散文化、诗化、戏剧化的文体特征。

阅读萧红的小说，"你会发现，她对于'过程'显得漫不经心，而只肯把气力用在一些富于情致的小片断上。久贮在记忆中的印象碎片，她就这么信手拈来，嵌在'过程'中，使作品处处溢出萧红特有的气息，温润的，微馨的。这些碎片散化了情节，浓化了情致、韵味，对于读者，常常比之'过程'有更久远的生命。她的小说，也的确于散漫处，于似乎漫无目的处最见情致"②，萧红小说的这种散文化代表着中国现代小说散文化发展道路上的重要追求，其意义在于"从一个方面实现了文学史的衔接、承续，在审美意识上沟通了现代文学与传统文学"③。萧红让现代与传统握手言欢，更进一步来说"是把传统文学中最高雅的部分——诗和'文'（散文），与现代文学中已经代替了诗而成为主体的部分——小说，实现了新的对接"④。正是这一"对接"造就了现代文学中最具生命活力的内容。由此，萧红能够透迤叙来，将思绪和笔触指向生活的某一个角落、某一个片段，通过自由联想把思绪连缀起来，而不是依赖于虚构的想象，摆脱掉了编造故事的"有意"或"刻意"，小说段落和语句是随性所致、自然而然的结果，正如后花园里的一切是那样率性和自由："花开了，就像花睡醒了似的。鸟飞了，就像鸟上天了似的。虫子叫了，就像虫子在说话似的。一切都活了。都有无限的本领，要做什么，就做什么。要怎么样，就怎么样。

---

① 钱理群、温儒敏、吴福辉：《中国现代文学三十年》，北京大学出版社1998年版，第310页。
② 赵园：《论小说十家》，生活·读书·新知三联书店2011年版，第190页。
③ 赵园：《论小说十家》，生活·读书·新知三联书店2011年版，第197页。
④ 青青、琳子：《女作家关于〈落红记——萧红的青春往事〉的对谈》，《南方日报》2014年9月20日。

都是自由的。"① 这种散文化倾向往往只需要忠于个体的生活经验和生命体验，与容纳严肃思想、严峻题材类型的写作有着很大的不同。

　　散文化小说的作者大都属于抒情诗人，散文化小说一般也都是抒情诗，或者说带有诗的属性和特征。萧红不以诗名，却别有诗心，极富诗人气质。《跋涉》中的篇章已经具有明显的诗意之美，对于自然风光的描写细腻生动，与萧军的粗犷形成鲜明对比，比如："草叶和菜叶都盖上灰白色霜。山上黄了叶子的树，在等候太阳。太阳出来了，又走进朝霞去。野甸上的花花草草，在飘送着秋天零落凄迷的香气。"②《呼兰河传》中诗性特征随处可见。第二章："满天星光，满屋月亮，人生何如，为什么这么悲凉。……若赶上一个下雨的夜，就特别凄凉，寡妇可以落泪，鳏夫就要起来彷徨。"③ 语句简洁，却诗意顿起。在描写火烧云时，萧红准确地捕捉住了满天云景的变幻、多姿的特征，生动有趣，充满诗情画意。《呼兰河传》的诗意不是利用华丽的语言营造出来，而是通过看似闲散的语言而营造意境和画面感，情中有景，景中有情，达到情景交融的艺术境界。因此，茅盾这样评价《呼兰河传》："它是一篇叙事诗，一幅多彩的风土画，一串凄婉的歌谣。"④

　　《呼兰河传》还恰当地运用戏剧写法，将呼兰县城作为一个人生大舞台，完成一场写意剧的搭建。《生死场》里已经初露戏剧化表现痕迹，农村日常生活场景、一个个琐碎的生活片段，便是"生"与"死"场景的戏剧化铺排与渲染。《呼兰河传》前几章的铺排与渲染也是为了营造一种戏剧化场景，着力刻画麻木人群及其所处文化语境，为小团圆媳妇悲剧的上场做好环境介绍和背景铺垫。《呼兰河传》讲究人物的动作性，用动作表现人物性格，没有人名的人物看似类型化，其实也是通过动作性而实现人物鲜明的个性化，比如第一章中所写一个妇人与五个孩子这一家人买麻花的戏，就是一连串的动作描写："她一开门就很爽

---

① 萧红：《呼兰河传》，解放军文艺出版社2000年版，第57页。
② 萧军、萧红：《跋涉》，花城出版社1983年版，第98页。
③ 萧红：《呼兰河传》，解放军文艺出版社2000年版，第34页。
④ 茅盾著，四川文艺出版社编：《茅盾选集　第5卷　文论》，四川文艺出版社1985年版，第334页。

快,把门扇刮打的往两边一分,她就从门里闪出来了。随后就跟出来五个孩子。这五个孩子也都个个爽快。像一个小连队似的,一排就排好了。"① 他们翻捡麻花的方式也各不相同。当孩子们因麻花的大小争吵打闹起来,母亲的解决方式则是"拿起烧火的铁叉子来,向着她的孩子就奔去了。不料院子里有一个小泥坑,是猪在里打腻的地方。她恰好就跌在泥坑那儿了。把叉子跌出去五尺多远"②。于是这场戏到高潮,看热闹的人没有不笑的,甚至连那卖麻花的也看出神了,"他高兴极了,他早已经忘了他手里的筐子了"③。戏剧的讽刺与夸张手法运用得也比较娴熟,比如有关大泥坑的象征性描述,由夸张而达到辛辣的讽刺效果,手冻裂贴膏药的一场戏更是精彩的戏剧性反讽:"呼兰河这地方的人,什么都讲结实、耐用,这膏药这样的耐用,实在是合乎这地方的人情。虽然是贴了半个月,手也还没有见好,但这膏药总算是耐用,没有白花钱。"④《呼兰河传》还充分利用电影艺术的影像表现手法,将零碎、片段化的故事和人物通过"电影摄影式"的镜头有机地剪辑衔接为一个整体。

《呼兰河传》中多种文体和艺术手段的交叉缝合都围绕一个"情"字,最终成就了一个情愈深意愈浓的回味无穷的艺术品。《呼兰河传》真正做到了"能够吸收诗,戏剧,散文一切长处,而仍旧是一个它应当是的东西"⑤,看似不像小说,却已胜于小说。

第二,多视角的运用。全知视角与限知视角的自由切换。小说的第一和第二章采取的是全知视角,叙述者俯视整个呼兰小城,将小城的自然风光和风俗人情呈于读者眼前,达到了透视性效果。到了第三章开始,视角向内转,变成了以童年孩童五六岁的"我"为叙事者的限知叙事。在视角内转后,仍然包含一个从第一人称的叙述者向第三人称全知叙述者的视角转变的过程,至少成年人全知视角会时时起到干预的作

---

① 萧红:《呼兰河传》,解放军文艺出版社2000年版,第22页。
② 萧红:《呼兰河传》,解放军文艺出版社2000年版,第23页。
③ 萧红:《呼兰河传》,解放军文艺出版社2000年版,第24页。
④ 萧红:《呼兰河传》,解放军文艺出版社2000年版,第30页。
⑤ 汪曾祺著,季红真主编:《汪曾祺全集 9 谈艺卷》,人民文学出版社2019年版,第14页。

用，扩展了文本叙事的自由度，也有效弥补了儿童视角在思想理念传达上的不足。童年的"我"显得天真无邪、纯真明朗，成年的"我"经历了人世沧桑，情感哀伤深沉，二者相互比照并且融合，产生了良好的戏剧效果，更加强化了作家的寂寞之感和思念故乡之情，凸显出现实人世残酷的一面。

儿童视角的运用主要集中在小说的第三章至第七章。小说通过纯净的儿童视角来观察和体味眼前繁复的大千世界，给作家敞怀抒写、真情倾吐带来极大方便。比如，"我"对祖母之死一点也不理解，仍在快乐地玩闹，"我"去找小团圆媳妇说话，偷偷和她玩，还跑到冯歪嘴子的磨坊里看他的妻儿。儿童视角看似有效抵消了成人世界的悲伤、难堪，但儿童视角又恰恰以儿童的不知世事和天真烂漫而强化了成人世界的残酷与挣扎。尤其是描写"我"和爷爷在后花园中怡然自乐的场景，作品通过儿童视角展开回忆，将我们带入一个有情感又有意思的世界，充分扩充了心理情感的容量。第五章讲述小团圆媳妇的遭遇，儿童视角的运用适度得体。从第一、二、三节中的"我"作为第一人称叙述到第四节开始转向了转换性人物有限视角（不同人主张的施救措施）和固定人物的有限视角（周三奶奶的言语、小团圆媳妇婆婆的言语），又辅之以全知视角，这既保证了艺术真实性，也强化了扣人心弦的叙事效果。另外，与儿童视角相贴合的是儿童式的梦幻般的自由书写形态，比如后花园生活所具有的梦幻色彩、童年生活的碎片融合的处理方式，还有语言的儿童性和音乐性，譬如："冯歪嘴子喝酒了，冯歪嘴子睡觉了，冯歪嘴子打梆子了，冯歪嘴子拉胡琴了，冯歪嘴子唱唱本了，冯歪嘴子摇风车了。"[1] 这显然是向儿童视角独特之美的靠近。

萧红作为女性作家的女性经验属于自身文学创作中极为重要的资源，《呼兰河传》通过女性视角将女性的细腻与柔情注入字里行间，传递出显著的女性悲剧意识，形成作品独特的个人特质。同时，作家又不止于个体层面以表达乡土思念，又能够逾越女性视角将审视批判的理性

---

[1] 萧红：《呼兰河传》，解放军文艺出版社2000年版，第165页。

眼光指向一个群体的自私与愚昧，挖掘人类灵魂深处最为真实的闪光点，从文字的柔美走向思想的深刻。

第三，多元文化内涵的呈现。《呼兰河传》的文化意识指向了传统与现代、历史与现实，涉及思想文化、传统文化、民俗文化、社会文化等多个层面，具有开阔的文化审美空间。

小说在传达悲剧意识和女性自主意识等现代文化意识的同时也对文化传统的"恶"与"俗"的一面展开批判。小说写出了祖父对"我"的爱，也点出了祖母的"针刺"、父亲的"脚踢"和母亲的"恶言恶色"，其实正是男尊女卑的传统文化意识决定了"我"的家庭地位。作为童养媳的小团圆媳妇是中国封建社会包办买卖婚姻制度下的牺牲品，特别是婆婆对其"不知羞耻"的非理性判定，反映出呼兰小城的传统文化淤沙沉淀。小城进一步产生象征意义，指向民族心理痼疾，对于民众精神负重及其引发的行为上的循环传导的危害性深有所思，做出尖锐、深刻的历史诘问和审判。

笼罩在传统文化氛围中的呼兰小城呈现了多元的民俗文化元素。这些元素透出古朴浓郁的乡土气息，地域辨识度极高。比如，吃食方面："黄米黏糕，撒上大云豆。一层黄，一层红，黄的金黄，红的通红。三个铜板一条，两个铜板一片的用刀切着卖。愿意加红糖的有红糖，愿意加白糖的有白糖。加了糖不另要钱。"[①] "晚饭时节，吃了小葱沾大酱就已经很可口了，若外加上一块豆腐，那真是锦上添花，一定要多浪费两碗包米大云豆粥的。一吃就吃多了，那是很自然的，豆腐加上点辣椒油，再拌上点大酱，那是多么可口的东西，用筷子触了一点点豆腐，就能够吃下去半碗饭，再到豆腐上去触了一下，一碗饭就没了。"[②] 除了平凡琐碎的实际生活之外，每年都有放河灯、唱秧歌、跳大神、野台子戏、娘娘庙大会等精神盛举，它们显然已经成为民众生活的一部分重要内容，人们的思维方式和生活方式已经被这些民俗活动完全固化了，前者甚至需要从后者获取生活前进的动力，"所以一到了唱戏的时候，可

---

① 萧红：《呼兰河传》，解放军文艺出版社 2000 年版，第 165 页。
② 萧红：《呼兰河传》，解放军文艺出版社 2000 年版，第 25 页。

并不是简单的看戏,而是接姑娘唤女婿,热闹得很"①。民俗活动确实成为人们生活中的一种行为惯性。

民俗亦成为创作主体萧红的精神载体。在《呼兰河传》中,萧红也不断让呼兰河人面对生与死的问题。死固然容易,而生之麻木所带来的痛楚更是应当着重思索的。萧红通过小团圆媳妇洗澡和萨满跳神等民俗行为所展示的不仅是人性之麻木与荒凉,更有生存之苦闷与烦恼。第二章对跳大神之夜的凄凉氛围的渲染,岂是批判与启蒙所能涵盖得了的。"人生为了什么,才有这样凄凉的夜"②,言语举重若轻,引人无限思索。第一章的结尾:

> 春夏秋冬,一年四季来回循环的走,那是自古也就这样的了。风霜雨雪,受得住的就过去了,受不住的,就寻求着自然的结果。那自然的结果不大好,把一个人默默的一声不响的就拉着离开了这人间的世界了。
>
> 至于那还没有被拉去的,就风霜雨雪,仍旧在人间被吹打着。③

结合萧红凄凉坎坷的一生,这段话更加意味深长,她在呼唤温情的同时也道出人生的悲伤、困顿与彷徨。萧红一直都是思考人生的,她在《呼兰河传》中书写着各种人生,念念不忘的自然还有自己的人生,于是辛苦遭逢的人间世事在萧红的一个个东北风情场景的渲染中俨然别有一番韵味。"凡是回忆就带着一种伤感的气息"④,民俗文化在萧红那里是精神、灵魂与情感的外化投射,这种外化投射使作品变得凝重、丰富和深邃,于是萧红至今仍然令人无限感动。

除了上述分析,《呼兰河传》还显示出多元主题,比如国民性解剖与改造的启蒙主题、心灵家园和精神故乡归返主题、苦难主题、异化主

---

① 萧红:《呼兰河传》,解放军文艺出版社2000年版,第39页。
② 萧红:《呼兰河传》,解放军文艺出版社2000年版,第34页。
③ 萧红:《呼兰河传》,解放军文艺出版社2000年版,第31页。
④ 萧乾:《萧乾选集 第3卷》,四川人民出版社1984年版,第272页。

题、历史记忆与救赎主题,等等。另外,整部作品的绘画美和音乐美十足,恰当发挥了语言的巨大表现力。总而言之,《呼兰河传》淋漓尽致地体现了作家所具有的那种不合时宜的"越轨的笔致"。

二 《商市街》

1932 年,因欠食宿费,萧红受困于哈尔滨道外东兴顺旅馆,幸而得到萧军、舒群的救助,终得摆脱人身困境。很快,萧红与萧军结合,于当年 11 月中旬安家于商市街 25 号。1936 年 8 月,散文集《商市街》作为由巴金主编的《文学丛刊》第二辑第十二册,由上海文化生活出版社初版,内收散文 41 篇,署名悄吟。9 月,《商市街》再版。

与小说作品书写记忆和想象中的东北乡间生活不同,萧红的很多散文作品是自我坎坷人生经历的集中反映,通过记事写人抒情,记录战乱情形以及乱世之中贫困而凄苦的人生际遇,尽显生之艰难,《商市街》属于其中具有代表性的一部作品。这部作品完成时虽然萧红已经离开哈尔滨有一段时间了,但它认真记录和书写了二萧在哈尔滨饥寒交迫的漂泊生活,对于萧红早年生活和心态的研究具有十分重要的参考价值。

(一)从《商市街》可以看到萧红早期的心灵创伤印痕。在《商市街》中,一种寂寞之感与欧罗巴旅馆的艰辛无力、商市街中"家"的荒凉相互映衬,真实记录了哈尔滨生活的困顿图景,孤独的内心世界是《生死场》《呼兰河传》等作品情感基调的前奏。门和窗的意象在《商市街》中反复出现,它们以自我矛盾的方式代表着开放与封闭,暗示了萧红现实处境的隔绝状态和渴望沟通的内心焦虑。无论是欧罗巴旅馆还是商市街中的"家",读者都可以通过门窗意象感受到萧红与外部世界的关系,其实这些所谓的"家"的封闭状态也暗示了萧红与整个哈尔滨及伪满一地的距离感,自我内心的开放始终存在一种阻力与障碍,导致自己始终无法融入新的社会文化语境之中,也说明既往经历和现有处境对此时的萧红所造成的强烈的心理创伤。即使在"牵牛房"的活动当中,萧红与那些朋友的对话和交流也显示出非常强烈的疏离感。这种疏离感还体现在《商市街》中有关哈尔滨都市景观的描写，商市街25号位于中央大街附近，离松花江边不远，最能够代表哈尔滨国际化色彩的中央大街在萧红笔下集中传达着她作为一个"局外人"的心态，比如：

> 夜，春夜，中央大街充满了音乐的夜。流浪人的音乐，日本舞场的音乐，外国饭店的音乐……
>
> 七点钟以后。中央大街的中段。在一条横口。那个很响的扩音机哇哇地叫起来，这歌声差不多响彻全街。若站在商店的玻璃窗前，会疑心是从玻璃发着震响。一条完全在风雪里寂寞的大街，今天第一次又号叫起来。
>
> ……
>
> 中央大街的南端，人渐渐稀疏了。
>
> 墙根，转角，都发现着哀哭，老头子，孩子，母亲们……哀哭着的是永久被人间遗弃的人们！
>
> 那边，还望得见那边快乐的人群。还听得见那边快乐的声音。
>
> 三月。花还没有开，人们嗅不到花香。
>
> 夜的街，树枝上嫩绿的芽子看不见，是冬天吧？是秋天吧？但快乐的人们不问四季总是快乐，哀哭的人们不问四季也总是哀哭！①

这种都市文化的不适应感，对应着萧红的深厚的乡土情结，由此也能够理解为什么她会在自己的创作中尽力绕开哈尔滨。哈尔滨的繁华和快乐对应的是萧红的寂寞和伤感。

（二）从《商市街》可以看清萧红早期独特的生命体验和文学转化过程。《商市街》叙写了无依无靠的漂泊生活，叙写了贫寒饥饿对于人的侵袭和折磨，萧红几乎篇篇写到吃和饿。那段时间，吃饭成了二萧生

---

① 萧红：《萧红全集 1》，黑龙江大学出版社2011年版，第201—202页。

活中最为重要也最为头疼的问题。在萧红看来:"吃饭比瓜子更要紧,饿比爱人更要紧。"①萧红最初能够积极融入左翼文化的时代浪潮,是与金剑啸等左翼文化人士频繁交往的结果,除了这种切身的熏陶与浸染,也与东北阶段的早期人生经历有关,那些痛切的生命体验以生命需要和生存危机的最基本需求层次体现出来,尤其是对饥饿的切身感受,让萧红彻底体味了人间苦难,从而催生出深广的悲悯意识。生命体验及其带来的主体认知极大推动了萧红的左翼化进程,这些体验都细致地保留在了《商市街》当中。阅读《商市街》,个人悲欢与社会变动在篇章间相互映衬,深化了我们对于当时东北社会状况的认识,对于当时的读者来说,更可以从中汲取到奋发抗争的精神能量。

萧红离开东北以后作品中所表现的精神寂寞、心灵痛楚、人文情怀和悲悯意识,对于生存苦难和生命价值的独特感悟,都可以在《商市街》记录的生命形态中寻找到影子和源头。萧红在生命后期创作的《马伯乐》成功塑造了颠沛流离的落魄的马伯乐形象,他成为呈现某种民国特性的一类民国知识者的典型代表,萧红借助这个人物种种矛盾的举动对于民国知识者进行了反省与自嘲。如果说马伯乐形象的塑造取材自萧红身边的民国知识者甚至她本人,那么其实在《商市街》中已经有了马伯乐人物特征的萌芽。作为一部自传体作品,《商市街》成为一个动荡时代普通人生活的真实写照,也认真表达了萧红对于文学、人生和世界的看法。

(三)《商市街》富有地域特色。富有地域特色的民俗文化元素虽然零散地出现在作品中,有很多则是为了映衬作家对于家乡故土的怀念,这些都作为一种叙事符号成为记忆中的"东北"的特殊指代。在与萧军的交谈中,萧军热烈地幻想买两匹驴带着萧红回到自己老家的情景:"'我带你到沈家台去赶集。那赶集的日子,热闹!驴身上挂着烧酒瓶……我们那边,羊肉非常便宜……羊肉炖片粉……真有味道!唉呀!这有多少年没吃那羊肉啦!'他的眉毛和额头上起着很多皱纹。"②

---

① 萧红:《萧红全集 1》,黑龙江大学出版社2011年版,第177页。
② 萧红:《萧红全集 4》,黑龙江大学出版社2011年版,第173页。

这些事物都成为流亡者最美好最珍贵也最为奢侈的记忆,当身处一个生疏之地和不眠之夜,家乡的美食自然引起他们不由自主的垂涎。关于饮食的描写虽称不上细致,却也多少渗透着当地底层民众的生活习性。

当时哈尔滨的俄侨人数众多,在回忆中,萧红也有对哈尔滨俄侨日常生活状况的书写,为作品点染铺缀了一些异域色彩。自身流浪命运与部分俄侨流亡生活的相似性,让萧红在对那些交往生活的描述中铺陈出些许悲情色调。俄罗斯文化深刻影响着哈尔滨城市的近代发展转型,尤其是饮食方面,大列巴面包也成为哈尔滨特产。在俄语中,"列巴加盐"是珍贵的食物,具有一定的象征意义:面包代表着富裕与丰收,盐则有辟邪之意。如果经常是这样的吃食,对于二萧来说也必然觉得厌烦和痛苦,《商市街》中反复出现关于面包的画面,有时甚至连面包也吃不起。当有了点钱,二人就到饭馆解解馋,辣椒白菜、雪里蕻豆腐、酱鱼都成了夺人心魄的美味,钱又够吃些日子了,可以满足而安适地睡一夜。下面这些关于吃穿及艰难生活氛围的书写将带领我们进入现实版的"生死场":"到家把剩下来的一点米煮成稀饭,没有盐,没有油,没有菜,暖一暖肚子算了。吃饭,肚子仍不能暖,饼干盒子盛了热水,盒子漏了。郎华又拿一个空玻璃瓶要盛热水给我暖肚子,瓶底炸掉下来,满地流着水。他拿起没有底的瓶子当号筒来吹。在那呜呜的响声里边,我躺下冰冷的床去。"[1] " '我小的时候,在家乡尽戴这个样帽子。'他赶快顶在头上试一试。立刻他就变成个小猫样,'这真暖和。'他又把左右的两个耳朵放下来,立刻我又看他像个小狗——因为小时候爷爷给我买过这样'哈狗帽',爷爷叫它'哈狗帽'。"[2] 当面前的一切陷入困顿之时,作为东北人他们唯一要做的就是要和祖辈们一样坚忍,甚至有点"苦中作乐"的味道,以强有力的生命和呼吸与脚下的大地、风雪中的松枝贴合得更加紧密。

(四)《商市街》体现出老练的散文笔法。萧红采用许多对话缩小了"我"与读者之间的距离。一些意识流动甚至幻想的表达方式艺术

---

[1] 萧红:《萧红全集 1》,黑龙江大学出版社2011年版,第174—175页。
[2] 萧红:《萧红全集 1》,黑龙江大学出版社2011年版,第176页。

化地呈现了"我"的心理与感悟。萧红善于观察生活,对于很多生活细节如数家珍,能够紧紧把握当时的情景、气氛和节奏,表现自然、生动。

  语言细腻而优美,运用隐喻、反复、反讽等语言策略展开贫穷书写,又能够达到简洁、自然、有力。《饿》中的这句话可谓刺痛人心,令人印象最为深刻:"郎华仍不回来,我拿什么来喂肚子呢?桌子可以吃吗?草褥子可以吃吗?"① 接着作家这样写道:"晒着阳光的行人道,来往的行人,小贩乞丐这一些看得我疲倦了!打着呵欠,从窗口爬下来。"② 无聊、无奈、寂寞、倦怠与饥饿相交织,怎一个"苦"字了得!这是一种极深的心理体验。萧红有能力充分转化这种体验,"她自叙传性质的作品体现出极其充分的感性化和个性化,可以说,萧红在文学创作中把女性特有的感知方式推向了一个不易逾越的高度"③。《商市街》被葛浩义视为文艺传记的极品。

第二节　作家论:落红殇处话萧红

  萧红系"民国四大才女"之一,被誉为 20 世纪 30 年代的文学洛神,与萧军在当时被合誉为"黑暗现实中两颗闪闪发亮的明星"。进入当代阶段,随着葛浩文的《萧红评传》(1985)在我国大陆的出版,人们开始对萧红作品进行重新解读与认知,对萧红的接受和评价也逐渐发生变化,于是萧红被视为中国现代文学史上最有个性、最杰出的女作家之一,甚至被赋予"大师"的地位。曹万生主编的《中国现当代文学史》这样写道:"萧红对于小说创作的独特追求和成就,使萧红成为继丁玲之后现代汉语文学史上最富成就的女作家之一。"④ 20 世纪 90 年代初期,哈尔滨出版社出版了两卷本和三卷本《萧红全集》,北方文艺出

---

① 萧红:《萧红全集　1》,黑龙江大学出版社 2011 年版,第 153 页。
② 萧红:《萧红全集　1》,黑龙江大学出版社 2011 年版,第 154 页。
③ 程光炜等:《中国现代文学史》,中国人民大学出版社 2007 年版,第 293—294 页。
④ 曹万生主编:《中国现当代文学史:1898—2015　上》,中国人民大学出版社 2016 年版,第 242 页。

版社推出《萧红全集 第1卷》，使萧红成为当时少数出版全集的现代作家。1993年，萧红故乡哈尔滨呼兰县举行首届萧红文化节。21世纪以来，萧红文学奖的设立，电影《萧红》《黄金时代》的摄制播出，以及《跋涉生死场的女人萧红》《从异乡到异乡：萧红传》《漂泊者萧红》《呼兰河的女儿：萧红全传》等传记著作的纷纷出现①，亦对"萧红热"产生重要推力。在中国现代文学和东北地域文学研究中，萧红是一个永远绕不开的存在。

从20世纪90年代开始的"萧红热"，以及整个过程中对于萧红的热烈推崇和极度赞美，都涉及一个关于萧红评价的问题，这种热度是否即意味着萧红的创作便是完美无瑕的呢？当然存在着一些不同声音，王彬彬的观点比较典型。王彬彬认为，萧红在文学创作上始终未达到真正成熟，在他眼中"《呼兰河传》比起《生死场》，成熟得多，但仍然有着明显的稚拙"。"《生死场》虽然生涩别扭，虽然令人难以卒读，但其中仍显示着一个二十出头的女性非凡的文学才华。而写《呼兰河传》时，萧红也还不到30岁。如果想到这一点，就不能不承认，萧红的确是富有文学天才的。但是，她离开得太早了。她还没有达到老练，她还没有真正地成熟，她还没有臻于'从心所欲不逾矩'之境，就不得不永久地放弃了。一朵奇葩，未及充分绽放便凋零了。"② 这段评价在有失偏颇中其实也保持了一种中肯的学术认知态度。关于萧红，我们必须排斥主观情感尤其是地域偏好等倾向性因素，而做出全面、客观、准确的评价。

在东北流亡作家群的创作中，萧红的成绩最为卓著，风格也最为突出，"萧红小说的文化形态因为本真，因为原始，所以在表现传统的落后文化对人的戕害，及对中国社会滞后发展的作用上，在展现关于生与死、关于空间的永存、时间的永动等生命体验方面，提供了一部形象的

---

① 据学者统计，在1947—2019年的70多年间，中、美、日等国五十余位作者撰写并出版的萧红传记已达105种，参见张立群《"萧红传"的历史化与经典化问题论析——兼及萧红研究的若干问题》，《传记文学》2020年第8期。
② 王彬彬：《关于萧红的评价问题》，《中国现代文学研究丛刊》2011年第8期。

文学样品"①。毫无疑问，在中国现代文学史上，萧红是一位才华横溢、风格独特的有着特异文学创造力的天才女作家。与中国现代文学中的很多作家尤其是女作家相比，萧红更多是依靠自身的天赋和敏锐的感觉而进行创作的，并且在贫病交加之中以短暂的生命历程达到一个难以想象的文学高度，这是十分难能可贵的。除了前面阐释的作品，短篇小说《手》《桥》《在牛车上》《小城三月》、未完成的长篇小说《马伯乐》、散文《回忆鲁迅先生》等都各具特色。在《小城三月》中，萧红极为平静地书写了翠姨的悲剧人生，萧红巧妙地将这个女性人物措置于文化错动的时空形式之中，"我家"既接续着传统规范又吸纳着西方文化，形成了小城里相对而言最为开通的文化空间，翠姨则置身于传统而保守的时空体形式里又无法超越这种限制。翠姨在"我家"的短暂经历其实就是唤醒她的自我意识的过程，也造成了她内心的矛盾状态，被唤醒的同时也意味着被终止的悲剧结局。小说通过翠姨短暂的情感人生，实际上在一种细腻而温婉的叙述中勾勒出萧红自我心灵的轨迹。如果说翠姨就是萧红的另一个自我，这种判断并不为过。散文《回忆鲁迅先生》别具一格，语言质朴、隽永，最为突出之处在于萧红认真捕捉到的那些鲁迅先生的灵动传神的日常生活细节，为我们传递出一位作为普通人的鲁迅先生、一个充满人情味的活生生的鲁迅形象。在卷帙浩繁的回忆鲁迅先生的文字当中，萧红的这篇散文写得最为漂亮，也最为感人，成为现代散文的经典之作。萧红的散文往往专注于自言自语，又像是与人倾心闲聊，看似闲散又显得比较专注，甚至忘了读者忘了那些文字之外的人，如此写起来反而让文字魅力无穷。

　　人们关注萧红的文学作品自不必多言，其实更加关注的是萧红短暂而又不凡的人生经历，她的传奇经历引起普遍关注，这也是"萧红热"的一个重要特征，与"张爱玲热"中的作品热相比存在一定不同。萧红的一生寂寞坎坷，情感屡遭挫折，特别是弥留之际所写下的遗言："我将与蓝天碧水永处，留下那半部《红楼》给别人写了""半生尽遭

---

① 钱理群、温儒敏、吴福辉：《中国现代文学三十年》，北京大学出版社1998年版，第309页。

白眼冷遇，……身先死，不甘，不甘。"读来令人动容，令人唏嘘、叹惋！作为一名土生土长的东北人，萧红不幸客死异乡，临死之前"以一种淡然的语气开始了对故乡的讲述，她的讲述不动声色而又洞若观火，她以为故乡作传、为自己童年作传的方式完成了对故土的最后凝望"①。当她与萧军离开哈尔滨时，是否想过预料过何时再度踏足故乡的土地？只可惜她再也回不到自己的故乡了！落红萧萧，爱已成殇，从异乡到异乡，漂泊的故事永远流传着，一个弱女子，一生飘零，用自己短暂的生命演绎着对于生的坚强和对于死的挣扎！萧红，永远是呼兰河的女儿，"萧红去了，但她的作品留下来了，她用作品获得了永恒的青春！"②

---

① 郑春凤：《东北女作家论》，吉林出版集团股份有限公司2017年版，第2页。
② 迟子建：《落红萧萧为哪般》，《文汇报》2010年5月10日第11版。

第四章　端木蕻良

端木蕻良（1912—1996），出生于辽宁省科尔沁左翼后旗昌图县（今辽宁省昌图县）一个地主家庭，乳名兰柱，幼年取名曹汉文，又名曹志兴。曾就读于南开中学、清华大学。在南开中学时改名曹京平，并发表不少政论、书评、诗歌、小说作品。

1932年夏加入北方左翼作家联盟。1933年，参与编辑北方左翼作家联盟的《科学新闻》周刊，12月初完成长篇小说《科尔沁旗草原》。1936年，完成长篇小说《大地的海》，经郑振铎推荐的短篇小说《鹭鹭湖的忧郁》发表于上海《文学》杂志，首次署名"端木蕻良"，当年还发表短篇小说《雪夜》《乡愁》《万岁钱》《遥远的风砂》《爷爷为什么不吃高粱米粥》、散文《永恒的悲哀》等。1937年，出版短篇小说集《憎恨》，发表短篇小说《吞蛇儿》《浑河的急流》《被撞破了的脸孔》、散文《有人问起我的家》等。1938年，出版长篇小说《大地的海》，与萧红参加"中华全国文艺界抗敌协会"的活动，并完成了诗歌《嘉陵江上》，不久由贺绿汀谱曲，广为传唱。1939年，出版长篇小说《科尔沁旗草原》、短篇小说集《风陵渡》。

1940年，发表文论《论鲁迅》《论阿Q》等，出版长篇小说《新都花絮》、中篇小说集《江南风景》、短篇小说合集《大时代的小故事》（含端木小说3篇），当年12月至翌年2月，在香港《时代批评》连载长篇纪实散文《科尔沁前史》。1941年，发表长篇小说《大时代》、短篇小说《北风》、散文《土地的誓言》、文论《三十年来中国新文学运动》

《阿Q论拾遗》《再论阿Q》《中国三十年来之文学流变》、红学论文《论忏悔贵族》等。1942年，发表短篇小说《初吻》《早春》《雕鹗堡》《托尔斯泰之死》、散文《风物恩情》、诗歌《哀李满红》等。1943年创作《科尔沁旗草原》第二部，未完。1944年出版长篇小说《大江》。

1951年出版儿童文学集《星星记》。20世纪50年代出版短篇小说集《鸳鹭湖的忧郁》（香港艺美图书公司）。1980年出版《曹雪芹》上卷，1985年出版《曹雪芹》中卷（与夫人钟耀群合著）。

第一节　作品论:《科尔沁旗草原》《雕鹗堡》

一　《科尔沁旗草原》

《科尔沁旗草原》主要围绕科尔沁旗的首户丁家展开。丁家的祖先是200年前从山东逃亡到东北的饥民，靠着手段和计谋逐步发家，等传到丁四太爷的时候，他采用阴谋手段将北天王的土地据为己有，一跃成为鸳鹭湖畔大地主的盟首。丁四太爷死后，家产由长子丁大爷掌管，丁家的权势仍然一天高过一天，大爷、三爷打死农民，霸占民女，无恶不作。丁大爷的继承者是小爷丁元凯，他看中了佃户黄家的女儿宁姑，求婚不允，于是打伤了宁姑的哥哥，强行娶走宁姑。不久，日俄战争爆发，丁家在战火中遭难，丁大爷和老婆死于流弹，宁姑在逃难中小产，生下儿子后便死去了。靠着宁姑嫂子的奶水，丁元凯的儿子丁大宁活了下来。不久，宁姑的嫂子生下黄大山之后也死去了。后来，丁元凯又娶了一个大户的女儿，生下儿子丁宁。

转眼20多年过去了。丁大宁做了军阀队伍中的军长，黄大山也长大成人。丁家的权势仍是那样显赫，财富仍是那样富足。可像黄家这样的广大佃户依然是一贫如洗，在生死线上挣扎。当黄大山的父亲贫病交加死去，大山从江北奔丧回到家乡，父亲临死也没有忘记对丁家的仇恨，这种仇恨也传给了大山。大山怀着仇恨到丁家帮工。

丁宁生长于家道中落之际，曾赴上海读书并接受新思潮的洗礼，于

第四章 端木蕻良

1931年夏从上海返回科尔沁旗故乡。丁宁的性格是天真的，他悲叹大草原的命运，同情那些被遗弃被压抑的人们，常常以拯救别人为己任，却从未拯救过任何人。丁元凯外出做生意搞粮食投机失败了，死在大连，丁家财产的管理责任便落到了休学在家的丁宁身上。丁宁改造故乡的蓝图中有很重要的一项便是改善佃农生活，进而把家乡的经济从日本人的控制下解救出来。他还想帮助大山弥补教育的缺失而使之成为自己理想中的"新人"。当大山和佃户们要求减租，同丁家展开面对面的斗争时，丁宁一方面鄙视农民的愚昧无知，另一方面又愿意看到他们的觉醒。然而当退田抗租斗争愈演愈烈时，丁宁又显示出稳且狠的一面，他威胁压迫农民屈服于自己，巧妙平息了风潮。最后，丁宁感到自己所追寻的人生意义已然被现实击得粉碎，自己的精神和思想都太疲惫了，丁家走向没落的命运也是无法改变的，于是便一走了之。后来"义勇军"进驻县城，号召民众揭竿而起，杀毙倭奴，科尔沁旗草原怒吼了，大山也投入了斗争行列。

《科尔沁旗草原》以纵横交接的情节营造和神奇酣畅的艺术风格充分彰显了端木蕻良的文学创作才华。

（一）自传性。这部小说带有明显的自传色彩，作品和生活之间存在一定对应性，写到的诸多人和事都可以从端木蕻良的生活和家族史中找到踪迹，特别是小说中丁家的发家史与现实中的曹家存在很大的相似性。端木蕻良的六世祖逃荒东北后，由于既识字又会看风水，因此在当地站住了脚，并富裕起来，小说第一章中那个会看风水的半仙，应有这位六世祖的影子。小说中丁家的发迹是源于丁半仙看中自己下葬的"风水宝地"，在曹家也有一个关于发家的传说，以显示曹家发家的必然性，带有明显的杜撰色彩。小说中的丁大宁母亲和父亲的原型便是端木蕻良的生身父母，"抢婚"一段亦属事实。

《科尔沁旗草原》是以一个家族的兴衰来反映社会变迁的家族小说，文本集合了真实与故事两种元素，二者纠缠一起，族史与家庭的深切感受催生了作家独特的情感体验，甚至在一定程度上微妙地牵制着作家的创作心态。不过，作家并未将人物、情节、场景的描写局限于个人和家庭命运之范畴,而是在广阔的社会背景下以东北地域特有的雄浑气魄展开对家乡的沉思与观察,保持了一种文学个性,也不失时代属性。这部小说既有不成熟之处,也有一定的文学实践意义,特别是对于我们充分理解端木蕻良的精神发展史和有效诠释创作整体内涵具有重要价值。

(二)史诗性。《科尔沁旗草原》是一部具有史诗特征的鸿篇巨制,发表后便被巴人誉为"宏伟的诗篇",史诗性的结构、气势和画面赋予作品独特的艺术品质和建构性意义。

小说描写了东北草原首户丁家崛起、强盛、衰落的过程和历史纠葛,展现了一个拥有200年历史的大家族的命运起伏,并以这个家族为透视点,以日俄战争、"九·一八"事变等重大事件为背景,从闯关东浪潮始直至丁宁一代止,写出草原命运的大起大落,写出东北社会历史的沧桑变迁,规模宏大,涵盖性强。作品在描写丁家的发迹衰败史、底层社会的苦难史反抗史的同时,又在背后潜藏和掩映着近代以来的民族屈辱史、土地经济结构变迁史,这些内容的交织"汇成了一部多重主题、多乐章的交响曲"[1],体现出对于科尔沁旗草原生活把握的整体性和细致性。小说的意境是宏阔幽深的,气势是雄浑粗犷的,这与作品弥漫的原始气息密切相关,可以说"整部作品具有未经砍伐的东北原始森林般的野莽苍郁,有因雷劈火烧而不规则倒地的残木朽木,更有巍然挺拔、直冲云天的苍然老松,有循迹可查的野兽踪影,也有来无影去无踪的神秘飞禽,而这正是本色的史诗风味"[2]。读者从中既可体会大自然所释放的原始魅力,又可以领略历史的沧桑滋味,还可以深切洞察现实社会的残酷与复杂。小说尤其个性化地张扬出起自白山黑水间的雄浑文风和开阔的艺术气质,塑造的大地气象和人的形象丰满充实,"主题内容的'刚性'与壮烈同自然地域背景的宏阔苍莽,相互融合与映衬,对端木蕻良作品的宏大叙事和壮美风格的形成,起到了重要的作用"[3]。

---

[1] 秦弓:《端木蕻良小说的文体建树》,《河北学刊》2001年第1期。
[2] 秦弓:《端木蕻良小说的文体建树》,《河北学刊》2001年第1期。
[3] 逢增玉:《东北现当代文学与文化论稿》,中国社会科学出版社2012年版,第47页。

另外，在阅读过程中，《科尔沁旗草原》可与托尔斯泰的《复活》实现互文观照，也能够发现托尔斯泰在端木蕻良早期作品中的影子，至少我们可以从一个角度理解端木蕻良的史诗意图。丁宁被视为中国的聂赫留朵夫，他的意识中就有一些托尔斯泰式的理想。

（三）寓言性。《科尔沁旗草原》选取丁家为表现对象和写作模型，一个地主的成长史即暗示和象征着一个地域的发展史，为了更加充分地表现东北历史，端木蕻良选择了最富代表性的描写对象。小说又以显著的地域性和民族气质构建着民族的寓言。从20世纪20年代到40年代，现代作家们笔下的乡土荒村、废园意象抑或田园牧歌世界想象，都来源于作家对于乡土中国的观察和审视，通过文化想象达到乡土家园形象的整合与拟构，在这些作家笔下，乡土家园书写及其形象建构显然具有一定的寓言性。《科尔沁旗草原》是那个时期少有的以富有地域色彩和力量感的乡土东北想象实现着有关中国衰落和复兴、民族衰退和更新的寓言性思考，其思考是独特的。与之前带着沮丧和悲观的乡土文学表述不同，《科尔沁旗草原》赋予乡土大地以乐观和希望，其中大山的方向就代表了时代的要求，这一形象寄托了作家对旧制度破坏和新世界生成的美好追求。

（四）地域性。《科尔沁旗草原》中的草原与大地充满了活力和生机，所展现的自然风光具有显著的地域文化标识度，形成一幅结合东北大草原风情和时代特征的丰盈的关东画卷。

端木蕻良善于利用自然事物营造出动人的艺术氛围，一些描写能有效激发视觉、听觉、嗅觉、触觉等多种感官体验，比如：

> 鸟声从白杨的叶里重新传来，嫩黄的柳色遮去了头顶上蓝玉的天，一只银灰色的水鹳，衔着一条小鲫鱼瓜子，像只断了弦的风筝似的飞起来，又扎下去。
>
> 多液的花蕾扩散出金色的香气，马莲花疏懒地躺着。一株半枯的倒栽杨，在水面上卧下，一座天然的桥呵！下边让河水涮着，白色的树芽，就像淌出来的树脂似的，一簇一簇地从棕色的老皮里钻

出来，向下挂着。①

端木蕻良的文学语言有俗的一面，也有传统文学意象所带来的雅的一面，优美而细腻，比如："晚香，从东屋窗外花的海送进来，困人的天气呵，那软人腰肢的无可排遣的季候。这里的人倦怠着，也兴奋着。"②语言亦有西化带来的睿智和繁复。总而言之，端木蕻良将乡土方言与古典式语言及多修饰的欧式语句结合在一起，形成既文且白、变化多姿的语言效果。尤其是能够将语言与人物性格相互结合，在对话过程中语言成为人物性格的"自供状"，自然流露出人物的出身、阅历、修养、观念等多重信息，而不必再用缀笔描绘人物性格和身份。特别是方言、俗语、谚语、子弟书、民间歌谣、宗教语言等元素的融入，使作品充满乡音、乡气和乡野味道，粗犷、生动、鲜活，增强了地域生活气息和民间的神秘感。民俗化语言也为作品带来幽默、风趣、活泼之感。其实，人物行为和气质的粗朴也属于地域性表现，比如大山性格的暴烈、刚健、有力，便极富关东乡野的厚重内蕴。

（五）情与理相结合。端木蕻良具有诗人气质，抒情对于端木蕻良的文学作品来说具有特殊的意义。《科尔沁旗草原》主体意识强烈，抒情色彩鲜明，富有情感张力，展现了端木蕻良小说"叙事的抒情化"之特点，是一部个人的心灵史。对于端木蕻良来说，广袤而苍凉的科尔沁旗草原便是其最初生命形态和心灵成长阶段的外化形式，草原故事框架展示的是个体的生命体验、心理流动和情感记忆，尤其通过主人公丁宁的心理变化、情绪起伏展现了这位来自大地主家庭的现代知识者丰富的内心世界，也自然留下了端木蕻良的影子。这部小说又有别于五四时期抒情小说对个人苦闷感伤的无节制宣泄方式，既在"抒情"又立足于"言志"，带有明显的理性色彩，对东北社会结构做出客观分析，还"着重从经济角度，从丁家对资本积累、转移及其在构成草原三大动脉——土地资本、商业资本、高利贷资本中的地位，来写出它从发家

---

① 端木蕻良：《科尔沁旗草原》，人民文学出版社1981年版，第189页。
② 端木蕻良：《科尔沁旗草原》，人民文学出版社1981年版，第158页。

到衰败的过程，其中涉及外资的介入及其对整个东北命脉的操纵，由此透视东北乃至整个中国社会的变迁"[1]。端木蕻良的理性与一般的时代政治和意识形态话语相关，同时又表现出某种不相关的甚至带有超越和升华的气度，体现的是具有历史文化哲学意味的理性与思考，时代性或政治性的背后还可以凝聚出一种品性即历史感、深度性和穿透力，人物忧郁着也在沉思着，展现出端木蕻良思想家的气质。整部小说在将家族史与个体心灵史、成长史相互交织杂糅的过程中实现了情与理的相互结合，体现出社会性与个人性的分离与统一。

另外，从文化深层结构来看，《科尔沁旗草原》中的"地之子"意象反映了更深的内在结构，即人类的情感原型——地母崇拜。大地意象是大母神原型的象征，在母亲赋予丁宁、大山肉体生命之后，这片草原给了他们精神的生命，是他们精神重生的源泉，在小说中，土地与母亲的替换与代转是人类对地母原型崇拜的心理投射。[2] 由此，作品具有了丰富的主题意蕴和文化内涵，生成了扎根地域文化大传统而来的生动性和深邃性。

《科尔沁旗草原》是现代长篇小说创作中的一部优秀之作，不过不足之处也是明显的，正如司马长风所评价："缺点很多，很严重，但是某些方面的成就，又耀古惊天，举世无匹。"[3] 他指出了如下缺点：结构凌乱，缺乏组织力；对主角的内心缺乏刻画，对性格的成长和发展没有连续的线索；笔法生涩；全书没有和谐统一的语言。这是值得参考的观点。不过，我们还是要结合这部小说产生的时间并以文学史发展的眼光加以辩证审视，端木蕻良在创作完成这部作品时只有21岁，其探索精神和创作能力可见一斑。可惜的是，由于一些原因，这部作品直至1939年才得以出版，夏志清先生这样感慨道："诚然，除了作者年轻和写作狂热所造成的文体上的粗糙，我们很容易认定《科尔沁旗草原》

---

[1] 马宏柏：《端木蕻良小说与中国文学的抒情传统》，《中国现代文学研究丛刊》2013年第12期。

[2] 靳瑞芳、杨朴：《试论〈科尔沁旗草原〉的深层结构》，《社会科学战线》2017年第4期。

[3] 司马长风：《中国新文学史 上卷》，香港昭明出版社1978年版，第87页。

和抗战前十年间所产生的更受赞扬、更为精致的任何小说比起来，都是一部具有更宏伟的想象力的作品。根据《大地的海》和《大江》中的文字来判断，端木在几年之内已经成为具有杰出文体的作家，能够从事大块文章的写作。要是他能够在1939年付梓之前，将原稿加以修改，使之具有更澄澈的文体和故事性，《科尔沁旗草原》可能最终会被公认为30年代最伟大的中国小说。"[1] 在文学史家眼中，这部作品错过了在1934年前后出版的机遇，也错过了与1933年出版的茅盾的《子夜》、老舍的《猫城记》、巴金的《家》等长篇同台竞争并产生轰动效应的机会。之所以人们会产生这种遗憾，在于《科尔沁旗草原》凝聚了上述三部作品的各自所长，它集合了《子夜》的社会分析、《家》的家族叙事、《猫城记》的寓言性和现实性，又突出了自身个性，与《子夜》相比，《科尔沁旗草原》并未在理性的控制下将其叙述完整地指向社会性主题，与《家》相比，丁宁既是觉新也是觉慧，这个游走在"长子"与"逆子"之间的具有双重身份的艺术形象既是回应了五四文化思潮的结果，也是感应了左翼文化思潮的结果，丁宁对大山的关注和希望正是来自后者的影响。

二 《雕鹗堡》

雕鹗堡是故事发生地，全村人都认为主宰这小村子命运的就是雕鹗，雕鹗就是这村子的性命。雕鹗早晨出窝和晚上归巢，是村里人吃饭、作息的重要时间标识。石龙是一个不知来自哪里也不知将归向何处的孤独的外来人，他是村中谁也不喜欢谁也不愿理睬的人，他不会说好听的话，也不懂得如何迎合别人，只会装出满面的笑容来，他从不揣摩别人的心理，也不关注别人对自己如何，他的一切都与别人无关。他被村里人认为是没有出息的，因此变得很孤独。村子里最聪明最漂亮的女孩代代却跟他相处得很好，同情他帮助他还对他表示爱慕。没人能想到

---

[1] 夏志清：《中国文学纵横》，上海人民出版社2019年版，第329—330页。

石龙竟然成为唯一敢向主宰村中人命运几千年的雕鹗挑战之人。一天，石龙对代代说要爬到山上去把那些雕鹗捉下来，因为他早就讨厌它们了。石龙没有抱负的时候，没有人注意他的存在，当他有了理想和目标，村民幸灾乐祸地看起热闹来，就在石龙攀登悬崖去捉雕鹗时，看客们高兴坏了，氛围紧张而热烈，显然他们是以别人的冒险来满足自己的猎奇心。他们看到石龙摔下山崖时并没有悲伤，而是嫌他摔得太早了。石龙死了，代代一下子从村里受宠的人变成"外人"，成为石龙的活替身，遭到村民的嘲笑。

《雕鹗堡》写于广西桂林。小说篇幅短小，故事情节比较简单，人物线索亦不复杂，却有丰富的主题和思想意蕴，呈现出别样的格调。

（一）写作题材的自我突破。如果说1937年全面抗战开始属于端木蕻良创作的一个重要节点，那么在整个抗战阶段的1942年也应属于一个节点，这一年萧红的去世极大震动了端木蕻良的精神世界，他由香港辗转来到广西桂林，开始尝试用之前未曾使用的方式进行创作，《初吻》《早春》已经有了表现自我的主题倾向，开启了对自我的追寻和反思。

此前，端木蕻良的创作选取的是时代特征明显的社会题材，此时的内部调整意味着作家在固有个性气质基础上的自我更新，这种"变"与"不变"属于一个作家艺术创作的基本规律，端木蕻良的变化并非出于明确的规划意识，只是随着境遇的变化端木蕻良适时表现出显著的艺术适应能力。王富仁先生曾将《雕鹗堡》与1944年发表的《红夜》并行论述，认为"它们在端木蕻良作品中的特殊意义在于，它们是端木蕻良作品中第一次突破了现实题材的局限而开始以自己杜撰的、想像的情节对现实人生进行象征性的表现"[①]。这是一篇被视为与抗战无关的小说，特殊意义在于体现出了端木蕻良艺术风格追求的另一面，如果说之前的创作特别是长篇小说创作代表着阳刚一面的风格气质，《雕鹗堡》等作品则代表着阴柔一面的风格气质。这种气质并非突然迸发的，而是早已潜藏于之前的创作之中，比如《鹭鸶湖的忧郁》《爷爷为什么

---

① 王富仁：《前言》，载端木蕻良著，王富仁选编《端木蕻良小说》，浙江文艺出版社2003年版，第17页。

不吃高粱米粥》《乡愁》等作品便以或写意或抒情的方式呈现出一种婉约、俊美之风度。可以说，阳刚与阴柔一直贯穿端木蕻良整体创作之中，有时水乳交融，这也是端木蕻良的艺术个性之所在。

（二）具备开阔的解读空间。《初吻》和《雕鹗堡》一般被认为是对萧红的怀念之作。孔海立教授认为，端木蕻良是在以故事反击对手，石龙与端木蕻良的性格有着相似之处，"而他与代代的恋情遭到众人指责和排斥，不是和端木、萧红的结合所遭受到的种种非议大有相像之处么？"[1] 萧军、骆宾基、聂绀弩、丁玲等曾多次公开发文指责端木蕻良，有些批评言语甚至近乎人身攻击，端木蕻良对此一直保持沉默，"只是这一篇不显眼的寓言小说倒可以说是他作的一次反驳，是他对文坛种种压制个性，帮派社团排斥无帮无派人士之现象的一种反批判"[2]。对此，王富仁表示并不认可，他反对将作品落得太实。其实，"反批判"之说不无道理，可以认为端木蕻良在那样一种特殊环境中表达出这一层含义，流露出对于外在现实和周围朋友的愤懑情绪，符合端木蕻良的诗人气质。写作首先是私人化的、个人性的，作品一旦发表之后，拥有了读者，就具备了另一重属性即社会性，作品进入集体视角解读空间并变成一种公共话语，读者甚至批评者的个性化认知或重构性阅读使得作品的生命得以延续。

我们对于《雕鹗堡》的认知应该是多元的，因为这篇小说具有明显的寓言属性，这种属性拓宽了解读空间。有人认为作品写了"南国乡村俊美的少男少女传奇般的爱情，细腻的写实描绘中不乏浪漫色彩"[3]，有人认为作品"表现神权对人权的侵犯"[4]，这些都有一定道理。《雕鹗堡》首先震撼我们的是悲剧性结局，石龙之死令人唏嘘，通过石龙最初的处境以及他与代代的心灵相通又进一步烘托出作品的

---

[1] 孔海立：《端木蕻良和他小说（1933—1943）中的自我形象》，《中国现代文学研究丛刊》1999年第2期。
[2] 孔海立：《端木蕻良和他小说（1933—1943）中的自我形象》，《中国现代文学研究丛刊》1999年第2期。
[3] 逄增玉：《东北现当代文学与文化论稿》，中国社会科学出版社2012年版，第51页。
[4] 白长青主编：《辽宁文学史 上册》，辽海出版社2003年版，第230页。

第四章　端木蕻良

悲剧色彩。这种悲剧又是以石龙的孤独以及不被群体接受和理解为前提的，而代代对石龙的接受传递出一丝希望，也强化了这种悲剧结局，孤独感和失落感之外虽有一丝曙光，但代代同样被嘲笑，则预示着希望与曙光的消失、冷与恶的循环往复，代代的名字便带着喻意，象征着人性之丑陋的代代相传。那么到底是什么原因造成了悲剧的结局？作家以悲痛的笔触刻画了一群麻木的看客，对于这群围观者作家显然有所思。石龙捉雕鹗，村里人异常反对，认为这样做会破坏了风水，就像要把全村人的命运捉走一样。当石龙不慎跌入山涧摔死时，围观的村里人才喘出一口气来，好像恢复了往常的命运的统治，觉得心安而满意，村民并没有为石龙的死而惋惜。作家对看客心态的描写可谓入木三分。人们自始至终关心的都是事件本身，关注着自身的命运："这个小村子从来没有像今天这样热闹过，从来也没有像今天这样严重的事情发生，想把那雕鹗捉下来，就好像把命运从这些村人的头上捉下来一样。"① 接下来描写："代代转过脸儿来向四外看一看，便看见有许多人把手遮在眼上，唯恐自己看不真切，有许多人把下巴掉下来，似乎看见了什么就得吞进去的，人们热热闹闹的，围住了来看一件开心事。"② 此时代代向周围的人们看了一遍，忽然袭来一阵恐惧，便高声呼喊恳求石龙下来。随后，作家通过一段环境和气氛描写突出了代代的紧张，也精妙地点出看客的状态：

　　　　空气热郁而沉重，树梢停止了摆动，山坳里都装满了热气，轻轻的向上蒸腾，整个的山村像一口烧红了的红钟，停落在柴炭上，滋滋地冒着热气。虽然有大的力气投在这钟上，这钟儿也弄得不响了，它只是又红又热，成了一片透明的溶液。它仿佛在储着气力，预备在个大迸裂的时候，一起儿地发出宏大的震响。代代急呼的声音，投到里边去都凝结住了，仿佛锻铁里飞出来的一道火星，在这红光里，算不得什么。西边天上的霞光空明地照澈过来。照在人们

---

① 端木蕻良：《端木蕻良文集　3》，北京出版社1999年版，第467页。
② 端木蕻良：《端木蕻良文集　3》，北京出版社1999年版，第468页。

的脸上，幻化出各种彩虹，照现出各种的表情。①

后边还有关于看客的描写："人们有的唏嘘，有的感叹，但是没有一个人想法子让他下来。""下边的人看了眼睛都睁得很大，但是没有人想使他下来，因为他们相信那顽劣的孩子，他不会把雕鹗捉下来。"②当村民失望于未能长久地欣赏石龙坠入山崖的精彩场景时，村民的麻木也被推向一个顶点。最后还写了雕鹗回来，看到雕鹗，"人们好像又恢复了往常的命运的统治，觉得心安而满意"③。当雕鹗在上空盘桓着、俯视着，人们则仰面望着，人们的关注点是雕鹗，对于石龙的生命则一直漠视，这意味着人性的冷漠、生命意识的匮乏甚至缺失，呼应着雕鹗堡的封闭、守旧、缺乏同情心的整体环境。小说以清澄婉丽的叙事隐含着犀利的批判锋芒，指向病态的社会和麻木的国民灵魂，昭示着启蒙的重要性。《雕鹗堡》在人物、意象、结局的处置等方面都与鲁迅的《长明灯》有很多相似性，说明鲁迅的影响意义，"端木在个人独特生命体验驱使下暂时脱离抗战时代主题，却切入和接续了鲁迅开创的新文学的一个传统主题，体现出鲜明的现代性"④。

我们还要特别注意雕鹗的象征意象。雕鹗是村民心中的神灵，是村民心灵安全的载体，端木蕻良在此基础上又暗自赋之以多元的意义指向，"包括山村的风水、沉闷生活的秩序、人们固有的成见、陈规陋俗，以及人们对自然神的崇拜"⑤，进而成为一个团体、一个民族、一个国家的象征物，"这些多元的意义指向暗示给读者的，是雕鹗作为人生（石龙）的对立存在物，它妨害了正常生命的自然发展，掀掉它捣毁它是合理的正义的作为，因此，石龙成为离经叛道的象征，具象的雕鹗成为一种阻滞社会进步的象征，这种象征有它的广延性和模糊性，它超越了

---

① 端木蕻良：《端木蕻良文集 3》，北京出版社1999年版，第468页。
② 端木蕻良：《端木蕻良文集 3》，北京出版社1999年版，第469页。
③ 端木蕻良：《端木蕻良文集 3》，北京出版社1999年版，第470页。
④ 马宏柏：《端木蕻良小说创作与中国文学传统》，博士学位论文，华东师范大学，2005年，第111页。
⑤ 尹建民：《〈雕鹗堡〉〈长明灯〉〈红花〉比较》，《昌潍师专学报》2000年第3期。

多项意义的分化和隔阂,通过艺术语言的特有形式表现出来,再通过人们的感知和体悟的心灵抽象过程,标识为某种意蕴,因而形成恒久的艺术魅力"①。这也是作家模糊了故事发生的时间和空间的一个重要原因。

《雕鹗堡》以表面的爱情传奇指向深层的人生悲剧,"不是人生悲剧的素描,而是人生悲剧的木刻"②。作家借助中国民间故事、民间传说的情节展现方式表现出一种现代的情绪和精神,富于表现力度。特别是那种尼采式的孤独的情感,属于作家精神苦闷的象征,作品表现了孤独的个人面对庸众社会的绝望抗争,表达了对于隔膜的、缺乏理解和关爱的社会环境与人生世态的不满,都关联着端木蕻良的切身体会和人生体验,延续着端木蕻良已有的忧郁而唯美的诗化抒情风格。同时,端木蕻良也通过这篇小说表现了对单纯生活与美好世界的向往,是我们探究作家心灵起伏和精神嬗变的一个窗口。

另外,这篇小说的语言是有诗意的,人物对话简洁利落,情歌、民间歌谣等元素的融入与雕鹗堡此地的民间境况相得益彰。严家炎、范智红认为,《雕鹗堡》"是抗战时期难得的运用象征主义手法针砭国民性的小说"③,王富仁评价这篇小说属于中国现代短篇小说中的精品。

第二节 作家论:风雨沧桑见端木

忧郁的东北人端木蕻良是关东大地之子,是关东大地上一位浪漫的行吟诗人,著名诗人艾青称他为"科尔沁草原的诗人",著名文学批评家巴人则称他为"拜伦式的诗人"。他亦被视为"东北作家群中才华横溢的奇人"④,以饱含深情的墨章、沉郁雄浑的笔触奏出一曲激荡灵魂的黑土地之歌。

---

① 尹建民:《〈雕鹗堡〉〈长明灯〉〈红花〉比较》,《昌潍师专学报》2000年第3期。
② 王富仁:《前言》,载端木蕻良著,王富仁选编《端木蕻良小说》,浙江文艺出版社2003年版,第18页。
③ 严家炎、范智红:《小说艺术的多样开拓与探索——1937—1949年中短篇小说阅读札记》,《文学评论》2001年第1期。
④ 郑丽娜、王科:《文学审美与语体风格:多维视野中的东北书写》,中国社会出版社2009年版,第65页。

端木蕻良属于才子型作家，在文学领域里涉猎小说、散文、诗歌、剧本等多方面，其才华还表现在文学领域之外，绘画、书法等皆自成一体。端木蕻良在小说体式上富有新的创造，小说的情感流向又呼应着中国文学"言志""缘情"交织嬗递的抒情传统。端木蕻良的创作是丰富的，除了上述论析的作品，像《大地的海》《大江》《新都花絮》《江南风景》《浑河的急流》《遥远的风砂》《雪夜》《被撞破的脸孔》《可塑性的》《三月夜曲》等都属于优秀之作。端木蕻良的一生保持着持续不断的创造力。他在1962年和1973年两度中风，奇迹般地恢复和稳定了，但到了1977年病情再次加重，经夫人钟耀群精心护理义逐渐稳定，1978年重整旗鼓决定实施续写《红楼梦》的计划，后听从钟耀群的建议改为创作长篇小说《曹雪芹》，小说于1979年4月开始在香港《文汇报》连载。1987年以后，尽管身体不好，他仍然坚持写作。1996年，他在病中坚持撰写了回忆文章《茅盾和我》《挽艾青》《悼念蔡和森》《记陈迩冬》等。长篇小说《曹雪芹》具有独特价值，属于端木蕻良晚年十分重要的作品。端木蕻良采用宏大的网状结构来展示复杂的社会图景，运用平易优美的语言对人物展开多维观照，力图塑造出一个有血有肉、形神兼具的曹雪芹形象，通过《红楼梦》来还原曹雪芹，是端木蕻良以叙事表达的方式对于《红楼梦》及其作者的别样理解。

端木蕻良才情兼备，努力有目共睹，经历风雨沧桑的80余年的生命历程本身就是一部小说、一部传奇，尤其是与萧红等的纠葛更化为人们津津乐道的文坛旧事，无论是经历了华丽还是褴褛，那些是与非、恩与怨都只是历史长河中的一丝波澜而已，当我们乐此不疲地反复提及于此，是否深入了他们的精神世界，去抚摸那个属于他们的黄金时代的脉动。我们需要做的应该是认真而仔细地聆听一个柔弱书生所发出的震撼人心的"土地的誓言"：

> 土地是我的母亲，我的每寸皮肤，都有着土粒，我的手掌一接近土地，我的心便平静。我是土地的族系，我不能离开她。在故乡的土地上，我印下我无数的脚印，在那田垄里埋葬过我的欢笑，我

在那稻棵上捉过蚱蜢,那沉重的镐头上有我的手印。我吃过我自己种的白菜。故乡的土壤是香的,在春天,东风吹起的时候,土壤的香气,便在四野里飘起。河流浅浅地溜过,柳条像一阵烟雨似的蹿出来,天气里都有一种欢喜的声音。……"①

这样的深情是一个经历时代变动且有独特生命体验之人才会从血液里迸发出来的。端木蕻良通过作品为我们记录了个人、家族、东北、中国等不同层面的变迁史与挣扎史,以轻重相宜的用笔力度将变迁与挣扎传递到每个读者的心灵深处。这才是端木蕻良想要呈现给读者的自我形象。

长久以来,人们往往在萧红、萧军故事的讲述中认识端木蕻良,尤其是在阅读萧红的过程中延展性地阅读端木蕻良,对于后者的阅读迟迟没有认真铺开。不过,批评界的认知在改变,不断更新着我们的端木印象。王富仁在评价端木时这样写道:"他没有像周作人一样走向闲适、像林语堂一样走向幽默、像新感觉派作家那样走向轻巧、像沈从文那样走向飘逸,也没有像郭沫若那样走向乐观、像茅盾那样走向客观,而是像其他东北作家群的作家一样走向了一种广大的忧郁。……他的忧郁也是东北这块土地的忧郁和整个中华民族的忧郁。"② 在对"人"的总体的艺术处理方式上,"他从来也不脱离开人的具体的、整体的生存状态表现人的平面的、瞬间的道德心理和道德表现。他的表现是人怎样生,怎样死,为什么而生,为什么而死,亦即人的生命的力量以及人的生命力量的源泉。他笔下的人物是整体的,不是瞬间的、部分的。他不遮蔽人性中的恶,也不遮蔽人性中的善,不遮蔽人性中的琐屑和庸俗,也不遮蔽人性中的庄严和伟大"。"他笔下的人物有时有欠精细,但却永远不欠力度。有时有欠模糊,但却永远不欠完整性。"③ 历经风雨沧桑,终见真切的端木,只愿未来的端木更加真切。

---

① 端木蕻良:《端木蕻良文集 7》,北京出版社2009年版,第480页。
② 王富仁:《三十年代左翼文学·东北作家群·端木蕻良 [之四]》,《文艺争鸣》2003年第4期。
③ 王富仁:《三十年代左翼文学·东北作家群·端木蕻良 [之四]》,《文艺争鸣》2003年第4期。

第五章 山丁

山丁（1914—1997），生于辽宁省开原县一个城市贫民家庭。原名梁梦庚，又名邓立，笔名山丁、梁山丁、小蒨、菁人、梁蒨、阿庚等。

1929年考入开原县立师范中学校。1932年任小学教员。1933年，在税务局工作，成为《大同报·夜哨》《泰东日报·文艺周刊》撰稿人。冬，应萧军之邀赴哈尔滨，见到萧军、萧红、罗烽、白朗。1934年，任石城税捐局股长，成为白朗主持的《国际协报》副刊《文艺》周刊的特约撰稿人。1935年春，赴哈尔滨与金剑啸会面。1936年，工作调入长春。

1937年，发表评论《乡土文艺与〈山丁花〉》《乡土与乡土文学》，前者引发艺文志派和文选文丛派的长久论争。1938年，与益智书店的冷歌联系开始出版《文艺丛刊》的单行本，吴瑛的《两极》、山丁的《山风》、梅娘的《第二代》、秋萤的《去故集》出版后，引发文艺界很大反响。1939年，从税捐局辞职，当年发表小说《墓地的街景》《狭街》等。

1940年，到"满映"当脚本员，与人组织成立诗季社并刊行《诗季》杂志，当年发表诗歌《鱼肆》《炮队街——献给无墓的阿金》、小说《集镇》《画家语》等，出版短篇小说集《山风》。1941年，经秋萤介绍结识袁犀（李克异），当年发表小说《冲》《猪》《乡愁》《梅花岭》《一天》等，出版诗集《季季草》。1942年5—12月，长篇小说《绿色的谷》连载于《大同报·夕刊》，当年发表小说《熊》《慈航》《芽月》《文学的家族》《碱性地带》等。1943年，发表长诗《拓荒者》，出版《绿色的谷》单行本，由于两部著作的印行及爱国作家李季疯越狱出逃等原因，山丁被两次抄家，遭到特务跟踪，于是逃至北平，经袁犀介绍到新民印书馆做编辑。本年发表小说《丰年》《残缺者》《赌徒的经典》《盲女人》、诗歌《新世纪的晓钟响了》《辽远的海岸——悼悄吟》等，出版短篇小说集《乡愁》、散文集《东边纪行》。1944年，编辑《中国文学》杂志，当年发表小说《祭献》《在土尔哈池小镇上》《苏懿贞和她的家族》《在疯人院》，出版短篇小说集《丰年》。

1945年，参加北平地下党工作，与袁犀合编大型文艺刊物《粮》。11月，与袁犀等人离开北平。一路辗转，最终回到东北工作。1958年3月，因在反右斗争中被定为"极右分子"而入狱，于1968年刑满释放，翌年6月重返辽宁省作家协会工作，1983年离休。1987年，《绿色的谷》重新出版。1991年，出版中短篇小说集诗集《伸到天边去的大地》《梁山丁诗选》。

第一节　作品论:《绿色的谷》《残缺者》

一　《绿色的谷》

长篇小说《绿色的谷》的故事发生在东北山林环绕的山村狼沟中，集中于林家窝棚的林姓家庭。小说从林家的管事霍凤送好友大熊掌进山落草写起，引出在外读书的少东家小彪返回故乡狼沟的线索。小彪的父亲林国威在直奉战争中阵亡，随后母亲改嫁，林家的万贯家产便由"守望门寡"的林淑贞主持。林淑贞是小彪的姑姑，她痴情于霍凤，但又忧虑这种主仆之恋会玷污林家的门第，对自己的身孕感到恐怖和痛苦。小彪是一个充满梦想的年轻人，当他被佃户于七爷的孙女小莲吸引时，却并不知晓于、林两家所隐藏着的旧仇。小彪的远支叔父"混江龙"林国荣是乡间恶痞，曾经逼死小莲的父亲，气死小莲的祖父。林国荣在试图独霸林家产业失败后投奔了小白龙的绿林队伍，并唆使小白龙的队伍进犯狼沟一带，抓获小彪作为人质。官兵打败小白龙后，林淑贞即将分娩，不得不与霍凤举行婚礼。不久林国荣窜回来，杀死林淑贞。在小白龙的队伍流散之时，大熊掌对绿林队伍内部的派别倾轧产生不满，带领小彪逃走并回到狼沟。回家后的小彪发现霍凤完全失去了往日的豪气，心上人小莲也嫁了他人，林家的田产亦被买办和豪绅修筑的铁路侵蚀大半。面对破败的祖业，小彪毅然把土地分给佃户。没几天，"九·一八"事变的消息传到狼沟。

《绿色的谷》的出现意味着山丁的审美追求和艺术才情已经达到比较高的水平，属于山丁创作历程中的重要成就，显示了一种现实主义的战斗风貌。

（一）隐喻与抗争。1937年5月，《明明》第3期发表了艺文志派代表作家疑迟的小说《山丁花》，《山丁花》描写了东北林区两个普通伐木工人工作的艰辛和生活的困苦：张姓农民一年到头住在山里，每天忍受着饥寒，从事大树的砍伐劳动，而到了年终结算时，半年的工资只够支付回家的路费，那就意味着一个冬天在山里的忍饥挨饿都没有任何报酬。小说还从自然景观、日常生活、民风民俗等方面表现出东北林区的地方色彩。山丁发表《乡土文艺与〈山丁花〉》和《乡土和乡土文学》两篇文章给予这篇小说高度评价，认为它"是一篇代表的乡土文艺作品"[①]，并明确指出伪满文坛"是把重点放在乡土文艺上的"[②]。由此，山丁提出了乡土文学主张。

山丁提出这一主张，是基于复杂的历史背景的。日伪殖民者试图通过强力手段切断东北沦陷区同我国关内的文化交流和精神联系，于是极力构建官制文化，大力制造粉饰文学、汉奸文学，用以争夺正常的东北新文学市场。同时，日伪制定的文化政策也严重干预了作家的创作。从1942年起，东北沦陷区的作家已经成为伪警察厅侦查和监视的对象，侦查和监视内容涵盖广泛，包括书信、行踪、工作情况、社交情况、投稿情况、对"大东亚文学者大会"的反应等。于是，以隐晦曲折的方

---

① 山丁：《乡土文艺与〈山丁花〉》，《明明》1937年第1卷第5期。
② 山丁：《乡土文艺与〈山丁花〉》，《明明》1937年第1卷第5期。

第五章 山丁

式来表达不可明言的情绪成为东北沦陷时期现实主义文学作品叙事的一个重要特点。面对异族文化殖民的困境，在五四新文化运动洗礼下成长起来的山丁、萧军、秋萤等逐步意识到自身肩负的多重历史使命，作为新文学作家，他们应维系新文学血脉在东北沦陷区的发展，使其不被殖民文化同化，作为爱国知识者，他们又要履行启迪民众、改造社会的时代责任。加之，前期的文学创作积累和长期的相关创作实践，促使山丁的文学思考步入自觉状态。于是，山丁提出乡土文学，这一主张是为对抗殖民同化而做出的一种迂回选择。

山丁说："我认为一切暴露现实生活的作品，都是乡土文艺。凡是描写地方色彩浓郁的作品，凡是描写东北人民生活的作品，都属于乡土文学。"① 乡土成为宣泄强烈反抗精神、表现民族意识的一个出口，写乡土由此成为作家确认自身文化身份的一种仪式。乡土文学在表层看来"是对当时的文坛而发，实际上，面对民族危亡的现实，所谓'暴露现实'，自然是民众的沦为奴隶之苦和在铁蹄下呻吟的景观。'乡土'，在我国文化的历史渊源中，经常是和家园、国土、民族的情思相扭结的"②，也可以说，乡土、家、国在中国往往实现着一种同构和统一，相互指代，乡土是家国的象征与载体，乡土对于中国人来说往往意味着各种情感的交汇处和凝结点。乡土意识的投射即是精神家园的重建，是心理的慰藉手段与情绪的宣泄方式，"由是乡土文学的提倡，在特定情态下超越转化，则构成为爱国救亡的同义语，投射出一种生生不已的恋乡情结，是以民族意识为轴心的文化反抗张力"③。

山丁的乡土文学主张是历史特殊语境中的无奈选择，作家们试图以曲笔方式完成一种精神隐喻，笔下那些"伊索寓言式"的文字虽无法像东北流亡作家那样达到直抒胸臆，也是尽力突破文学表达障碍与缓解

---

① 梁山丁：《我与东北的乡土文学》，载陈隄等编《梁山丁研究资料》，辽宁人民出版社1998年版，第233页。
② 孙中田、逄增玉、黄万华、刘爱华：《镣铐下的缪斯——东北沦陷区文学史纲》，吉林大学出版社1999年版，第22页。
③ 孙中田、逄增玉、黄万华、刘爱华：《镣铐下的缪斯——东北沦陷区文学史纲》，吉林大学出版社1999年版，第22—23页。

文学想象受阻的有效方式。《绿色的谷》是山丁乡土文学审美意愿和写作理念的具体转化与实践。

山丁在最初创作时其实怀揣着谨慎的态度，当连载开始大约两个月后，发现大内隆雄同步翻译的《绿色的谷》已在《哈尔滨日日新闻》（日文）上连载。对于此举，山丁的心态是复杂的，一方面这可以增加作品的影响力，另一方面他创作的时候不得不更加小心翼翼。大内隆雄的翻译显然对山丁的后续写作形成一定的束缚和威胁，促使他采取更加隐晦的手段，原来构想的有关农民武装领袖的创作想法没有展开，只能点到为止，许多章节和人物写得也不够舒展。在集成单行本时，小说还被日伪检察机关做了"删消剂"的处理。山丁在谈及相关创作情况时表示，将小说的写作背景提到"九·一八"事变之前，便是为了起到迷惑作用，在提到小说命名时说："在日译本的《序》上，我冠冕堂皇地说：'绿色象征青春、健壮、活泼，并含有追求成熟的喜悦，这就是小说的主题。'其实，我本意是要写绿林好汉的。"[①] 可见，作家一开始就设法隐藏着自己真实的写作意图。呼啸山林驰骋荒野的大熊掌、小白龙等人不就是民族的绿色的希望吗？为了凸显这种希望，作家采取民间的边缘的文化视角，展现了草莽群体的不安分属性和反叛精神，这意味着作家试图容纳关东草莽文化以实现建立抗日群众统一战线的愿望，显示了乡土文学主张的开放性内涵。东北作家普遍关注到了充满野性的善于铤而走险的草莽群体，如萧军的《八月的乡村》《第三代》、端木蕻良的《科尔沁旗草原》《大江》、骆宾基的《边陲线上》等，作品中这些被挤出正常生活轨道甚至被扭曲的人物重新得到作家的关怀甚至被拉回正常的生活轨道，蕴含着作家复杂的情感意蕴。据统计，山丁小说中大概有7篇或明或暗点到人物进山当土匪了。[②] 为了补救《绿色的谷》中那些不得不被隐蔽掉的真实存在，山丁尽力揭示出那些带有某种象征意义的人物的悲剧命运，以此凸显时代悲剧的内蕴，引发人们深沉的思索以

---

① 梁山丁：《万年松上叶又青——〈绿色的谷〉重版琐记》，载陈隄等编《梁山丁研究资料》，辽宁人民出版社1998年版，第200页。

② 徐迺翔、黄万华：《中国抗战时期沦陷区文学史》，福建教育出版社1995年版，第122页。

及心灵的震撼。同时，山丁努力展开家族史的文学想象，完成带有特殊意味的场域象征，进一步从乡土世界日常化的民俗生活中追寻"新英雄主义"的民间价值。《绿色的谷》中风景描写本身就包含大量政治隐喻色彩，隐约可见自然风物中烙印着的殖民伤痕。

  隐喻的背后是抗争意识。山丁所理解的乡土并非单纯指向现实地域中的乡村和农民，而是联结着沦陷了的国土与国民，带有很强的民族性。《绿色的谷》对于日伪统治下东北农民的苦难生活的真实展现，本身便极具抗争意味。小白龙的面貌虽然模糊，始终没有正面出现，但是作品对于小白龙这支队伍破坏力的正面表现也烘托出农民抗争队伍的巨大威势，也有赞扬小白龙反抗壮举的意味。大熊掌是个有血性的人物，作家赋之以一种逼上梁山的意味，因此他也就少了打家劫舍的寇气，反而是憨实且大度的，从本质上来讲，大熊掌仍为狼沟原始强力化身的农民。大熊掌帮助小彪逃出密林回到狼沟，又受到乡亲的款待，恰恰表明了民众内心的评价标准，小彪的感受是准确和深切的："这一切——在大熊掌身上所有的一切，仿佛是这山谷，这密林，以及这大地的缩体——是从这山谷、密林、大地之中锻炼出来的一条氓牛。"[①] 小说对于大熊掌力量感的描述代表着一种希望，这种力量恰是时代所需要的："大熊掌胳膊向前边一挥，他的嗓音虽然浊重，却沉甸甸地说不出的有力，在这浊重的声音里，那顽强的盘踞不动的山谷，辽阔无垠的密林，无边伸张着的大地，全成了他的俘虏。"[②] 如果条件成熟，大熊掌、黄大辫子这一批农民自然有转变为抗日战士的某种可能性。再说小彪，他最初给人的感觉是懦弱、犹疑、委琐的，这也是他自身感觉到的，并同关东旷野山林的对照中产生一种心理矛盾。当然，小彪有一个充分的思想变化过程。种种现实磨难促使他展开痛苦反省并有所觉醒，尤其是死里逃生回到家里，钱如龙、石德海、林国荣等人浮现在脑海中时已是一张张"奸诈""没落""下流""贪欲"的脸，对于大熊掌的认识也发生了变化，最后他把土地分给农民。他认为"我的土地并不是我的"，这句话

[①] 梁山丁：《绿色的谷》，春风文艺出版社1987年版，第210页。
[②] 梁山丁：《绿色的谷》，春风文艺出版社1987年版，第210页。

别有意味,在他看来,农民才是自己脚下这片乡土的真正主人,于是他与故乡、农民熔为一炉了,实现了自身人格的确立。山丁通过不同人物抉择写出狼沟世界的巨变,重点指向狼沟粗犷雄强的一面,这个地方能够唤醒强悍的人性和复苏巨大的生命力,是有感染力和生命力的,"绿色的谷"便有了浓烈的感人的民族情感和社会意识。

《绿色的谷》作为东北沦陷时期乡土文学的代表作品之一,力图以宽广的历史视角真实地反映出东北土地上民族反抗的心声,是一幅伪满热血民众的抗争图,具有重要的文学史意义。

(二)生命与追求。《绿色的谷》展现了"九·一八"事变之前农民的反抗,也集中笔墨展现了东北农村旧式封建家庭的没落,生动地塑造了霍凤、林淑贞、林国荣等众多东北乡村"老中国儿女"形象。林淑贞的"守望门寡"举动被视为天经地义,而她与霍凤的爱情却被看作洪水猛兽,作为地主阶级的女儿,她更不敢跨越那条礼教的"狼沟",生命力是顽强的,又不得不做了面子的奴隶,终于以一个地主阶级的维护者和殉葬者结束了短暂的一生。同时,林淑贞又以同样的封建教条去虐杀他人,死了还将那本曾经陪伴自己禅居生活的《金刚经》留给霍凤,促使霍凤虔诚地诵经"赎罪"。林淑贞的死标志着那个地主家族实际上的覆灭,也通过自认不轨而向菩萨赎罪等行为表现出封建伦理和门第观念的根深蒂固及其对于生命的扁压和扭曲,小说在一个层面传递出对于戕害肉体生命又虐杀精神生命的封建制度的谴责与悲叹。小说并未将林淑贞这位具有血统观念和伦理观念的女性描绘成一个完全无情、自私、冷酷的压迫者形象,比如在抵制小白龙进犯而共同保护林家窝棚一事上,林淑贞虽然对佃农存在自私的想法,但又被众人据守的场景感动。再如,新生命的"跃动"对主仆造成很大折磨,二人又不希望戕害这个爱的结晶,马八姨的到来化解了忧虑和危机,她散布了一个谎言,即林家老爷临终前托她说媒,而乡亲们明明知道林家老爷子是因为林淑贞与霍凤的私情而被气死的,却集体默认了谎言,还向二人道喜,说明乡土情怀中所浸润的那种朴素的宽容与人情的重要力量,这段描写更进一步强化了林淑贞的悲剧结局，也寄予着山丁对于这位女性的别样理解。山丁通过对千古不变的生命存在形式的呈现与展露，深切关注了东北农民的命运，也深化了"暴露现实"文学的写作。

小说还写了地主家庭正在成长的新一代小彪的追求。小说对霍凤同他的穷朋友们彻底分道扬镳的描写有意鞭挞了霍凤的奴才习性，而小彪却与其他人的认识不同，他对霍凤表示了理解，他还对姑母存有一种怜悯和虔敬之情，对狼沟及乡亲们怀有深切情感，故有散财之义举，这些都是对于生命表示尊重和对于生命尊严表示认可的体现。小彪是受过新文化沐浴的知识者，拥有强烈的个性意识和自立观念，崇拜有岛武郎和托尔斯泰，从中也可以看出山丁所受到的文学影响。另外，作为一个传统女孩的小莲不顾周围人的议论和冷语表现出对于爱情的大胆追求，亦是个体生命要求获得认可和尊重的体现。

山丁在继承五四新文学传统的基础上充分发挥个人"描写真实"和"暴露真实"的文学优势，以恢宏的气势实现着将乡土之恋转化为民族之抗争的文艺目标，同时又以诗人的柔和笔调调配出一味精神药剂，对于封闭落后的文化意识、封建陈旧的思想观念进行反思。狼沟百姓的思想传统很具代表性，对于特殊阶段国民深层文化心态的探究独具审美价值。

（三）乡土之图景。在《绿色的谷》中，山丁力图在战争前提下展开审视，"在东北沦陷区时期，日伪所建构的外部环境对东北乡人情人性有着深刻影响。小说中，通过对关东乡野狼沟和南满站自然和人文环境的刻画，揭示出造成乡民爱恋与反叛、亲和与疏离的人性变化根源是被殖民"[①]。作家着力建构的乡土图景是有一个"被殖民"前提的，狼沟与"南满站"分别是东北沦陷区乡村和城市、农民与买办资本家的隐喻，在此基础上作家展开东北风土人情的生动描绘，富有文学表现力的东北口语的运用也都是意味深长的，带有疏离与反叛的气质。通过不同民俗的组合和处理，作家将苦难心态、忧患意识融入民俗事象组合体

---

① 吴亚丹：《乡土 正义 人性——读梁山丁〈绿色的谷〉》，《名作欣赏》2015年第24期。

的深层结构之中，构成一组隐喻和象征的意象，浓重的乡土情结和强烈的民族意识在意象中相互交织。

在《绿色的谷》中，作家大量运用具有地方特色的风俗元素来建构乡土之图景。民间独特的风俗习惯有打围、采山、唱山歌、喝面酒、睡火炕，还有"有人在冰上凿着窟窿，把铁叉插进去，捉着冬眠在河流底层的鲤鱼"[1]，这些都烘托出乡间生活的自足和自在、人们性格的豪爽与粗犷。尤其是有关山野乡土中的植物与特产的描写，更加突出了作家对于脚下这片土地的倾心与眷恋："象这样的春天那里遍地种植着大豆、高粱、小米，山谷长着杏、枣、杨槐、梧桐，开着紫色的丁香，粉红的拾叶梅，红白小花的季季草，遍山谷能看见黄色的蒲公英……"[2]到了秋天，"满山谷结着榛子、野葡萄、山里红、山梨，奔跑着野狐、黑熊、斑貂、紫貂，田野里收获黄金似的黄豆、红壳高粱、白玉谷子、小粒芝麻、长穗包米……满堆满垛"[3]。对于铁路的修建，作家视之为粗暴的社会力量和粗暴的"掠夺者"的象征，铁路深入山野乡间，逼得狼沟的大户破产，小户村民失去了可凭依附的土地。美好迷人的田野与衰败沉滞的现实形成强烈的对比互映，"这些意象作为一种潜在的秩序，和铁路吸血管形成了比照，相悖而又相反地构成一种艺术效应。一面是野蛮的掠夺，一面是诗意盎然的田野，在强烈的反差中造成'意义空白'"[4]。《绿色的谷》充满了一种诗性韵味和乡土风情，自始至终却从未淡化有关家国危亡的忧患意识。

另外，这部小说的文笔洒脱却并不雕饰，粗犷深厚，古拙新奇，自然亲切。小说的模糊性也造成了复杂性，需要进一步解读。总而言之，"在中国现代长篇乡土小说中，《绿色的谷》是独具特色而理应引起人们重视的一部"[5]。

---

[1] 梁山丁：《绿色的谷》，春风文艺出版社1987年版，第126页。
[2] 梁山丁：《绿色的谷》，春风文艺出版社1987年版，第105页。
[3] 梁山丁：《绿色的谷》，春风文艺出版社1987年版，第105页。
[4] 孙中田、逄增玉、黄万华、刘爱华：《镣铐下的缪斯——东北沦陷区文学史纲》，吉林大学出版社1999年版，第37页。
[5] 高翔：《现代东北的文学世界》，春风文艺出版社2007年版，第164页。

二 《残缺者》

短篇小说《残缺者》的故事发生在一个小镇，伪满警察抓人，哑巴磨倌无辜地被当作闲乱杂人抓起来，在拘留所里见到了一个同样被当作坏人抓来的瘸腿老人，其实这就是他的父亲。父亲是在20年前前往北满当了劳工，成了瘸子。父亲的离开让母亲哭瞎了眼睛。哑巴磨倌被用刑之后放了出来，在路上救了倒在地上即将冻死的瘸腿老人，把他背回家中，三口人最终团聚。《残缺者》在当时被收入小说集《乡愁》和《丰年》，1949年后入选《中国新文学大系 1937—1949 第四集 短篇小说卷二》《世界反法西斯文学书系 47 中国卷 7》。1996年出版的《东北现代文学大系》和2017年出版的《伪满时期文学资料整理与研究·作品卷·山丁作品集》皆未收录这篇小说，这也从一定角度说明人们对于《残缺者》认识上所存在的差异。小说主要呈现如下特征。

（一）巧妙的艺术构思。在结构设计上，小说将一家三口的故事放在一个平行时间点上进行讲述，通过一个抓人的行动让哑巴及其父亲重逢，并且让哑巴救助其父，看似有太多巧合，也显得顺理成章。也可以说，活动在这个画面上的人物和由他们衍生出来的故事，都安排得合情合理。作家用拘留所的对话点出了瘸腿老人从前的履历和职业，至于瘸腿老人20年前的经历，小说并未充分展开叙述，给我们留下一个空白，当然从残疾状态以及在拘留所的遭遇也能看得出来他在外面的艰难生存境遇。结尾处，失明母亲的出现使得真相大白，瘸腿老人说了这样的话："我也回来了！我走了二十年，我没有死在外边，虽然瘸了腿我也回来了！"[①] 至此，读者终于明白了作家安排的诸多故事情节，前面的很多铺垫特别是哑巴对于瘸腿老人的救助都在最后一刻呈现出真相。小说在平静的讲述中为读者制造着阅读悬念。回家—被抓—被释—回到家，这样的线性线索看似单一，又暗藏着一个纵向的发展线索，囊括了非常

[①]《中国新文学大系》编辑委员会编：《中国新文学大系 1937—1949 第四集 短篇小说卷二》，上海文艺出版社1990年版，第465页。

丰富的信息。作品篇幅短小，却不乏艺术精妙之处。

《残缺者》的观察视角是独特的。小说以哑巴视角去观察周围的环境，哑巴是三个残缺者中在思维上唯一显得不正常的人，他本身便是一类人的代表，"这类人是作为思维正常人的对立面出现的，他们的行为总是违背理性的思维，痴傻和身体缺陷赋予他们一种'纯真'的品质，他们总能出其不意地发现世界的真，对世界的理解以一种自然感性的方式呈现出来，成为一个相对客观的见证者"[①]。哑巴的设置也阻滞了信息沟通的顺畅，从而提升了作品的悬念性和陌生感。小说形成了哑巴世界和正常人世界，正常人世界有各种争斗打压，冷酷无情，而哑巴的世界既是平静的、自赏的，也是带着些许麻木的，在拘留所，瘸腿老人的羊皮袄被同牢人夺去，小说这样描写："哑巴的永远肃静的世界被这奇怪的景象摇动了，然而，他竟已习惯了他自己的世界，他既不触犯自己的世界，也不想触犯旁人的世界，对于那个掠夺的人，他只是投以不屑睬的迟钝的眼光，对于可怜的老年人，却紧紧地闭上他的眼睛。"[②] 面对瘸腿老人的求援，"哑巴摇晃着脑袋，爱莫能助的望了望老人的苍白的胡须"[③]。当天亮受审时，瘸腿老人却替哑巴说话，维护着他。哑巴在回家的路上遇到倒地的瘸腿老人，"一种莫名其妙的嫉妒，报复的勇气，推动着他，他想从老人的身上剥下那件皮袄，从脚上剥下那双靴鞍，他觉得这一切全是活在梦中"[④]。害怕心理伴着"善良的温暖"，最终他救下了老人，还在心里默念着"你不要死！瘸家伙！"小说这样写道："他像儿子似的；轻轻地脱下老人的靴鞍，穿在自己的脚上。披着老人的山羊皮袄，支着肘臂半闭着眼睛睡了。"[⑤] 等到再度醒来，"他和

---

① 王宝琴：《青海女性作家作品研究》，上海大学出版社2016年版，第408页。
② 《中国新文学大系》编辑委员会编：《中国新文学大系 1937—1949 第四集 短篇小说卷二》，上海文艺出版社1990年版，第460页。
③ 《中国新文学大系》编辑委员会编：《中国新文学大系 1937—1949 第四集 短篇小说卷二》，上海文艺出版社1990年版，第460页。
④ 《中国新文学大系》编辑委员会编：《中国新文学大系 1937—1949 第四集 短篇小说卷二》，上海文艺出版社1990年版，第464页。
⑤ 《中国新文学大系》编辑委员会编：《中国新文学大系 1937—1949 第四集 短篇小说卷二》，上海文艺出版社1990年版，第464页。

老人相互沉默地望了一下，同样感觉到熟悉的疏远，他们却不能够谈话"。① 作家极力建构出哑巴的世界，这个世界是丰富的，越是与周围的世界隔着一个厚障壁，距离真实的世界越显遥远，哑巴与近在咫尺的父亲越是存在隔膜感。直到最后一刻，哑巴的情感世界才有一个总爆发，而这一刻他似乎才被从梦中叫醒，被拉回到真实的世界。哑巴看着老人的泪湿的胡须，看着母亲的很快跪下去祷告的颜色，他抑制不住内心的激动，感动地、粗鲁地抱住了老人的瘸腿，新鲜而喜悦地"哇哇"叫着。哑巴的世界是渴望亲情的，也许正是父爱的缺失才会造成他的嫉妒、报复等很不正常的情绪。哑巴的不正常状态又显得比较正常，因为作家本就不是将他作为一个正常之人加以塑造的。哑巴的世界所对应的正是外部那个看似正常其实很不正常的秩序化的世界。正是如此，小说才产生强烈的艺术冲击力。

（二）"残缺者"的深刻隐喻。山丁小说创作的一个突出特点是，善于运用整体构思的意向性或者选取某一客观特殊事物作为实现现实人生思考的突破口。《残缺者》巧妙地将人物设置为三个有生理缺陷的人，这是作家对素材精选与优化的努力。三个残缺者各自本身就很不幸了，且又出自一个家庭，而且处于长期失散状态，三个人物本身就构成了一个令人震撼的凄苦世界。

三个人物的悲苦命运集中凝练地概括了那个时代农民的典型命运走向，是乡愁国难困境中常见的乡土悲剧，这样的命难活、家难保的可悲人生不正是东北普通民众的真实写照吗？残缺者都不能幸免，其他健全者的现实命运状况便可想而知了。这篇小说的创作是有事实依据的，根据山丁的姐夫被抓劳工的事实写成，山丁的姐夫因为瘸了才被允许回家，只剩下一个洗脸盆还被监工头抢去了，回家不久就死去了，临死前还不住嘴地嚷着要那个脸盆，可见现实的残酷并不逊于小说，当然这段情节也无法写入小说当中。不过，小说结尾三个人的团聚也暗示了光明和希望。

---

① 《中国新文学大系》编辑委员会编：《中国新文学大系 1937—1949 第四集 短篇小说卷二》，上海文艺出版社1990年版，第465页。

"残缺者"隐喻的深刻性,并不仅指向苦难造成的肉体残缺,也指向精神残缺,比如哑巴在正常与不正常世界之间徘徊,那种孤独、茫然、麻木状态,不正是精神残缺的一种深度隐喻吗?哑巴对于老人的嫉妒与报复心态反映出那个畸形社会里弱者对于弱者的态度,哑巴不敢反抗强者,反而对曾替他说好话的瘸腿老人施以不满情绪,这充分说明了现实世界的混乱和不合逻辑,弱者难道就不需要讽刺和批判吗?山丁的笔触显然已经探入孱弱的国民灵魂深处。哑巴不是个案。哑巴对于抢夺瘸腿老人的山羊皮袄这件事显出麻木性,毕竟他是智力有些问题的人,可以理解,然而抢夺者的麻木难道不更加令人深思吗?根据山丁的追述,小说中腮上生着硬毛的家伙、镶了满嘴金牙且生着蚕茧似的小髭的人,都是指日本警察,面对这些日本警察,所有人都没有反抗,也没有表示出多少不满的情绪,反而是妥协与承受,甚至是自己人互相倾轧。哑巴被放出来,大哭之时,许多镇上的人围着他取笑,孩子们抛着路上的石子,瞄准他的破烂的裤子打着。这些人也都属于残缺者序列。东北沦陷时期作家笔下出现许多鳏寡孤独、生理畸形的残缺者形象,山丁深刻地触及精神残缺这一更为可怕的存在,其他如《伸到天边去的大地》《金山堡的人们》等作品亦反映出一些人物的奴性特征。

山丁在小说中运用了很多曲笔,带有一定暗示意味。比如,对强制地从老人身上剥下羊皮袄的那个人,小说使用了"掠夺的人"这一字眼,把"抢"说成"掠夺",显然是故意为之,让人很容易联想到"侵略"的意思。这无疑属于隐晦策略中的大胆做法。哑巴被施以灌辣椒水酷刑后被推出警察分所时,有这样一段文字描写:

他茫然的爬起来,踌躇在警察分所附近的街道上,他底肚子感到饥饿了,四肢疲惫了,雪仍在落着;落在他底睫毛上,冰冷的苍蓝色的天上盘旋的是黑色的云,被迷惑住的街道,死一样沉寂地在黑云下躺着。他努力向四下逡巡,想辨识出家乡的方向,这街道对于他是陌生的,他一生没有离开过自己的家乡,他熟习的家乡的街道;是一条从山脚到东家院落的狭街,而这里却是宽阔的;新修起来的街市。这里的人也不像家乡的人,而是狡狯的,每个人仿佛全有一副耗子的眼睛。①

囿于那个特殊的写作环境,作家无法着力展现人物的生存惨况,而是通过景物和环境以及人物之间的关系来烘托生存艰难之氛围,寒冷冬日的景象既有浓郁的地域气息,又交代了人物的凄冷境遇,笔力深厚而不做作。山丁本就善于通过小说氛围的营造特别是季节变换来传递或者暗示一种复杂的心境。也正是徘徊于"言"与"不言"之间的两难处境,使得作家能够精心于"言外之意"的编制,激发出艺术想象力,立足于艺术表现力,追求含蓄的意蕴,避免了空洞的说教。

另外,作品又多少带有心理分析色彩,触及人物的潜意识,比如瘸腿老人对于哑巴的下意识袒护,而当老人受审之后穿好山羊皮袄被带走时,"身旁消失了膻羊皮的气味,哑巴惊奇的寻找着"②。这些描写都暗示着二者天然而内在的联系。哑巴对于月份牌上红唇女人的想象,也适用于精神分析理论。可以看出,哑巴形象不是单一的。强调一点,除了《残缺者》,山丁的《壕》《山风》《孪生》《臭雾中》等作品也深刻地揭示了东北沦陷区人民的苦难生活及沉重悲剧,可比照阅读。从《残缺者》来看,山丁的小说虽无《静静的顿河》那样"伟大的构成",却不乏《死魂灵》那样"骇人的笔法"。

第二节 作家论:一草一木一山丁

山丁属于东北沦陷时期的代表性作家之一,是东北乡土文学的倡导者和实践者,特别是比较系统地自觉地提出乡土文学主张,带动了东北文坛的乡土文学创作新兴态势,为特殊年代的东北文学带

---

① 《中国新文学大系》编辑委员会编:《中国新文学大系 1937—1949 第四集 短篇小说卷二》,上海文艺出版社1990年版,第462—463页。
② 《中国新文学大系》编辑委员会编:《中国新文学大系 1937—1949 第四集 短篇小说卷二》,上海文艺出版社1990年版,第462页。

来一片勃勃生机。长篇小说《绿色的谷》是标志着东北乡土文学走向成熟的里程碑之作，在东北新文学史上占有不可忽视的历史地位。山丁被视为"无愧于关东大地的人"，是敢于在镣铐下舞蹈与歌吟的典型代表。

山丁不仅致力于小说创作，也在诗歌、散文等方面着力较勤。山丁主编的《诗季》致力于推动东北沦陷区新诗的发展，并且能够抛开流派之见，刊载了艺文志派爵青、小松、共鸣的作品，还选登了古丁关于诗歌理论的文章和译作，这是难能可贵的精神。1944年的山丁认为"小说应当是叙事诗"，于是在创作方面，"其比喻，常将地方色彩的状物同关东乡民的心境融汇；其对话常常有从东北俗语、民谣、乡间习惯用语中化出的某些神韵；而某些写景，则更有着某种包孕着北国苍莽、粗阔意境的色调"[1]。这便是诗人气质的体现。山丁的诗歌作品时代脉络清晰，直面现实的苦难，《拓荒者》集沉重、焦虑、忧郁、希望等情绪于一身，乡土情结浓厚。诗集《季季草》中收入诗歌28首，有苦难的歌吟，有愤怒的反抗，亦有隐晦的表达，是一束"血染的花朵"。

如果说1949年以前的山丁笔耕不辍，那么1949年以后的山丁依然是勤奋的。1949年，山丁参加了沈阳召开的"东北文代会"，当年发表各类体裁文章30余篇。1950年，朝鲜战争爆发后，山丁赴安东（今丹东）等地采访，并发表两篇通讯，当年还发表朗诵剧《中国的丹娘——刘胡兰》及多篇通讯。1951年6月，山丁赴朝鲜采访，并发回多篇战地通讯和报道文章。1953年，山丁与于雷、焦勇夫、王海以"庄作竹"的集体笔名出版了纪实小说《沙河桥边的喜事》、小说集《营业员孙芳芝》。

改革开放之后，山丁的主要工作和贡献便是展开东北现代文学的宣传与资料整理工作。首先便是撰写回忆东北文坛和东北作家的系列文章。1979年发表《回忆金剑啸同志》《文学的故乡》。1980年发表《万

---

[1] 徐迺翔、黄万华：《中国抗战时期沦陷区文学史》，福建教育出版社1995年版，第127页。

里山花红——萧军东北之行散记》《〈夜哨〉上的亮星——萧红》《暴风雨中的海燕——巴来》《夫妇作家——罗烽和白朗》《抗战歌手——塞克》《金剑啸烈士生平事迹》《回忆萧红》等文。1981年发表《归来人——舒群》《北征诗人——杨朔》。1982年发表《怀念李克异同志》。1984年发表《文坛闯将——萧军》。1985年发表《东北现代文学的先驱者——回忆金剑啸同志》《关于萧红的〈两个青蛙〉》《诗人成弦周年祭》。1991年发表回忆文章《我与东北的乡土文学》。1992年发表《悼田琳》《怀念萧军》《我和陈隄的友谊》《缅怀罗烽》等文。

其次是大力宣传东北作家。1983年1月30日开始，辽宁人民广播电台播出由山丁播讲的《东北作家史话》系列节目，共计12讲，介绍了萧军、马加、罗烽、白朗、舒群、萧红、金剑啸、高兰、金人、端木蕻良、李克异、谢挺宇等作家。

再次是文学作品整理。山丁主编了"东北沦陷时期作品选"《长夜萤火》（1986）和《烛心集》（1989）两本书。

最后是编辑出版《东北文学研究丛刊》《东北文学研究史料》。1984年，山丁编辑出版了《东北文学研究丛刊》（原名为"东北现代文学史料"）第1辑，翌年与人共同主编出版了第2辑。1986年，与人共同主编出版了《东北文学研究史料》（由"东北文学研究丛刊"更名）第3辑和第4辑。之后，又编辑了《东北文学研究史料》第5辑（1987）、第6辑（1987）和第7辑（1988）。

《东北文学研究史料》第7辑为"萧军纪念专辑"。山丁与萧军结下了深厚友谊，萧军去世后，山丁积极开展并推动萧军研究工作，主编了《萧军纪念集》，发起成立"中国萧军研究会"并被聘为顾问。

从山丁的各类作品中，我们可以发现作家坚实的生活观察力和艺术创造力，更能深切感受到一种深厚的家国情怀，对于家乡父老、那里一草一木的深切情感，特别是绿色山谷中的那份依恋，随着时间流逝依然不会变色，洋溢着浓郁的泥土芬芳。山丁对自己这个笔名的解释是"野人"，其实从字面上人们往往会联想到山丁树的果实，山丁树喜欢阳光，生命力极强。无论是野人还是山丁树，都与"绿色的谷"息息相关，甚至同呼吸共命运，当家乡的一草一木与山丁融为一体，那便铸化为一种精神的永恒。"一枝笔掌握着人间的悲剧，一篇纸结构着美妙的幻想，这是文学家们特有的无上权威。"[1] 纸笔里埋藏着山丁那绮丽的家国梦，还有那挥之不去的茫茫乡愁。

---

[1] 秋萤：《满洲文艺批评之研究》，《新青年》1937年第5卷第12期。

第六章　别列列申

别列列申（1913—1992），生于俄罗斯伊尔库茨克市。全称瓦列里·别列列申，原名为瓦列里·弗郎采维奇·萨拉特科—别特里谢，中文名字为夏清云，20世纪30年代后期发表诗作常署名"修士盖尔曼"。

父亲是铁路工程师，在中东铁路局任职。1920年，别列列申和弟弟跟随母亲来到哈尔滨。就读于哈尔滨商业学校、哈尔滨基督教青年会中学、哈尔滨北满工学院、哈尔滨法政大学，大学期间曾学习汉语，1935年大学毕业后用两年时间研习汉语。曾担任《丘拉耶夫卡报》编辑人，并加入哈尔滨的"丘拉耶夫卡"。在哈尔滨创作长诗《永恒的罗马》，出版诗集《途中》（1937）、《完好的蜂巢》（1939）、《海上星辰》（1941）、《牺牲》（1944）。1943年5月，在哈尔滨神学院通过神学副博士学位论文答辩。

1938年5月，成为一名东正教修道士。1939年离开哈尔滨到达北京。1939年至1943年出家为僧。1943年，被北京传教士团派往上海。

1945年，开始在苏联塔斯社驻上海分社担任中文翻译。1946年，领取苏联护照，获取苏联国籍。1946年，与尼古拉·谢果列夫共同编辑的诗歌合集《孤岛》在上海出版，系俄侨作家在华出版的最大规模的诗歌选集，也是俄侨作家在华出版的最后一本诗集。1948年，辞掉塔斯社工作，翌年在上海市人民政府外事局担任翻译工作。

1953年，移居巴西里约热内卢，曾在工厂工作，还担任过学校的英语教师，于1958年加入巴西国籍。离开中国之后出版有《南方之家》

(1968)、《秋千》(1971)、《禁猎区》(1972)、《涅沃山远眺》(1975)、《天卫一》(1976)、《三个祖国》(1987)①、《成双成对——怎又孤单?》(1987)、《追随》(1988) 等多部诗集，还有自传体长诗《没有主题的长诗》、用葡萄牙语写的诗集《老皮袄》。

晚年多病，逝于里约热内卢。

第一节　作品论：《界限》《迷途的勇士》等

一　《界限》等

别列列申作品中有种浓烈的俄罗斯情感，同时又自称中国是他的第二故乡、第二祖国，笔墨多有对中国的书写。

别列列申在《中海》《西湖之夜》等诗作集中反映出其对中国民俗风情的熟知程度。《西湖之夜》的游子情怀感人至深，诗句所涉及"此"与"彼"、"近"与"远"、这座城市与远处家乡的关系问题，立意深远，不空洞，有物象，充分利用民俗思维与具体意象使自己的情感表达愈加饱满。"屈原投身湍急的溪流，/他的心难以承受忧伤；/皓首的李白陷落井底，/捞取水中醉酒的月亮。"② 从眼前之景进入具体的人文语境之中，最后又落脚到古城和眼下的西湖之夜，"悠久的古城静悄无声，/我在幻想中物我两忘"③。题为"西湖之夜"，却不止于西湖之夜，最终又能顺利回到西湖之夜，这首诗的中国风是别列列申式的，蕴藏着丰富的中国元素，同时也蕴藏着非常自然的俄罗斯情感。

俄侨作家所塑造的诸多类型的中国人物形象中，女性与孩童形象占据比较重要的位置，表现视角不同，令人印象深刻。女性作家对于女性和孩童的想象表现出女性特有的母性温情，并掺杂着一种不安感和人生

---

① 诗集中既有在哈尔滨、北京、上海写的诗，也有在巴西里约热内卢写的作品。
② [俄]别列列申：《无所归依——别列列申诗选》，谷羽译，敦煌文艺出版社2015年版，第90页。
③ [俄]别列列申：《无所归依——别列列申诗选》，谷羽译，敦煌文艺出版社2015年版，第90页。

困惑。在男性作家那里，既有出于审美的目的，也有源于文化认同的影响，产生了多元认知形态，别列列申的创作具有代表性。

《界限》一诗写了来自中俄不同国界之人的相爱，二人充满情谊，随时约会，不愿分离，也不怕别人的闲言碎语。随后出现一个陡转："我们的依恋彼此相似，／但我们不能说爱谈情，／因为我们的血统有别，／因为我们的肤色不同。"① 这是一种难以逾越的界限，有几许无奈，但诗人并未空洞地看待"不同"，又进一步做出强化性描述："我们追逐芳香的熏风，／我们喜爱傍晚的露珠，／但我是花朵生了怪病，／你是林中的野苹果树。"② 越是如此浪漫，越是难以割舍，悲剧感就越发明显，种族界限造成的心理距离感也就越发明显。"不懂你们的奇妙语言，／我无法描述满天星光。"③ 从最初的"我们"两个人到"我"和"你"，到"我"和"你们"，到最后则成为"你"与"本国青年"的关系，诗句是这样的："当你漫步在林阴道上，／身边有本国青年作陪，／你的面庞就越发黝黑，／你的黑眼睛更加深邃。"④ 女子的身边有一个中国男青年显得更为恰当，诗人通过面庞和黑眼睛两个意象突出这种恰当，难免流露出一丝无奈和痛楚，达到了正话反说的效果。"你"与中国男友在一起愈是看似正常，愈加凸显了"中""俄"二者结合的不正常，凸显了文化和种族鸿沟所造成的难以消除的心理界限。这首诗在表现中国女子时，没有过于具体化，反而是类型化了，"林中的野苹果树"就从整体上勾勒出东方化的乡野性、"深邃"的知性化等特点。通情达理、温婉含蓄之美、"深邃"的眼神所传达出的哀婉气质，这些不仅是中国女性的，也是属于古老东方文化的。

《南风》与《界限》相似，也是赠给中国姑娘的。南风刮起，立春时节，"女友"将对"我"变心，"你和他从小订婚，／走在田埂他更精神，／太阳光已经很热，／他的面颊泛出红润"⑤。面对重新走到一起的

---

① 李延龄主编：《松花江晨曲》，谷羽译，北方文艺出版社2002年版，第106页。
② 李延龄主编：《松花江晨曲》，谷羽译，北方文艺出版社2002年版，第106页。
③ 李延龄主编：《松花江晨曲》，谷羽译，北方文艺出版社2002年版，第106页。
④ 李延龄主编：《松花江晨曲》，谷羽译，北方文艺出版社2002年版，第106页。
⑤ 李延龄主编：《松花江晨曲》，谷羽译，北方文艺出版社2002年版，第124页。

两个人，"我"的态度不是指责，对方没有过错，"无论温存还是住房，/都无法代替祖国"①。这是说给对方听的，其实也是说给自己听的。诗人的宽容和理解合情合理，无论这个故事是出自现实真实还是依托于文学化的想象，实际上都是站在诗中"我"的角度和立场而面对他者展开的表达，这看似一场恋情，实为一场短暂的邂逅，"我"对于这种邂逅的强调，其实是在反复述说着一个关于祖国母亲的情感故事，通过恋母母题的投射和具象转化，最终在身份区隔的形成中指向身份的重要意义。还比如《霜叶红》，诗人虽目睹了霜下的红叶与芳唇，但在"我"与"她"的关系撕扯中逐步增强心灵的张力，拉开距离后的那份"情感"让人痴迷，也让人疲倦，让人难舍，终了又不能不舍，纵有千种风情，作为"爱情湖"，终究是两个完全不同的湖泊。

别列列申的中国情感决定了他的中国女性形象塑造保持着积极和正面的思维取向，形象是活泛的动态的。别列列申通过中国女性形象建构起进入中国文化语境的独特镜像，这些形象成为确认自身主体性和达到情感认知的重要文本载体和文化符号。

别列列申的诗歌中不乏"中国式"意境，其中荷花的意象令人印象深刻。荷花又称莲花、芙蕖、泽芝、水芝、芙蓉、水芙蓉、六月春等，属于中国传统文学中十分常见的写作题材和表现对象。中国有着悠久的荷花审美文化，并成为文学表现中的一种传统。荷花具有丰富的象征意味，如高洁、吉祥、爱情、富裕等，特别是荷花的圣洁形象，成为诗人们追捧的对象，也变成诗人文化心理的观照物。在宋代，荷花属于士大夫人格的象征物，具有多重意蕴。不仅在文人那里，中国绘画与园林艺术中呈现的荷花形象也寄托着创作者的精神向往和人们的美好愿望。在传统文人的表达中，荷花与高洁并置，或者让人联想到"出淤泥而不染"的人格品质，文人通过荷花意象传达出内心的纯洁信念和高尚的道德持守，指向心灵世界的内在追求。荷花的内涵虽然丰富，但是在中国的文化语境中，荷花是很容易会被人们做出特定方向的联想的。总

---

① 李延龄主编：《松花江晨曲》，谷羽译，北方文艺出版社2002年版，第124页。

之，荷花在中国文化传统中的地位、意义和内蕴都是十分突出的。

俄侨诗人大量写到荷花，比如玛利娅·科罗斯托维茨的《北京》、别列列申的《中海》《湖心亭》《最后一枝荷花》等作品。别列列申写到了荷花的挺拔，对荷花的神圣性给予肯定和颂扬，其笔下的荷花也让人体会到心灵的宁静和平和。在《中海》中，面对水色澄碧的宽广湖面，诗人所见的宽阔荷叶挺立水面，花朵粉红如星星闪烁，道出爱中海和荷花的原因："此地岂非神仙的天堂？／法衣洁净才有幸观赏！"① 自然景物融入诗人心灵。作者以荷喻人，荷花远离罪恶，或者因了解罪恶而抗击堕落，表达出诗人远离尘嚣的人生愿望。偌大的园林，花影扶疏，荷花飘香！中海公园让诗人感受到一种寂静，但这种寂静不是孤寂，而是心灵休憩所带来的一种安然和静谧，中海是安顿精神的场所，因为荷花的澄澈让人荡涤了凡尘俗念，更好地接近一种理想的人生状态。这里的荷花已经具有了一种佛家文化的意味，荷花形态与人的状态相联系，演绎出禅的静谧和安详，这非常像中国文人的思考方式。

《最后一枝荷花》写的是北京北海公园的荷花。在9月初花朵凋零时节，四周笼罩寂静，且见"最后一枝荷花，／旗帜一样坚挺。／／荷花不惧伤残，／傲骨屹立亭亭，／俨然古代巨人，／独臂支撑天空"②。此处虽写荷花，荷花只是蓝本，诗人进行了转化，荷花在中国文化中人格纯洁、一尘不染的象征形象发生一定变化，反而成为勇敢与坚强的象征，显露出作者自身性格坚韧的一面，又从个体指向俄侨群体。诗人赋予荷花以新的内涵。"我们也曾如此——／最终败于寒冬，／面对寒风凛冽，／我们如烟消融。／／我们曾像雄鹰，／蔑视昏暗迷梦，／避开灰尘弥漫，／展翅翱翔苍穹。"③ 岁月飞逝，如今如何呢？"我为自由弹唱，／独自一人飘零。"④

---

① 李延龄主编：《松花江晨曲》，谷羽译，北方文艺出版社2002年版，第108页。
② ［俄］别列列申：《无所归依——别列列申诗选》，谷羽译，敦煌文艺出版社2015年版，第60页。
③ ［俄］别列列申：《无所归依——别列列申诗选》，谷羽译，敦煌文艺出版社2015年版，第61页。
④ ［俄］别列列申：《无所归依——别列列申诗选》，谷羽译，敦煌文艺出版社2015年版，第61页。

这是一种哀叹之声。最后一枝荷花，就像诗人自己一样终将成为"最后一个自由歌者"。一枝荷花通过中国式感怀的包装方式引发诗人太多感慨，荷花题材和意象所营造出的"中国式"意境，摇曳生姿，诗人的创造能力尽现。

二 《迷途的勇士》等

通过以上分析，可以看出别列列申的中国书写独具特色，下面我们通过作品分析一下别列列申与中国文化尤其是传统文化的内在精神关联。

俄侨作家往往通过多种途径参与中国文化体验，其中一些出生在中国的俄侨作家的中国文化体验更多通过学校教育和亲身的中国接触来完成。别列列申则从文化传统和源头去认识中国。别列列申7岁随父母来到哈尔滨，他不仅在中国游历，去过很多地方，也将身心沉浸于中国文化语境之中，经常发表由中国古典诗词改写而成的作品，并翻译大量中国古典诗歌作品，这些都有利于他对汉语的熟练掌握与运用。此处应该提到的是，旅居欧美的俄侨大部分都懂英语和法语，同这些人浸淫西方文化的深度不同，相当一部分在华俄侨在侨居生活中是没有掌握汉语的，虽然伪满时期的许多俄侨学校都在教授中文。这自然与语言体系差异有关。不过这并不能绝对妨碍俄侨界各阶层对中国文化的体验，许多人往往是身体力行的，通过实际体察和直觉感受而产生心灵和情感的共鸣。好在别列列申掌握了汉语，拥有语言文字上的优势，这种优势让他能够更加顺利地进入广阔的中国文化领域。与别列列申相似，很多俄侨作家对中国文化的体验都不约而同地指向中国古典文学和中国传统文化。别列列申的这种古典倾向与俄侨知识者对自身传统的依恋有一定关联。俄侨遭遇的现实困境造成"本民族生活土壤的失却，对同时代俄罗斯人生活与心理状态的逐渐陌生，又使得侨民作家即便在具有创作自由的条件下也难以写出真实反映俄罗斯'当代现实'的作品来。从总体上看，侨民文学'当代性'的缺失是一种必然，这也是大部分侨民作家不得不向历史、向传统、向记忆汲取诗情的根本原因"①。

别列列申深受中国文化的熏陶，对中国生活方式、价值观念的认可和接受是比较强烈的。在《中国》一诗中，"中国"之于诗人已成为一种作为被遗弃的孩子的精神寄托与心灵归宿："还有那些亲切的湖泊、湖泊！/我来这里舀取一点点安宁，/仿佛扑向母亲的胸脯似的，/我这不幸与耻辱的进贡者。//这个奇异的又喧闹的天堂，/好似久游之后回归的家舍，/经过了这么一些居住生活，/我已经了解你了，我的中国。"② 从俄侨诗歌中，我们还能够看出他对于中国文化传统的认同态度。佛禅的感召心灵、宠辱不惊之力和道家的超然物外、无为不争的生存智慧显然已成为俄侨作家群体面对纷乱的现实生活的心灵补偿之所、慰藉之地，摆脱世俗的枷锁，无困于物欲之中。佛教和道教的教义应和了一部分作家解决自身文化身份困惑的深层目的，作家们从中获取创作灵感，从而成就了文本深刻的思想内涵。

别列列申的诗歌与儒家文化精神。在别列列申的作品中，我们可以感受到中国人积极的入世态度，如别列列申的《游山海关》："西天映出了鼓楼的剪影，/庙中供奉着圣明的文昌君，/为了在考场不至于胆怯，/学子们带来了香烛做供品。"③ 全诗对历史与现实的表现都指向了人性的贪婪，只不过历史上的人们显得更为庄重一些。如果说上述书写秉持的是一种"为我所用"的心态，还有另外一种情况是，作家在面对中国文化传统及其显性构成元素时，采取积极接受和认同态度，达成了文化审美目标。典型的作品是《迷途的勇士》，有这样几段经典诗句：

> 当我从孩提时期得知，
> 命中注定我生在中国，
> 为此祖传遗产与房屋，

---

① 汪介之：《20世纪俄罗斯侨民文学的文化观照》，载黑龙江大学俄语语言文学研究中心《俄语语言文学研究 文学卷 第2辑》，人民文学出版社2003年版，第40页。
② 李延龄主编：《松花江晨曲》，谷羽译，北方文艺出版社2002年版，第91页。
③ 李延龄主编：《松花江晨曲》，谷羽译，北方文艺出版社2002年版，第112页。

都将被别人强行剥夺——

我倒愿生在中国南方——
例如宝山或者是成都——
生在和睦的官吏家庭，
多子多福的名门望族。

我的祖父是饱学之士，
说"月笛"二字适宜命名，
或叫"龙岩"，意在庄重，
或叫"静光"，取其轻灵。①

诗人对于中国的家族观念葆有认同态度，对于中国南方保留着更多的文化传统这一现象的认识是比较到位的：中国南方名门望族多，看重子嗣传承，孩子的命名也要图些吉利。别列列申不仅观察中国诸多文化现象，也充满诗意地进行审美思考。特别是"月笛""龙岩""静光"这些词汇充满了中国意境，不仅仅就是图个吉利，更有一种庄重与轻灵的追求嵌含其中，这自然不是表层理解就能够得来的。"我在奇妙的网中长大，/学文习字，诵读诗章。"② 当大约长到15岁的时候，严厉的父亲要"我"娶商人的女儿为妻，她不好看却出身富贵。娶妻生子也要父母之命媒妁之言，特别是严父的意志是不能违背的，门当户对也有必要。整首诗娓娓道来，告诉人们儒家伦理规范从小就将中国人置于一张网中，从后世的眼光看来这自然是一种束缚，而诗人并未看出或者强调这种束缚的严重性，因为诗人既贴近中国文化语境又超脱其外，观察的视角和思考的出发点都是不同的，想象的受阻程度也大大减弱了。

在《迷途的勇士》中，别列列申基于中国文化传统视域相对自由地展开诗化的认知与想象，中国文化元素的恰当运用丰富了作品的表现

---

① 李延龄主编：《松花江晨曲》，谷羽译，北方文艺出版社2002年版，第120—121页。
② 李延龄主编：《松花江晨曲》，谷羽译，北方文艺出版社2002年版，第121页。

主题，扩展了作品的表现空间。这些元素为诗人书写"迷途"提供了一组材料，突出和深化了"迷途不迷"的思想层面，即"天地狭小""威严富足"都无法让诗人改变深切的"伏尔加"之恋。诗人虽然不是完全接受中国的这种文化传统并将之作为主要书写目的，但至少诗人是认识到了这种富足生活对人的吸引力。

深谙中国文化之道的别列列申与儒家文化气质相互融通，在作品中传达出一种家园意识、自省意识。儒家文化精神为俄侨作品打下鲜明的中国印记，也赋予俄侨作家一种理解中国的别样方式。

别列列申的诗歌与道家文化精神。道家文化"讲求守静致虚、返璞归真，提倡涤除玄览、旷达逍遥的人生态度，更符合艺术创造的超越性和无功利性规律。这种玄远灵动的美学追求影响着文学、音乐、绘画等艺术创作"①。于是，在很多文学作品中都流露出这种追求清静无为的避世态度，俄侨文学作品亦有所流露。在书写中国自然环境时，日月山水、亭台楼阁等物象自有意趣，也是一种态度。别列列申通过诗歌书写自然，追求一种宁静自在感。

"静"作为别列列申诗歌中的关键词，集中反映在中海、碧云寺、南池子、长城、杭州湖心亭等地景致的找寻中，置身其中，不只见到闲逸，也有生存态度，"静"是一种追求姿态。在《画》当中，天空、绿草、羊群、白云、山岭、小牧童等连成一幅优美画面，尤其是倚天而立山岩裸露的悬崖峭壁之上，一棵松树傲然挺立于危崖，这是自然之美，也是美之自然，这种冷静与恬淡，十分难得，令人陶醉。鹞鹰深爱着危崖峭壁，这是真实的鹞鹰之爱，还是诗人之爱？可想而知，诗人是陶醉的了，就像庄周梦蝶一样，对这种陶醉已不自知。再比如《湘潭城》一诗中展现的道家所追求之自然美，为"乘物游心"以进入一种有声有色的逍遥境界，诗人寻求远离俗世烦扰，以便获得怡然自得之乐。诗中"云彩""清风""鸽群"等词汇表示了对湘潭城的亲近，进而"微笑向往湘潭城，／幻想聚会湘潭城，／胡琴赞美湘潭城，／花朵倾慕湘潭城"②。

---

① 曲文军：《中国传统文化与现代化》，山东人民出版社2011年版，第98页。
② 李延龄主编：《松花江晨曲》，谷羽译，北方文艺出版社2002年版，第115页。

这些都是为"我"的匆忙"逃离监狱"而在梦中奔向和平宁静飞向隐秘的幸福仙境来做铺垫。物与物的融合最终指向人与物的融合，通过这种融合，使人在日常生活的樊篱和桎梏中走向心理和精神的纯净与自由。物我两忘是诗人的理想追求，虽有乌托邦的色彩，不过由于诗人巧妙地融入了中国传统文化元素，使《湘潭城》全诗境界为之一变，达成了"桃花源式"的审美意境。

第二节 作家论：中国大地哺育的俄侨诗人

哈尔滨俄侨作家出版的诗集众多，目前从有文字记载的资料中能够看到的诗集就有70余部，其中便包含别列列申的4部。早在20世纪30年代中期，别列列申就成为哈尔滨非常著名和受崇敬的诗人。

别列列申在诗歌艺术方面进行了多方探索，其诗作格律严谨，音韵和谐，隐喻丰富，意境幽深，富有哲理性。别列列申的创作题材广泛，思乡、爱情、生死、孤独、悲欢离合，宗教及第二故乡的风土人情、文化、自然景物等，几乎都是他创作的主题，诗作内涵丰富，很多作品颇具中国情调和东方韵味，可从诗歌题目管窥一二：如《中国》《游东陵》《仿中国诗》《中海》《从碧云寺俯瞰北京》《游山海关》《胡琴》《湘潭城》《湖心亭》《北京》等。作品中，东方特有的词汇频频出现，比如西湖、宝山、中海、南池子、前唐城、山海关、东陵、月牙泉、龙崖、李白、文昌君、胡同、长辫子姑娘、胡琴、笛子、荷花、菊花、蝴蝶、黄莺、扇子、拱桥、鼓楼、芦苇、湖泊等。可见诗人对中国文化倾注了大量心血和情感。别列列申被誉为20世纪南半球最优秀的俄语诗人，其实，他更应该被称为一位在中国土地上成长起来的俄罗斯诗人，其创作始于中国，并汲取中国营养元素成长起来，中国文化语境中的文学实践实际上奠定了他的创作基调和风格。中国大地的哺育和中国文化的熏陶，使得别列列申的创作呈现多样的中国情调，显得内蕴丰富、色彩鲜明。移居巴西后，别列列申写出了许多对中国满怀深情厚谊的优秀诗篇，他是最懂中国也是最爱中国的俄侨诗人。在华俄侨作家虽用俄语写作，却因特殊的人生经历在作品中打下了鲜明的中国特色和中国烙印，特别是精通汉语的别列列申在精神特质方面蕴含了更为突出的中国文化印记和中国情感倾向。

与其他在华俄侨作家相比，"别列列申的最大特点就是把中国与俄罗斯两种截然不同的文化最大限度地融合在了一起"①，生成中俄文化融合的特殊成果，并通过翻译这种再创作方式表达出有关中国文化的个性观点和独到理解。别列列申是一位语言天才，掌握了汉语、英语、葡萄牙语和西班牙语等多种语言，而且是用数种语言写诗的天才，曾用葡萄牙语写成的诗集《老皮袄》还收录了他翻译成葡萄牙文的部分中国诗歌作品。作为翻译家的别列列申，将许多中国文学作品翻译成俄文和葡萄牙文，成为传播中国文化的使者，并发挥了重要的作用。

早在中国生活期间，别列列申就积极致力于翻译工作。1947 年，别列列申翻译的《琵琶行》发表在上海的苏联杂志《今天》。1948 年，别列列申已为计划翻译编辑的中国古典诗歌选集《团扇歌》做好准备，完成 60 多首诗的翻译工作，最终于 1970 年完成，包括李白、李商隐、杜牧和白居易等诗人的作品。在上海期间，他还翻译了《木兰辞》，并开始翻译屈原的《离骚》。1975 年，他在巴西完成《离骚》俄文版的翻译，并在德国出版。当别列列申以世界文化为背景来观察中国诗，便有了对中国诗歌及其传统的独特见解和别样认知，别列列申的中国译诗实现了汉学家和诗人这两种天才能力的完美结合，翻译的中国古典诗歌被认为是现有俄语译文中最优秀的。别列列申还翻译过鲁迅的作品，1949 年由上海时代出版社出版的罗果夫编辑的俄文版《鲁迅选集》收录了别列列申翻译的鲁迅短篇小说《药》和六篇杂文。1971 年，别列列申译成老子的《道德经》，这部俄文版本《道德经》的特色是准确、优美，"弥补了以往中外翻译家的不足，融汇了诗人对《道德经》的深刻理解和高超的翻译技巧"②，可谓精品。

别列列申以杰出的文学成就而闻名于世，只是在相关学术研究方

---

① 李延龄：《论俄侨诗人瓦列里·别列列申》，《俄罗斯文艺》2014 年第 4 期。
② 李仁年：《俄侨文学在中国》，《北京图书馆馆刊》1995 年第 Z1 期。

面,"相对于纳博科夫、索尔仁尼琴、布宁等世界级大家而言,别列列申诗歌成就被无意缩小了"①。美国加州大学伯克利分校俄罗斯文学教授西蒙·卡尔林斯基早在别列列申生前就根据创作质量而认定他为20世纪后半叶第一流的俄罗斯诗人。

---

① 张国侠、潘金凤:《别列列申在哈尔滨的侨民诗歌纵论》,《名作欣赏》2011年第30期。

第七章　巴依阔夫

巴依阔夫，即尼古拉·巴依阔夫，1872年生于俄罗斯基辅市。又译作拜阔夫、拜科夫、拜克夫、贝柯夫、巴依柯夫、巴伊科夫等。拥有世袭贵族的家庭背景。

1924年，巴依阔夫出任东省铁路管理局地亩处林务监督官，正式定居哈尔滨。1928年，开始在哈尔滨铁路中学任生物教师，直至1934年。在哈尔滨出版科普著作《满洲之虎》《长鹿与猎鹿》《人参》《远东熊》《满洲狩猎》、长篇小说《大王》《黑大尉》、小说集《满洲丛林》、儿童文学作品《我们的伙伴》、文集《呼啸的密林》《满洲猎人笔记》等。1934—1943年在哈尔滨出版《巴依阔夫全集》，共计12卷。

1939年，在天津出版纪实散文集《在篝火旁》，含短文33篇。1940年，《大王》以"虎"之题名连载于《满洲日日新闻》夕刊，由日系作家长谷川濬译成日文。当年，出版长篇小说《牝虎》。1942年，《大王》由日译本译成中文，书名为《虎》。1942年，发表科普散文《北满大密林之生态》。1943年10月，《青年文化》第1卷第3期曾推出"拜阔夫介绍特辑"，刊有北青所译的《拜阔夫传》及拜阔夫小说《猎鹿》、诗歌《日本》。11月，《牝虎》中文版出版，曲舒译。1944年2月，小说《母亲》刊载于"新京"《艺文志》第1卷第4期，刘郎译。

1945年8月18日，苏联红军特遣队进入哈尔滨。与日伪当局过从甚密的巴依阔夫并未被逮捕，政治身份成谜。20世纪50年代移居澳大利亚，因患动脉粥样硬化病逝于此。①

第一节 作品论:《大王》《在篝火旁》等

一 《大王》

《大王》又译作《虎》《伟大的王》《老虎的故事》等名称，共33章，1936年出版，1938年再版。《大王》最能代表巴依阔夫与中国文化的内在深层联系，是以满洲东边道一带密林里生栖的猛虎的一生为中心，用学者的观察和作家的手法写成的关于虎的生态和心理的特殊小说。小说共有三条主线：第一条是一只东北虎从刚刚出生到成长为森林之王再到最后被人类杀害的故事，第二条是以虎仔的出生、成长、死亡为线索，展示了东北原始森林一年四季的动态美景与动植物生机盎然的生活画面，第三条是通过老虎的回乡以及它所看见的家乡的变化，反映出随着城市的发展与扩张人类对大自然的肆意侵犯以及人与自然生存环境恶化的全过程。② 作家用丰富而细腻的笔墨，为我们展现了中国东北原始森林的美丽与壮阔，见证了民风习俗的质朴与淳厚，保存了东北特异的风土人情。小说甚至将原始森林的变化和各种动物推到主角的位置，人类反而成了配角，成了动物观察和思考的对象。

（一）《大王》是一则有关"原生态"的寓言。在这里，我们能够看到丰富的中国自然和民俗意象，并且是"原生态"的。这种"原生态"中既有原始美妙的自然风光，也有诗情洋溢的和谐生存，还散发着朴素而隽永的哲理味道。《大王》对东北原始生态的关注和大幅表现

---

① 关于巴依阔夫的去世时间待考，学者王劲松的《伪满博物探险小说的原型意象与日本武士道精神》一文标为"?"。目前学界基本使用"1958年"这一说法。据日本学者左近毅的考证，巴依阔夫在苏联军队进入哈尔滨后并未立刻离开中国，而是直到1950年才打算到第三国去，全家得到了去巴拉圭的护照，可由于巴依阔夫的健康原因，他们被迫留在了澳大利亚的悉尼，15个月后巴依阔夫在澳大利亚的布里斯班去世。具体参见［日］左近毅《俄国作家 H. A. 巴依科夫在哈尔滨》一文。

② 王亚民：《20世纪中国俄罗斯侨民文学研究》，博士学位论文，兰州大学，2007年，第93—94页。

以及寓言式的书写，表达了多重而深刻的意蕴。

首先，《大王》是一种生态寓言。当重新拾起有关中国东北原始森林原始记忆的时候，我们会发现，巴依阔夫在最初展开的关于人类生态的想象具有一种持久的象征意义和延展空间。作品对于人类不节制之欲望的反思，穿越时空而生发出一种有着震撼意味的警示作用。其次，《大王》通过"原生态"之危机，森林法则之崩毁，万兽之王的殉难，构建起一则生命之寓言。巴依阔夫通过对动物的认真审视进而延伸至人类社会的生活形态和情感表达，体现出对于生命的敬畏感，是一种生命的艺术。

在同时代的中国作家那里，虽有动物写作，其中有关"人"的建设和"生态"伦理的思考却成为一大瓶颈。在中国文学的现代化建设过程中，一直在强调"人"的文学，最终还是立足于社会发展与进步，立足于人类中心主义的立场，是不断地释放欲望的一个过程。《大王》等作品对人类中心主义做出反思，认为人要超越这种狭隘的束缚，自觉地与自然生物达成"和谐"，节制欲望，敬畏生命。这种表现不仅成就了巴依阔夫作品的深度、厚度和高度，对于忙于"启蒙"与"救亡"并深深挣扎于战争中心或社会边缘的民国文学来说，无疑是一种有力的补充。

现代中国关注个性解放和社会革命，这是主流。在文学方面，虽然也有关注自然、渴望归乡意识的暗流涌动，比如沈从文强调的人与自然之契合，崇尚自然人性，不过沈从文、废名等对于乡村和自然世界的重新发现与书写，立足于现代文明对传统文化以及自然世界造成破坏之相关问题的反思视域，其视角仍然是为作为群体的"人"所服务的。巴依阔夫的独特的生态观虽然不是完全凭借中国文化语境和中式思维而呈现的，但是其生态呈现对象和生态表达语境毕竟是中国化的，文学文本是值得关注的。巴依阔夫的作品无法成为中国文学与外部世界达成对话的大窗口，却在中国文学内部封闭的形态演变中打开了一个通道。自20世纪80年代以来，中国作家的思想意识中开启了当代性的"生态文化意识"自觉，在中国文学发展进程中体现出一种独特的生长态势，

《大王》等俄侨文学作品在中国内部较早地萌芽和发生，它们如何进入中国文学的生态意识完整体系，也是应该引起人们关注的。

（二）《大王》与儒家文化精神存在内在关联。儒家的重"生"倡"仁"，具体体现在人与自然的关系上，强调"取物以时""取物不尽"，要敬畏自然，对自然界不能随心所欲。这种天人合一的生态智慧蕴含着一种整体意识和宏观大局认知，对当代社会解决人与自然关系的恶化提供了许多思想智慧。在巴依阔夫那个年代，天人合一的生态智慧也是解决人类面临困境问题的重要思维方式。巴依阔夫的《大王》之所以备受关注，有一点在于，这部作品比较早地在东方世界特别是在中国东北原始化的自然世界中思考着西方学者和西方作家正在思考着的人类普遍困境问题，而且这种困境问题在后来越发地引发人们的关注和忧虑，这种置于东方文化语境中的"超前性"思考得益于东方文化特别是中国儒家文化传统的滋养。浸淫其中的巴依阔夫秉持了一种建立在中西方文化共同基础上的思考视角，且在最终达成效果上超越了中西方文化，上升到一种人类性的思维高度。一个不争的事实是，原始先民们就是敬畏和崇拜自然的，他们崇拜火，崇拜太阳，崇拜母神，这是一种朴素的宗教式情怀。在《大王》中，巴依阔夫恰是在一种原始氛围中将我们带入了一个充满初始情怀的自然境界中，以超乎寻常的想象引领着读者的想象，若是说他比较合理地找到了一种表现题材和表达语境，还不如说他在字里行间呈现出了一种中国化的思考问题的方式和方法。

小说所塑造的大王形象并不是那种蛮横无理的，而主要表现为一种平静、无语、沉稳的气质，甚至带着一份孤独，气场十足，十分内敛，又拥有一种"人不犯我我不犯人"的架势，内敛含蓄的性格特征非常类似于中国人在传统文化精神熏陶下所形成的那种不外露、踏实、稳健的形象气质。大王的内心世界丰富而不张扬，这是典型的中国式的精神存在方式。即使是作家在有意制造气场，以渲染大王的王者气势，这种气势也不失中国风度。

另外，小说也通过动物的情感凸显了人的情感。作家用拟人的手法为我们勾勒了一幅深沉的让人感同身受的中国式亲情画面。大王的父母亲和孩子们的日常生活状态，温馨、和谐、其乐融融的家庭氛围，都像极了中国日常传统家庭。特别是大王的母亲母老虎对待自己孩子的那份炽热亲情，象征着人性的美好一面，这是具有普遍性的，同时也是中国传统伦理注重亲情看重家庭的一种体现。当"母虎走进山洞，仔细地打量了一下熟睡的孩子，便躺在它们旁边，认真地整理起已经湿透的皮毛来"①。这是慈爱的母亲形象。当大王与母亲不期而遇，"大王看到母亲没有认出自己，便趴了下来，恭顺地爬到后者跟前，嘴里哼着儿时熟悉的歌谣"②。这是儿子的"尊老"行为。当母老虎的脑海里犹如闪电一般出现了早已忘记的形象和情景，它终于认出了自己的儿子——现在的虎大王，于是它们互相靠近。儿子主动走到母亲的跟前，舔着它的头、眼睛、耳朵和脖子，"母亲也同样回应着，呜呜地唱着虎大王从遥远的童年时代起便非常熟悉的摇篮曲"③。这是母亲的"爱幼"行为。儿子怀着温柔的感情仰面躺在母亲面前，母亲还像在它儿时那样用自己的脚掌推着它滚来滚去，感人的场面映入眼帘。作家对这种场面的渲染，充分展现了动物间之亲情，为后面大王的悲壮之死做了十分重要的前情铺垫。特别是小说展现母老虎的温顺和贤惠，作家是遵从老虎的习性来写的，写公老虎的离开，其实也暗喻了"男主外女主内"的生活状态。不管从哪个角度看，大王母亲的形象都像极了中国传统女性的样子。

（三）《大王》与佛家生态思想达到某种契合。佛家的生态伦理观便是尊重生命，珍爱自然。佛教传统的一个中心理念是众生平等，慈悲为怀，善待生命，对于动物的态度同样如此。佛家在对待众生对待生命的态度问题上是走得最为彻底的。相比于儒家和道家，佛家生态思想对中国后世的生态观念影响最大，特别是体现在精神层面上。佛家生态思想在道德观价值层面为当下的生态危机提供了一种支撑。在20世纪上半叶，当佛家生态思想与巴依阔夫的《大王》相遇时，二者仿佛不谋

---

① 李延龄主编：《兴安岭奏鸣曲》，冯玉律等译，北方文艺出版社2002年版，第21页。
② 李延龄主编：《兴安岭奏鸣曲》，冯玉律等译，北方文艺出版社2002年版，第66页。
③ 李延龄主编：《兴安岭奏鸣曲》，冯玉律等译，北方文艺出版社2002年版，第66页。

而合。小说中描写一位叫作佟力的老人，有很强的威严感和掌控感，林海中所有的飞禽走兽都听他的话，服从他的意志。他猎熊，又敬重熊，他猎鹿，又敬重鹿，尤其视大王为山神爷，从来不去招惹它，而且十分敬重它，常常为它烧香祈祷。大王也常常给他让道。佟力对待动物的态度以及佟力跟大王之间的心神交流，实际上是为我们展现了人与动物之间的相通性及其背后的平等性。佛家是将人性之善扩大到众生，包括人和动物，为了达到这种善，便要不断牺牲自我，佟力为了其他生命而肯于牺牲自我，这也是一种善的表现。在这里，我们强调佟力的行为态度与佛家生态观念的一致性，同时我们还要从山神崇拜的角度来看待佟力等人的思维与佛家文化的内在联系。

《大王》结尾运用莲花意象，寄寓深刻的宗教哲理意味。原始森林就像一块净土，对净土的虔诚追寻，在大王、佟力等人那里是自始至终的，即使献出生命也终不放弃。在宗教般的存亡轮回、无生无灭中，大王的精神必然会通过繁衍而在种群中得以存续，至少会在读者的精神中生根发芽。

二 《在篝火旁》等

巴依阔夫有着丰富的中国自然风物书写，呈现出壮阔性与神秘性的特征。巴依阔夫笔下的自然时而庄严肃穆，时而惊恐万状。在纪实散文集《在篝火旁》里，雪松、落叶松与岩石峭壁相结合所构成的奇特图景，是雄伟和壮丽的。小说《牝虎》以苍凉的笔致展现了中国东北密林深处壮美而迷人的景致，特别是在写到冬天过去春天到来之时，万物复苏之态达到声情并茂。在《牝虎》中，行进途中的人们遥望老爷岭山脉壮观的景色，面对此情此景，小说中说，连久居密林中的人也凝立于山巅之上看得入神了。这种入神，既是壮美使然，又是神秘性引发人的联想和好奇使然。巴依阔夫对中国东北自然风土的神秘书写为我们提供了一种审视和理解"满洲"的独特话语，变幻莫测的自然书写为东方原始森林蒙上了奇异色彩，使之具有了生命和灵魂，于是这类小说便不止于神秘性，而是有了更加深入的追问和深刻之思考。

除了自然风物，巴依阔夫笔下还有丰富的中国红胡子（土匪）形象。俄侨作家们都不约而同地写到红胡子题材，如巴维尔·什库尔金的民俗小说《红胡子：民族学故事》、涅斯梅洛夫的小说《宝石》《一百卢布钞票》和诗歌《红胡子》等。巴依阔夫作品中的红胡子形象数量多而且独特。作家不只单纯地观察和想象红胡子，还实际接触过红胡子。文集《在篝火旁》中有一个短篇《在虎山上》，写到的中国人王德林便曾经是个红胡子，文章记述了"我"跟随这个领路人到老爷岭调查树林盗伐情况，在途中遭遇盗林团伙而惊险脱身的过程。这个集子中的《女人的殉难地》写到两个流亡至中国的俄国妇女，在不小心的情况下被红胡子抓住并卖给中国人做媳妇，中国人对待她们还是不错的，其中一个人还生了个孩子，但是她们最终还是选择逃走了。集子中还有一篇《红胡子》直接描述了一个传说中残忍而又野蛮的红胡子首领，他懒洋洋地躺在炕上抽着鸦片，"他那张黄颧骨的脸上布满了天花，表情凶残，这可不是什么好兆头"①。对首领着墨不多，却将一个狠辣阴森的形象描绘出来。由此可见，作者书写红胡子时不只是流于纯粹的想象环节，也依赖于他对中国东北的田野调查实践。《在篝火旁》中所写到的红胡子的结局基本都是被沙俄军队剿灭了。其中，《红胡子》里所写到的那个首领的头颅被割下来，作为"战利品"挂在小木屋的柱子上以威慑藏匿在老百姓中的红胡子，红胡子睁开的眼睛死气沉沉地凝视着远处的山林，绿豆苍蝇在春日的阳光下成群结队地在小木屋上空飞着，长长的黑辫子闪闪发光，像蛇一样蠕动，黄色树叶沙沙作响，这些景象令人不舒服。令人更不舒服的情景在本篇结尾，写了中国人和俄国人的两种不同态度，俄国人经过时对头颅好奇而又厌恶，中国人则"凝视着同胞血淋淋的脑袋，深深地叹了口气，默默地继续赶路"②。这

---

① 李延龄主编：《中国俄罗斯侨民文学丛书　俄文版10卷本　卷3　兴安岭奏鸣曲》，中国青年出版社2005年版，第167页。

② 李延龄主编：《中国俄罗斯侨民文学丛书　俄文版10卷本　卷3　兴安岭奏鸣曲》，中国青年出版社2005年版，第170页。

里的人物形象真切，又意味绵长，是红胡子在自己土地上释放出来的蛮性合理呢，还是武器装备精良的沙俄军队的强力合理呢？这是值得深思的一个问题。

巴依阔夫的小说《圣诞之夜》开篇即说："这事还不很久远，也就是二十八年前，当时我还年轻，精力充沛，在满洲东部的原始森林里度过所有的空闲时间，追逐野兽，也追捕红胡子。"① 小说《魔鬼》中，"我"在原始森林里遭到红胡子的袭击，最终"我"和好朋友库列绍夫将这些人打散了，"被打死的红胡子尸体横七竖八各种姿势躺在灌木丛中。大部分都是打中头部死的。他们都像经过挑选似的，个个健壮，穿着皮上衣，有护膝的裤子。他们的武器是各种口径的步枪和装在子弹袋里的许多子弹。在粮袋里装的是馒头，在战斗的地方我们发现了十具尸体"②。"我"的朋友库列绍夫说："魔鬼把你引到了红胡子那里！假如不是马鹿，红胡子就从旁边走过去了，这是它把你引到了他们的枪口下，我马上就猜到了，这是魔鬼在作怪！"③ 库列绍夫的话语暗示了原始森林的可怕性和命运的不可捉摸，亦补充强调了红胡子与厄运（魔鬼）之间的紧密联系或者说是一致性，库列绍夫还说了这样一段话："在原始森林应该时刻保持警惕，始终戒备提防着，否则就会白白死掉。……有时候魔鬼伪装成人、野兽，甚至是鸟。"④ 在小说后边，"我们"救下了一个受伤未死的被自己同伴抛弃的红胡子，"他被自己的同伴抛弃了，要孤零零死在原始森林里了"⑤。"我"对同伴说："虽然他是红胡子，但总归也是人，不该把他一个人扔在原始森林。我们不是要救他，而是要减轻他死亡的痛苦！"⑥ "我们"的仁慈行为或人道主义之举，既与胡红子同伙的残忍相对比，突出自身的善良，又表达了作者对于"人性"和"生命"的认知和理解。

---

① 李延龄主编：《兴安岭奏鸣曲》，冯玉律等译，北方文艺出版社2002年版，第157页。
② 李延龄主编：《兴安岭奏鸣曲》，冯玉律等译，北方文艺出版社2002年版，第175页。
③ 李延龄主编：《兴安岭奏鸣曲》，冯玉律等译，北方文艺出版社2002年版，第175页。
④ 李延龄主编：《兴安岭奏鸣曲》，冯玉律等译，北方文艺出版社2002年版，第175—176页。
⑤ 李延龄主编：《兴安岭奏鸣曲》，冯玉律等译，北方文艺出版社2002年版，第177页。
⑥ 李延龄主编：《兴安岭奏鸣曲》，冯玉律等译，北方文艺出版社2002年版，第177页。

第七章 巴依阔夫

土匪是一种客观存在的社会现象，也是20世纪上半叶中国文学所关注的重要对象。在民国时期的中国作家中，沈从文、沙汀、艾芜、萧军、端木蕻良等都用不同的笔触"书写充满顽强的生命活力、大胆的反抗精神、强烈的求生意志的土匪世界"[①]，摒除政治评判立场的作家们在这群人的"匪性"背后发现了"优雅"的人性特征，"把原始野性的生命力升华到了崇高的力与美的层面"[②]。巴依阔夫等俄侨作家基于自身价值立场和观察角度展开中国想象，笔下的土匪形象另成格调，既有一定中国性，又表现出明显的俄罗斯性。

第二节　作家论:中国东北密林原始生态的书写与记录者

中国东北密林对巴依阔夫来说很早便有着强烈的吸引力，世袭贵族的家庭背景意味着相对来说他可以有更多开阔世面的机会。1887年，还在上小学时，巴依阔夫便由父亲介绍认识了俄国著名旅行家普洛日瓦立斯基，这位旅行家讲述了很多东亚自然界的故事，激发了他极大的兴趣。1896年，巴依阔夫从齐夫利斯陆军学校毕业，获得少尉军衔，继而服军役，其间，在高加索博物馆和侯爵马拉代博士的色路笃木领地进行科学工作。1897年，巴依阔夫结识了著名化学家门捷列夫，门捷列夫培养了他科学研究和创作的严谨性。1901年，巴依阔夫申请调到了正在组建的中东铁路护路军工作，2月携家眷到了哈尔滨，后被任命为中东铁路护路军（后改编为外阿穆尔军区）第三旅军械官，定居于现在的黑龙江绥芬河，此间开始森林考察研究和文学创作。1903年，巴依阔夫描写中国东北大自然的随笔作品开始在俄国狩猎和地理刊物上发表。1914年，巴依阔夫在俄国圣彼得堡出版第一本大型特写集《在满洲的山和森林里》（又名《满洲森林》），翌年再版，是较早向俄国读者介绍中国东北森林的专著。因一战等原因，巴依

[①] 赵德利：《民间文化批评的理论与方法》，商务印书馆2016年版，第251页。
[②] 赵德利：《民间文化批评的理论与方法》，商务印书馆2016年版，第252页。

阔夫曾暂时离开过中国，后来又回到了哈尔滨，在中国东北生活多年。

巴依阔夫在中国东北展开很多活动，如1923年发起成立哈尔滨博物馆建设委员会，特别是通过文学创作及相关活动与日伪政权产生了紧密联系。1940年5月14日和15日，巴依阔夫受大内隆雄、古丁等邀请到长春访问，并召开座谈会。1941年2月28日，伪"满洲文话会"曾召开长谷川濬译作《虎》（《大王》）的出版纪念会，吉野治夫、北村谦次郎、大内隆雄、古丁等28人出席。1942年5月29日，哈尔滨文艺协会、新闻社等部门在哈尔滨为巴依阔夫举办文学生活四十周年纪念活动，山田清三郎、古丁作为代表到场祝贺并向巴依阔夫赠送礼物。哈尔滨文艺协会是哈尔滨俄侨创建的第一个文艺社团，成为哈尔滨俄侨文艺界活动的中心，巴依阔夫是从属于哈尔滨文艺协会的白俄作家协会的主要成员。同时，巴依阔夫又能够免于苏联红军的逮捕。在1945年9月，苏军当局在哈尔滨逮捕了160余名俄侨文化者并押回苏联，包括阿列克谢·阿恰伊尔、鲍利斯·尤利斯基、涅斯梅洛夫、什梅伊塞尔、瓦西里·敖布霍夫等，巴依阔夫反而跑到苏联红军驻哈尔滨司令部协助接管工作。这都充分说明了巴依阔夫身份上的矛盾性，同时也有很多值得探寻的空间。

在中国，巴依阔夫既有涉及动物学、植物学等相关考察而形成的科普著作，又有大量相关文艺作品问世，且以小说和散文创作为主，还在《亚细亚时报》《北满农业》《东省杂志》等报刊上发表过论文。巴依阔夫因在作品中所塑造的"虎"的丰富形象，从而拥有了"虎人"作家的著名称号。他在我国东北地区创作的《大王》被视为一部杰出的生态文学作品，亦被称为"世界生态文学的开山之作"。在阅读巴依阔夫小说作品时，读者往往会想起美国著名作家杰克·伦敦，还有俄国经典作家屠格涅夫。其文学作品风格清新，语言生动传神，极具诗人气质和文学才华。1936—1940年间，欧洲出版界给予巴依阔夫的著作以高度评价，认为他的书"可以和屠格涅夫、吉普林、伦敦、古比尔，及麦因利达各名人的佳作相比拟"[①]。《大王》《满洲森林》《呼啸的密林》《白

---

① 《拜阔夫传》，《青年文化》1943年第1卷第3期。

光》《牝虎》等作品还被译成日文以及英、法、德、意大利、捷克、波兰等文字。①

巴依阔夫是伪满洲国时期颇为流行的新的表现方法和文学样式"山林实话·秘话·谜话"的主要作者之一。这种写作样式吸收了东西方文化资源而成型，属于中国东北文坛独特的小说类型，特别是表现狩猎活动的内容吸引了大量读者，并得到当时《麒麟》《新满洲》等杂志的大力推崇。巴依阔夫的一系列以动植物为主要表现对象的作品深受当时大众读者的欢迎和喜爱，当时的日本甚至视之为"文豪"而予以强烈关注。在中国东北，巴依阔夫的文风受到很多人模仿，如中国作家睨空、疑迟、滕菱华等。特别是《大王》在《满洲日日新闻》上的连载，使得早已享誉欧美的巴依阔夫在中国东北成为文学界的重要话题，当时的满映还拍摄过巴依阔夫的新闻特集，一时间出现了"巴依阔夫热"。1941年12月20日，"满铁"社员福富八郎编辑的《满洲的密林：满洲童话作品集　第2辑》由大连日日新闻社出版，该书半数以上收录的是巴依阔夫的小说，说明巴依阔夫的受欢迎程度。

巴依阔夫的民俗文学作品从不同的视角观察和感受中国人的日常生活，多角度描写和呈现了很多被中国作家忽略了的景观和现象，尤其是以行云流水的文笔生动书写并忠实记录了中国东北密林的原始生态，壮丽而迷人、美妙又神秘、诗意的激情、文化之韵味诸多元素相统一，具有作家十分鲜明的创作个性。这些作品对于研究中国解放前东北地区的民风习俗具有重要的参考价值。应该说，"他不仅是世界生态文学的奠基人和实践者，也是近代呼吁保护中国东北生态的先锋科学家。在我国原始森林大幅缩减、生态遭遇严重恶化、个别生物种濒临灭绝的语境下，更显示出其研究和思想所具有的理论价值与现实意义"②。不能忽视且保持清醒的一个认识是，巴依阔夫的成功是建立在对中国东北自然

---

① 刘晓丽：《现代文学史上的失踪者——以伪满洲国文学何以进入文学史为例》，《探索与争鸣》2007年第6期。

② 杜晓梅：《尼·巴依科夫创作和研究中的"满洲主题"——兼论其对我国东北自然研究的贡献与价值》，《沈阳师范大学学报》（社会科学版）2016年第6期。

资源的掠夺基础上的，我们要将他还原到具体的历史背景中加以审视，我们既要尊重作为自然文学作家的巴依阔夫，又要正视其精神头脑中的俄罗斯性，这样才能看清一个人的完整面貌。

对巴依阔夫的接受也经历了一个长时期的过程，不过时至今日，人们对他的认识基本达成一致，认为他是"生态文学奠基人""最富代表性的现实主义作家之一"[①]，是"最著名的作家和民族学家"[②]，其自然小说"在世界上是没有第二家的"[③]，其作品和艺术成就受到了中外学者的普遍关注。

[①] 李延龄：《论哈尔滨俄侨白银时代文学》，《俄罗斯文艺》2011年第3期。
[②] ［俄］弗·阿格诺索夫：《俄罗斯侨民文学史》，刘文飞、陈方译，人民文学出版社2004年版，第61页。
[③] 苗慧：《论中国俄罗斯侨民诗歌题材》，《俄罗斯文艺》2002年第6期。

第八章　洪峰

洪峰，本姓赵，1959年出生，吉林通榆人。当过中学代课教师、制砖厂工人。1978年考入东北师范大学中文系，毕业后到白城师范高等专科学校（今白城师范学院）中文系任教，主讲中国现当代文学史和文艺理论。1984年底调入吉林省作家协会《作家》杂志社做编辑。1988年就读于鲁迅文学院暨北京师范大学中文系文艺创作学硕士研究生班。1992年离开《作家》杂志社成为专业作家。1993年获得"庄重文文学奖"。1995年被辽宁省沈阳市政府以特殊人才引入沈阳市文学局工作，后来离开东北，2006年的"沈阳街头乞讨风波"和2012年的"洪峰被打事件"使之重新进入公众视野。

1983年开始发表文学作品。主要作品有《奔丧》《瀚海》《极地之侧》《重返家园》《走出与返回》《离乡》《年轮》《结局与开始》等中篇小说，《生命之流》《蜘蛛》《湮没》《夏天的故事》等短篇小说，《苦界》《东八时区》《和平年代》《喜剧之年》《生死约会》《中年底线》《梭哈》等长篇小说。洪峰还进行话剧、散文创作，话剧有《九路汽车》《诺言》等，散文集有《永久占有》《我正在云南》等。出版作品集有《瀚海》《重返家园》《湮没》《洪峰小说自选集（四卷本）》《你独自一人怎能温暖》等。20世纪80年代中期，洪峰的创作追随马原等风格，被视为实验小说的一部分，与马原、余华、苏童、格非并称为"先锋文学五虎将"。洪峰及其创作不仅在各大学所使用的文学史教材中被作为具有文学革命性质的重要对象进行介绍，作品也被译为多种外国语言文字，成为外国学者研究中国文学的重要对象。

第一节 作品论:《瀚海》《离乡》

一 《瀚海》

《瀚海》以第一人称方式讲述了"我"和雪雪的爱情故事,同时呈现了姥爷、姥姥、爷爷、奶奶、舅舅、舅妈、大哥、二哥、姐姐、妹妹等在不同历史文化背景下的生存状态和爱情婚姻方式,刻画了张、王、李三氏家族兴衰沉浮的历史,向人们展示了地处吉林、内蒙古交界处的八百里荒漠瀚海的人生世相。《瀚海》初刊于《中国作家》1987年第2期,与前一年发表于《作家》杂志的中篇小说《奔丧》共同促使洪峰暴得大名。这篇小说在思想和艺术上都颇具特色,属于新时期引发争鸣的作品,也成为洪峰具有代表性的作品,被选入多种文学选本,如《无歌的憩园 当代新潮小说十四家》(1992)、《〈中国作家〉十年精品选 小说卷》(1995)、《吉林省五十年文艺作品选 1949—1999》(1999)、《被遗忘的经典小说》(2005)等。解读《瀚海》可从以下几个关键词入手。

(一)独特的叙事。先锋小说在总体上善于或者热衷于写作形式和叙事技巧,利用形式表现他们对于世界的认知和理解,通过叙事次序的无绪和错乱重新组合生活,在反传统的冲击中逐步形成新的形式方面的审美追求。洪峰同样十分注重叙事策略的运用,《瀚海》《奔丧》《极地之侧》等早期作品都集中展现出洪峰对于叙事策略的苦心经营。

《瀚海》故意将原本可以完整讲述的故事打碎,给人一种扑朔迷离之感,在时空的穿越中达到"亦真亦幻"的表达效果。小说基本上是以第一人称"我"的视角叙述出来的,不过其间也有一些巧妙的变化,比如将某个故事里的人物先暂时从表面上切断同"我"的关系,用第三人称冷静地加以叙述,然后点出某人与"我"的关系,再运用第一人称继续讲述。讲述方式与"我"的情绪变化相呼应,在叙述方式上

第八章 洪峰

较好实现了跌宕腾挪，时而城市时而农村，时而历史时而现实，将读者带入广阔的生活领域和思维空间之中，造成阅读悬念，又可以在历史时空中实现笔触穿梭的自由自在，达到故事情节调度的无拘无束。在每讲一个故事前后或在故事中间，洪峰都会运用过渡性话语做出如下表达："我的故事如果从妹妹讲起，恐怕没多大意思。我刚才说到的那些，只不过是故事被打断之后的一点联想。它与我以后的故事没有关系，至少没有太大关系。所以今后我就尽可能不讲或少讲。这有助于故事少出岔头，听起来方便。"[1]"讲起这些让我伤心，我本不愿讲。但我发现我无法躲开二哥。这个故事离了他似乎就没法子讲下去。这使得我的故事讲起来十分艰难，我所能保证的就是我要讲得诚实。"[2]"这的确又感人又糊涂，我无法说清楚。我们讲下一个变故。这是一个出人意料的变故。它有可能使故事失去真实色彩。但事实如此，我不得不信它。"[3]"叙述到此，聪明的读者已经有预感：灾难之一肯定与大哥或者小妹或者花衣衫有关。"[4] 作者在津津有味讲述那些传奇故事的同时又频繁地向读者强调他的诚实和真实，又在一定程度上赋予叙述者一种不太能够靠得住的感觉，也有点轻视读者的味道，其目的是要读者知道作者与叙述者是分离的。"最后我认为有必要告诉大家关于结构处理方面的问题。巴乌托夫斯基先生的那段话我原本是放在最后的，但现在我把它搁在题记的位置上了。我这样干是出于对自己的偏见的修正。也就是巴乌托夫斯基先生的话太有道理而我太没道理。我发现自己太偏狭太小家子气太那个。"[5] 这些都明显看出马原"叙事圈套"的影子。"元小说"缩减甚至抹去了叙述者与文本之间的距离，叙述者直接现身阐明自己的行为，虚构的公开化使得文本不再由内容而是由叙述方式决定，极大增加了故事讲述的自由度。在稍后出现的《极地之侧》中，洪峰显然摆出更为明确的姿态："我想故事已经开始了。……我的故事和悲剧和莫斯科毫

---

[1] 中国作家协会创研部选编：《来劲》，时代文艺出版社2000年版，第101页。
[2] 中国作家协会创研部选编：《来劲》，时代文艺出版社2000年版，第108页。
[3] 中国作家协会创研部选编：《来劲》，时代文艺出版社2000年版，第109—110页。
[4] 中国作家协会创研部选编：《来劲》，时代文艺出版社2000年版，第147页。
[5] 中国作家协会创研部选编：《来劲》，时代文艺出版社2000年版，第153页。

不相干。它甚至和大兴安岭或者北大荒也没有多大关系。在我所有糟糕和不糟糕的故事里边，时间地点人物等等因素充其量是出于讲述的需要。换句话说，你别太追究细节。这样大家都轻松。"① 元小说的痕迹十分明显。

《瀚海》中的"我"虽然既是叙述者又是主人公，但"我"的叙述仅止于"我"的见闻，限制视角与限制叙事方法在部分故事讲述过程中的使用，使得"我"在描述舅舅、舅妈与土匪李学文的纠葛等故事时显得兴致盎然，不断试图进入故事，却又讲得零零碎碎的，更无法让这些故事之间产生一种必然的联系。可以看出，小说中所讲的众多小故事并非是为整个小说的主题服务，或者小说根本就要故意淡化或者消解某个十分明确的创作主题，小说用最为平淡甚至有些满不在乎的口吻讲述最令人难以置信的故事，又不断超越读者的审美期待，这是洪峰在叙事艺术方面有意而为之，也是融入先锋文学大潮的自然反应，因此洪峰一直被视为马原的第一个也是最为成功的追随者。

（二）残酷与反讽。《瀚海》的随意松散和漫不经心，甚至看似很不精致的话语方式尤其是对话方式，在叙述中给人一种看似无所谓的情感表达状态，并在叙述对象和叙述主体之间设置一道情感上的鸿沟，这样做的目的是要在讲述悲惨而壮烈的家族历史时有意识地显露出叙述者漠然的一面，从而在立场观念上秉持一种超然的姿态。

《瀚海》显然具有一种残酷性，作家竭力地剔除浪漫的因素。马原和莫言是先锋作家中间最早涉猎残酷主题的，而残酷的主题与暴力相伴相生，这在莫言那里表现得淋漓尽致。与莫言等诸多作家以冷漠和冷峻态度来表现苦难不同，洪峰在《瀚海》中不是专注于恐怖血腥的场面，比如洪峰并未放大和细刻姥爷所目睹的："姥爷亲眼看见一个大胡子劳工让一个瘦鬼子一刺刀扎个透腔。人还没倒，狼狗就围上去。只一会工夫，啃得只剩下白森森的骨头架子。地上是一摊黏乎乎的血和碎布头。"② 洪峰更想指向一种深刻的意旨：否认生活的诗意。小说开篇便

---

① 洪峰：《重返家园》，长江文艺出版社1993年版，第362页。
② 中国作家协会创研部选编：《来劲》，时代文艺出版社2000年版，第130页。

引用了巴乌托夫斯基的一句话:"对生活,对我们周围一切的诗意的理解,是童年时代给予我们的最伟大的馈赠。"接下来洪峰这样写道:"我一直没有能对生活,对周围的一切做出诗意的理解。我不是没进行努力,只是发现那样做的结果总是得出似是而非的结论。我的结论是也只能是:生活就是生活,一切就是一切。"① 为了打击和否定这种诗意,作家毫不回避大哥这个人物之丑:痴呆与吃鼻涕的怪癖,黄板牙与流下的涎水,粗大茁壮的生殖器与玩耍屎尿直至淹死后肿胀尸体上面的苍蝇,诸如此类是指向"没有诗意"的。《瀚海》中的残酷性往往给人一种洞穿生活真相后的冷峻,一开始"我"就已经看清了每个人的必然结局。小说本身的写作意图之一便是要展现生活的庸俗和丑陋,因此本应美好的爱情反而在"我"的家族历史中全然沦落为暴力与交易的冷酷"事实",作家的主要注意力落在这些一个又一个的"事实"上,致力于表现人物关系和结局,致力于残酷的整体性,甚至不惜采取重复的方式讲述多个雷同的故事,以此告诉我们:生命无非就是故事的重复和重复的故事。作家不是靠絮絮叨叨的细节取胜,而是穿梭驰骋于历史生活场景之中,最终与瀚海的历史氛围相对应。

《瀚海》通过对历史经典记忆的一次深度反讽,以戏谑性的姿态嘲讽严肃、正经抑或悲痛的生命形态,借着小说探究生命的种种困境,努力寻找生命本体的奥秘,最终达到的是对生命是"这样"的先验性怀疑:在瀚海里,生命与自然蛮力相混合,粗野而痛快着,一系列生命偶发冲动的行为摧毁着诗意和深刻。作家将现实生存的无力感和平淡性寓于家族历史回忆的短暂性与荒诞性之中,依靠对以往历史的重新叙述,既反讽了历史也反讽了现实生活和生命存在本身。洪峰那种看似不认真的闲聊,甚至不想追求深刻的姿态,却反而让自己的表达走向严肃与深刻的双重叠加。

(三)辽阔与孤独。马原、莫言等影响着洪峰的创作,马原自不必说,莫言的《红高粱》赋予中国小说一种审父意识,其粗犷野性、原

---

① 中国作家协会创研部选编:《来劲》,时代文艺出版社2000年版,第99页。

始的生命强力涤荡了寻根一类作品在观念和境界上的虚无缥缈性状。在洪峰笔下,《瀚海》是对《奔丧》中父亲形象的颠覆意图的延续,至此已生发出审父、仇父与怜父的情结,于是变本加厉地揭开父辈的隐私。在《瀚海》中,洪峰借助议论表明了对于"寻根"的态度:"我讲这些,绝没有'寻根儿'的意味。我看不出有什么'根儿'可寻。胡扯淡。到这里寻根儿,不如寻死痛快。"① 然而,就像莫言始终摆脱不掉文学史对其创作加以"寻根"归类的表述,洪峰自身亦是难以回避此种流风余韵。如果说《瀚海》只是具备上述一些所谓写作上的"优势"的话,那么它也未必能够成为中国当代文学史上的经典之作,非要继续在共性之外寻找某种个性的话,《瀚海》的辽阔与巨大的孤独感当是促使作品达成震撼力的必要元素。

　　洪峰有着丰富的文学创作经验,一开始便以《瀚海》为自己的作品赋予关东瀚海的苍茫与辽阔,让我们看到了一个诗人洪峰的影像。虽然小说试图反对诗意,但在整体上这部作品还是无法规避诗意的,这种诗意当然是对自然、人、事及相关视角等诸多方面的宏观总括。"野甸子一望无际和天空一样辽阔,稀落落的庄稼地可以增添生气。不时有野兔和傻狍子被奔马冲起旋即无影无踪。马蹄闪电般打地击起团团黄土,远远望去,一溜烟雾紧贴草尖滚动再无声散尽。"② 这个活跃而宁静的世界是壮丽的,其实更为壮丽的则是里面的人和故事,作家如同伫立一方高岗,远眺八百里瀚海,并且不断变换具体表现对象和观察视角,从而以点成面,瀚海的贫瘠、自然的荒凉同这片土地上被情欲本能支配的人的行为和命运相搭配,终成气象万千。在东北作家中,洪峰以阔大的笔触和纵横捭阖的视角完成了一次有关关东大野的独特呈现,其荒凉与粗犷之气有别于东北流亡作家和东北沦陷时期作家的东北想象,不仅植入了浓重的现代气息,还不失原乡文化的无意识融灌与滋养,小说集深沉的历史感、传奇性、民间性和现代性思考于一身,从个体出发而展开有关家族命运的冷静观照,又实现了对于特定历史阶段的民族共同命运

---

① 中国作家协会创研部选编:《来劲》,时代文艺出版社2000年版,第102页。
② 中国作家协会创研部选编:《来劲》,时代文艺出版社2000年版,第128页。

第八章 洪峰

的高度概括。

在史铁生看来，洪峰并不是想写小说，"主要是借纸笔以悟死生，以看清人的处境，以不断追问那个俗而又俗却万古难灭的问题——生之意义"[①]。从表面看，洪峰是马原的忠实追随者，实质而言却最终成为马原的反叛者，其中一个标志性特征便是洪峰从未停止过哲人般的思考，即使有时会摆出一种消解的甚至不当回事的姿态，然而往往会在努力消解的过程中再生了一种新的意义。特别是关于生之思考，洪峰笔下始终不乏生命意识和死亡意识，对于人类生存境遇的感悟极富意味，也正是这种思考使得洪峰作品中往往弥漫着压抑、疲倦、无聊抑或忧伤的情绪情感。《瀚海》看似轻松实则沉重，一个个鲜活的个体在滚滚历史长河中衰老而流逝，一个个生动的故事在生息繁衍中渐渐悄无声息，整个作品在平静中呈现喧嚣，又在喧嚣中趋于平静，在阅读过后读者难免生成一种巨大的悲伤感，或者泛出忧郁的情愫。从"瀚海"出发，我们试图体验一种阔大，最终发现了一种阔大也发现了一种微小，这些都连缀着现代生命巨大的孤独和孤独的灵魂。

洪峰善于讲故事，虽然《瀚海》连缀了太多的小故事，但每一个故事都有很强的故事性，这是作家写作能力的集中体现，也是《瀚海》仍然拥有大量读者的一个重要原因，这篇小说其实已经暗藏了洪峰在90年代朝着通俗风格转变的潜在基础。《瀚海》既有先锋性，又具可读性，洪峰在一定程度上有效地平衡了先锋的形式探索与现实的内容追求的关系，而没有因为两个方面的严重失衡而走向偏狭的不归路。整篇小说也没有让情感基调走向严重失衡，作品是冷中有热的，有着朴厚深沉的感情流露，比如我和姐姐对于姥姥去世的焦急与哭泣、二哥对待弟妹的态度以及二哥用"扫硝"（扫碱面）所得的钱为小妹买花布衫，诸多情节都是"怨乡"之外的"怀乡"情感。与《极地之侧》的叙事反常态度相比，《瀚海》显得并不过于"反常"，或者说是基于人们可接受范畴之内的一种"反常"，赢得了读者的"宽容"与青睐。

[①] 史铁生：《〈瀚海〉序》，载史铁生《新的角度与心的角度》，北京出版社2017年版，第11页。

二 《离乡》

《离乡》写的是"我"在19岁那年即1976年所经历的几件事情。这一年,"我"任初二(8)班班级辅导员,讲授语文和历史课,班里共有50名学生。春天,在一次农业学大寨挖排水沟的劳动中,(6)班一个叫李晓红的学生被塌方压死,这是"我"第二次目睹一个人的死亡,第一次是十二岁那年外祖母的突然死去。小说还重点描写了"我"与学生刘冬的爱情,尽管两人很相爱,但在那个时候人们表达爱的方式却显得很愚蠢,结果是女方离开了,十几年后两人再次相遇则只剩下一种无法补救的遗憾。最让"我"后悔的则是一个叫米爱红的女学生,她比"我"这个老师还大一岁,由于喜欢"我"而在运动场上吻了"我"一下,"我"那时懂得很少,却自以为懂得一切,渴望爱却害怕爱的出现,"我"以为那一吻是罪过,是一种无耻的表现,于是"我"给了她一个嘴巴,从而断送了她的生活。

一直以来,评论界对于《瀚海》《奔丧》等作品给予很高的评价,并且认为可以代表着洪峰文学创作的风格和水准,与评论界和公众认知恰恰有些不同,洪峰自身对《离乡》这篇小说是充分认可的。1992年夏天,东北三省文学界联合搞一个小说评奖,洪峰判断《离乡》这部作品会有好的结果,但结果并不尽如人意,甚至拒绝去领取奖金,从中可见洪峰对于《离乡》的认同态度。在编选小说选本时,洪峰表达过这样的言论:"不管怎样,我还是有些偏爱《离乡》,虽然它并没有像《瀚海》那样给过我太多的世俗荣耀,虽然它没有像《奔丧》和《湮没》那样使同行们说了许多话,虽然它不像《极地之侧》那样毁誉参半。我决定选《离乡》。"① 1998年,洪峰在东北师范大学与这里的师生进行过一次对话,这样表述过自己的观点:"到目前为止,我觉得完成最好的只能说是《离乡》这部中篇,还有《东八时区》这部长篇,

---

① 洪峰:《永久占有》,时代文艺出版社2001年版,第159页。

第八章 洪峰

而像其他方面做的各种探索还是不完全成功的。"①

对于洪峰的这种选择倾向，我们可以通过《离乡》做出如下分析。

（一）"离乡"与"乡愁"。在最初写作《离乡》时，作者加上了一个题记，引用《圣经》里的一段有关善恶之果吃了必死的话，在《收获》发表时删除了，洪峰认为宗教含义已经包含在小说之中了，无须再作说明。其实，这也在一定程度上表明了小说创作中蕴含着作家丰富的思想追求。当然小说最初的创作动机又是出于偶然，据洪峰自己阐述，是因为当时刚刚写完第一部长篇小说《喜剧之年》，身体相当疲劳，然而思维却相当活跃，于是开始写《离乡》。同时，《离乡》的写作似乎又暗藏着某种必然，家乡一直是洪峰登上文坛以来的重要关注点，在文学创作不同阶段的各种变化中洪峰始终保持着一种自觉的家乡书写态度，也正是这种自觉性使得洪峰的作品在呈现先锋意味的同时也带着明显的地域辨识度，这种辨识度与作家对于文本故乡背景设置的偏爱不无联系。洪峰的几部中篇小说大都是写在故乡里发生的事情，如《瀚海》《奔丧》《重返家园》《离乡》《年轮》等，其中《离乡》明显显现出"乡愁"的味道，洪峰说："想来，'离乡'是一种情感也是一种体验。随着离开故乡变得长久，那种对故乡的怀想也具体了许多。写《瀚海》和《重返家园》时的那种激动渐渐被某种伤感取代，一九八九年夏天之后的心境似乎更适合写《离乡》。"② 显然"离乡"与"乡愁"有关，也正如此，最终《离乡》这篇小说成功传递出一种极具个性化的情感与心境。

作家此时的伤感与离乡有关，这种离乡情绪又同时属于离乡者群体的本能的共同心理趋向，特别是正当此时的洪峰在个人阅读体验中向着伤感和回想的欧美文学作品贴近并获得情感上的共鸣和认同，于是《离乡》意味着打开了作家自己内心深处最为隐秘的那片空间。显然，《离乡》是作家获得深切的人生体味后的艺术结晶。对于读者来说，在阅读《离乡》时也会忘记时间的意义而进入具体可见的空间领域，平

---

① 洪峰：《永久占有》，时代文艺出版社 2001 年版，第 119—120 页。
② 洪峰：《永久占有》，时代文艺出版社 2001 年版，第 159—160 页。

抚着读者的情感与心境。

（二）"离乡"与"还乡"。作家带着一种弥漫着忧郁与感伤的情绪来书写那个十二年后的春天"我"和妻子重返故乡时所勾起的那些回忆，对于十九岁的年轻教师以及与之有关的那些故事，作家娓娓道来，并保持着固有的"有意的克制"的叙述方式。不过与之前的创作不同，作家又努力增加了一种清晰度和透明度，因为这些故事都是与自己曾经经历的事情息息相关，《离乡》中的几个主要人物都有洪峰生活的影子，而米爱红又确确实实做过洪峰的学生，小说中所写的田径场一幕也与作家多年前的往事比较接近，由此洪峰笔下所展现的"离乡"故事更在一个层面体现出一种精神归乡的意味。

小说的开篇便别有意味："那肯定是春天。在我的故乡。那时候故乡的土地上开始渗出漫不经意的绿色。我的故乡没有山和森林也缺少流动的河水。那里是很平坦也很空旷的土地。冬天，几乎用不着雪去覆盖，土地就是很苍白的一片了。每一个县城的周围都是很接近的风景，人们的生活也就大致相同。"① 在我的记忆里，"春天很短，只有庄稼人和孩子们能够感受它的存在。那时候，庄稼人和孩子们都要走出生了火的屋子。在那片有了绿色的土地上，他们有各自的事情可做。那些时候，我肯定是一个孩子，这使我有幸知道春天意味着什么"②。"我肯定是一个孩子"这样的话语方式既诡谲又十分诚恳地传递出一种对于光阴逝去的无奈之感，作家显然是带着一种温情展开家乡书写的，与《瀚海》中出现的如下话语方式已然不同："我去过黄土高原，如果说中原文化凝聚那块贫瘠土地上的人们，使人们在那里付出生命和血汗可以赞美，那么在我的故乡如此消磨生命，就不能叫我认可了。"③ 在《离乡》当中，作家基于孩子的视角这样写道："春天太短促了，总是来不及脱掉棉衣就要光脊梁。在故乡，春夏之间较少过渡。和其他孩子一样，我穿肮脏的棉袄棉裤跑过春天。这种生活使我对季节的更替感觉

---

① 洪峰：《重返家园》，长江文艺出版社1993年版，第1页。
② 洪峰：《重返家园》，长江文艺出版社1993年版，第1页。
③ 中国作家协会创研部选编：《来劲》，时代文艺出版社2000年版，第101页。

第八章 洪峰

迟钝。我是指长大成人之后的时间。"① 接着作家描写了北京的四月，在北京"人们差不多都换上了单薄而漂亮的衣服在太阳和灯影里往来。你还能有机会提前欣赏许多少女的风韵，各种裙子把她们搞得如同春天本身。在这种时候，我仍然裹着油渍斑斑的羽绒服等待夏天。唯一的变化是羽绒服替代了棉袄。我说的就是现在这种时候。我已经不再是孩子的时候"②。此时洪峰的表达已令人感觉到一种淡淡的忧伤，"穿脏脏的棉袄棉裤跑过春天"的小时候的"我"与现在"仍然裹着油渍斑斑的羽绒服等待夏天"的"我"相互对照，"不再是孩子"的感慨油然激发出一种诗人般敏感的情愫，也自然会触动读者脆弱的心弦。小说开篇以一个成年汉子对于故乡的一种深情回顾，便为全篇奠定了一个情感基调。小说还继续写道："在过去的一些春天里，大约五六岁到八九岁之间的那些春天，我经常在中午的时候跑到城郊。就一个人。"③ 在"我"的视野里，郊区的土地有别于城里，很干净也很柔软，"你置身其上，在白色碱斑的点缀下，一片一片的鹅黄草地马上就把你环绕了。你一定看见过一帧照片或者一幅油画：在白云和灰蓝色天空的背景下是翠绿的草原或者金黄的沙漠，会有一个孩子伫立在画面的一处，天地之大和人之微小肯定让你领悟出某种熟悉或陌生的境界"④。十二年后的那个春天，"我"和妻子重返故乡，一个中午，"我"独自一人走出城区，在僵硬的地面寻找蝈蝈洞，逗蝈蝈玩的儿时的举动和情景复现了，然而时空已然变换，已然了然无味了，"那个中午，我走在凹凸不平布满马粪的柏油马路上，我第一次真实地意识到，我已经没有可能寻回那种遥远的感觉和心境，曾经和春天的风共同飘浮的声音已经永远离我而去。这就是时间。它终于变得实在了"⑤。作家自然不是为了儿时而写儿时，他要在这样的文字中传达一种有关人生和时间的深沉感慨和深度思考。我们需要注意到，这种感慨和思考并不是抽象的，而是真实和虚

---

① 洪峰：《重返家园》，长江文艺出版社1993年版，第1页。
② 洪峰：《重返家园》，长江文艺出版社1993年版，第1页。
③ 洪峰：《重返家园》，长江文艺出版社1993年版，第2页。
④ 洪峰：《重返家园》，长江文艺出版社1993年版，第2页。
⑤ 洪峰：《重返家园》，长江文艺出版社1993年版，第2页。

幻、现实和想象的结合体，甚至是难以言表的潜意识动力所催生的那种既来自记忆又穿梭于记忆之门的无限的忧伤，忧伤也是有力量感和穿透力的，这些感慨和思考与作家的整体情感状况是一致的，因此小说看似表述着一些普通的抑或习以为常的事情与景象，却最终以作家自身的"生命真实"而产生了震撼人心的力度，造成作品独特的精神深度。

这种精神深度在一个层面体现为作家"还乡"的精神追求和矛盾状态。作家通过往事在向过往致敬，这个反复书写的故乡形象承载着诸多难忘的人和事，以"蝈蝈蝈蝈你吃草"始，又以"蝈蝈蝈蝈你吃草"终，以回到故乡展开记忆搜罗，又在结尾再一次想起故乡的春天，一种记忆差错感的表达与确认最终生成无限感慨："时间并没有使我变得稍事聪明"①，作家终是热泪盈眶。至此，作家完成了一次艰难、伤感而又愉悦的精神"还乡"过程。此处，作家念念不忘的故乡和反复呈现的"故乡"一词显然已经象征着一种难以割舍的精神家园。这种精神家园是慰藉又是信念，是起点又是归宿，是一个温馨而又令人陶醉的梦。作家梦幻般地游走于那个十九岁的时空中和现实的当下以及更为遥远的孩时情境，试图重拾一些曾经失落的记忆，然而记忆又随着时间的变化而显出某种"错误"，其实这些"错误"也意味着返回精神家园的徒劳，离乡才是一个试图返乡者的最终归宿。现代作家们往往试图在对现代社会的怀疑声中努力重构人的精神家园，丧失了乡土的现代人也往往认为只有在心灵深处重建精神家园才能实现自我救赎，而在《离乡》中洪峰则显示了一种别样的努力方式，即精神家园本来就在时间和记忆的深处，只是再也回不去了而已，即使回去了也充满无限忧伤的结局，仅此而已。《离乡》使我们看到了一个尚未找到新的精神家园而成为一个徘徊者一个流浪者的洪峰，在弥漫着怀旧情绪的氛围中作家表达着一种充满柔情的强烈的重返家园的愿望，又充满惆怅地徘徊在返回精神家园的十字路口，这种徘徊本身就渲染出一种挥之不去的人生悲凉之感。

---

① 洪峰：《重返家园》，长江文艺出版社1993年版，第49页。

由此，我们才会理解洪峰为什么会这样说："可以这样讲，《离乡》对我个人生活的意义远远大于创作的意义，因而我格外偏爱它。"①

最后，我们还必须提一下《离乡》中的情感拿捏。小说并不忸怩，反而让人感动，充满一种浪漫柔情，"我"在十九岁所犯下的一系列错误，如"我"当场捉住校长和尤老师通奸并对他们进行侮辱和贬损、"我"对米爱红的亲吻和爱恋报之以清脆的残酷的一击，"我"断送了一个少女的生活，这一系列操作虽然夹杂着失败的经验和悔恨的心理，但那些逝去的岁月和岁月中的故事都在作家灵动的笔下散发出一种挥之不去的脉脉温情。应当说，洪峰在《离乡》中为我们保存了一个时代越来越滑向边缘的浪漫情愫，洪峰的告白既不显得老成又不显得矫情，而是一种可以打动人的温情和柔情，这正是每个时代都需要的。《离乡》中三个美丽女孩的下场都是悲剧性的，而这三个女孩的悲剧不能说与这个青年教师毫无关系，可贵的是，青年教师伤害了几个美丽的女孩，最终也有了醒悟。此时的洪峰已经不像《奔丧》《极地之侧》等作品中那样抱着一种无所谓的散漫态度，且"破坏性"极强，也不再是一些作品中所表现的病态式精神情感，譬如迷惘、厌倦与空虚，《离乡》则展现了一个更为真切的洪峰，也从一个角度诠释了这样的判断：洪峰在本质上是"深于情者"。

第二节 作家论：洪峰涌起处，风月自无边

先锋作家在文学上的先锋性主要表现为对传统的文学素材、文学观念和创作方法的强烈的"逆反"心理。马原认为，"一个出色的作家的基本出发点不会与他的国家以及他的民族的基本点相悖。同样道理，他的出发点不会只服从于应和，包括应和他的国家他的民族的政治需要和利益，也因为可以不必应和，一个作家才可能充分运用自己的智能去思考和写作，作最大限度的发挥，以达到最佳效果"②。洪峰则对属于

---

① 洪峰：《永久占有》，时代文艺出版社2001年版，第161—162页。
② 马原：《马原自选集》，现代出版社2006年版，第9页。

"匕首或投枪""轻骑兵""晴雨表"的创作表示不满,在他眼中,"久而久之,这种创作成了后进作家的样板,他们知道小说有小说以外的功能:名声、地位、权势,还有别的。在这种情况下,小说从此不再属于小说,作家不知不觉中丧失了个性和想象,创作很天然地成了投机和赌博"①。至于文学深度,洪峰表示出对于"思想深度"的不认同态度:"我拒绝的是这一部分东西——思想深度什么什么,这种东西是无法被诉说的。"② 打上鲜明的"先锋"标签的洪峰在小说创作艺术上的探索可谓狂放不羁、标新立异,不过需要注意的是,洪峰在反抗小说思想深度的同时也以另外一种方式和途径实现着一些更为形而上的思考。一开始洪峰便有一种别样的深度,对于叙事文本、艺术技巧的前卫探索并不只停留于形式层面,而是密切关联着人的存在性,主要关注着人的生命、爱、死亡等话题,无论是《湮没》《生命之流》等早期作品还是21世纪以来的《恍若情人》《梭哈》等作品,都有关于人类的终极性追问,这些最终形成洪峰基本的小说主题。洪峰在表现这些主题时有时会显得古怪、孤傲,甚至别别扭扭,甚至制造出隐含作家、隐含读者,在它们与不可靠的叙述者"洪峰"之间造成一种距离感,进而造成小说内部的紧张与矛盾,然而这正是洪峰艺术世界的新奇性之所在。郜元宝在谈及马原与洪峰时认为,一个是太受人注意的幸运儿,一个则是太遭人冷落的背时者。郜元宝的判断提示我们需要关注洪峰,也说明文学批评者的眼光有时难免失误。

洪峰小说的结构和叙事方式是特异的,同时也展现了独到的生命意识。一方面,与其他先锋作家们相似,洪峰借助对死亡的想象与假定来弘扬生命意识和颠覆传统,如《极地之侧》所营造的那种冷静、紧张、惊悚、悬疑的气氛,很多作品中的性爱叙事及秉持的游戏化态度便是一个通往去中心化目标的路径,性的描写带有对于现代文明的某种抗拒性和解构色彩。一方面,洪峰的那一系列表现人的原始生命意识的作品中的人物明显地表现出对于传统规囿的疏离,特别是挣扎于东北特殊的自

---

① 洪峰:《永久占有》,时代文艺出版社2001年版,第156页。
② 洪峰:《永久占有》,时代文艺出版社2001年版,第126页。

然环境中的人们在生存与毁灭的交替运行间展示出一种强悍的生命力量，同时也不可避免地弥漫着命运的不可抗拒的悲剧元素。另外，洪峰在作品中大量描写死亡场景，通过死亡叙事实现了伦理道德与自由生命二者关系的深入思考，又在冷漠甚至无动于衷的文字表象下面暗动着有关生命的脆弱与短暂的某种感慨，在充满调侃与揶揄的文字背后，读者可以捕捉到作家的那一丝丝给予真情和温情的呼唤与渴望。尤其是性爱场景和死亡场景常常是紧密相连的，这是一种带有理性主义特征的现代死亡意识，在欲望的放逐中又展露出强烈的生命审问，因此洪峰的性爱书写又不流于泛泛的猎奇目的，洪峰笔下的性是渗透在生存中的生命之流，性既成为否定生命存在之神圣性的重要力量，又以此来观察生命的本质或者试图洞穿人类文化的积垢，因而具有很强的时代感和现实意义。洪峰的生命意识倾向自然与当时中国特有的社会背景、外部文化思想的传入有关，同时作家个体的经历、遭遇和文化记忆等元素又发挥着重要的影响作用。洪峰作品中的那些有关人的原始生命强力和原始生命冲动的充分书写显然来自关东大野，关东大野促使这种生命意志与性格强力在美学风格上更倾向于直爽、明朗、狂放的走向。自然，从整体上来审视的话，洪峰的创作实际上已超越了地域文学而进入对于人本身的深层哲学思考这一更为广阔和深邃的领地，但不得不承认的是，关东大野一直都是洪峰创作的重要动力，这种动力是融于血肉和骨子里的，这也便是同为东北籍作家的马原、洪峰二者之间能够产生差异性的一个重要成因。

洪峰的创作历经演变和探索而产生了丰富的内容。如果以1990年作为一个大致划分界线的话，之前创作的一个突出特点是技术性强，有模仿色彩亦有不可忽视的超越性，之后的创作以《离乡》和《东八时区》为重要标志，展露出明显的"非先锋"色彩，批评家们亦在这个层面给予充分关注。《离乡》剔除了先前的技术雕琢和思想洋化的痕迹，以朴素的文字叙述完成了出色的文本构建。长篇小说《东八时区》最初发表于《收获》，1992年由浙江文艺出版社出版单行本，这部作品将一种穿透历史的柔情蕴含其中，同时又用诗一样的语言将性感写到极致，赋予作品极强的可读性。这意味着洪峰创作的新变。洪峰的新变还表现在叙事方式上，开始较多运用第三人称展开叙事，1995年出版的长篇小说《和平年代》则做到了小说语言抒情性、写实性和议论性的完美统一。洪峰的新变还表现为故事内容的拓展，2012年刊载于《十月》杂志的长篇小说《梭哈》中的写作对象已经开始转向都市中的小市民群体，尤其是1993年由春风文艺出版社出版的《苦界》一书被认为是洪峰向通俗文学转型之作，这本书更像是地摊上的猎奇小说，然而洪峰对人的关怀、对于个体存在本身的独特思考不仅没有改变，反而越来越突出了，尤其能够以独特的眼光去关注那些被大众忽略了的存在着的群体和个人。此时的洪峰更为自觉地去探求人的存在的终极意义，只是表达的方式和叙事的手段发生了显著的变化。

　　进入20世纪90年代，洪峰小说表现出的"去精英化转型"与先锋文学缺乏读者认同的严峻现实有关，更与市场发展大潮有关。《苦界》《女人塔》《中年底线》《革命啦革命啦》《恍若情人》等小说聚焦大众喜闻乐见的题材，取得了良好的市场效应。从先锋到通俗，由精英意识转向大众立场，是90年代市场经济发展大潮带来的文化领域精英意识祛魅的结果。创作主体顺应时势的转变，可以说是一种自觉选择，也可以说是有着某种被裹挟的意味，经济利益驱动了洪峰的现实追求，这自然与生存有关，洪峰甚至说："大师们写畅销书和生计有关。我写畅销书和生计肯定密切相连。"[①] 洪峰此时亦做出创作观念的自觉调整，进入21世纪后，洪峰曾明确表示，面对现实的困境，自己没精力去想那些形而上的事情，随着阅历的增加，想的不是要展示自己有多深刻，而是想办法讲述人的故事。可以看出，90年代以来的洪峰是十分复杂的，他一直努力在畅销和经典之间寻求平衡，希望在纯形式和传统文学之间寻找到一条可行的通道，特别是他的意识中认为写一部又好看又有文学史价值的书属于自己的梦想，他一直坚持着这种梦想，只是有时需要向现实适当地妥协而已。

---

① 洪峰：《永久占有》，时代文艺出版社2001年版，第164页。

第八章 洪峰

洪峰的创作被冠以"先锋文学""中国现代主义文学""后现代主义文学""后新潮小说""新历史主义""新现实主义""新感觉主义"等多种标签,这表明洪峰创作的难以界定性,洪峰被批评界的许多人士称为"属于下一个世纪的作家",这便是难以界定性的充分注解。拿《奔丧》来说,有评论认为它是中国先锋文学的代表作和开篇之作之一,这篇小说明确传达出洪峰对于悲惨人生的哲学情怀,可惜卡夫卡、加缪的痕迹太明显了,这是探索的洪峰。《极地之侧》的价值更在于以一种独特的方式破坏了那种固定的价值判断思维模式,这是叛逆的洪峰。20世纪90年代后,洪峰开始注重小说情节,开中国内地惊险间谍小说写作之先河,《苦界》惊险、悬疑,充满英雄主义色彩,与自身的先锋作品形成鲜明对照。有一种观点认为,"洪峰的精神境界常类似于十九世纪的英雄主义和感伤主义,他却又试图把这种境界借现代主义小说的躯壳表现出来"[①]。洪峰既有一种阴柔之风,又带着十分阳刚之色,有时还展开近似英雄史诗风格的追求。洪峰的复杂正是洪峰的意义之所在,这种复杂本身便是一幅亮丽的风景,需要人们用发现的眼光去鉴赏和品评。洪峰的人生及其文学作品都是艰险的、传奇的,如同秋风萧瑟、洪波涌起的那幅场景能够激起人们无限的愁绪、豪迈与遐想,在洪峰的文学世界里我们尽可以这样说:洪峰涌起处,风月自无边。

[①] 胡河清:《洪峰论》,《当代作家评论》1990年第1期。

第九章 阿成

阿成，原名王阿成，1948年生于黑龙江的张广才岭，祖籍山东。做过临时工、司机、夜大教员、工会干事、俱乐部主任等工作，曾主持哈尔滨文艺杂志社的《小说林》《诗林》刊物，任哈尔滨市作家协会主席、市文联副主席、黑龙江省作家协会副主席等职。

1979年开始发表文学作品。1988年，《年关六赋》发表于《北京文学》，获得1987—1988年度全国优秀短篇小说奖。1995年，《赵一曼女士》发表于《人民文学》，荣获第一届鲁迅文学奖短篇小说奖。

出版有小说集《年关六赋》《闲话》《捉襟见肘的日子》《胡天胡地胡骚》《城市笔记》《欧阳江水绿》《东北吉普赛》《安重根击毙伊藤博文》《哈尔滨故事》《阿成自选集》《上帝之手》《和上帝一起流浪：犹太人哈尔滨避难记》，以及英文版《良娟》、法文版《空坟》等；长篇小说《马尸的冬雨》《忸怩》《俯仰之间三级跳》《生活简史》等；散文随笔集《哈尔滨人》《胡地风流》《影子的呓语》《单眼看欧洲》《风流倜傥的哈尔滨》《远东背影：哈尔滨老公馆》《行走在路上》《风流闲客》《舌尖上的东北》等。创作电影《追忆1936》、电视剧《快！的士》、话剧《大老百姓》等多部作品，并为央视撰写纪录片《一个人和一座城市》。作品被译成英、法、日、俄、德等多种文字。

第一节　作品论:《赵一曼女士》《东北吉普赛》等

一　《赵一曼女士》

阿成一直保持着旺盛的创作力，他的创作成就主要集中在短篇小说，如《年关六赋》《良娼》《胡天胡地胡骚》《赵一曼女士》《东北吉普赛》以及"简史"系列等。短篇小说《赵一曼女士》发表后引起关注，并入选多个文学选本，如《中华人民共和国五十年文学名作文库　短篇小说卷》（陆文夫主编，1999）、《百年百篇文学精选读本　短篇小说卷　遍地风流》（谢冕主编，2002）、《中国新文学大系　1976—2000　短篇小说卷》（王蒙、王元化总主编，2009）、《中国当代文学经典必读　1995短篇小说卷》（吴义勤主编，2016）、《中华人民共和国成立70周年优秀文学作品精选　短篇小说卷》（贺邵俊主编，2019）、《新中国70年文学丛书　短篇小说卷》（孟繁华主编，2019）等。小说讲述了赵一曼女士被捕后被敌人送进医院治病、监禁、脱逃以及最后不幸牺牲的过程，篇幅短小却内蕴丰富，显示了阿成高超的文本驾驭能力。《赵一曼女士》的艺术性主要体现在以下方面。

在叙事上，小说选择截取赵一曼军旅生涯的一个片段，并且是被捕后的生命的最后一个阶段，没有描写战场与硝烟，而是以平静的口吻讲述了一个革命女性的英雄事迹，只选取了最能突出赵一曼性格特征的关键部分加以表现，叙事技巧十分突出。小说采用第一人称"我"来叙述故事，跨时空的内聚焦方式与零聚焦、外聚焦方式相结合，并且在短小的篇幅空间中实现灵活运用与转换，达到多角度刻画人物形象的艺术效果，也留给读者复杂的阅读体验感受和多重的人物理解角度以及实现历史想象与重组的充足空间。

小说语言近乎白描，笔墨简洁却举重若轻，做到了形散而神不散，表面看来是散漫自由，实则匠心独运，所有文字都是有意味的，都是为了刻画赵一曼女士这一形象而充分服务的。小说开头写了"我"与伪哈尔滨市立医院的现实关系，当得知赵一曼女士在日伪统治时期曾在这里住过院，便翻阅了有关她的资料。然后，作家写到这家医院的欧式建筑风格，写到冬季的哈尔滨漫天飞舞的雪花，"在落雪的日子里，听一听巴赫的《意大利协奏曲》，或者莫扎特的《第九钢琴协奏曲》，是这座城市普通市民的一种很好的享受"①。接着，作家的笔触进入20世纪30年代和40年代的哈尔滨，写这座城市的侨居者，写教堂：

> 离监禁赵一曼女士的医院最近的教堂，一共有三座，一座是20世纪初德国人建造的基督教路德会教堂，属于典型的12世纪哥特式建筑。另一座是中世纪拜占庭式建筑"东正教圣母教堂"。再一座教堂，如今已经不在了，就是世界闻名的圣尼古拉东正大教堂。躺在病床上的赵一曼女士能够清晰地听到从这三座教堂的钟楼上传来的大大小小的钟声。在20世纪三四十年代寂静的城市里，那是何等有韵味的钟声啊！②

这些描写其实都是为了营造赵一曼作为一名抗联战斗者的另外一面，也试图接近最为真实的一面。

> 我无法猜测赵一曼听到这些钟声时有怎样的感想，但我能肯定一点，就是英雄也热爱生活，热爱生命，并且对欧洲文化及建筑艺术有着很高的鉴赏水平。
>
> 她又是一个女人，仅仅三十多岁，这钟声也会令她流泪的吧——③

女性柔情的一面尽显。下面又描写病房，病房的干净与丁香花的香都渲染了一种平静的日常生活状态，象征着赵一曼的平常又不平常：

---

① 阿成：《赵一曼女士》，《人民文学》1995年第5期。
② 阿成：《赵一曼女士》，《人民文学》1995年第5期。
③ 阿成：《赵一曼女士》，《人民文学》1995年第5期。

第九章 阿成

"赵一曼女士当然也喜欢丁香花,这座城市的市民是把丁香花作为友谊和爱情的信使,插入千家万户的花瓶中的。"① 这暗示了赵一曼是情感丰富的。下面一句话简约而并不简单:"这束丁香花,是女护士韩勇义摆放在那里的。"② 韩勇义是谁?一句话既交代了这个人物也是喜欢丁香花的,且是作者要写到的一个人物,否则直接叫女护士就行了,而不用非得点出真名实姓,后来恰恰是她参与解救赵一曼,韩护士的出手救助不就是丁香花的"友谊"这层内涵的隐喻吗?小说语言十分干净、简洁,又充分调和了每一个字词和每一个意象,全力调动了文字表意的丰富性。

赵一曼英雄的一面可以从审讯者日本人大野泰治的心态变化映衬出来,作者只用三句话便表达得十分到位。大野泰治认为自己抓到了抗日联军中一个了不起的大人物,表现其心情时作家只用了一句话:"大野泰治深感自己的幸运。"③ 然而,当足足折腾了两个多小时却并未获得有价值的回答后,"他恨这个女人,他觉得很没面子,伤了作为一个日本军人的自尊。"④ 于是,在向上司呈送的审讯报告中巧妙地暗示:他之所以没有审出什么东西,是为了把功劳留给上司,上司只要酷刑审问就可以了。于是"大野泰治非常兴奋,在他的办公室里痛快地舞了一阵军刀"⑤。作家其实通过大野泰治的打小算盘和工于心计在侧面烘托了赵一曼的倔强与坚强,真是让日本人无可奈何。三句话,三步心态变化,远胜过多少文字去描述日本人对赵一曼的刑讯逼供,阿成惜墨如金,艺术效果顿现。

赵一曼英雄的一面还可以从她与医院警士董宪勋、护士韩勇义的对话呈现出来。这些对话和赵一曼对于对方的争取也体现了她作为英雄的智者的一面,她采取了不同的劝说方式,作家在让赵一曼面对普通群众时展露出本能的生存欲望,这种归于日常的人物塑造形态反而更加真实

---

① 阿成:《赵一曼女士》,《人民文学》1995 年第 5 期。
② 阿成:《赵一曼女士》,《人民文学》1995 年第 5 期。
③ 阿成:《赵一曼女士》,《人民文学》1995 年第 5 期。
④ 阿成:《赵一曼女士》,《人民文学》1995 年第 5 期。
⑤ 阿成:《赵一曼女士》,《人民文学》1995 年第 5 期。

动人。最后当赵一曼再次被抓,小说只用短短的一句话便点出她的无畏:"赵一曼女士淡淡地笑了。"①

赵一曼留下的两份遗书出现于小说结尾部分,又显出一个母亲的柔情的一面,显出英雄性格中的"人性的温度",同时在这份柔情里还渗透着一种刚强和美好的希望,"在信仰上获得全胜的英雄和永远愧怍的母亲两个形象叠合一处,有着更让人震颤的力量"②。阿成直接呈现了两封遗信,而不作任何评论,留给空间让读者自己去体会。显然,信的内容本身便有着塑造人物的作用和鼓舞人心的力量。

阿成采用历史和现实互相穿插的方式将赵一曼塑造为一位集英雄、母亲、女人、智者等多种元素于一身的形象,丰富立体地刻画出一位刚柔兼济的女英雄,又人性化地褪去了那些笼罩着的神圣光环,女英雄气质优雅、温柔娴静的特点脱颖而出,一下子拉近了英雄与读者的距离。阿成用娴熟的文字还原了一个有信仰有追求者最为本身的一面,显然超越了同类革命题材小说的叙事模式。

有一点需要特别指出,就是小说中描写了赵一曼女士牺牲地的纪念碑的粗糙和简陋,以及一个年迈老人与"我"的对话,这些描写都意味深长:

> 我去的时候,那里清净得几乎无人。旁边有一年迈的老人看着我。
> 我看了看他,笑了笑。
> 他指着石碑说,赵一曼?
> 我说,对,赵一曼。③

一种无尽的苍凉感油然而生,时过境迁,多年以后,战争过去

---

① 阿成:《赵一曼女士》,《人民文学》1995 年第 5 期。
② 林超然:《寒地黑土文学叙事的双子星座——迟子建与阿成小说对读》,《文艺评论》2014 年第 11 期。
③ 阿成:《赵一曼女士》,《人民文学》1995 年第 5 期。

了，生活归于平静，人们是否还深深地记着那些人呢？这段描写对应着开篇"我"对医院历史的不熟悉，"我"偶尔去那个医院也是为了巴结那里住院的领导，功利心十足。其实开头与结尾都暗示了人们历史记忆所出现的淡忘趋向，时空感所带来的陌生感弥漫在不同群体之中。不过，通过资料翻阅"我"最终了解了一个真实的赵一曼，这个过程隐喻着作为一个现代人对于历史过往做出的深思与反省的过程，"我"对于纪念碑的探寻过程其实也是对麻木个体的一个提醒过程，不过，这种提醒当然不是干巴巴的呼号，而是借助细节与真实直抵读者心灵深处。可以说，"阿成以一颗理解的心去感受英雄赵一曼，他笔下的赵一曼是个英雄，同时也是一个有着人间深情和美的情调的革命女性"①。

赵一曼形象的启示意义。东北抗联文化的书写是一个大工程，文学艺术是展示东北抗联文化和发掘东北抗联精神的重要方式。文艺工作者在习惯于塑造英雄人物的高大形象的同时也可以适当地转换书写角度，比如从小人物的角度展示抗联传奇和斗争意志，或从群众的角度呈现抗联斗争生活，或从儿童、妇女和老人的视角去认识侵略、战争与抗争等诸多重大问题。即使是站在国家、民族的高度去描述和理解战争中的侵略与反抗，也应尽可能地深入战争年代平凡人物的内心世界，在平凡之中见伟大，沉郁之中见光明，避免浮夸与过度创作。通过艺术化的文字，人们更应当展开有关历史记忆的深沉思考，以及深沉思考所带来的心灵震撼与人性反思，这是艺术作品区别于历史资料的一个非常显著的方面。《赵一曼女士》在描写英雄人物形象的时候，不规避小人物和群众，采取文本档案和小说叙述相互印证的手法，聚焦于英雄与凡人的对立与统一，获得了丰富的艺术审美内涵和思想情感意蕴，具有更加感人的力量，这是作家的能力之所在，亦是作家的责任之所在。阿成以出色的文本实绩告诉人们英雄到底距离我们有多远，小说在这个角度的启示意义更为突出和重要。

---

① 郎伟：《欲望年代的文学守护》，宁夏人民出版社2012年版，第42页。

二 《东北吉普赛》等

阿成以《年关六赋》成名,这篇小说写了王氏一族在松花江岸边的哈尔滨繁衍生息的故事,写得绘声绘色、顾盼生姿,奠定了阿成的文坛地位和写作风格,尤其是那种浓烈的具备辨识度的北国民俗风貌和世态人情,阿成往往信手拈来。阿成着意书写着北疆风俗文化的全景,以开阔的笔触探向纵深的历史,在与现实的交结中向我们娓娓道出那些不为人知甚至被忽略掉的凡事变迁与人生百态,各种民俗元素在作家笔下变得那样活泛而有生命力,其中的二人转元素属于作家笔下的一个重要表现对象。

《东北吉普赛》展示了一个生长于哈尔滨郊区并在一所戏校的地方戏曲班里学习武丑的青年人渔标在毕业之后的一系列经历与感受:被女友甜甜甩掉的悲痛与绝望,北漂生活的艰难与失败,投奔依兰的大雁戏社做打哏演员的酸甜苦辣。二人转艺人被称为"东北的吉普赛人",处于民间的二人转艺人在土野中生长着,像吉普赛人一样流浪着,"他们历尽艰辛,却有一种坚韧的生存能力,也依然有对于生活的信念"[①]。二人转的火爆热烈和二人转艺人的友善给曾失去温暖的"失败者"渔标带来生存的希望,渔标与二人转的情感建立在相似的生存境遇和共同的乡土生长纽带之中,在渔标那里二人转已经变成一种新的生活力量。渔标在二人转和剧团里找到了自己的位置和自己的爱情,也找到了作为曾经的"输家"的尊严和勇气。从这个角度来看,阿成笔下的二人转绝不是一种场景和背景而已,从中可以体会到作家所传达出的那种对于二人转精神气质的肯定态度。在渔标的眼里——其实就是阿城的眼里——二人转是东北农民自己的戏。渔标在看表演时,真的有点看呆了,"渔标觉得自己仅几秒钟就被感染了"[②]。渔标心想:"这里有我的泉水啊。"[③] 这是一种来

[①] 陈平原、[日]山口守编:《大众传媒与现代文学》,新世界出版社2003年版,第470页。
[②] 阿成:《东北吉普赛》,广州出版社2002年版,第38页。
[③] 阿成:《东北吉普赛》,广州出版社2002年版,第40页。

第九章 阿成

自社会底层的发自内心的认同感，也正是因为这种认同感，二人转的喜怒哀乐才会真正地感染到喜爱他的每一个人，包括那些正在接近它走近它的年轻艺人们。当渔标在二人转这个群体里发生改变时，我们有理由相信一种新的生命底气正在形成。二人转作为东北民间文化的重要标的，成为东北文化整体的一种象征符号，于是在渔标的生活中也成为一个标志性的生存栖息地和精神居所。渔标的漂泊之路即是不断寻找自我身份的一段精神之旅，最终"他发现自己既不属于哈尔滨，也不属于北京，而是属于东北的地方戏——二人转"[1]。阿成的高明之处在于，他没有将二人转的"家"的象征隐喻功能进行到底，当作为看客的甜甜的无动于衷再一次触动渔标的情感时，他哭着喊出"我要回家"，而家在哪里？家既是二人转剧团，又好像不是，或是哈尔滨郊区那个家吗？对于"吉普赛人"来说，远方才是家。二人转艺人不能停止自己的流浪，渔标不能停止自己的流浪，关东大地上世代倔强地生活着的人们不能停止自己的流浪，似乎流浪才是这些人的归宿。《东北吉卜赛》就是以这样的方式为我们诉说着一个关于流浪和漂泊的故事。正是每个人都曾经有过或者正在继续或者即将开始一段流浪和漂泊的旅程，这篇小说才如此打动人心。《东北吉卜赛》看似是关于二人转的故事，其实又不止于此，它更是关于"人"的故事。阿成极为成功地书写了东北二人转，又以二人转为载体上升到一个思考高度，更在小说艺术上达到一种涅槃式的更生。

《文艺世家》以二人转（蹦蹦戏）为线索串联起李福一家几代人的命运。在小说中，普通二人转民间艺人成为主角，从二人转的演出场景和历史景象的拼接中，我们可以看到一个小角落里的人情物象，感受几代艺人的生存状态，还可以深切体味到他们作为普通人的生存韧性与内心孤寂感。表面上作家在不厌其烦地介绍老城的曲艺茶社、李福及其家人、二人转表演，将一个看似故事的东西写得很不像个故事，有一种阿成式的"闲聊"。这种"闲聊"看似平淡，实则隽永。作家的笔调是冷

---

[1] 闫秋红：《现代东北文学与萨满教文化》，暨南大学出版社2012年版，第187页。

峻、收敛和平和的。作家没有将每个人的身世写得那样凄惨,却也不让人感到快乐,这些人靠着自己的本事平静地生活着,并不大开大合地哭泣、愁怨,一切就那么按部就班地向前推进着。即使李福对天天敲锣的方式感到烦躁和失落,也只是不温不火地唱上一段二人转,情感都浸入唱词中,喝点小酒之后还是要继续他的敲锣事业。人物的内心孤寂,作家不掩饰,也不放开去写,而在人物的动作和行动中加以侧面展示。小说多次写到李福的女人的沉默,她就像一个冷静的观察者,她的冷静让人感到心慌。而李福呢,当暴雨哗哗下着,"独个蹲在园子门口,木着脸,叭哒叭哒,吸旱烟"①。恰恰是这样一种平静,更衬托出人物面对生存的复杂感受。小说中的各个人物就像二人转一样,双双对对,唱着自己人生的二人转,无穷无尽的扭转,不知何时是个尽头。李福与母亲、母亲与王六、母亲与土匪头子、李福与原配刘玉芝、李福与新老伴、李文英与丈夫、李秀英与丈夫、李文英与李秀英,他们不都是在搭档着演唱着属于自己的二人转吗?小说中的人与人之间带着点温情,又带着点冷漠,曲调或喜或悲,情感或浓或淡,这些人的未来就像曲艺茶社一样,"似在万丈悬崖的尽边上尽边上,一阵什么风,就掉下去了"②。作家在文本中制造大量的空白,以简省的语言略去了人们在外在压力和人生命运面前的挣扎动作以及内心真实的情绪流动状态,也正是这样的省略才让读者感受到一种感伤和苍老,发现超出文字容量的多重内涵。

  一个所谓的"文艺世家"是在经历多重磨难后才形成了日薄西山状的当代形态,在 20 世纪 90 年代,这样的文艺世家不是令人自豪的,也不是能够带来巨大声誉和金钱的,反而是每个人都不同程度地浸泡在各自说不出道不明的烦恼之中。这里没有艺术的执着,甚至没有恨与爱,只有日复一日地敲着锣、唱着小曲,当"锣鼓又疯起来,响器们高奏,一切都干得太残忍,土台上的两个女角儿,非声嘶力竭不能适从"③。两个人卖力演出到底是为了什么呢?二人转艺术在这种方式和环境中传

---

① 阿成:《胡天胡地胡骚》,北京出版社 1999 年版,第 268 页。
② 阿成:《胡天胡地胡骚》,北京出版社 1999 年版,第 255 页。
③ 阿成:《胡天胡地胡骚》,北京出版社 1999 年版,第 267 页。

第九章 阿成

承,能够抵挡住那滚滚的雷声和吼啸的风雨吗?一个别有幽愁的局面在"文艺世家"中产生,又会在哪个世家中出现并延续呢?所谓"文艺世家"的标题本身就是一种反讽。小说传达的只是一种沉默的情绪,也许正是这种情绪才能够触动人心,令每个读者在烦乱的世事中思考着自己的人生命运,这种命运又完全超越了大喜大悲,通过作家日常化的讲述进入日常。对于篇幅短小的作品来说,"应该具有穿透历史和现实的能力,我们从中能感受到它所表达的社会的情绪和民族的情绪,能感受到它所表达的更多阶层的沉默的情绪,能感受到它所表达的由对历史的回忆和对未来的向往浓缩而成的现实生活的复杂性"[1]。可以认为,阿成的小说在某种程度上做到了这些或者其中一部分。

单从小说的描写来看,阿成对于二人转是非常熟悉的,他娴熟地驾驭了所掌握的二人转材料,又恰当地摸到了二人转艺术的命脉。小说中不时出现幽默和调侃的文字,这与二人转的幽默和调侃恰成对应之势,但一股沉重的轻松让我们最终还是无法开怀大笑。很多对话风格也颇似二人转演员的逗笑方式:干脆、有劲、噎人。在小说《小酒馆》中我们明显可以看到这种干脆有劲的对话风格。

在中国当代文学史的叙述中,《小酒馆》被纳入生态文学的范畴,且被认为是在思想和艺术质量上都颇见功力的作品。小说描写了"我"在雪日里下了火车来到一家名叫"东北大勺"的小酒馆吃饭时的所见所感。老板"大眼珠子"是搞林业的,和几个林业同行一起打牌,在闲聊和等待饭食的过程中带出滥伐森林的问题,无物可猎的老爷们整日里聚在小酒馆里打牌,精神不振地虚度生命。小说描写了小酒馆的温馨气氛,也让人感受到了时代变迁中很多人不得不面对的生存困惑、人生感慨和世道悲凉。值得注意的是,二人转式的对话和交流方式亦庄亦谐,既有他们之间的,也有"我"与他们之间的。"大眼珠子"和老板娘更像一对二人转演员,他们之间的你来我往互相调侃所碰撞出来的火花,营造出一种喜剧的轻松之感。这种喜剧感与身边几个人的世事伤感

---

[1] 阿成:《阿成自选集》,河南文艺出版社2005年版,第2页。

形成鲜明对比,既突出老少爷们的豪爽与乐观,也凸显了这些人在资源遭到破坏之后的寂寞感和心理危机。

小说正面描写二人转的部分也是别有用意的。老板娘让"大眼珠子"放点音乐给客人听听,于是二人转音乐响起,唱词"今后是经商、务农、行医还是做工"正好呼应着"大眼珠子"等的闲来无聊忙于打牌,呼应着失业于林业又自谋生路开酒馆这等事件,传递出人物的真实心境。除了二人转文化元素,小说中还有冬日里大雪中豪迈的北国风情。小酒馆的粗犷和生活化的场景,将人带入一个遥远的时代,激发出人们些许旧日情怀。"大眼珠子"对森林动物和打猎规矩的讲述,既有民俗味道,也以丰富的情感元素激发了"我"的忧患意识,"我"在漫天大雪中的林业小镇感受到了无比的失望和悲凉。

阿成善于集合关东多种生活元素尤其民俗文化元素,营造出一幅幅令人难忘的风俗画,画中还勾勒出众多有灵魂的人,人与画交相辉映,共同述说着关东人的喜怒哀乐、浮世挣扎。《小酒馆》便将诸多人文信息和信息的诸多层面都浓缩在风雪中的一间小酒馆里,活泛且自然。特别是东北地域文化中土生土长的二人转元素,成为阿成想象东北的一个重要手段。二人转在阿成笔下显得那样生动,且被作家客气地对待,二人转在阿成的字里行间不卑不亢地活着,获得了一席生存空间,亦生成别样的生命意义。与东北其他作家的二人转书写方式不同,阿成的创作有着独特的发现:有场景、有人物、有逸事、有民俗韵味、有历史沧桑。干净利落的语言看似平常却并不乏味,让你在平静中想要跳跃,却又总是触动灵魂而变得沉默不语。

当代的东北文学的一个鲜明指向即是在新的文化变动中积极参与文化构成,以开放的姿态指认文学书写的核心话语,完成"文学东北"及至"文化东北"的建构与想象。在东北当代作家那里,由于资源发掘和经验积累的日益丰富,创作主体能动意识的逐步增强,东北想象的多种可能性正在孕育和生成。当作家展开对于旧时代的浪漫想象和有关边地故事的沉重书写时,都市的浮华、乡村的隐痛都充满着遥远的惶惑与真诚,而二人转在当代东北都市与乡村中的文化地位和影响力便决定了它作为作家想象东北的新的表意方式之一,二人转所渗透出来的地域文化精神正在以一种潜在的力量在一定程度上影响着创作主体的审美意识、思维和心理。同时,地缘文化记忆的找寻也需要充分个性化的文学叙述形式,阿成的创作能力充分激活了这种记忆。阿成与二人转的关系属于东北当代作家的典型代表。

第二节 作家论:上帝之手奏响胡地天籁

阿成被誉为当代短篇小说圣手,其创作以浓郁的北国风情显示出地域文化的滋养效应,反过来作家又不断增强着这种书写上的自觉性。在阿成的作品中,我们不仅看到自然的季节变换、春节的过年习俗、特色的饮食习惯,还可以看到作家更加积极地开掘着多元文化的历史积淀。《年关六赋》通过"漂漂女"展现了闯关东人强烈的生命意识。《私厨》《小酒馆》《俄罗斯女人》等小说中经常提到闯关东。我们还可以从散文《父亲》中体会到阿成的那种祖辈基因遗传下来的闯关东情结。阿成小说中还出现大量的"胡人"形象,当然在阿成的意识里"胡人"是一个广义的文化概念,既包括《纸美人》中的意大利人乌林达、《拉手风琴》中的老米和马兹阔夫、《马尸的冬雨》中各色的异族人,也包括我国北方以游牧为主的部分少数民族,如《蟒珠河》中的鄂伦春族老萨满以及送给老萨满望远镜的那个赫哲人、《打猎》中的达斡尔族护猎员桑、《乌鸦》中的鄂温克族人董君,等等。

在挖掘北国多元的文化积淀时,阿成不只是为了满足读者的猎奇心理,而是努力寻求高的精神站位和新的人文维度。阿成的很多小说以哈尔滨生活为背景、以底层市民为主要书写对象,在或悲怆或温婉的讲述中呈现出一个既雍容俏丽又悲苦荒寒的哈尔滨,从记忆走向现实,最终共同指向理想的精神家园之隐喻。阿成绘制出一个立体的有历史感的哈尔滨形象,也向我们展示着一座城市的性情和温度,致力于对作为城市重要组成部分的小人物的真善美的挖掘。《蟒珠河》中的地窨子、木刻楞、兽皮做的长筒靴、熊皮大氅、烤狍子肉等内容都带给我们一种地域文化的新奇和神秘感，同时通过"我"的"舅舅"老萨满的独特的人生经历，作家实现了对于一种即将逝去的边缘文化的凭吊。小说开篇这样写道："我的舅舅是鄂伦春人。鄂伦春人、索伦人、达斡尔人，以及赫哲人，一直生活在这座中心城市的周边地带。但他们却一直被生活在这座中心城市里的人们长年遗忘着。要知道，历史上，他们才是这里真正的主人呵。"① 随着故事的发展，我们看到这样一个事实，也就是"舅舅已无法继续住他先前的那个地窨子了。先前那个地窨子，由于周围没有了树，已完全裸露在光秃秃的山坡上，像一座孤零零的坟冢。是父亲和林场的工人一道为舅舅建了这个新的'地窨子'"②。舅舅作为萨满，有着非凡的预言能力，他预言了泥石流的出现，救了我们全家，并救了镇上的人。泥石流过后，父亲感慨地说："我们没有萨满那种对山、对树、对日月星辰的那种忠贞的感情呵——"③ 这话一语双关，一方面是因为舅舅一直对"我"的母亲有着深深的情感，热恋着"我"的母亲且一生独身，另一方面又借着父亲的口吻道出了鄂伦春人的那种原始而朴素的处理人与自然关系的思维和方式，以赞叹的气息表达出一个现代人的忏悔意识，从而提出如下沉重命题：现代人如何在工业文明背景下实现人与自然的和谐统一，如何回归自然实现天人对话。《乌鸦》中弥漫的孤独与感伤，连接着董君对自己民族所自然生成的留恋之意，也连接着董君的朋友们对这个行将消失民族的未来的担忧和瓦解。阿成在处理这些地域题材时很好地保持了一种对话姿态，在文字中寄予着清醒的思考态度和深层的文化蕴含，无论是描述历史和反映现实，都在切入恰当的文化视角的同时适时渗透出一种悲天悯人的人文情怀。

在塑造人物形象时，阿成往往立足于彰显人物特有的独立品性。《安重根击毙伊藤博文》中的安重根英气与稚气并存，在平凡中尽显逼人的气度。《赵一曼女士》中的赵一曼既有拔俗的文人气质，又有职业军人的那种冷峻，柔情与刚烈兼备。《上帝之手》中的冯牧师身上更具

---

① 阿成：《蟒珠河》，《中国作家》1996年第4期。
② 阿成：《蟒珠河》，《中国作家》1996年第4期。
③ 阿成：《蟒珠河》，《中国作家》1996年第4期。

第九章 阿成

有一种支撑生命的信仰。冯约翰本来是一名学化学的高才生，却放弃专长转而学了神学，立志做一名牧师，传播上帝福音，劝导人们弃恶从善。1935年的沈阳城已经沦陷多年，冯牧师被日本人当作共产党抓了起来，受到多种刑讯，最终被洋教会保释出狱。不久，沈阳城接连发生几起爆炸案，爆炸地附近的墙上都用拉丁文写着四个字"上帝之手"。冯牧师还始终从事着他的宗教工作，兢兢业业，谦和有礼。小说写出了一个神职人员的心灵转化的轨迹，他在成为一个沉静的复仇天使的同时仍从容地坚守自己的信仰，这是一种苦难中的高贵姿态，散发着世俗的生气，又拥有内在的灵魂力量。在书写现实中的人物特别是小人物时，阿成也不断做出贴近灵魂的观照。他最擅长描绘小人物的生命轨迹和生存状态，用清瘦的笔调简约地绘着苍凉的人世，笔下有七情六欲，有喜怒哀乐，有血和泪，有情和义，不乏温暖与亮色。《良娼》中的"宝儿妈"虽然采取一种与所有风尘女子相同的求生方式，却又以对自己钟爱男人的真情关爱和对自己儿子深沉的母爱而令人刮目相看。《送蚊香的女人》中的张小林是一个因过失杀人的逃犯，在某小区独居，却被名叫妍的小女孩送给他蚊香之举感动，萌生想家的念头，给家人打电话时暴露行踪而最终被捕，后来才得知法院在七年前就已经判他无罪了，因为当时他还是少年。最后，张小林回来见到小女孩妍，两人感情迅速升温。作家有意识地简化故事的复杂性，而着力展现人性温情的一面，追求进入生命底色的深度，试图让人物在日常生活的艰辛与感动中体味到不断再生的意志和力量，对生活中的人和人的灵魂进行重新编码，实现了人物心灵世界表达的丰富性。当然，阿成笔下的人物是多维的，我们不能忽视他在透视现实社会所存在弊病时采取的判断方式与站位态度，这类作品中不乏社会的阴暗面、人物的冷酷与麻木、小人物人性的异化，对现代人的精神失落给予真切的焦虑，并予以揭示与批判，但显然不是那种明显主观的评论与嘲讽，而是通过切身理解与悲悯而实现人性之恶的摒弃和对真善美的审美追求，切合着作家本人对于人物独立品性追求的独立理解。

阿成善于以小写大，将历史的悲怆感和现实的绵密性有机交织起来，慢节奏地向前推进，营造出极富人间烟火气的话语氛围，俗世生活、市井人生中足现真实与活力，特别是在"胡地""胡风"的表现上显示出一种自觉的美学追求，形神兼备，气韵丰厚，改变了人们的观念与认知——所谓的"胡地"并不代表着野蛮、愚昧和荒芜。辅之以出色的讲故事的能力，"以各种各样的叙事策略构造着无秩序而又枝蔓丰富的叙事结构，同构着底层人们的日常生活"[①]，显示了阿成非同凡响的叙事驾驭能力。小说语言简洁、通畅、凝重、含蓄、冷峻、淡泊，既向传统继承，又向大众学习，兼收并蓄，形成了特有的阿成式的味道和气质。阿成仿佛具有一只神奇的上帝之手，奏响胡地天籁之音，实现了美的创造和灵魂的剖白。阿成具有一种如痴如醉的创作劲头，致力于短篇小说事业，在新笔记小说、跨文体写作方面成功实践，在文体上努力实现现实与历史、文献与文学、纪实与创造方面的有效沟通，为短篇小说这一文体在当代中国的演变发展和新的美学价值的填充做出了无可回避的贡献。

另外，阿成的中长篇小说同样数量可观，延续着短篇小说的写作路径，不急不缓地咀嚼日常生活的滋味。阿成的大量随笔文章不乏风趣幽默，具有较高的文化品位和丰富的文化内涵。总而言之，阿成站在地域视角痴情书写着北国风情，流露出浓郁的黑土情结，又在后来的创作中不断将笔触探向更为广阔的文化场域，在行走中细致观察黑土地之外的世界。

---

① 贾鲁华、刘冰：《一种底层文学的书写方式——以阿成的〈咀嚼罪恶〉〈忸怩〉和〈马尸的冬雨〉为例》，《黑河学院学报》2016年第2期。

第十章 迟子建

迟子建，1964年生于黑龙江漠河，祖籍山东海阳。1984年毕业于大兴安岭师范学校。1987年春进入北京师范大学与鲁迅文学院联办的鲁迅文学院第二期文学创作进修班学习，翌年进入北京师范大学文学创作研究生班。1990年毕业后到黑龙江省作家协会工作，在《北方文学》杂志做了四年编辑，同年加入中国作家协会。任黑龙江省政协副主席、黑龙江省作家协会主席，为中国作家协会第六、七届全委会委员，中国作家协会第九届主席团委员。2021年，当选中国作家协会第十届全委会副主席。

1983年开始文学创作。1986年，早期代表作中篇小说《北极村童话》发表于《人民文学》。著有长篇小说《茫茫前程》《晨钟响彻黄昏》《热鸟》《伪满洲国》《树下》《穿过云层的晴朗》《额尔古纳河右岸》《白雪乌鸦》《群山之巅》《烟火漫卷》等。出版有小说集《北极村童话》《白雪的墓园》《向着白夜旅行》《逝川》《白银那》《朋友们来看雪吧》《清水洗尘》《雾月牛栏》《踏着月光的行板》《迟子建中篇小说集（五卷）》《迟子建短篇小说编年（四卷）》，散文随笔集《伤怀之美》《听时光飞舞》《我的世界下雪了》《迟子建随笔自选集》《迟子建散文》等。另出版有《迟子建文集（四卷）》（1997）、《迟子建作品精华（三卷）》（2002）、《迟子建作品（十卷）》（2021）等。

作品获得鲁迅文学奖、冰心散文奖、庄重文文学奖、澳大利亚悬念句子文学奖等多种奖项。《额尔古纳河右岸》获得第七届茅盾文学奖，并入选"新中国70年70部长篇小说典藏"。作品亦被译成英、法、意、日、韩、泰等多种文字。

第一节 作品论:《额尔古纳河右岸》《世界上所有的夜晚》

一 《额尔古纳河右岸》

长篇小说《额尔古纳河右岸》通过一位年届九旬的鄂温克族老奶奶亦即最后一个酋长的妻子的口吻,向我们讲述了在中俄边界的额尔古纳河右岸一群敖鲁古雅鄂温克人的故事。他们在数百年前由贝加尔湖畔迁徙而至,然后与驯鹿相依为命地生活。《额尔古纳河右岸》是我国第一部描述东北少数民族鄂温克人生存现状及百年沧桑的长篇小说。

(一)生态美学。迟子建在小说中通过对鄂温克族人百年兴衰史的回望,展示了当代人类"回望家园"的重要主题,并以诗性情怀传达了自己对于人类前途命运的深沉思考以及对于现实生活的深刻反思。

18世纪以来的人类工业化和现代化浪潮带给人们巨大的物质财富,相伴而生的则是环境生存问题及其所带来的精神危机,作为一个重要问题摆在人类面前。物质与精神家园的面目全非使得"无家可归"成为人类在世的基本方式。在迷惘与忧虑中,也催生了"回望家园"的文学主题。1962年,美国生物学家蕾切尔·卡逊的《寂静的春天》出版,引发了旷日持久的轰轰烈烈的绿色运动,也引发了一场关于发展观的世界性大讨论,人类从此开始意识到环境破坏产生的可怕后果。在20世纪中国文学史中,回望亦成为一种创作取向,萧红、林海音等女性作家便有这种回望的精神追求。迟子建的作品自有上述作家所表现的对童年的留念和回忆、对家的深深眷恋、对爱的强烈渴望,如《北极村童话》《亲亲土豆》《白雪的墓园》等,又通过《额尔古纳河右岸》这样的长篇巨制展现出寻找精神家园的强烈愿望,以对鄂温克族迁移的忧虑和尴尬以及现代文明的侵袭为切入点展开相关思考,最终进入人类视域,表达了对人类文明进程中所遇困境的忧虑与反思。迟子建的创作是贴合了

第十章 迟子建

时代发展进程中出现的新问题新现象而做出的有力回应，这种回应既可以提炼为一种形而上的思考，又是介入现实能够为解决切实问题而服务的。迟子建在小说的跋中写到，触发她写作本书的原因是她作为大兴安岭的子女早就有感于持续30年的对茫茫原始森林的滥伐，滥伐造成了严重的原始森林老化与退化。

回望的前提是家园的遭遇。小说用早晨、中午、黄昏来象征一个女萨满的一生，亲人一个个地离去，却难以动摇她疗救族人的信念，同时这种时间设置方式也暗示和象征着一个民族由盛转衰的过程，以及这个民族骨子和血液里所秉持的那种韧性和再生的渴望。在老奶奶的讲述中我们可以感受到她所经历的生命历程背后的时代变迁，讲述掺杂着对于自己民族历史的回望，一个民族长达几千年的演进过程被压缩为半个世纪的长度。在额尔古纳河右岸，自然和人都充满神性，特别是自然的一切在人们眼中都是有生命的，有灵性和尊严的，在鄂温克人的意识中存在着最为原始和朴实的一种观念，即人与自然万物平等相待，正基于此，河流、山川、花草、树木在他们眼中总是富于表情与活力。对于额尔古纳河，鄂温克人如此眷恋："可我们是离不开这条河流的，我们一直以它为中心，在它众多的支流旁生活。如果说这条河流是掌心的话，那么它的支流就是展开的五指，它们伸向不同的方向，像一道又一道的闪电，照亮了我们的生活。"[1] "在我眼中，额尔古纳河右岸的每一座山，都是闪烁在大地上的一颗星星。这些星星在春夏季节是绿色的，秋天是金黄色的，而到了冬天则是银白色的。我爱它们。它们跟人一样，也有自己的性格和体态。……山上的树，在我眼中就是一团连着一团的血肉。"[2] 他们这样看待驯鹿："驯鹿一定是神赐予我们的，没有它们，就没有我们。……看不到它们的眼睛，就像白天看不到太阳，夜晚看不到星星一样，会让人在心底发出叹息的。"[3] 它们性情温顺且富有耐力，浑身是宝，皮毛可御寒，茸角、鹿筋、鹿鞭、鹿胎等又可以作为名贵药

---

[1] 迟子建：《额尔古纳河右岸》，《收获》2005年第6期。
[2] 迟子建：《额尔古纳河右岸》，《收获》2005年第6期。
[3] 迟子建：《额尔古纳河右岸》，《收获》2005年第6期。

材为人们换来必需的生活用品，鹿奶则是清晨时流入人们身体的最为甘甜的清泉，最为可贵的是，驯鹿本身的那种出自本能的生态意识，"它们吃东西很爱惜，它们从草地走过，是一边行走一边轻轻啃着青草的，所以那草地总是毫发未损的样子，该绿还是绿的。它们吃桦树和柳树的叶子，也是啃几口就离开，那树依然枝叶茂盛"①。显然，作家在夸耀驯鹿的同时也实现了一种反讽，面对驯鹿的本能的善良，现代所谓的文明人情何以堪？小说结尾写道，1965年年初有人来劝"我们"下山定居，激流乡定居点风景优美适宜居住，但驯鹿怎么办？在"我们"的意识中，"它们去哪里，我们最后还是得跟着去哪里"②，在这里，驯鹿与人二者之间已然融合为一体休戚相关了，人与自然的和谐不仅成为一种生活方式，也属于一种信仰与追求。鄂温克人还敬奉山神和火神，他们遵从风葬习俗，林克和达玛拉死后都是采取这种方式，在鄂温克人的意识里认为自己来自自然又要回归自然，他们是大自然的子女。然而，这种自然状态随着时代发展而逐渐发生变异，居住在森林里的鄂温克族人一步步失去了赖以生存的大自然，他们满怀着哀伤看着森林、动物与河流不断消失。

  回望的动力不仅在于物质家园的改变，更在于精神家园正在消逝。小说写出了鄂温克族人面对现代化生活时的文化心理和情感选择。以老奶奶为代表的伤逝者自然是对自身民族文化习俗和民族品性的坚守者，对外界现代力量显示出一种本能的排斥之感，但这往往是徒劳的。随着人们下山来到定居点，那些承载着宽厚、奉献、善良的鄂温克族精神品格也渐渐消失，尤其在年青一代那里显得更为明显，第四代的索玛与人滥交，嫁不出去，第五代的沙合力非法砍伐天然林而被关进监狱。这一切表现已经与那些处于质朴纯净状态的自爱、友爱、自强、互助等品性截然不同了。流淌着的额尔古纳河就是鄂温克族人精神家园的象征，当人们离开了它，也就意味着抽掉了个体与群体安身立命的精神归属地，失落了精神家园的人们便是漂泊和孤独的，心灵无所寄托，从而陷入一

---

① 迟子建：《额尔古纳河右岸》，《收获》2005年第6期。
② 迟子建：《额尔古纳河右岸》，《收获》2005年第6期。

种无根的状态之中。作品的深刻性正在于通过人物的精神蜕变而显示了回望的必要性。

回望在实质上是指向未来的,是为了展望未来。作品写出了回望的眷恋之情,诗意化地呈现了一个民族的过去与现在,然而作品的思想探问并不止于此。回望本身就应该是一种反思的行为,矫正过往,不断更新自我观念,重新思考我们对于地球母亲的态度,正确评判现代人当下行为的是与非。鄂温克人下山定居是突破了边界改变了自己的生存样态,那么文化接触带来的一系列矛盾该如何解决?小说的一个重要价值正在于提出了文化接触中怎样与人的心灵进行对话的问题。小说"尾声"部分是这样写的,当激流乡已不适合生存,人们在筹划新的猎民定居点,生活在山上的猎民除了故事讲述者"我"之外,大家都投了去往布苏定居的赞成票,激流乡新上任的古书记特意上山来做我的工作,"他说我们和驯鹿下山,也是对森林的一种保护。驯鹿游走时会破坏植被,使生态失去平衡,再说现在对于动物要实施保护,不能再打猎了"[1]。"我"则很想对他说,"我们和我们的驯鹿,从来都是亲吻着森林的。我们与数以万计的伐木人比起来,就是轻轻掠过水面的几只蜻蜓。如果森林之河遭受了污染,怎么可能是几只蜻蜓掠过的缘故呢?"[2]可"我"没把这番话说给他听,"我"为他唱了一首歌,那是妮浩曾经唱过的、流传在我氏族的葬熊的神歌。也许这种穿越时空和心灵的歌曲才是最能直接而透彻地表达心绪的,道理和理性有时显得多么苍白无力,而从心灵深处迸发出的生命之歌才是直抵灵魂的。此时,"我"的无声以对之举其本身便带着包容的意味,这也在暗示一个道理:让原生态民族文化摆脱危机与悲剧的一个出路便是包容。这种包容不是说让他们自身去适应强势者,而是强势者应该学会这种包容,学会包容也就是学会尊重。古书记劝我,"他说一个放下了猎枪的民族,才是一个文明的民族,一个有前途和出路的民族"[3]。古书记的这种观念本身就是一

---

[1] 迟子建:《额尔古纳河右岸》,《收获》2005 年第 6 期。
[2] 迟子建:《额尔古纳河右岸》,《收获》2005 年第 6 期。
[3] 迟子建:《额尔古纳河右岸》,《收获》2005 年第 6 期。

种高姿态，这种高姿态已经注定一个少数民族文明"被抉择"的局面。当人们陆续无奈地下山，只有"我"和安草儿留在了森林里，试图为鄂温克留下最后的火种与美好的记忆。迟子建的挽歌其实表达的是一种双重焦虑：对行将逝去的游牧文明的哀婉和对现代文明强势同化的担忧。小说结尾写道："没有路的时候，我们会迷路；路多了的时候，我们也会迷路，因为我们不知道该到哪里去。"① 这不光是游牧文明的哀伤之音，对于那些强势者来说，也许某一天会有某种同命相连的境遇，他们评价外在世界的标准需要调整与改变。在额尔古纳河右岸，鄂温克族人自然而勇敢地生活着，拥有真实而自由的品性，待人真诚，肯于奉献，从不斤斤计较，这是他们的精神特质，他们与驯鹿、山水、森林达成一种心灵的和解，而非一味地索取，人与自然和谐相处，人与人之间相互关爱，人的精神状态健康向上，对于鄂温克族人来说这是一种寻常的现实，对于其他民族或者整个人类来说便是一种美好的希望了。迟子建用这些民族精神特质来阐释自己的生态理想，既强调了保护文明多样性的重要意义，又形而上地诠释出一个"额尔古纳河"全新的象征意味，即一种幸福、温暖、和谐的理想生存状态，一方心灵得以诗意栖息之居所，这方居所是人类一直追寻的理想，也是人类共同命运之所系。

迟子建的生态情怀中蕴含着深沉的忧思意蕴，《额尔古纳河右岸》生动地回顾了一个民族走来的壮阔历史，更以一个他者的观察身份介入现实拷问，提示人们对自我民族文化及其独立个性加以坚守的紧迫感和重要意义。全球化过程中，文化需要多样性，以"和而不同"的心态去观察一个民族的生活和历史，这本身便是一种必要的尊重，而非那种虚假的怜惜。同时我们还要看到，小说里那些美妙的森林大野，对于在城市文明中挣扎的现代人来说是别有意味的，迟子建的生态表达无疑在审美的高度为现代都市忙碌的人们建构了心灵深处所渴望的那种天地和自然，召唤人们回望生命的来处，这当然在一定程度上有利于抚慰现代文明带来的伤痛。《逝川》《雾月牛栏》《候鸟的勇敢》《原始风景》

---

① 迟子建：《额尔古纳河右岸》，《收获》2005 年第 6 期。

《群山之巅》《北方的盐》《越过云层的晴朗》等作品都渗透着迟子建的生态思考，形成一个丰富的系列生态文学文本。

（二）苍凉之美。《额尔古纳河右岸》能够打动人在于通过娓娓道来的故事、一个个鲜活生动的人物、充满神秘和个性色调的生活场景来道出主题，还在于自始至终萦绕其间的那种苍凉之美。

这种苍凉之美首先体现为一个民族的沧桑历史的营构。小说所讲叙的额尔古纳河右岸敖鲁古雅鄂温克族百年来波浪起伏的历史，寄寓在一个讲述者充满煎熬的沉重的传奇经历之中，又透过各种人物及其习俗信仰，带出一个集体的风霜历程，讲述者的苍老与曾经的年轻相对照，每个个体的不断离去或者沉寂跟最初的活力与和谐相对照，照出历史和生命的苍凉之感。作家不断写到额尔古纳河右岸与小兴安岭间的山山水水，以及山水与人的相互融合。鄂温克族人视山水为生存本源，他们以生命护佑着这山这水。在和谐画面的不断展开中讲述者的讲述将一个完整的民族发展史不断撕裂开来，将一个个伤口呈现于读者面前，这种撕裂动作本身便是悲怆的、壮烈的。从山林走向山外，从生存的自在走向存活的危机，几十年的兴衰往事和面对冲击而变得面目全非的尴尬境遇，都让人内心顿起悲凉，辅之以原始森林的广袤和神秘，鄂温克族人史诗般地唱出了一曲民族生态的挽曲与哀歌。这种苍凉之美还体现为一种无奈之感和忧郁之气。小说开篇便奠定了这样的基调：

> 我是雨和雪的老熟人了，我有九十岁了。雨雪看老了我，我也把它们给看老了。如今夏季的雨越来越稀疏，冬季的雪也逐年稀薄了。它们就像我身下的已被磨得脱了毛的狍皮褥子，那些浓密的绒毛都随风而逝了，留下的是岁月的累累瘢痕。坐在这样的褥子上，我就像守着一片碱场的猎手，可我等来的不是那些竖着美丽犄角的鹿，而是裹挟着沙尘的狂风。①

---

① 迟子建：《额尔古纳河右岸》，《收获》2005年第6期。

如果说在上部中父亲林克的死让"我"和母亲感到十分悲伤,并且是出于一种正常的伦理情感的自然流露,而到了下部,再度面对死亡时,"我"的感受则是麻木中渗透着一种无奈和忧郁:

> 我和瓦罗加再一次提起白布口袋,去埋葬鲁尼和妮浩的骨肉。我们这次不是随便地把他丢弃掉,而是用手指为他挖了一个坑,把他埋了。在我们眼中,他就像一粒种子一样,还会发芽,长成参天大树的。八月的阳光是那么的炽烈,它把泥土都晒热了。在我眼中,向阳山坡上除了茂盛的树木外,还生长着一种热烈的植物,那就是阳光。我和瓦罗加用手指挖墓穴的时候,指甲里嵌满了温热的泥土,那泥土是芳香的。有一刻,我掘到了一条粉红色的蚯蚓,不小心弄折了它,它一分为二后,身躯仍然能自如地摆动,在土里钻来钻去的。蚯蚓的生命力是那么的旺盛,一条蚯蚓的身上,可以藏着好几条命,这让我感慨万千。要是人也有这样的生命力就好了。①

再看整个民族的迁移史,即地域空间的变化:包括额尔古纳河左岸的整个大河流域——额尔古纳河右岸——山下定居点激流乡——远离大山的城镇布苏,整个流变过程中似乎每一步都陷入一种无奈之中,都有一种外力不断地推动着他们朝前走,注定要走向一种迷失。在走的过程中,每个个体在不断挣扎并且大都不约而同地陷入可叹的结局。小说中的爱情也是凄美的。小说写了几组情感故事,其中"我"的母亲达拉玛与父亲林克、伯父尼都萨满之间有着缠绕一生的感情纠葛:父亲和伯父都喜欢母亲,后来在比赛中父亲胜出赢得美人归;父亲去世后,尼都萨满仍未放弃对母亲达拉玛的爱,但氏族的规矩使他不能娶达玛拉为妻。作为儿女的"我们"也抵制了母亲和尼都萨满的情感,最终她心中渴望爱情的火焰无奈地熄灭了。尼都萨满对母亲的爱自始至终都是默

---

① 迟子建:《额尔古纳河右岸》,《收获》2005 年第 6 期。

默无闻而饱含深情的,这是人性之爱的一种自然流露。母亲去世了,尼都萨满为她唱起葬歌,葬歌包含着一种广大的忧郁。在额尔古纳河右岸,每个人都是无奈地向前走着,即使尼都萨满有着巨大的神力似乎也无法阻挡那种颓败结局的到来。到了尾声,"我"的无奈之感更加强烈了:"月亮升起来了,不过月亮不是圆的,是半轮,它莹白如玉。它微微弯着身子,就像一只喝水的小鹿。月亮下面,是通往山外的路,我满怀忧伤地看着那条路。"① 在小说中出现月亮、火、白桦树、驯鹿、萨满等大量意象,都发挥了重要的叙事作用。月亮的阴晴圆缺带着隐喻色彩,衬托出人的孤独与忧伤。迟子建的语言不是那种锋芒毕露的,而是平缓有度的,静静地描述着一种物象、一种场景、一个动作、一个表情,颇有意味,读来令人感叹,感叹在现代文明背景下那片美丽的"原始风景"的逐步丧失,可以说人物的命运不断牵动着读者的情感,但这并不是靠着曲折传奇的故事取胜,而是迟子建固有的讲述能力在起作用。迟子建的汉字表达是自然而流畅的,浸润着自然的悠远,洋溢着生命的色彩,弥漫着苍凉的气息,文字深处潜藏着一种挥之不去的大爱与大痛,实现了凝重与亮丽、压抑与舒展的有效平衡,这些文字令人回味,并最终撬动读者心灵的门窗。

这种苍凉之美还来自死亡叙事。迟子建的很多作品表现了死亡主题。与余华等众多作家在叙事上的冷度相比,迟子建的死亡叙事明显带着一种暖色调,成为另一道截然不同的风景。在生命与死亡之间,迟子建让我们体会出生存的艰辛,也总是不忘让我们体会人物身上所折射出的人性之美好,迟子建努力追求着一种平衡之美。在《额尔古纳河右岸》中,"我"的族人一个个离去,死亡一直如影随形,当"我"看到有那么多形形色色的死亡和不幸的时候,本民族的贴合于自然的生死观念和思维使"我"可以在一定程度上从容应对世间万物的新陈代谢,但是那种面对亲人离去的孤独和悲伤之情是始终挥之不去的,孤独和悲伤也流露出对于民族更生的强劲渴望。迟子建带着一种复杂情感叙写大

---

① 迟子建:《额尔古纳河右岸》,《收获》2005 年第 6 期。

背景下的小人物，舒缓而沉重，却并不追求对于死亡的细部品味，而是加以淡化处理，更多关注其他人物的反应和外在环境的烘托作用。对于父亲林克、姐姐安娜等的死，作家都运用一种平静的表述语言，显然这种死亡伴随着悲伤和惋惜，也带有一种神圣感，不是那种极端的恐惧与绝望，反而让人既感到忧伤又体会到一种温和。迟子建笔下的死亡氛围不是急促的、紧张的，却是有力的、走心的，令人动容，令人唏嘘，也会令人有所思。迟子建式的死亡叙事造就了迟子建式的苍凉之美。

（三）诗性之美。《额尔古纳河右岸》的语言是诗性的，将诗的简洁典雅与民间语言的自然朴素融为一体，达到情景交融的艺术效果，大量比喻的运用具有自然地域特色，拟人辞格的运用进一步增强了作品语言的诗意化。小说充分展示了自然原始风景，营造出返璞归真的诗境氛围，同时充溢着诗意、温情和忧伤，诗性之美更为深层地转化为人性之美，比如古朴、纯美、坚韧、从容等。以平凡人物的日常世相来构筑小说的诗化意蕴本身便是迟子建的一贯追求，在小说《额尔古纳河右岸》中，迟子建运用老人的特殊视角进行温情的诗意的故事叙述，尤其注重叙事的节奏感，努力与人物的情感节奏相互合拍，用一种诗歌的营构方式编制出一个充满凉意又带着诗意色彩的幻梦。这个幻梦寄寓着作家有关家园与故土的遥远的文化怀想，也蕴藏着作家深厚的执着的故土情结。

民间风俗和信仰更接近于生命的本真状态，迟子建充分挖掘了民间记忆和文化符号，在对萨满的大量描写中为我们铺设了一条通往民间斑斓诡谲的精神世界和理想世界的重要道路。萨满本身的神秘性便是充满狂欢化的，是非理性的、诗化的、浪漫的、裹挟着忧伤的。萨满的自我牺牲和奉献精神，指向一个丰腴的精神空间，这个空间的开拓寄托了作家关于民间世俗生存方式和生命形态的独特理解。

二 《世界上所有的夜晚》

中篇小说《世界上所有的夜晚》描写"我"的魔术师丈夫在车祸

第十章 迟子建

中去世,悲痛的"我"想挣扎着走出去追寻丈夫的灵魂,于是离家出游,计划去三山湖,但在中途因暴雨导致山体滑坡而被迫于小镇乌塘下车。乌塘是一个盛产煤炭和寡妇的污浊之地,这里密布着死亡的阴云,回荡着人间的悲歌,寡妇蒋百嫂把因矿难逝去的丈夫冷冻在冰柜里,"蒋百不被认定为死亡的第十人,这次事故就可以不上报,就可大事化小"①。矿场负责人可免受处罚,蒋百嫂当然私下会获得巨额赔偿。然而,蒋百嫂的精神却陷入痛苦与危机,看似神经错乱的她,内心极其孤独。离开乌塘后,"我"到达了此行的目的地三山湖。在逛卖火山石的摊床时,"我"遇到了云领父子,云领在前面变戏法吸引游客,父亲则在后面卖火山石收钱。云领的母亲得了狂犬病死了,父亲因放焰火而炸掉一只胳膊。就这样,"我"与另外两个与"我"有着相同悲伤的家庭相遇在三个不同的夜晚,"我"在目睹了人间的种种不幸之后,突然觉得自己的生活变故是那样的微不足道。在月光和清风的抚慰中,女主人公终于走出了哀伤的牢笼。这篇小说最初发表于《钟山》2005年第3期,2007年10月获得"鲁迅文学奖",还获得2005年中国最佳中篇小说称号、《小说月报》第十二届百花奖、《北京文学·中篇小说月报》奖、第五届"黑龙江省文艺奖"一等奖。小说发表后打动了无数的读者,其独特性可做如下解析。

(一)伤痛与孤独。丈夫的不幸去世对于迟子建来说是一个不小的打击,夫妻二人感情甚笃,迟子建一度陷入悲伤而不可自拔,3年后她将那种巨大的悲痛和哀伤之情都投入这篇小说当中,以达成对于丈夫的纪念与怀想,迟子建在接受采访时也曾表示过,自己只想把过往的情感生活用这部小说来做一个纪念,也是纪念自己的爱人。因此,在阅读这部小说时,我们充分体会到了一个不同于以往的迟子建。丧夫之痛促使作家在传达自身情感的时候主动聚焦于真实的生活,并且赤裸裸地将各种人生之痛直接呈于读者面前,小说中的几个家庭几个人物都是在苦难之中百转千回,也包括"我"。全篇笼罩着一种忧郁色调,从中我们可

---

① 迟子建:《迟子建小说》,浙江文艺出版社2017年版,第205页。

以感受到一种聚焦于死亡与残缺的切肤之痛。

为了表现伤痛和孤独，作家在标题中使用"夜晚"一词，也让表现内容不断贴合这个标题，因为夜晚这个时段本身就容易让人心理脆弱并产生思念之情，于是小说中频繁出现夜晚的时间设置和各种相关意象。

第一次是追忆和魔术师丈夫结婚之后的最初几年时光："月亮很好的夜晚，我和魔术师是不拉窗帘的，让月光温柔地在房间点起无数的小蜡烛。……我喜欢他凸起的眉骨，那时会情不自禁抚摸他的眉骨，感觉就像触摸着家里的墙壁一样，亲切而踏实。"① 这是甜蜜的夜晚，却转瞬即逝，让人怀恋。

第二章结尾，蒋百嫂闹完酒馆，把目光放到了窗外，"暮色浓重，有灯火萦绕的屋里与屋外已是两个世界了。蒋百嫂忽然很凄凉地自语着，天又黑了，这世上的夜晚啊！"② 这自然是蒋百嫂内心世界的反映，也有话外之意弦外之音，为后来丈夫的"失踪"尸体藏于冰柜而自己时常不敢待在家里这一情节而作铺垫。后面出现的夜晚情景要么是"我"关上灯在黑暗中看到电动剃须刀盒而想起魔术师，要么是"我"在录像厅等处停歇游荡，要么是"我"回到房间倒头便睡却做着噩梦，对"我"来说，夜晚显然是十分难挨的。而作家偏偏在这里写到夜晚对于蒋百嫂的恐怖性意义，说明"我"已将关注夜晚的目光从自我的世界不断外移。在不断讲述中，蒋百嫂的伤疤逐渐被揭开，对照着"我"的夜晚时空，蒋百嫂独守夜晚的残酷性便渐渐超越了"我"的夜晚，赋予两种夜晚各自别样的痛感。

第五章，"我"发现了蒋百嫂的秘密，此时"乌塘的夜色那么混沌，没有月亮，也没有星星，街面上路灯投下的光影是那么的单调和稀薄，有如被连绵的秋雨沤烂了的几片黄叶。我打了一串寒战，告诉自己这是离开乌塘的时刻了"③。此刻，"我"有了与蒋百嫂同病相怜之感，

---

① 迟子建：《迟子建小说》，浙江文艺出版社 2017 年版，第 165—166 页。
② 迟子建：《迟子建小说》，浙江文艺出版社 2017 年版，第 172—173 页。
③ 迟子建：《迟子建小说》，浙江文艺出版社 2017 年版，第 205 页。

第十章 迟子建

在发现秘密之后更有了一种强烈的失落感。

第六章的夜晚写的是七月十五放河灯。在和云领去放河灯的路上，可见"月亮已经走了一程路了，它仿佛是经过了天河之水的淘洗，光润而明媚"①。这一章的开头与结尾有关月亮的描写都是美好的，不过结尾部分对于"我"来说更具启示意义和生命救赎的意味。

夜晚在不同人的世界里会产生不同的内涵，"我"的夜晚则意味着伤痛与孤独，除了夜晚的书写，为了烘托那份伤痛与孤独，作家笔下的"我"还经历了很多与死亡有关的故事。乌塘处处都缭绕着死亡的阴影，气氛是黯淡阴沉的，色调是灰黄色的，当"天色越来越暗淡，这座小城就像被泼了一杯隔夜茶，透出一种陈旧感"。②阴凉、混沌、陈腐、凋零、乌突突、杂乱无章，诸如此类词汇的出现进一步强化了乌塘的昏暗，没有阳光的乌塘仿佛炼狱一般。即使有一段对阳光的描写，却是这样的："由于这集市有个长条形的顶棚，集市边缘的摊床点染着阳光，而中心地带则相对暗淡些，阳光未爬到那里就断了气。"③这是死气沉沉而没有希望的乌塘。迟子建调动了各种元素和辞藻营造了一个没有生命活力的乌塘，"死"的气氛对应着我的"死"一般的心境，实现了心情和思绪的诗化表达。所谓相由心生，迟子建选取极为合适的现实元素有效地实现了心与物的统一，甚至还将画店与寿衣店设置为相邻，给人一种一脚在天堂一脚在地狱的感觉，芸芸众生的彻骨的哀痛中穿插着"我"的伤痛与孤独，"我"始终与周边环境若即若离，当"我"沉浸在自己的精神世界又不断感受着外在世界的强烈浸染与洗礼，两个世界虽有交叉却始终无法融为一体，"我"的孤独感反而增强了，因为美好岁月难以遗忘，孤独情感无法轻易消除。《世界上所有的夜晚》如同一首抒情诗，正是小说那种淡淡的甚至带着一些残忍的忧伤和痛感慢慢地触动着读者的心弦，让人在触动之余开始思考死亡与生存的诸多问题。

---

① 迟子建：《迟子建小说》，浙江文艺出版社2017年版，第211页。
② 迟子建：《迟子建小说》，浙江文艺出版社2017年版，第171页。
③ 迟子建：《迟子建小说》，浙江文艺出版社2017年版，第177页。

（二）超脱伤痛与孤独。如果作品只是专注于呈现面对死亡的作为个体的"我"与面对死亡的周围群体所共同形成的伤痛与孤独，那么作品的思想价值可能值得商榷，因为在中国现当代文学中特别是新时期以来的作家笔下有太多有关死亡的出色书写，比如先锋作家中的马原、洪峰、余华等在对死亡气氛的原生态细部描摹中展现出难以逾越的才华，尤其余华早期醉心于对怪诞、罪孽、阴谋、暴力世界的创造，死亡氛围让人感到十分压抑。迟子建明显脱离了针对死亡及死亡者本身的细部描摹，而更多地呈现人们对于死亡的各种反应，死亡本身对于他者尤其亲人所造成伤害的持续性，因为对于活着的人来说，有比死亡更为不幸的事情不断发生着。迟子建极力让人物在面对各种痛苦时寻找一种能够实现自我精神更生和救赎的路径，显示出强劲的自我超越意识，显示出超脱伤痛与孤独的勇气。《世界上所有的夜晚》中，当时间让悲痛慢慢淡化，让伤口慢慢愈合，当那些比"我"还要不幸的人和事呈现于面前时，"我"的心态发生了微妙的变化。在去放河灯的路上，云领为"我"讲述了父亲失去一条胳膊的经过，"我叹息了一声，听着云领的脚步声，看着月光裹挟着的这个经历了生活之痛的小小身影，蓦然想起蒋百嫂家那个轰鸣着的冰柜，想起蒋三生，我突然觉得自己所经历的生活变故是那么那么的轻，轻得就像月亮旁丝丝缕缕的浮云"[①]。在放河灯时，"我"将剃须刀放归原处并合上漆黑的外壳，"虽然那里是没有光明的，但我觉得它不再是虚空和黑暗的，清流的月光和清风一定在里面荡漾着。我的心里不再有那种被遗弃的委屈和哀痛，在这个夜晚，天与地完美地衔接到了一起，我确信这清流上的河灯可以一路走到银河之中"[②]。当天地相接，最终活着的人与逝去的人实现了心灵契合，活着的人的心灵有了寄放处。这里的银河象征着广阔的宇宙、高洁的品质，更象征着一种开阔的胸怀，具有灵魂更生的深远指向。理想世界建构在浪漫月夜的温情里，大自然融解了一切，情绪调节和情感自愈皆符合人物自然的情感变动规律。

---

① 迟子建：《迟子建小说》，浙江文艺出版社2017年版，第211页。
② 迟子建：《迟子建小说》，浙江文艺出版社2017年版，第212页。

第十章 迟子建

当然,在《世界上所有的夜晚》中迟子建让人物实现的是一种大超越和大悲悯。有人认为,这篇小说有着作家自身以前少见的批判力度,因为小说里可见乌塘的人们挣扎于底层,矿工游走于死亡边缘,而家属和身边的人皆在陪伴着某种死亡,显示了生命的无常与残酷。作家其实并非努力要去揭示这些世事真相以达成批判指向,而是以一种隐喻的方式将"我"置于一种炼狱式的生存环境之中:小食摊摊主老婆因得了痢疾打青霉素未做试敏而死,开画店的陈绍纯被自己所画的牡丹图的画框砸死,"嫁死"的女人们把与矿工结婚作为发财的好门路,蒋百死于矿难却不得安葬。面对这些不幸,"我"渐渐产生了心理的巨大震撼,震撼之后"我"的伤口渐渐愈合。也可以说,作家残酷地剥离出他人的伤痛与孤独,最终指向自我的伤痛与孤独,以诗化的方式实现了心灵与灵魂的抚慰。作家设置了主体篇幅来讲述乌塘的故事,其实也是在暗示人们痛苦的磨炼是漫长的,洗礼也是漫长的,但一旦顿悟可能就是一瞬间,于是在最后一章作家让"我"走出乌塘来到目的地三山湖,虽然此地继续着"我"的孤独与伤感,但是已明显出现亮色,最终实现虔诚般地顿悟与化解。"我"认识到了,一个人不可能永远以一种孤独的方式面对世界上所有的夜晚,"我"需要蜕变,每个人都需要蜕变,在与受伤者的共同体验和对受伤者的理解中获得精神的认同,跨越悲伤的河流在于他者,也在于自己。人生不能只是停留于欣赏自我的苦难或者个体的伤痛,而是要努力寻找超越苦难的最佳方式。鲁迅文学奖的授奖辞说《世界上所有的夜晚》踏出了一行新的脚印:在盈满泪水但又不失冷静,处处悬疑却又率性自然的文字间,超越了表象的痛苦,进入了大悲悯的境界。作家蒋子丹也说:"这部小说的可圈可点之处,在于对大众苦难的关注,更在其努力超脱个人伤痛,将自己融入人间万象的情怀。"[①]

《世界上所有的夜晚》语言淳朴、丰盈、恣意、舒展,感染力和代入感很强。小说叙事细腻绵密,抒情凄清感伤,温婉的语言基调有效控制了写作局势,避免了走向一种无限制的呼号与控诉,为我们缔造了一

[①] 蒋子丹:《蒋子丹自选集》,天地出版社2018年版,第561页。

个忧伤凄美的情感语境。《世界上所有的夜晚》文学成分复杂,"写实、浪漫、轻度魔幻的技法相互渗透与交织"①,作家将各种元素融入其中,但稳而不乱,显示出高超的艺术处理能力。为了将故事讲得合情合理,作家让"我"来到乌塘的一个重要目的便是搜集鬼故事,这既彰显着"我"的孤独而悲伤的心灵,又为了让"我"能够在蒋百嫂家的冰柜里看到蒋百尸体而显得那样坦然,显示出作家精准的艺术构思。乌塘地方虽小,但隐喻性极强,包罗人生百态,丰富世相也意味着作家秉持了开阔的观察视域。

第二节 作家论:岁月如歌,优雅如昨

迟子建是当代中国具有广泛影响力和卓具才华的作家,"是我们这个时代最优秀的小说家之一,从成名作《北极村童话》开始,到《旧时代的磨房》、《秧歌》、《香坊》、《逝川》等一系列作品的出现,都显示了一个杰出作家的潜质"②。迟子建亦是一位优秀的散文家,散文曾获得冰心文学奖。散文内容广泛,主要涉及故乡、童年、神话、宗教、命运、死亡、风俗文化、世事人情等。作品诗韵与童真并行,尤其故乡题材散文有着北方的苍凉与深沉。语言素雅清丽,文笔真挚细腻,灵动而不做作,少雕琢痕迹。《假如鱼也生有翅膀》《伤怀之美》《我的世界下雪了》等文集的名字便是诗化的,自带意境和情感的。迟子建的散文绝少历史题材和宏大叙事,倾向于对日常生活的尊重,"朴素"成为一种独特的"生活美学"追求,不失大气和深度,这些都基于朴素、率真而厚实的生活体验。作品中的那种恬淡、忧伤、沉凝与苍凉都有极高的辨识度,从不偏执独断,可以说"她的散文就像润物细无声的绵绵春雨,点点滴滴都浸润到人们的心底,使那些被现实人生重负挤压得干枯、扭曲、冷漠、坚硬、丑陋的心灵重新变得滋润、健康、温馨、柔

---

① 戴永新、隋清娥主编:《文学经典作品赏析教程》,中国海洋大学出版社2012年版,第185页。

② 丛琳:《生命向着诗性敞开:迟子建小说的诗学品质》,吉林人民出版社2016年版,第3页。

和、美丽"。① 优雅的散文气质与独特的小说意境相呼应，构建出一个具有浪漫气质和诗性情怀的特异的艺术世界。

迟子建是具有独特个人魅力的作家，一方面在于她拥有自己成熟而准确的艺术判断和认知，能够以智慧的方式构思作品。小说语言风格朴实大方，简练凝重，文笔流畅，语气舒缓，极富诗意美，特别是《北极村童话》《原始风景》《清水洗尘》《秧歌》等用儿童的眼睛去观察世界，用儿童的思维方式去理解世界，更进一步加深了抒情性质，亦使这类小说呈现出一种纯净的艺术基调。《额尔古纳河右岸》标志着迟子建个人创作由"北极村意识"向"人类意识"的转型。在《伪满洲国》中迟子建融合了宏大、民间、审美三维于一体，有史诗感与壮阔性，又以民间视角和审美想象为主要着力点，揭示出一个道理，即特定历史阶段人们的生活状态远比任何一种简单化的想象都要显得复杂和混沌得多，展现出一种全新的历史意识。"迟子建从来也没有放弃对普通民众生存状况的关注，对他们苦难人生的表达"②，她是一位具有悲悯意识的作家。

在迟子建那里，无论是对富有地域色彩的自然风物的诗性叙写，对大野风情的深情歌唱，还是有关淳朴民风的深情思考，有关各种生命现象的细腻追问，都是指向土地上一种生命的自然状态。这种生动的生命自然状态，展现出清纯浪漫的艺术审美风格，也呈现了作家的写作理想和创作意图，其根源在于丰饶广袤的关东水土及其宽厚民风的滋养，可以说迟子建与黑土地文化存在着一种深层关联。迟子建说："我对文学和人生的思考，与我的故乡，与我的童年，与我所热爱的大自然是紧密相连的。"③ 东北大地无疑是迟子建创作的重要根基。刘震云曾说："作品中最具油画色彩、浓郁生活气氛及地域特色的作家，我心目中仰慕的有两位，恰好都出自东北，并且都是女性：萧红和迟子建。""从笔法的成熟和现代讲，迟子建已经在雪地和荒原上远远走过了萧红。"④ 对

---

① 崔淑琴：《朝向故乡的深情书写——论迟子建散文中的地域文化特色》，《当代文坛》2009年第5期。
② 张炯主编：《中国当代文学史 中》，江苏凤凰文艺出版社2018年版，第327页。
③ 迟子建：《寒冷的高纬度——我的梦开始的地方》，《小说评论》2002年第2期。
④ 刘震云：《她是迟子建》，《时代文学》1999年第6期。

于黑土地神奇画面的描摹和对于这方土地生命情状的深情渲染，共同构建了迟子建部分小说集群的艺术审美特质，这些小说以纯朴而辽阔的审思空间揭示出平常人物的生存境况和丰富的心性世界。由此，我们在审视迟子建与地域文化尤其是民间文化的关系时便会发现，迟子建式的温情与悲悯、明丽与忧伤等诸多气质不再显得神秘而朦胧。拿二人转元素来说，二人转是在迟子建进行东北想象时无法回避的一部分民间经验，这些经验在作家艺术生命肌体中具备一定稳定性和持久的内在推力。长篇小说《晨钟响彻黄昏》写到刘天园和王喜林初看二人转的不同感受。刘天园第一次评价二人转演员的话是："台上的演员就像两条狗争吃一条骨头似的。"她没看完就退场倚在墙角吃酸梅。经历了生活的不断打击又住进了精神病院之后，刘天园再次被王喜林带去看二人转，看完出门她就语无伦次地说："男的欺负女的了，男的欺负女的了。"她听到的这出戏叫《西天彩云》，是出闹剧，讲述儿子出门做工时老公公和儿媳在家私通的故事，结局是离家归来的儿子最终发现了这种越轨行为，便杀了自己的老婆离家出走。最后的唱词是："七情六欲的人迷途不返，酿下千年大错了此一生。早知天命的西天彩云，回眸眺望人间时，人间已是骨肉离散。青春难再，花谢遍地。"王喜林伤感地将她揽在怀里，而这种举动促使她的激动情绪更加高涨，她暴跳如雷地反抗道："不许欺负女的！"作者巧妙地将人物设置在二人转元素构成的场景中，让小说人物与戏中人物的命运相联通，衬托出刘天园在生活失衡状态下的心理失衡。大多数人一直关注的是二人转的喜剧属性，迟子建则准确地运用了一类二人转剧作含有悲中喜、喜中悲的特点，写出了人物悲剧命运的牵魂动魄。

乡土气息始终占据并萦绕在迟子建的思维空间，特别是中短篇小说那种对于自然的营造将我们带入一个温情而忧伤的神奇领域，在生命的感悟中传递着对于生命的由衷珍惜，并带着浓郁的忧伤气韵，自始至终都伴随着一种纯真的人性之美。不过，迟子建的创作又不止于乡土。迟子建以乡土小说走向文坛并引起广泛关注，又在21世纪后开始了城市题材小说的书写，尤其以丰腴的情感深入哈尔滨城市内涵与精神的相关探究。此时迟子建的可贵处在于，能够结合自我创作转型的需要和哈尔滨生活经历的积累开始一场别样的城市精神的找寻，有效调动历史文化写作资源，达成历史真实与文学想象的完美结合，不断展现哈尔滨都市历史的多样性，特别是在人物塑造方面，那些异域人作为都市空间的"漫游者"令人印象深刻，他们是构成哈尔滨独特都市文化记忆的重要因素。长篇小说《白雪乌鸦》通过深入日常与聚焦普通而重聚了记忆中的历史碎片，在多重视角呈现哈尔滨特定阶段历史事件的时候，既有对鼠疫和死亡的残酷书写，也努力挖掘苦难中的城市与人的温度，谱写了一曲生命和人性的挽歌。长篇小说《烟火漫卷》既是"失"的寓言，又是有关"寻找"的一场重大仪式，"寻找"之路隐含着德性的复归过程，作家透过哈尔滨这个城市窗口为我们点亮了一抹人间烟火，这抹烟火沧桑尽显，诗意漫卷，写出平凡人的悲欢离合，也流露出一种城市家园守望意识。

迟子建在都市时空的观察和都市文化的诠释中展现了自身特有的温情与亮色，其创作属于都市文学又在不断做出某种溢出的动作，同时其创作在整体上也很难被乡土写作这一概念囊括，如果用女性文学来加以框定却仍然显得比较吃力。可以说，迟子建从来没有作为某一主旋律的和音而出现过，"作为当代小说家的'异类'，中国当代女作家中的多产作家，迟子建无疑是最具独特风格和卓尔不群的一个作家。我们很难用一个评价标准来界定这个作家"[①]。因为她一直处于逆行状态，属于"一个逆行的精灵"。20世纪80年代以来的鳞次栉比的各种醒目的文学标签比如实验、新潮、先锋、寻根、新写实、新历史主义等，都显然标示着那些灿烂地涌动着的文学史浪潮，也在实质上遮蔽了文学史的丰富性和层次感。

因此，对于迟子建来说，她错过了每一波都不是一种遗憾，因为她往往"在场"却并不"属于"，由朝着两个方向撕扯的评论观点就能看得出迟子建的"另类"。在一些人眼中，迟子建的温情的审美追求缺乏

---

① 雷达主编：《新世纪小说概观》，北岳文艺出版社2014年版，第269页。

对于残酷社会现实的揭示能力，存在遮蔽社会现实复杂性的某种可能，阻碍了笔触向着文明断层的痛处做出延展的可能，比如吴义勤、徐坤等的批评。而在评论家施战军眼中，我们的文学史评价习惯本身便是存疑的，"对重大、沉浑、震撼以及性别奇观的追求和倡导，让我们见识了无数实际上是肿大、浑浊、空喊、怪异的废品"①，由于攀高求大的心态作祟，"正常的善意在情感上表现为爱与痛惜，好像这就一定是格局小的、思力浅的、分量轻的，而要成为大作品必须要有巨型的恶，它生长惊心动魄的恨与仇，仿佛那才是重大的、深邃的、有分量的——于是，如迟子建这样的不符合通用的标准化评价的不愿出奇制胜也不以'重大、沉浑、震撼'为尺度的作家就多多少少被遮蔽在了文坛幕布的后面"②。在施战军看来，这种遮蔽又使得作家免于遭受被势利的文坛所异化的可能性。

　　的确，迟子建对于自身写作原则和理念的坚守使她能够保持符合自身文学追求的固有姿态，有了一种从容与自由，可以沿着自己设定的题材、主题和价值方向前行，亦为文学史有关自身的正确书写和严格筛选而稳健地积蓄着成长力量。迟子建曾言，经常有批评家善意地提醒她在对温暖的表达上要节制，可她自己认为对"恶"和"残忍"的表达要节制，而对温暖则是不需要的，"因为从某种意义来讲，温暖代表着宗教的精神啊。有很多人误解了'温暖'，以为它的背后，是简单的'诗情画意'，其实不然。真正的温暖，是从苍凉和苦难中生成的！能在浮华的人世间，拾取这一脉温暖，让我觉得生命还是灿烂的"③。基于此种理解，迟子建让作品中的很多人物庄重地离家，最终却都清逸地回归，从而形成了一个明显的"离家模式"，如《芳草在沼泽中》《一匹马两个人》《世界上所有的夜晚》《第三地晚餐》《草原》等。与鲁迅的"离家模式"相比，迟子建有着明显的不同。鲁迅笔下的那些人物

---

　　① 施战军：《独特而宽厚的人文伤怀——迟子建小说的文学史意义》，《当代作家评论》2006年第4期。
　　② 施战军：《独特而宽厚的人文伤怀——迟子建小说的文学史意义》，《当代作家评论》2006年第4期。
　　③ 迟子建：《锁在深处的蜜》，《时代青年》2014年第4期。

第十章 迟子建

内心里带着民族和时代的负重，他们是沉重与痛苦的，并最终陷于无地的彷徨，忧愤深广，难以化解。迟子建则将沉重和痛苦建立在个人生命体验和个体的命运之上，于是人物往往在寒夜尽头获得化解的曙光。在剖开肉体的伤口的同时，迟子建更倾向于通过人物生存智慧的探寻而实现心灵的关怀与治愈。当然，迟子建的文字抚慰着心灵，让人能够静下心来，但这并非使人麻木的鸡汤，迟子建的文学世界美丽却并不虚幻，她从不规避人性和现实之恶这一重要层面，也不时关注底层生存苦难和女性精神困境，又不让自己的心灵沉溺于沉疴与浊流之中，因为她更乐于为挣扎于苦痛中的人们打开一扇精神之窗，或者帮助读者完成一个越过困境的姿势与动作。于是在《世界上所有的夜晚》中，迟子建不忘在周二嫂身上寄托人性的温暖与美好，在云领身上寄托生活的乐观与不屈，还通过主人公收集、歌唱和倾听民歌过程的描写而为困境中的人们构建一片诗意的栖居地。短篇小说《雾月牛栏》描写了东北人粗粝的生活，也不忘刻画本色的人性，宝坠被继父打了一拳而将头磕在牛栏上最终成为一名智障儿童，继父因懊悔而开启了漫长而痛苦的赎罪之路，并在自我的否定中而走向毁灭。

显然，迟子建是清醒的、理性的，又是感性的、诗性的，她一直稳健而优雅地表达着自己所理解的温情，从不傲慢，却足够轻盈、足够沉重。迟子建的文学作品既有一种超然之美，也随俗应时，不时点缀人间烟火气；既有灵动的生命光彩，也时常营造出一种淡淡的忧伤氛围，抑或传达无法言说的生命之痛，不过迟子建很好地保持着一个度量，不让这种忧伤走向绝望的坟墓，用绚烂的笔触有效平衡了人们的多重情感。大约没有一个作家会像迟子建那样历经数十年的创作而容颜不改，"始终保持着一种均匀的创作节奏，一种稳定的美学追求，一种晶莹明亮的文字品格"[1]，尽管岁月如歌，但迟子建依然优雅如昨。一直以来，迟子建秉持自身旨趣，抒发独特的生命情怀，又不忘用那份优雅与安宁的个体魅力、用那种宽厚而绵长的人文思想感染着他人，一起共同前行。

---

[1] 苏童：《关于迟子建》，《当代作家评论》2005年第1期。

第十一章 杨利民

杨利民，1947年生于黑龙江齐齐哈尔。幼年随父母迁居至鸡西煤矿。1964年赴大庆参加石油建设，做过建筑工人、宣传干事。1971年调至大庆文工团任创作员。1974年进入中央戏剧学院学习，专修编剧。1982年调入大庆文化局创作评论室。1987年进入中央戏剧学院戏剧文学系攻读硕士研究生，同年被中国戏剧家协会命名为全国十大青年优秀编剧之一。2006年荣获全国"五一劳动奖章"。出任黑龙江省文联副主席、黑龙江省作家协会副主席等职。享受国务院政府津贴。

发表话剧《呼唤》（1982）、《黑色的玫瑰》（与夏郑生合作，1983）、《人人都来夜总会》（与梁国伟、高兰合作，1985）、《黑色的石头》（1986）、《大雪地》（1989）、《大荒野》（1991）、《危情夫妻》（1994）、《黑草垛》（1994）、《地质师》（1996）、《特殊故事》（2001）、《秋天的二人转》（2003）、《铁人轶事》（2005）、《停一停，等等我们的灵魂》（2009）、《大湿地》（2011）等，出版有《大荒野：杨利民剧作选》（1991）、《杨利民剧作选》（1999）、《北方的湖》（2001）、《杨利民剧作集》（2007）等剧作选集。兼擅小说、散文、歌词、电影、电视剧创作，写有《北方往事》《北方故事》《家庭的荣誉》《漂亮女孩》《两代人》等电视剧剧本，《撼天雷》《今晨，雨加雪》《眷恋》等电影剧本。

作品曾数次获得曹禺戏剧文学奖，还获得电影华表特别奖、中宣部"五个一"工程奖、文化部优秀演出奖、全国戏剧文华大奖、全国振兴话剧优秀编剧奖、金狮奖等，一些作品被中央戏剧学院、北京电影学院等高校列为教学剧目，一些作品被译介到国外。

第一节 作品论:《大荒野》《秋天的二人转》

一 《大荒野》

四幕八场话剧《大荒野》的故事发生在北方遥远的荒原深处，独自看守着一口高压天然气井的工人老梁头与牧牛的老太婆从相识、相知到相恋，最后无奈分离。老梁头一个人住在荒原，陪伴他的只有一条叫黑子的会说话的狗，一个牧牛婆来到老梁头的领地，他们各自描述着自己的家庭和生活琐事。牧牛婆自结婚开始就伺候病弱的丈夫直到对方去世，她还失去了唯一的儿子，苦命的她不敢正视人生的残酷，就编织了一个美丽的谎言来描述自己的家庭。春去冬来，老梁头和牧牛婆之间产生了一种互相关心的默契，并一步步敞开各自的心扉。他们相约等老梁头退休后一起去放牛。然而世事总是无常，牧牛婆因年老而被送入养老院，老梁头还未退休便突发脑出血而病逝了。

《大荒野》曾获得曹禺戏剧文学奖、第六届全国优秀剧本奖提名奖等多项大奖，入选中央戏剧学院必读60本戏剧之一，入选《二十世纪中国文学大师文库 戏剧卷》（丁涛主编，1994）、《中国戏剧百年精华》（王培元编选，2005）、《大庆文艺精品丛书 戏剧卷》（忽培元主编，2008）、《1949—2009剧作选》（老舍等著，王培元编选，2009）等多个文学选本。本剧之所以成为杨利民的话剧力作之一，在于从中我们可以感受到一种诗性与哲思的融合。

（一）诗性。剧作诗性的一面体现在抒情性上。剧作的副标题是"春夏秋冬的抒情"，四季的变化更替中有着丰富的自然景色描写，描写本身便带着饱满的诗性气质，这利于人物性格塑造和故事环境渲染，更利于情感的抒发。春天，"四周是无尽的荒野；一堆堆个的干草垛，显得神秘而温柔；一片片亮亮的小湖，眨动着回忆的眼睛……这一切构成一幅现代童话和一首小诗"①。夏天,"白色的小屋,橘红色的分离器,天蓝色的井,井场上的一切,在晚霞的辉映下,都显得格外娴静而端庄"②。秋天,"秋空高远而透明,草地象被梳洗过了一样,一堆堆新码起的干草垛;一片片亮亮的小湖,岸边挤着黑鸦鸦的毛腿杨"③。冬天的"大自然的空间里,只留下两种颜色——蓝的天空,白的雪地。迷迷茫茫的蓝色与白色在遥远的天际融为一体,透着无穷无尽的神秘和深邃"④。这里四季分明,这些语言不仅能够激发读者的联想进而建立起人们对于荒野的基本印象,还能够进一步营造出特定环境中的特定风貌和特定韵味。在对自然环境的描写中,作家突出了"物"与"景",尤其是那种空旷中没有风、没有人影的绝妙景象,充分映射着人的充沛的内心情感,在这样一种场景中两个孤独的老人十分容易走进对方的内心世界。因此,色彩斑斓的四季变换显得丰富且复杂,为人物的心路历程和情感表达提供一种适当的自然场域,人物与自然相互映衬相互对照,由此出发,我们才可以更加深刻地体味人物置身于广袤自然环境中所流溢出的那种孤独、豁达、欢乐、惆怅以及诸多情感的相互转化。

  剧作的诗性意味还深层地体现为一种浓重的象征色彩。作家有意简化了人物数量,与"大荒野"的荒与空旷相符合,大荒野本身便是一种象征,荒野(荒原)的意象如影随形。西方文学作品中的荒原意象多表现为对于现实生存环境的整体的批判性反思,显然杨利民在剧作中通过狗的视角、老梁头徒弟大毛的女朋友疯女的话语表达了这层观点,特别是疯女直接提及回来是"寻找失落的荒原",她对老梁头说:"我从最热闹的大都市来。(神秘地)你知道吗?我到这儿来,整整走了两个世纪。我路过一个地方,有一座世界上最高的摩天大厦,可它是用女人的死胎奠的基础;是用男人的谎言铸造的台阶!它高大无比,遮住了太阳,使你感到孤独,寒冷……"⑤ 看似疯话,实则别有意味,显然有

---

① 杨利民:《大荒野:杨利民剧作选》,百花文艺出版社1991年版,第315页。
② 杨利民:《大荒野:杨利民剧作选》,百花文艺出版社1991年版,第330页。
③ 杨利民:《大荒野:杨利民剧作选》,百花文艺出版社1991年版,第345—346页。
④ 杨利民:《大荒野:杨利民剧作选》,百花文艺出版社1991年版,第363页。
⑤ 杨利民:《大荒野:杨利民剧作选》,百花文艺出版社1991年版,第348页。

所指向。

（二）哲思。荒野在这里不仅与外在世界特别是都市生活对应存在，与人在外在世界取得的失落感相对应，还代表着"即将失落"和"最后的美好"，含有挽悼的意味。荒野带给老梁头一种美好的感觉，"那血红血红的大日头，顶在天边的草尖尖上，洒过来的红日头光，就象给大平原铺了块红地毯，踩上去都软软乎乎的！没有风，没有人影，天上鸟在唱，地上蛤蟆叫，各种小动物高兴得到处乱蹦……那是真好看哪！"[1] 特别是与牧牛婆的相遇，激发了他的生命活力，牧牛婆也在过去的回忆与述说中走向当下的美好，而在结尾处，两个人的错位走向和归宿令人唏嘘。令人感触颇深的则是黑子受伤后的自我陈述，从中可以得知黑子原本是荒原上的最后一条狼，它在对草原狼的刚烈、忍耐、韧性、团结等狼性以及共渡困难的美好日子的追寻回顾中发出如此撼动人心的呐喊："（忧伤地）高大的楼房切碎了整块的蓝天，纵横交错的马路，划破了平坦草原的胸膛。遮天蔽日的飞鸟不见了，滚动着的兽群消失了……我们草原狼的好日子过去了，永远的过去了……（悲哀地）我的主人，守住这最后的一片荒原吧！我死了，你把我埋在这里……"[2] 然而，苦难终将过去，比如牧牛婆在初遇老梁头时对自己丈夫和孩子的美好想象，背后则是一种正在逝去的苦难，同时美好也在逝去，比如对于黑子个体命运来说的那种美好，对于老梁头和牧牛婆二者短暂相遇来说的那种美好，都寄寓在大荒野的意象当中，流露着深刻的对于"失去"做出挽悼的味道。依偎在大荒野中的个体生命最终又是无家可归的，甚至意味着平静日子和平凡生命的终结，给人无比沉重和悲戚之感。

荒野当然更意味着希望与美好，是忠诚、道德、崇高、美和爱的象征。这里是生命栖息之地，让人内心平静。牧牛婆的丈夫长期身体病弱，她伺候他十八年，日子很苦，多少回想到死，"可一来到大草甸子上，看到这蓝汪汪的天，这红红的大日头，再想想儿子……我就下不了

---

[1] 杨利民：《大荒野：杨利民剧作选》，百花文艺出版社1991年版，第351页。
[2] 杨利民：《大荒野：杨利民剧作选》，百花文艺出版社1991年版，第367页。

这狠心。这十几年，我整天在这荒原上走啊走啊……"① 显然，荒野带给人一种生存的力量和决心。荒野是过去与未来的交会，是短暂与永恒的交会，也是有限与无限的交会，在这里人们可以等待，也可以寻找。老梁头的默默生活便是一种等待，他的等待当然与孤独寂寞长期为伴，却又是自然的、心平气和的，等待是漫长的，对于牧牛婆来说，等待同样漫长，然而最终他们在短暂的瞬间所体会的情感与温暖将是一生无可复制的，是很多拼命和挣扎之人体会不到的，典型例子便是大毛与疯女的相互寻找和失之交臂，牧牛婆说："这小子倒是有股劲儿，穷追不舍！"老梁头则说："就是老岔道儿。还不如在一个地方蹲坑。"② 在荒野中，坚守是一种孤独，同时也是一种追求、一种信仰、一种力量。穷折腾的结果往往是走向理想的反面，且细品味老梁头与黑子的对话，老梁头说："黑子，你说这人活在世上怪不怪？小时候，我们家乡门前有条河，河也不宽，浪也不急，我就总想过那岸看看。爹就骂我：有啥好看的，都一个样！我呀就不信，总觉得那岸有新鲜事儿。后来，我长大了点，就偷偷游到对岸，结果回头一看……嘿，这岸跟那岸真差不多。这边牛吃草马吃豆；那岸也是牛吃草马吃豆。再后来，那条河干了，两岸的人跑过来跑过去的，真叫我爹给说着了——都一个尿样！"黑子则说："我从前呆的地方是一片美丽的草原，后来人们把草给烧了，说在上面种粮食，结果，没过一个秋天，大风沙把土地淹没了，人们又拼死拼活地在上面种草。我们动物也搞不明白，大家都在瞎折腾什么？人们把自己的才能，常常用于毁灭自己。"③ 这是一种朴素的生命哲学，简单而又深刻，蕴含着深厚的人生体验和生活体味。这样的对话当然有指向人类欲望和愚行的批判色彩，但更多还是指向一种生存的态度和意识，指向荒野作为生命源头和纯真理想所生成的启发意义，其实在荒野里的人看来，原地等待未必就是退后或者投降，反而也可以意味着收获或者前进，有些所谓的进步和现代反而是一种无谓的折腾和自我消耗，

---

① 杨利民：《大荒野：杨利民剧作选》，百花文艺出版社1991年版，第361页。
② 杨利民：《大荒野：杨利民剧作选》，百花文艺出版社1991年版，第359页。
③ 杨利民：《大荒野：杨利民剧作选》，百花文艺出版社1991年版，第334页。

反而在荒野中人们可以体味到一种发源于自然又与自然相契合的最为直接也最为旷达的生命感受，荒野之外的人看似生活饱满生命充盈，有时却陷入一种失去灵魂的空虚和漠然之中。于是，大荒野代表着一种自然化的生命律动，是生命和谐的象征，人与自然、人与动物、人与人之间都是和谐的，大荒野也是未来与希望的象征。至此，大荒野便具有了神性，在这里不仅黑子会说话，还会进行哲学化思考。大荒野意象带有诗化色彩，诗化地表达了作家有关人生、生命、自然、社会、文明等多个层面的深入思考。如果说《大雪地》表达了关于人的命运的深刻哲学命题，那么《大荒野》亦在哲学层面有所思，剧中人物设置并不复杂，情节处理也相对简单，但大荒野却连接着现代与传统、历史与未来、男女与老少、人类与自然，在抽掉具体的社会内容之后，我们会从中体会到一种复杂的人生况味。

（三）平衡。《大荒野》没有让思想和情感传达滑向某个极端，而是较好地实现了平衡。

剧作从多个角度烘托出人性之暖，比如老梁头对疯女的救助，对无法救助小红帽的自责，对死去老伴的真切怀念，与黑子的真诚友好；牧牛婆对老梁头的似冷实热的态度，对丈夫的百般照顾，对死去儿子的母爱流露；黑子对主人的深情厚谊；领导和组织为临退休的老梁头评选先进的考量；老工友、大毛、疯女妥善处理老梁头遗体，等等，这些书写都是对于人性中善良一面的高度肯定和赞颂，也是一种热烈的追求和呼唤。大荒野难免给人孤独和荒凉的感觉，不过更多地象征着原始与真实，对应着人性的荒凉与困窘，大荒野中的人们那样朴实，这来自大荒野的超强的净化作用，最初热衷追求物质的疯女来到这里最终也得到了心灵的净化。同时，剧作又弥漫着悲剧感和悲怆意味，诠释了人生不幸和命运弄人的道理。虽然大毛和疯女走到了一起，带给人以希望，但老梁头和牧牛婆的情感结局是命运弄人的典型，一个不幸死去，一个进了养老院。从老梁头和牧牛婆的交谈中可见，一个总想着自己的老伴，一个总想着自己的儿子，他们虽有很多共同语言，心理距离也越来越近，但毕竟那只是一种好感，各自仍然存在一定的心理隔膜，这是一种社会现实，很多人都无法回避的现实距离，人越是渴望得到情感观照和理解，越是无法实现这个看似简单其实又非常奢侈的愿望，这是一种无法逾越的生存困境。综观全剧，"老梁头与牧牛婆的相遇与相知，老梁头与曾经是荒原狼的老狗黑子的相遇与相知，老梁头与牧牛婆对春夏秋冬的大荒原的深情眷恋，大毛的四处漂泊，疯女迷失后的回归，显示了当代人的生存窘境"[1]。剧作对应建构了大荒原和荒原外的两个世界，又建构了老梁头和牧牛婆两个世界，还建构了老梁头与黑子两个世界，虽然两个世界存在交叉甚至交融的趋势，但是对立和矛盾显然内蕴其中，忧伤和孤独弥漫其间，失望和遗憾如影随形，个体之间如同隔着一层障壁。其实大荒野中的每个人在望向夕阳和土地的时候，本身便是一个诗人的形象，也是一个哲人的形象，潺潺流淌的平淡时光勾连起一种含义颇深的哲学韵味，加上大毛的充满悲伤的歌唱，更增强了这种韵味。可以说，平静的心态和自然的手法都无法掩饰住剧作家暗示与我们的那种动人的凄凉与悲怆。也许不圆满才是人生常态，在这个捉弄人的境遇中，唯有珍惜当下才是可取的，从这个层面来看，作品的思辨色彩十分突出。有关等待与折腾这一问题，作家在一定层面上认可了面对荒野需要开启等待的动作以及等待本身所具有的力量感，同时也实际从一个侧面认可了个体在面对情感面对很多具体事物时应该具有的进取动作，"不要让今天仅仅成为明天的回忆，甚至是虚幻的回忆；不要让今天成为明天寻找的对象，是《大荒野》给我们的启示"[2]。

总而言之，在故事的讲述中作家不断剥离荒野（荒原）意象具体的所指意义，赋予荒野更为丰富的意蕴和内涵。作家没有单一地表达一种主旨，而是围绕大荒野这个中心意象融入自身丰富的情感和思考，比如"最后的一匹狼""最后的一片荒原""最后的秘密"等词汇渗透出一股悲凉与沧桑，也掺杂着失望、反思、眷恋与渴望。可以说，这部剧作带给人的思考无法停止。剧作在表面上讲述了一个普通老人的情感、一个坚守岗位的石油工人的壮丽人生，老梁头的宁静淡

---

[1] 蔺海波：《90年代中国戏剧研究》，北京广播学院出版社2002年版，第124页。
[2] 蔺海波：《90年代中国戏剧研究》，北京广播学院出版社2002年版，第124页。

泊的人生态度镶嵌着一种隽永的人格力量，这种态度本身便引发出人们强烈的理性关注，到了最后老梁头死去了，剧作结束了，然而一切并未终止，老梁头的死意味着一个时代的结束，意味着大荒野及其原始精神力量的消失，那么未来的人类又将怎样？这是仍将需要继续思考的。

《大荒野》的地域色彩显著，被认为是一部优秀的田园剧。当我们将《大荒野》与李龙云的《荒原与人》（1985）一剧进行对读，就会发现"大荒野"对于杨利民来说更具生命意味。大量方言俗语的运用十分贴合人物性格，荒野中的老梁头和牧牛婆的粗犷与朴实特点都通过具体的活泼的对话语言而得以实现，两个人的语言寓庄于谐，又从最初相遇时的"谐"而走向道别时的"庄"，实现了"荒而不野，野而不荒"的艺术效果。作家又运用魔幻的手法，使人与狗实现对话，并且不是直接对话，而是自言自话，在自言过程中巧妙实现有效对接，仿佛有了对话的感觉，通过动物的口说出人的观点，避免了人言的空洞，生成诙谐与凝重相结合的感觉，达到陌生化，亦达成意旨深度，看似不合情理，又合乎表达逻辑。荒原狼与老梁头的关系和谐，荒原狼离开主人一段时间，也想着离开人类，却遭到枪弹重创，奄奄一息地回到主人身边，这些书写讽刺了人性之残忍，也寄予着显著的田园生态意识，表达了对于人与自然矛盾状态的关切认知。

当我们将《大荒野》与杨利民过去的作品加以比较，会发现"《大荒野》似乎太平淡了些，可是，只要你读完它，就会从中获得对人生的凝重的体味！"[①] 我们可以在作家所建构的一个具有原始神秘色彩的价值参照体系中感受那种朴素、坦荡和热忱的人心，咀嚼孤独者心灵磨难中的崇高感，深切体味人类在人性的大荒野中试图实现自我回归之路的艰辛与曲折。《大荒野》显示了杨利民在话语创作技巧上的成熟，"是一个在简单中孕育着大家气象的作品"[②]。

[①] 谭霈生：《序》，载杨利民《大荒野：杨利民剧作选》，百花文艺出版社1991年版，第5页。

[②] 卢敏主编：《20世纪中国话剧精品赏析》，中国戏剧出版社2003年版，第176页。

二 《秋天的二人转》

三幕话剧《秋天的二人转》讲述了一位名叫老锁的男人和一位名叫二平的"二人转"女艺人之间的故事。五十多岁的老锁依靠收废品为生，住在小剧场后院一辆废弃的中巴车里。二平与老锁相差15岁，二平对老锁的态度先是反感，然后同情，后来是接近。当得知多年前在二人转剧场大火中救自己女儿的人就是老锁时，二平对老锁的感激无以言表，两个人的心走得更近了，直到彼此相知。最后，受二平的委托，老锁带着二平的女儿小丫（被诊断为脑外伤引起脑积水）去北京治病。剧作中还穿插描写了一群质朴、善良、诚实、可爱的小人物，比如刘嫂、斗九、傻冬子、小丫等，对这些人物的塑造也别具风姿，尤其对刘嫂和斗九二人情感的描写极为别致，生动传神。

《秋天的二人转》2003年由哈尔滨话剧团演出，并发表于《新剧本》，在2004年斩获文化部"文华新剧目奖"，曾入选中华人民共和国文化部艺术司编《国家舞台艺术精品工程剧作集》"话剧儿童剧木偶剧卷"。品读《秋天的二人转》，也就是在品读生活、品读东北、品读二人转、品读关东大地上一个个并不陌生的人。

（一）地域风情。《秋天的二人转》浓烈、浑厚、火爆，以浓郁而鲜活的东北地域风情和现代色彩征服受众，符合现代观众的审美情趣，这成为剧作成功的一个重要支点。

一方面，剧作传递出丰富的二人转文化信息。二人转艺人的生活全面而平实。二人转经典唱段多次点缀文字之间，突出了整个剧作的可观赏性，也是人们了解二人转真实面貌的一个重要窗口。二人转的适时出现都发挥了点睛作用，或推动情节发展，或塑造人物性格，或烘托现场气氛。在剧作中，二人转文化元素与话剧艺术巧妙糅合，水乳交融。

另一方面，语言的平民化和平民化背后的人文关怀，也缔造了剧作雅俗共赏的局面。《秋天的二人转》被认为是一部说老百姓的话、讲老百姓的事、演老百姓的戏的平民作品，符合杨利民戏剧的总体叙事特征，即平民视角、平民立场、平民话语。剧作书写了世间平凡男女的小故事，以鲜明的现实主义风格活灵活现地展示了几个普通小人物的复杂情感和人生态度，是写给普通百姓读的，是演给普通百姓看的。剧作又让人在底层的粗糙生活中发现苦涩中的美丽与崇高，以深刻的内涵提升了思想品味。这部戏既是都市的，又是乡土的，可谓真正实现了雅俗共赏。说老百姓的话是平民色彩的重要表现，从剧作中我们可以感受到一股浓重的关东乡音。正是这种语言上的平民化追求让人看到了老舍《茶馆》的影子，虽然达不到《茶馆》那样以少胜多的语言效果，也总能让人看到如同《茶馆》那样将艺术浸润于民间的醇厚与坚实。

剧作运用了大量东北方言。典型的词汇有：忽悠、扯希乎烂、磨叽、搭咕、脏啦巴唧、蔫头耷脑、掂对、稀罕、得意、抗处、浮皮潦草、抖擞、欢势，等等。谚语、俗语有："女大三，抱金砖""走大街串小巷，裤裆里面磨锃亮""给点脸就上鼻子，让进屋你就上炕""光屁股撑狼——胆大不嫌碜""脚后跟长瘩子——点背""三陪小姐下岗，这份小钱不好挣了""瞎扯四五六，净往一块凑""卖孩子买猴，就是个白玩""喝酱油耍酒疯，'咸'的""别给点脸，就往鼻子上爬"，等等。刘嫂形容新来的演员二平，是典型的东北人的遣词造句方式："那小娘们儿三十多岁，长得像大姑娘似的，细皮嫩肉，一掐直冒浆。"[①] 一些语言看似粗鄙，不过往往与人物身份性格相匹配时才会使用，如小来子口中出现的"老灯""死个钉的""扯王八犊子"、马老大口中出现的"滚鸡巴蛋"。民间谚语、俗语以及口语的大量运用一直是东北现当代文学的一大特色，小说散文领域这样，戏剧领域亦如此。回溯民国时期的东北戏剧，民间语言的融入在很大程度上使得东北现代话剧在单纯而有限的人物结构、矛盾冲突之外获得了较为明显的现场感和生活实感，弥补了笔力不足的缺陷。到了当代，语言民间化仍是东北话剧创作中十分突出的艺术特征。杨利民在话剧中通过语言的对象化呈现，促使民间语言呈现出别样的生命力。当然，在追求语言的风趣与鲜

---

① 杨利民：《秋天的二人转》，《新剧本》2003 年第 6 期。

活的同时，作家需要把握语言的分寸感，有时观众可能会偏好于剧中的噱头和俚语，而忽略了对剧中人物命运的深度思考。

（二）时代能量。《秋天的二人转》拥有积极向上的思想基调，传递出时代正能量，能够启发与引导受众，让人们从小舞台观看大世界，在情绪疏解的同时产生一些人生拷问。

剧作的正面思想和正能量主要通过老锁的语言和思考传递出来，老锁的诸多话语为观众增添了对于真善美的丰富认知视角。老锁拥有自己认可的生活哲学和人生信条，一直展现出自强不息、积极向上的性格特点。老锁的语言可谓妙语连珠，掷地有声，比如："老老实实自由自在地活着，比啥都强。""家应该是存放心的地方""我把每一顿饭都当成最后的晚餐。人活一世，草木一秋，啥事都要看开些"[1]，老锁总能在一些看似平常的事情中悟出一些明白道理来，且就像一个布道者，不断启发和教诲着他人，总是让人在挫折中看到希望，在趋恶途中发现向善的力量。老锁会让人联想到《巴黎圣母院》中的卡西莫多，形象丑陋却有一颗善良的心，他们都是真善美的代表。老锁看似无欲无求，甚至有点落魄有点窝囊，他把回城的机会和升学的名额全都让给了别人，为救女童而招致身残，五旬之龄依然孑然一人，混迹于市井之中。老锁不求发财，不愿闻达，却绝不自轻自贱。他吃饭从不对付，所谓的"家"也打理得井然有序。收购废品讲究公平诚信，从不以次充好。疾恶如仇，痛恨偷盗和恃强凌弱，富于同情心。不骄不矜，虔诚地保持着布衣百姓的尊严。老锁是坚强的，不肯屈服的，马老大感到"这是一个永远也打不倒的人，一个即使打倒他的肉体也打不倒他的灵魂的人"[2]。当这些优点集于一身，我们便看到了一个"完人"形象。那么我们要问了，他的这些认知和坚守来自哪里，仅仅是因为知青身份，有些文化有些经历吗？很显然，剧作家带着某种愿望充满深情地"神化"了老锁这一形象，老锁身上很多品性的发生和形成是无法说清的，身上有太多理想化和概念化的成分，一定程度上削弱了人物性格塑造的丰富性和

---

[1] 杨利民：《秋天的二人转》，《新剧本》2003年第6期。
[2] 杨利民：《秋天的二人转》，《新剧本》2003年第6期。

完整性。评论者的发问似乎不无道理："是不是可以这么说：这依然是一个概念先行的戏剧，是一个没有缺点的好人，对一堆有缺点的'中间人'、'边缘人'甚至是'坏人'进行改造和洗礼的戏剧？"[①] 或许这种局面的形成与杨利民的现实主义永远闪耀着理想主义有关。其实作家在塑造老锁的时候也为人物的丰富性和个性化时刻努力着，一个突出表现便是让他有一些小情调，让他热爱二人转，让他偶尔也有点"色眯眯"的样子，这些都是老锁人物身上的"亮点"，让人印象深刻。不管怎样，主人公老锁仍然不失为 21 世纪以来中国话剧艺术长廊中令人难忘的人物形象，也属于我国文学中知青形象序列里非常独特的一个。作家通过老锁的生活韧性、满腔热情又扎实地活着的人生状态，艺术化地树立了当代社会好男人的标准，匡正了人们的婚姻价值观。

剧作绝无居高临下的怜悯，而是呈现了开放平等的人文理念，不断剥开生活的表层，揭示生活的沉重与无奈，将每个人的人生体味和选择都摆在受众面前，让受众自己来评判对与错，从而进一步反思自己的人生并获得新的启示。剧作还从侧面以事实为依托严肃地向人们提出一个尖锐的人生问题：在一个信仰追求下滑的阶段，人们到底应该怎样活着，怎样做出自己的价值抉择？也许在某个时刻，可以像老锁那样停下或者慢下脚步，与自我心灵实现一次贴心、冷静、完整的对话，才是很多人潜意识所期待的，拨开云雾避开世俗污浊实现自我心灵的救赎，这是《秋天的二人转》要提示我们的。《秋天的二人转》时时激荡着人性燃烧的旋律，张扬着生活中的崇高、美与爱，令人心震撼。

（三）心理深度。《秋天的二人转》深刻揭示了现代人的心理世界，且耐人寻味，达到一定心理深度。

小丫最初对于老锁的好感是一种潜意识中父爱缺失的表现。小丫的父亲是不称职的，没有责任感，抛弃母女远去，父爱缺位且亟待填补，潜意识愿望促使小丫对于老锁有了一种亲近之感。这种表现也为后来老锁救人这一谜底的揭开做了合乎逻辑的铺垫。

---

① 建忠：《看戏札记（一）——第七届中国艺术节部分剧目观后感》，《大舞台》2005 年第 2 期。

可能是命运的安排，冥冥之中注定了二人的再次相见，而冥冥之中"似曾相识"也是非常符合心理学规律的。某种特殊的环境会让我们产生一种如在梦里的感觉，现实中的人、事、经历也会不同程度激发出一种似曾相识的感觉，有些时候我们会对某个人有一种莫名其妙的熟悉感，即使不相识也觉得这个人好像在哪里见过。《红楼梦》中的林黛玉与贾宝玉初见时，都觉得彼此似曾相识。黛玉心中暗自奇怪，而宝玉则断定地说了一句："这个妹妹，我曾见过的。"这个反映"木石前盟"的场景虽说是文学作品中虚构出来的，显得神秘而怪异，却引发了读者强烈的心理共鸣。从荣格原型理论来看，老锁即是小丫潜意识中携带着的男性心象，即阿尼姆斯原型。老锁的形象与小丫父亲的形象形成了强烈的对比，老锁身上所体现出来的责任、爱心、仗义等优秀品质正是人类无意识中积淀下来的有关男性形象的理想的审美理解形态。小丫在内心是有过对比的，也正是这种对比再一次证明了她内心世界的男人标准和父亲标准，一个对比对象就是马老大："什么马老大，穿西服不伸袖，腆个肚子，好像站在板凳上他就是巨人了，拿着无知当个性。屁，不就是有几个臭钱吗！"[1] 小丫对老锁说，等自己长大了就嫁给他，这看似一句玩笑话，也可以理解为一句认真的话。老锁救小丫这一举动只不过是作为一种外在条件激发和强化了小丫这一原型心理。不只是小丫被救才会说出这样的话，而是一种潜意识情感和原型心理的显映和投射。现实情境与原型心理相叠加，前者更加强化了后者。小丫还小，于是顺理成章地将自己的母亲推到前台。母女之间性情是相似的，还有相似的对于男人的理解。小丫对于老锁的印象是："你的素质很好，真诚、善良、富有同情心，我母亲也认为你这个人挺有意思。"[2] 母亲对于老锁的好感恰恰较好地遮掩了小丫的真实情感，然而我们发现这种遮掩恰是欲盖弥彰。剧作通过小丫对于老锁的态度将小丫的稚嫩又近似成熟的状态呈现出来，通过一种隐晦的方式传达出小丫的生活境遇和心理波动，让人们在感觉小孩子的可爱的同时更能体会到她的可怜。

---

[1] 杨利民：《秋天的二人转》，《新剧本》2003 年第 6 期。
[2] 杨利民：《秋天的二人转》，《新剧本》2003 年第 6 期。

当然，剧作也存在一些不足。剧作一个可谓独特的处理方式是，通过对比和反衬来塑造老锁形象，将马老大和小来子等的蛮横猥琐与老锁的正直高尚形成比较，还通过其他配角的讲述来勾勒老锁的光辉历史和高尚精神。小丫讲述自己被救的情况，郑清讲述老锁的礼让壮举和家庭情况以及被烧伤后的境遇，刘嫂讲述老锁的拾金不昧。还有周边人的印象与评价，警察大刘对老锁师傅非常尊重，斗九更是敬重老锁，经常带几个鸡汤豆腐卷给老锁下酒，甚至连黑道的马老大也给予高度评价。当这些方面共同指向老锁的时候，老锁的形象变得清晰了，与此同时，需要人们考虑的是，这些支撑力量到底能够有多强大？看似是对老锁的"呵护"，实则亦可能变成某种"伤害"。

和杨利民以前很多"石油系列"作品不同，《秋天的二人转》在题材上发生了大的转换，但火辣辣的关东民间风韵同样非常浓郁，粗犷而又苍凉的荒野气氛彰显着一种接续地气的生命形态。杨利民的话剧始终充满独特且具有普遍意义的生命意识，尤其能够将深邃的目光投向历史和现实的民间社会，试图多向度地探索民间精神的丰富内涵，以诗意的激情达到一种理想主义的人性建构。《秋天的二人转》与《大荒野》这两部作品是对东北多情重义、豁达超然的民间精神的丰沛表达，人物的言语和动作流淌着独特的生命智慧和对于生活的独特理解。

第二节 作家论：黑色的石头，荒原的歌者

除了前面所选析的两部作品被收入各种文学选本，四幕话剧《地质师》亦入选《中国当代文学作品精选 1949—1999》"戏剧卷"（吴祖光、贺黎主编，1999）、《中国话剧50年剧作选》（2000），两幕十二场大型话剧《大雪地》入选《中国新文学大系 1976—2000》"戏剧卷"（王蒙、王元化总主编，2009），《特殊故事》入选《中国儿童文学大系》"儿童剧卷"（方卫平主编，2009），从中可见杨利民的创作实力。两幕话剧《黑色的石头》的问世曾轰动剧坛，曹禺先生给予高度评价，还被认为是现实主义不断深化的又一成果。在中国文学史的表述

中,《黑色的石头》等作品是属于20世纪80年代写实剧走向高潮时具有代表性的优秀剧作,杨利民也属于当时文坛颇有影响力的剧作家,"在显赫于20世纪80年代的剧作家当中,杨利民既不是新观念的最先倡导者,也不是新形式的屡屡翻新者,……他坦然、真诚,用心去体味血肉凝成的人生,踏踏实实地在其黑土地的意象群中踱着自己的步子。也许正因为如此,当戏剧界所谓的新思潮烟霞散尽之后,他的剧作仍保留着如荒野一样坦坦荡荡的真纯"[1]。在评论家眼中,"杨利民是一位富有才华的作家,他的作品以其丰厚的底蕴、深沉的基调、独特的视角、磅礴的气势和鲜明的时代感,给人留下深刻印象"[2]。杨利民的小说和散文创作也都达到一定水平,小说善于结构故事,塑造人物。

　　杨利民的戏剧一开始便有一种强烈的社会参与意识。第一个三部曲《呼唤》《黑色的玫瑰》《黑色的石头》皆属于社会问题剧。《黑色的石头》塑造了一群雕像般的石油硬汉,标志着创作风格的形成。从《黑色的石头》开始,杨利民的剧作中便具有一种追求意识,即为"苦难的崇高",《地质师》等剧作便是在这样的内在力量的驱使之下创作出来的。杨利民看到了一代知识者献身我国石油事业的崇高精神境界,看到了生命自在的形态,也写出了一种悲壮的命运历程。《地质师》标志着杨利民话剧创作的成熟,意味着杨利民的剧作不单单关注现实,表现崇高的理想,具有强烈的爱憎,还意味着他努力试图从生活表层深入厚实的精神世界之中,实现人生诸多哲理意蕴的传达,既尝试写出颇具时代色彩的厚重之感,也毫不回避一种带着责任感的忧患意识。从最初的群体观念和奉献意识以及伴随着的那种单纯的理想色彩和乐观精神到不断融入一种思想个性和生命意识抑或是生活中本就难以规避的某种悲剧感,这是杨利民的艺术追求之路,从《黑色的石头》中便已看出端倪,到了《大雪地》,作家试图走进人的心灵、与人物进行更为深层次的对话,同时乐观主义精神已被浓厚的悲剧意识取代。杨利民是一位有着历史责任感的作家,竭力用温暖世界的方式面对苦难,同时他更是一位痛

---

[1] 胡志毅主编:《中国话剧艺术通史 第2卷》,山西教育出版社2008年版,第271页。
[2] 张炯主编:《中国当代文学史 下》,江苏凤凰文艺出版社2018年版,第376页。

苦的理想主义者，杨利民式的"苦难的崇高"告诉我们：苦难可以转化为崇高，崇高中也要学会体会苦难。唯其如此，我们才在很多剧作中感受到一种情感的纯度、一种理想的持守、一种人性之美、一种对于民族和人类命运的思虑，一种对于人性深度和丰富性的探寻，于是剧作才能如此具有震撼力和穿透力，带有浓重的艺术美感。

中国新文学自20世纪诞生以来一个显著特征便是有关人的书写，对于人的心灵和精神奥秘的探寻，对于人的生命本体价值的肯定，对于人的最终发展走向的深切关怀，戏剧则在这个方面做出重要努力，比如曹禺的《雷雨》《日出》《原野》《北京人》等剧作便深刻挖掘和展现了人的"出走——走不出"的深层生存困境。杨利民的剧作让我们看到了人的自我意识觉醒，比如《黑色的石头》里的柳明、开小杂货店的妇女彩凤。杨利民的剧作还让我们看到了人的生存困境、人性的弱点、人的生命价值的自我追寻，比如《危情夫妻》便是关于人的存在价值的体验和认知，《大荒野》更是表现了生命的丰富性和深刻性，《大雪地》中的黄子牛属于一个自我异化的典型。在《大雪地》中，工人费伍因为一次焊接的产品不合格，被大队长江国梁处罚，要他拎着一条废钢管到各个中队去，且边敲边说："我不合格，是个废物，需要回回炉！"① 剧作通过一个动作和一句话的多次重复，传递出人性被异化后灵魂的裂变之声。三幕九场话剧《大湿地》则呼唤人性和生态的双重救赎，并进入全球和人类视野。

杨利民戏剧的一个突出印记便是充满诗情画意般的北国荒野情调。一部优秀的剧作一定是要写成一首诗，曹禺说自己写《雷雨》便是在写一首诗。杨利民说："我认为戏剧的最高境界，是诗的意境。在一些评论家的评论中，提出我的作品为新写实主义，融进了象征主义，表现主义的一些新的手法。但老实说，我不为什么主义写作，我按我想像的样子写作。"② 当然，诗的风格也是千差万别的。杨利民的诗性品质是与强劲的北国之风相互交织的产物，作家努力将社会生活实体内容提纯

---

① 杨利民：《大雪地》，《剧本》1989年第7期。
② 冯毓云、杨利民：《寻觅心中的梦——杨利民访谈录》，《文艺评论》2002年第1期。

为与关东人生质态相契合的地域品格,从而形成属于自我的具有辨识度的标签。我们可以通过具有苍凉壮美情调的自然风物的展现来感受那些扑面而来的关东风情,比如《大湿地》中春夏秋三季的绚烂辽阔之美,散溢着北方荒野地气。我们还可以通过人物身上所展现的带有东北人原始野性味道的自由意识和生命活力来体会大荒野背景下一群荒野之子的性情及其魅力,比如《黑色的玫瑰》中的黑燕、《黑色的石头》中的大黑、《大雪地》中的大海、《大荒野》中的牧牛婆与老梁头、《黑草垛》中的香草与小山东,在精神品格上他们不矫饰、不伪善,全都与荒原血肉相连,具有北方人特有的思维意识和情感表达方式。特别是四幕传奇剧《黑草垛》将笔触抵达20世纪20年代和30年代,以更为悠远和古朴的表达境界带人感受荒原中那种野性的壮美与神奇,体现了开阔的艺术观察视野。特别值得关注的是,杨利民的剧作塑造过许多真沛感人的普通石油工人形象,以平民视角聚焦这些曾经创造奇迹的地质工作者,以小人物折射时代烙印,这些形象成为大庆精神、铁人精神的艺术化留存,他们的坚定和持守的品质有效贴合了黑土地的宽广豁达的气质。黑土地、大荒野的那种率真而自由的壮美情怀以及质朴而舒展的人性品质,这本身便具有永恒的自然价值与生命意义。

杨利民还善于利用北国特殊的自然环境和人物来营造富有审美张力的戏剧情境和舞台氛围,"构成具有内在戏剧性和感人艺术氛围的戏剧场面,而不是像有些剧作那样把典型环境做为抽象的东西大而化之交待给观众"[①]。比如《大雪地》中描写分别许久的四对夫妻的相聚,夜晚他们共同住在一个临时搭起的棉帐棚里,中间各自用布帘隔开。作家巧妙制造了一个外松内紧的戏剧情境,帐棚外是一片茫茫雪野,并不时传来几声母狼寻找配偶的长啸,与帐棚内夫妻们的心态相互交织辉映,这是作家利用自然环境创造有效戏剧舞台效果的成功实践。

杨利民的戏剧并不依赖华丽的辞藻取胜,而是通过质朴风趣、具有亲和力的东北方言凸显剧作的地域辨识度,朴实甚至带点粗糙的话语方

[①] 林泉:《大雪地大荒野上的大风歌——杨利民话剧作品评析》,《大庆高等专科学校学报》1995年第2期。

式照应着人物豪爽豁达的性格,带来粗犷且又浪漫的艺术美感。杨利民善于使用小动作、俏皮话、别有意味的停顿等近似于小说白描的手法,凸显人物性格和内心微妙动态,尤其善于通过人物语言来创造艺术形象。同时,杨利民还善于进行逼真的细节刻画,整体的粗犷格调与细部的微观描摹有机配合和统一于一体。上述艺术设计层面的努力都在一定程度上强化了作品的可读性和趣味性,从而冲淡了观念化的成分。另外,在时间的设定上很多作品并不明确,而是标注"从前""现代""现代,或者说是昨天的事""现在,或过去不久的事情""过去与现在""历史和未来之间的一段人生"等,这样的处理造成主旨表达的普遍性意义,扩展了思想空间,提升了再解读的张力,增强了历史厚重感。当然,一些剧作的艺术处理方面也难免存在缺憾和不足,比如《大雪地》在一些情节的处理上略显直露而不够含蓄,个别地方还存在以个人激情替代人物心理逻辑和行为逻辑的问题,《黑色的石头》对于人物心理层次探究不够,《地质师》中的洛明形象塑造缺乏力度,这些都留下了探索的痕迹。由此也可以看出,杨利民具有不断超越自我的艺术决心和不断自我调整的谦逊创作状态。《大雪地》便实现了对《黑色的石头》的超越,向着人物心理层次深入和生活内蕴的开掘。还比如,杨利民以群象戏成功又极力突破群象戏的局限,早期的六场话剧《呼唤》主要以传奇性和偶然性支撑起伏跌宕的情节来吸引受众,后来的剧作开始向着散文化的"真实自然"形态迈进,散文化的倾向虽然淡化了戏剧冲突,却是以情感流向为轴线贯穿话剧整体的艺术手法,对于作家自身来说不失为一种新的审美追求和尝试。1999年之后,杨利民的戏剧题材和风格开始趋于多变,《北方的湖》《在这个家庭里》《活着,并且高贵的活着》等同时陷入了一种符号化的瓶颈,不过《秋天的二人转》和《铁人轶事》一旦回到熟悉的领域,顿时让人感到一种亲切,也让读者体味到了那种久违的曾经一贯的深沉。杨利民的这种自我超越和调整也是不断向世界戏剧传统学习的结果,《地质师》便是对古希腊"三一律"戏剧原则的成功借鉴,一些剧作还可以看出契诃夫的日常化描写方式、奥尼尔的心灵具象化描写方式,《大雪地》明显受到布莱希特"叙事戏剧"及其"陌生化"效果的影响。

总而言之,杨利民就像一块石头一样扎根于黑土地,这块石头又迸射出沉重、愤怒、欢乐的生命光彩,流露出黑土地之子的真情实感。浸润于生命之中的那种北方气质以及那种天然的黑土情怀,使杨利民成为一名优秀的荒原歌者,个性化地呈现出一种人类普遍性情感和地域化风采,细腻委婉又不过分缠绵矫饰,感喟人生又不兀自蹉跎哀伤,用熟悉的题材营造出一个开阔的完整的艺术世界。杨利民说:"我一直试图寻找一条通往人们心灵的路,而且追寻能用诗的神韵,独特的戏剧情境,把他们表现出来"[1],事实上《大荒野》《大雪地》《地质师》等作品无不如此,"一个个凝结着黑土神韵、喷发着绚丽生命价值的戏剧人物形象在他的创作中孕育而生"[2]。部分作品关注到现代社会中人与人、人与自我、人与自然之间严重失衡的问题,体现出对于回归自然的敬畏,具有生态文学研究的价值。一系列接地气的文学形象的塑造和文学空间的建构无疑是杨利民式的,也彰显着他对中国当代话剧的独特贡献。

---

[1] 冯毓云、杨利民:《寻觅心中的梦——杨利民访谈录》,《文艺评论》2002年第1期。
[2] 冯毓云:《大荒野中的老牛仔——杨利民论》,黑龙江人民出版社2002年版,第11页。

第十二章　鲍尔吉·原野

鲍尔吉·原野，蒙古族，1958年生于内蒙古自治区呼和浩特市。在赤峰市长大，毕业于赤峰师范学校。后来调至辽宁工作。出任辽宁省作家协会副主席、中国作家协会第十届散文委员会副主任等职。

1981年开始发表文学作品，20世纪90年代以不凡的散文成绩受到关注，曾被评为"90年代中国十大散文家""中国大陆十大散文家"。王鼎钧称赞其散文为"玉散文"。与画家朝戈、歌手腾格尔并称文艺界"草原三剑客"。曾获得鲁迅文学奖、全国少数民族文学创作"骏马奖"、蒲松龄短篇小说奖、人民文学散文奖、《小说月报》百花文学奖、中国新闻奖、东北文学奖、辽宁文学奖等多种奖项。2018年凭借《流水似的走马》一书荣获第七届鲁迅文学奖。

主要作品有《善良是一棵矮树》《跟穷人一起上路》《月光手帕》《培植善念》《羊的样子》《银说话》《针》等，除出版散文集《百变人生》《酒到唇边》《思想起》《掌心化雪》《青草课本》《让高贵与高贵相遇》《草木山河》《原野上的原野》《流水似的走马》等数十部外，还进行小说创作，出版有长篇小说《露水旅行》、短篇小说集《哈萨尔银碗》等。首部长篇少儿小说《乌兰牧骑的孩子》入选2021年度"中国好书"，并被评为2022年向全国青少年推荐百种优秀出版物活动入选作品。多篇作品被收入大、中、小学课本。

第一节　作品论:《羊的样子》《流水似的走马》

一　《羊的样子》

《羊的样子》属于鲍尔吉·原野的代表作,曾入选《1998辽宁散文精品赏析》(康启昌、李成汉编,1998)、《中国少数民族文学经典文库　1949—1999　散文·报告文学卷》(玛拉沁夫、吉狄马加主编,1999)、《百年中国经典散文　哲理卷》(林非、李晓虹、王兆胜选编,2009)、《经典散文读本》(采桑子主编,2010)等多种文学选本。这篇散文篇幅短小,仅有2500字左右,却最能体现鲍尔吉·原野的艺术个性和散文风格。

(一)内涵丰富。作家在以羊这种普通动物作为表现对象的书写过程中融入了自己多元的思考能力,将各种丰富内涵融会于"羊性"载体,又自由延展至相关各类事物和文化要素,极富层次感和立体感,真正达到散文应有的精妙。

作家写到羊的善良、温顺,以充满爱意、怜悯和柔情的目光注视着动物的生命体,又自然上升到生态视角及高度,使人感受到普通动物应当受到尊重的必要性,这篇作品彰显了明显的生态意识,被视为生态散文佳作。作家由"羊性"进一步引申至人性,执刀的人、不计算动物寿限的屠夫、有"天天活羊"招牌的餐馆的厨工,这些人尽显人性的随意与凶狠,当几只羊给厨工下跪,"厨工飞脚踢在羊肋上,骂了一句。羊哀哀叫唤,声音拖得很长,极其凄怆。有人捉住羊后腿,拖进屋里,门楣上的彩匾写着'天天活羊'"[①]。作家还生动辨析了释迦牟尼常用的词汇"众生",诠释了"佛性"是一种共生的权利之内涵。作家还谈及"我"所深爱的俄裔画家夏加尔,通过对其画作的观感传递出更为深层的思考,"我"看到了这些画作的多重意蕴:"在他笔下,山羊

[①] 鲍尔吉·原野:《流水似的走马》,湖南文艺出版社2017年版,第341页。

是新娘，山羊穿着儿童的裤子出席音乐会。在《我和村庄》中，农夫荷锄而归，童话式的屋舍隐于夜色，鲜花和教堂以及挤奶的乡村姑娘被点缀在父亲和山羊的相互凝视中。山羊眼睛黑而亮，微张的嘴唇似乎在小声唱歌。"①夏加尔常常画到羊，羊是释放乡愁的物象，带有隐喻的意味，"在火光冲天、到处是死亡和哭泣的《战争》中，一只巨大的白羊象征和平。在《孤独》里，与一个痛苦的人相对着的，是一位天使和微笑的山羊。夏加尔画出了羊的纯洁，像鸟、蜜蜂一样，羊是生活在我们这个俗世的天使之一，尽管它常常是悲哀的"②。作家强调：在夏加尔那里，羊成了俄罗斯故乡的象征。作家还写到一些大人物如安南、胡志明等人与"羊"的关系："宁静如羊的人，同样以钢铁的意志，带领人们走向胜利与和平。"③ 比喻富有深意，能够激发读者的想象与思考，人们在为具体可见的羊而悲悯和哀伤的同时也会思考着善良、自由、和平等问题。

总而言之，《羊的样子》涉及生死、善恶、兽性、人性、和平、杀戮等文学作品所普遍关注的诸多问题，从动物世界延展至人类世界，言语短而精却意无穷。

（二）艺术力度。以短小的篇幅如何有效传递丰富而深刻的主题内涵，这似乎是每一位散文作家在创作中需要思考的问题，鲍尔吉·原野同样如此，他的这篇短文仅仅贴合着"羊的样子"这个标题，一直围绕与羊有关的相关话题来谈，起承转合，衔接自然，"把故乡的羊的优雅，艺术中羊的灵秀，生活中羊的哀戚和思想中羊的纯洁栩栩如生地尽收文中"。④ 特别是在展现"羊的样子"时，既对羊本身进行描写，又运用对比手法，写到猪的肮脏与浑浑噩噩、牛的勇猛与天真、猴子的上蹿下跳与害己害人，还写到盲目自杀的鲸，语言虽然点到为止，也能够有效烘托和映衬"羊的样子"，自如且不事雕琢。

---

① 鲍尔吉·原野：《流水似的走马》，湖南文艺出版社2017年版，第340页。
② 鲍尔吉·原野：《流水似的走马》，湖南文艺出版社2017年版，第340页。
③ 鲍尔吉·原野：《流水似的走马》，湖南文艺出版社2017年版，第341页。
④ 王景科主编：《精美散文读本 中国卷》，山东友谊出版社2013年版，第224页。

《羊的样子》的描写和议论也简洁生动、挥洒自如,毫不拖泥带水,并且娴熟切换,自然顺畅。开篇描写"羊的样子"的文字最为干净利落,看似随意,其实围绕着一个中心思想即表现羊性的谨小慎微一面。作家这样写道:"'泉水捧着鹿的嘴唇……'这句诗令人动心。在胡四台,雨后或黄昏的时候,我看到了几十或上百个轻盈盈的水泡子小心捧着羊的嘴。"① 一个"捧"字道出全文意旨之所在,作家不说羊小心喝水,而是从水泡子视角去说羊,羊的性格特征是诗化的、极富韵味的,看似柔弱的语言表达却充满着一定穿透力。第二段作家这样写道:

> 羊从远方归来,它们像孩子一样,累了,进家先找水喝。沙黄色干涸的马车道划开草场,贴满牛粪的篱笆边上,狗不停地摇尾巴,这就是胡四台村。卷毛的绵羊站在水泡子前,低头饮水,天上的云彩以为它们在照镜子,我看到羊的嘴唇在水里轻轻搅动。即使饮水,羊仍小心。它粉色的嘴巴一生都在寻觅干净的鲜草。②

这段文字是第一段描写的细化,构建了一幅生活画面,画面感很强,又不失哲性思维。作家在十分有限的文字空间内惜墨如金,用词精当而准确,达到了掷地有声的艺术效果。接下来的几段文字以不同的方式展示了羊的谨慎特征,这些议论性文字衔接着前面两段描写,前面文字有情后面文字有理,二者有机融合。全文结尾处又回到了与开篇两段风格相似的活泼性文字,写我到街里办事的时候,尽量不走那条有着"天天活羊"或"现杀活狗"的路,又以诗句结尾,呼应开头:

> 此时,我欣慰于胡四台满山遍野的羊,自由嚼着青草和小花,泉水捧起它们粉红的嘴唇。诗写得多好,诗中还说"青草抱住了山岗","在背风处,我靠回忆朋友的脸来取暖"。还有一首诗写道:"我一回头,身后的草全开花了,一大片。好像谁说了一个笑

---

① 鲍尔吉·原野:《流水似的走马》,湖南文艺出版社2017年版,第338页。
② 鲍尔吉·原野:《流水似的走马》,湖南文艺出版社2017年版,第338页。

话，把一滩草惹笑了。"这些诗，仿佛是为羊而作的。①

文章结构严谨，丝丝入扣，可谓匠心独运。

此外，作家还运用两条线索结构全篇，一条线索是对羊的爱恋和对动物命运的关注，散发着活泛的生活气息，增强了表达的鲜活性，另一条线索是关于生灵的态度的表达和对于羊的象征意味的追寻，这个方面充满了文化的韵味。

（三）文化追求与哲思表达。小说的自由不言而喻，它可以向着戏剧性发展，向着散文化发展，向着诗化发展，而散文既是自由的又是不自由的，真实的标准使得散文的写作若想获得更为丰富的内涵和超凡的气度，一个出路便是朝着文化追求和哲思表达方向努力，在这个努力方向中如何更好地实现艺术世界的独特建构，做到形神兼备而不失思想品味，避免自我低吟而徘徊不前，这显然是很多作家所努力追求的目标。鲍尔吉·原野在《羊的样子》中十分认真地展示了他在散文作品中注入文化追求和哲思表达的能力。作品旁征博引，涉及中外各种文化知识，并将这些文化知识有机地融入字里行间，妙笔成趣，有效避免了卖弄知识的嫌疑。作家并不东拉西扯，而是做到有的放矢，娴熟地激发出文化知识对于主题的烘托和建构作用，避免了故作姿态，哗众取宠。读者可以在顺畅的阅读过程中顺利地从作家开启的思路走进一个立体的世界，在多重感受中最终落脚于人的悲悯之心，认识到这样一个道理：善待世间生灵，并不是肉食者伪善的表现，而是指向一种具有普遍意义的人类价值追求，人类只有从基本的悲悯意识的建构出发，才可以走向一直所企盼的众生平等目标，进入纯洁、自由的生命境界。

鲍尔吉·原野不喜欢高谈阔论，在《羊的样子》中以丰富宽广的联想纵横开阔地表达出人与自然和谐相处的美好愿望，也呼唤着人性的温情色彩，饱含了对于人类冷漠心灵的质疑与批驳。读者从中可以感受得到作家所拥有的那颗柔软、细腻而慈善的心，借此进入作家的心灵世界。

---

① 鲍尔吉·原野：《流水似的走马》，湖南文艺出版社2017年版，第341页。

《羊的样子》也彰显了作者畅达自然的行文风格。鲍尔吉·原野善于在单纯中呈现丰富，在通达中展示深刻，《羊的样子》便是典型代表。

二 《流水似的走马》

鲍尔吉·原野的散文作品十分丰富，《银说话》《羊的样子》《流水似的走马》等散文集给文坛吹来清新的气息，带来一抹久违的绿色，其中的《流水似的走马》一书个人风格鲜明而且独特，值得一读。全书共分四辑，近80篇散文作品，整部散文集呈现如下特点。

（一）与草原和故乡有关，是一次完整的精神之旅。如果说作家的创作多少都要与故乡有关，那么鲍尔吉·原野的创作一定是与故乡有关的。从《流水似的走马》这部散文集中我们能够深切感受到作家与草原的深度精神关联。《草垛里藏着一望无限的草原》这样写道："草原上的草不躺着，它们站立在宽厚的泥土上，头顶飘过白云。……草原上，大片的花像没融化的彩色的雪。花朵恣意盛开，才叫怒放。开花，只是草在一年中几天里所做的事而已。"[1]《凹地的青草》里的青草"像被风吹去浮土露出的绿玉"[2]，《干草》里堆积在仓房的干草"像瓷器沉静地放在花梨木的格子上"[3]，《风滚草》中描写的"风滚草"是一种草球，又叫"扎不楞"，它的疾驰状态是这样的："它身体很轻，扎得很圆，白天看上去如飞驰的豹子。"[4]作家为我们呈现了不同季节、不同类型、不同形态的草，也描写了与草有关的各种气质与状态，如草的气息、草的声音、草的颜色，特别是有关草的气息，透过文字鲍尔吉·原野让我们闻到了一种"甜味"："干草的甜味久远，仿佛可以慢慢酿成酒。"[5]"一丝丝不绝如缕的甜味，自然是小提琴的独语。"[6]还有草原上的花，如

---

[1] 鲍尔吉·原野：《流水似的走马》，湖南文艺出版社2017年版，第300—301页。
[2] 鲍尔吉·原野：《流水似的走马》，湖南文艺出版社2017年版，第298页。
[3] 鲍尔吉·原野：《流水似的走马》，湖南文艺出版社2017年版，第303页。
[4] 鲍尔吉·原野：《流水似的走马》，湖南文艺出版社2017年版，第108页。
[5] 鲍尔吉·原野：《流水似的走马》，湖南文艺出版社2017年版，第302页。
[6] 鲍尔吉·原野：《流水似的走马》，湖南文艺出版社2017年版，第303页。

第十二章 鲍尔吉·原野

《野芍药的领地》中性格霸气的野芍药、《野百合》中纯美而活泼的野百合花。还有草原上看似孤独的树,比如附带着黄羊与灰羽鹤灵魂的胡杨树,还有会让人产生无尽想象的云,还有大雨、月亮、星群、阳光、黑蜜蜂、白蝴蝶、荞麦面、牛群、马群、小羊羔、牧区的狗,这一切所构成的有声有色的草原全景图令人神往,也令人陶醉。在草原,动物具有人的灵性,大雁充满礼仪感,小羊羔天真温驯。作家在草原的书写中显然超越了单纯的写景抒情,而是用灵动而细腻的笔触深入草原人的内心世界,甚至达到灵魂深处。在作家笔下,人与自然万物深度地融合在一起了。作家肯定了动物的灵性,可以像人一样自然又能动地表情达意,又希望人应该变得像动物一样,重新找寻到纯真而诚挚的自然情感,与此同时,草原人的那种谦逊平和的性格和近乎原始的生命态度也是作家所极力肯定的。

草原是作家的故乡,更是一块魂牵梦绕的精神栖居地,作家一次次地书写这个地方,其实也是一次次找寻精神返乡之路径,作家极力靠近故乡,行走于故乡,又一次次不得不转身离开,在这里,我们不仅可以读懂草原,还可以读懂作家本人。在书中,归乡的渴望和无法最终归去的遗憾以及归乡之路的距离感不仅通过作家本人呈现出来,也通过"我"的父亲呈现出来,进城而居的父亲对于故乡的执念,充分说明故乡的具体地理坐标已经无所谓了,故乡的存在更在于作为情感原点的符号化意义。文集中的那些人和事自然是真实的,同时也是作家以自己的美好情愫展开想象的一个完整过程,每一篇或长或短的文字都是搭建与故乡有关的那方心灵空间的重要基石,每块基石看似普通却深深地抓住了土地根处,使得作家的精神原乡清晰地竖立起来,并且坚不可摧。散文对于事物的呈现自是一种在无形中表达个人立场和观点的微妙过程,同时作家还情不自禁地直接传达了一种最为真实的情愫,即与草原相融合的愿望,在《运草的马车》中,金黄的草随着地势铺向半空,"这些草仿佛已不再是草,成了一步登天的礼物。而我,闻到躺在地上的干草捆的气味,嘴里翻涌出甜味,如同我是一只羊"[①]。《索布日嘎之夜:我

[①] 鲍尔吉·原野:《流水似的走马》,湖南文艺出版社2017年版,第12页。

听到了谁的歌声?》结尾写道:"人不写作也能活着,而活着值得做的事是清洗自己,我不想当我了,想变成牧民,放牧、接羔、打草,在篝火边和黑桦树下唱歌,变成脸色黝黑、鼻梁和眼睛反光的人。"① 显然这是一种愿望,是对自我精神世界的构建,因为在现实中作家并未脱离城市人的角色而变成一个脸色黝黑的人,现实中的作家仍然是一位作家。鲍尔吉·原野的草原世界归返诉求的传达与作为一位蒙古族作家的浓重的草原情结密切相关。在一篇名为"故乡"的散文中,鲍尔吉·原野这样表述自己的情感:"对我来说,回到这里是回到了自己的精神家园,一切都熟悉而陌生。"② 于是鲍尔吉·原野不停地出版与草原有关的散文集作品,除了《流水似的走马》,还有《我们为什么热爱自己的故乡》等散文集问世,后者总共收录了描写草原、记录故乡的51篇散文,以细腻敏锐的触角书写记忆中的故乡,那里的人和事。草原故乡可谓鲍尔吉·原野作品中一个整体的意象,是重要的创作话题和思想主题之所在,抽空这些东西,作家的作品不仅大打折扣,恐怕还有文学大厦将倾的危险。

鲍尔吉·原野的草原和故乡情结是深入骨髓的,成为文学创作的重要动力,这种情结促使作家一次次置换填充故乡的一草一木,也在创造着属于自己的一种幸福,也正因此,作品中所传递和弥漫的情感元素是真切的,也是能够充分打动读者内心的。鲍尔吉·原野其实很好地在草原、作者、读者之间实现了充分的良性循环,草原作为情感原型和表达对象进入作者的梦境和笔端,达成了作家的自我情感平衡的同时也进入了读者的精神世界,以丰腴而澄澈的物象震撼和净化着读者的灵魂。鲍尔吉·原野在接受访谈时曾这样说:"如果作家能够连续不断地写故乡,而这个故乡在读者面前呈现出了丰富性、深入性和驳杂性,那么,这个文学里的'故乡'是由作家创造的并且他成功了。"③

(二)暗藏着一部蒙古族人的文化史,也书写了一部完整的民族心

---

① 鲍尔吉·原野:《流水似的走马》,湖南文艺出版社2017年版,第10页。
② 林文力主编:《中国名家经典散文集萃》,内蒙古文化出版社2010年版,第199页。
③ 青年报社、郝玮刚、张兆磊:《文化酵母》,百花洲文艺出版社2019年版,第290页。

灵史。鲍尔吉·原野对于草原和草原人民的情感自然是深厚的，这种深厚通过各种事物表现出来，同时作家又在这些表象之间注入一种更为隐秘的成分，这便是暗藏着的蒙古族人的文化史。

这种文化首先是草原文化，一切与草原有关的生命体都在作家笔下呼吸。文集的第一篇名为《索布日嘎之夜：我听到了谁的歌声？》，开篇作家便展现了民族的朴素信仰，"我们"坐在蒙古包里喝奶茶，外面响起雷声，牧民说"天说话了"，"在牧民心里，一生都接受着天之父的目光，他的目光严厉而又仁慈，无处不在"[1]。牧民们砍树时也心怀敬畏之情：

> 牧民们不砍草原上孤独的树，那是树里的独生子。他到树林里找一棵与他需要的木料相似的树。比如勒勒车的木辐条坏了，就找一棵弯度与辐条接近的树。准备砍树的人下跪，奉酒，摆上奶食糕点，说："山神啊，我是谁谁谁，我的什么东西坏了，需要这棵树，请把这棵树恩赐给我吧，并宽恕我砍树的罪孽。"然后拔出斧子砍树，砍完拖树一溜烟跑下山了。对了，砍树前，他还要掰下几根树杈示警，说："我要砍树了，住在树上的神灵起驾吧！"[2]

这种敬畏之情深植于牧民的头脑之中，成为一种带有明显标记符号的民间文化意识，这种意识笼罩下的举动便是一种最为贴近自然的方式和展示原始审美力度的动作。

《蒙古民歌八首》一文向人们展现了《诺恩吉雅》《小黄马》《达那巴拉》《牧歌》《四海》《乌尤黛》《达古拉》《东泉》八首民歌，并且用情与理相互结合的方式用优美且饱含深情的方式诠释了各个民歌的内涵和主题以及背后所表达的民族情怀。在谈及《诺恩吉雅》时，作家认为该民歌的主题写的不是马、不是河，而是远方，进一步诠释道："蒙古人和蒙古马没有家，远方才是他们的家。这首歌的旋律摇曳，像

---

[1] 鲍尔吉·原野：《流水似的走马》，湖南文艺出版社2017年版，第3页。
[2] 鲍尔吉·原野：《流水似的走马》，湖南文艺出版社2017年版，第3—4页。

灯花一样摇曳，有如诉说家史。游牧民族的家史没刻在山崖上，山崖是被他们远远甩到后面的石头。他们的家史在歌里。歌声记录的并非哪一个人的家史与谱系，它是民族史。"①

文集中还含有姓氏文化、饮食文化、服饰文化、狩猎文化等诸多方面，内容丰富，如果将文集中的所有文章连在一块进行阅读，便可以看到一部区别于正史的严肃、小说的虚构、诗歌的抒情的特殊的文化史。

鲍尔吉·原野在建构和述说这种文化史的时候是以散文家的表达方式切入文化主体的心灵层面，于是这种文化史是神秘而丰富的。牧民们砍树的敬畏之情是一种信仰，指向精神和心灵层面。这种不被外人理解的表达方式，被嘲笑为一种幼稚的表现，其实背后则是纯净而不伪饰的美好心灵，作家写道："在蒙古语里面，一切都是生灵，彼此是具有亲属关系的父亲、母亲、兄弟姐妹，尽管这些生灵的外形是空气、云彩、土壤、水或皆为晶体的盐。人只是这个大家庭中间叫作'人'的小兄弟而已。不同的语言里暗含着不同的价值观，顺着每一条语言的路都会走向不同的终点，清洁的生活产生清洁的语言。"② 在《蒙古民歌八首》一文中，作家更是以民歌透视这个民族的心灵世界，"歌声记录山的名字、河流的名字，还有比历史事实更重要的民族的集体情感，譬如遥远，譬如悲伤，譬如对父母的爱，譬如马"③。作家认为，《牧歌》这首民歌唱出了广度，即草原的辽阔与丰饶，也唱出了深度，即蒙古人崇敬天地、热爱草原的宁静的心。在《火的弟弟》一文中，可见窗外的草原和草原尽头悄无声息的山峦以及由此带来的一成不变的生活气息，蒙古人视之为一种"福气"，作家试图解释这种"寂静"，解释蒙古族人认同态度背后的文化基因，作家并未将这种文化基因描述为先天的和神授的，"他反而要在蒙古人不断迁徙、游牧、在草原的静穆与狰狞中讨生存的现实生活谱系中为其找到有力的证词"④，同时"他在这些已经凝固在蒙古

---

① 鲍尔吉·原野：《流水似的走马》，湖南文艺出版社 2017 年版，第 50—51 页。
② 鲍尔吉·原野：《流水似的走马》，湖南文艺出版社 2017 年版，第 4 页。
③ 鲍尔吉·原野：《流水似的走马》，湖南文艺出版社 2017 年版，第 51 页。
④ 李振：《"火的弟弟"和他的故乡——鲍尔吉·原野〈流水似的走马〉》，《中国现代文学研究丛刊》2019 年第 10 期。

第十二章 鲍尔吉·原野

人体内的美好品格背后发现了他们的孤独、无助、恐惧和随之而来的沉默、坚忍、勇气与豁达，写出了呈现在我们眼前的原始、朴素、谦恭、厚道所经历的悲喜交加"①，作家显然没有将草原的"寂静"生活浪漫化甚至神圣化，而是带着一种深切的关怀去关注这个群体，深入探寻生存表象背后的民族品性以及这些品性所代表的那种古朴的心灵世界。

鲍尔吉·原野在建构和述说蒙古族人文化史的时候，自然是以认同为前提的，作家的这种认同心态时刻有所流露。崇奉和认同蒙古族的萨满信仰与长生天信仰使得作家在作品中赋予草原上的万物生灵以同等的生命尊严和伦理意识，作品于是充满了辽远的意境和神性的氛围。在《我认识的猎人日薄西山》中，开篇可见一种态度："我不喜欢猎人，对杀戮的事情也没兴趣，只是想通过猎人听到罕山动物的故事"②，然而结尾处"我"的态度发生了变化，对"我认识的猎人"已心怀敬意，尤其是猎人端德苏荣以一个"有罪之人"在弥留之际对"罪与罚"的领受更加触动人心：他早已安排好自己的后事，用白布裹着身体，被人拉到悬崖下面的一块岩石上，他说想让那里的野兽吃一口他的肉，好还上债，这是他的心愿。作家就此实现了人对自然敬畏之心的沉稳表述，虽然没有讲述人对神灵、草原或山川的顶礼膜拜与热情赞颂，反而震撼着作家自己，也震撼着读者的心。这里，我们看到了一个族群从日常言语中流露出来的文化共识，也看到了他们根植于生活现实的体悟、认知与反思，更看到了作家的认同态度。认同之外也有一种深沉的理解与感悟。用来命名文集名字的那篇《流水似的走马》细致地描述了什么是"走马"，普及了文化知识，还试图贴近马的喜怒哀乐，关注了马的命运归宿。在结尾，当我得知那些老马的归宿是卖给外地人拉到屠宰厂变成马肉，"这么一想，我感到很气恼，这些赞美马的歌曲和赞词竟这么虚伪，马也没有摆脱跟牛羊一样的命运"③。不过作家最终还是化解了

---

① 李振：《"火的弟弟"和他的故乡——鲍尔吉·原野〈流水似的走马〉》，《中国现代文学研究丛刊》2019 年第 10 期。
② 鲍尔吉·原野：《流水似的走马》，湖南文艺出版社 2017 年版，第 148 页。
③ 鲍尔吉·原野：《流水似的走马》，湖南文艺出版社 2017 年版，第 95—96 页。

这种气恼:"马啊,聪明的、通人性的马啊,原谅他们吧,包括原谅他们唱过赞美马的歌,那是老祖宗留下的民歌,他们不过是为吃上一口饭而奔波的牧民。"① 作家的理解和感悟是源自一种自然的生存法则,无奈之中也渗透出一种通透的人生感悟和悲悯情怀。

当然,作家在认同的同时也产生了各种困惑,不光是无法归乡的精神困惑,还有希望得到认同的基于民族心理的那种困惑,比如在《寻找鲍尔吉》一文中"我"因名字而出现了取稿费时的尴尬,名字风波虽然不能削减自身的民族文化自信,却也难免在事件的叙述中流露出怨怒之气。当我们明显感受到作家多次提及元朝、成吉思汗时的那种自豪意识,可以有理由推断,《流水似的走马》一书集中呈现的表达方式和话语方式不光是草原风情和味道的简单勾勒,不光是普通草原人精神世界和日常生活的片段书写,更意味着一种对于一个曾经强大民族的自我地位的认同,一种民族自信心的捡拾,一种独立话语地位的构建,虽然作家是以娴熟的汉语在写作,其背后仍是挥之不去的草原情结和倔强的民族精神。

(三)文笔优美。在这部散文集中,细腻的文字和辽阔的草原达到完美契合。文集收录的作品新旧掺杂,但一以贯之的仍是文字鲜明的风格与个性,集中展示了作家的非凡的语言功力。

书中"作者的语言,充满着一种好奇,像穿过山间与平原的水流,时而奔放激越,时而平缓惆怅,但始终保持流动的姿态。这种语言,经过了严苛的时间考验,让鲍尔吉·原野的文字从传统文学时代走来,仍然能在所谓的新媒体公众号时代,让读者产生阅读愉悦感与转发的冲动"②。鲍尔吉·原野以洗练纯熟的语言将草原的真诚与诗意表达出来,更呈现出丰富而强劲的思考能力。

单从比喻的运用来看,便有独特的审美表达,极具辨识度。比如,"班波若像一棵山丁子树那样拧着劲儿长大了,脸上带着凝固的表情,

---

① 鲍尔吉·原野:《流水似的走马》,湖南文艺出版社 2017 年版,第 96 页。
② 韩浩月:《有时悲伤,有时宁静》,大象出版社 2019 年版,第 116 页。

好像是春天的冻土"①。哈扎布的歌声"像花瓣在枝头摊开手掌，像小鸟绕着松树飞，像云朵在天空欲进又退"②。形容端德苏荣的手，握手之时，让人感觉到像秋天的玉米叶子一样松弛有力。形容额博的老婆玉簪花的脸，说是布满雀斑像一个芝麻烧饼。这些比喻显然都是有生命力和生活气息的，这些喻体事物既是生活化的，又是与辽阔草原及其生活方式息息相关的。拟人化的表现文字，比如"六月的河水丰满而且轻盈，河里的水草如大辫子一样梳起来"③。这种表达激发着人的想象力，又激发着人的无限向往之情。作家用词不繁复，充分发挥了汉语的凝练和意在言外之特点。作家不是为了猎奇而勉强使用一些奇特的语言，相反是既能够做到具备想象力又能够做到自然有度，想象与现实之间贴合得法而不露雕琢痕迹。

《流水似的走马》是鲍尔吉·原野在出版了数十部作品之后的又一部散文集，是一部成熟而又风格鲜明的散文佳作。

第二节 作家论：静观草原，守望心灵

鲍尔吉·原野曾获得"当代华语最杰出自然散文作家""短篇散文之王"等多种盛誉，其散文作品文采俊美，风骚逼人，是豪放的，也是散发着睿智的，是细腻的，也是充满着童心的，诙谐而又朴实，绝妙而又本真，深厚而又鲜活。

鲍尔吉·原野能够根据不同的写作主题而变换结构，随性自在地运用不同语言风格配合主题的表达。那些指向日常生活的散文，往往能够在细枝末节与琐屑碎片中显现出生活的诗意与智慧，达到以小处见精神的境界。作家从澡堂洗澡、街头下棋等普遍现象中可以发现美的本质。拿《针》这篇短文为例，针在家庭里是一种最小的什物，作家却独具慧眼，通过各种细节赋予针以母亲的安详、善良、深沉的爱等诸多特

---

① 鲍尔吉·原野：《流水似的走马》，湖南文艺出版社2017年版，第20页。
② 鲍尔吉·原野：《流水似的走马》，湖南文艺出版社2017年版，第55页。
③ 鲍尔吉·原野：《流水似的走马》，湖南文艺出版社2017年版，第22页。

点，以朴实的语言传递出大爱无边的慈母情怀。对人的表现往往基于细微的观察和深沉的感悟，往往文中那些最熟悉的事物和人群也会表现出作家深切的生命关注和人生思索。比如《我妈的娘家亲戚》对蒙古老太太的描写：

> 我转身看，一个枯瘦的蒙古老太太，笑对着我。我真不敢信，其其格姨当年神采飞扬的样子哪里去了？她的骄傲、矜持和美丽全都被岁月淹没了。我真奇怪（我的奇怪不止一次了），那些蒙古妇女无论当演员或官员，无论进北京或呼和浩特，到晚年无一不像牧区的从未走出过艾里（村子）一步的蒙古老太太。我感慨于岁月真是风刀霜剑，把一个美丽女人的汁水全都戕尽了。我其其格姨，眼窝的皱纹和脸上的皱纹密集太多，我想就是用鞭子抽用刀砍也不会使一个优雅丰腴的女人如此沧桑。而我又高出她一头多，竟不知所措了。二十年、也许是二十五年未见其其格姨。在她家楼前，我不禁失声痛哭。①

可见作家的悲悯与怜爱，开阔的眼光与胸怀。真散文需要真情怀，真情怀才能真动人。

与其他描写草原的知名作家不同，鲍尔吉·原野生长于内蒙古，草原是他的根，赋之以灵气，才成就了一种成熟而稳健的创作。散文集《原野上的原野》（2012）表达出对草原文化的热爱与敬畏之情、对草原随性生活的眷恋之感，《草原书》（2017）为我们展示了在大草原上生活的人们的善良与温情，收入多个选本的《静默草原》一文中的那句"草原与我一样，也是善忘者，只在静默中观望未来"②，更极力浓缩着"我"与草原的距离。鲍尔吉·原野还自觉地将蒙古族民间文学资源内化到散文创作之中，将热爱并崇尚自然的情怀集中于草原这一意象和别具意味的世界，将作品中的关键词浓缩为草原和族群。他持续关

---

① 鲍尔吉·原野：《从我的梦中打马走过》，时代文艺出版社2019年版，第306页。
② 鲍尔吉·原野：《从我的梦中打马走过》，时代文艺出版社2019年版，第255页。

注着自然生态,很多作品具有强烈的生态意识,这些生态散文在民族性和地域性方面十分突出。作家强调以谦逊的姿态、共生的视角与大自然对话,又在生态书写中深刻反思了现代性所带来的弊端,时刻关注着自己族群的生活现实,借此传递出强烈的生态预警意识,批判了狭隘的人类中心主义,以有温度的人文关怀和道德感化唤醒读者的生态保护意识。

鲍尔吉·原野在作品中表达出自己对于草原的独特理解。他称呼自己的散文为游牧散文,认为过去的草原散文概念过于静态,事实上牧业的生产方式和牧民的生活方式是动态的,游牧散文这个"游"字更为贴切一些,一是说他们生产生活的主要特征,二是说他们生产生活的背影是更加广阔的,更加动态的。[①] 因此,鲍尔吉·原野立足于草原,将身心融入静默而沉稳的草原天际,静观动态的草原,实现着动态的思考,试图通过作品揭示天、地、人之间相互依存与转化的关系。

鲍尔吉·原野在对草原的展现中更加关注于语言表达的独特性。在文学创作行列中,鲍尔吉·原野本就拒绝去当羊群中那只可怜的羊,因为"它不能够像狼一样生活,更谈不上像鹰一样在天空飞翔并寻找它视野中的猎物,羊往前走的原因就是前面有羊走,据说前面有一只领头羊"[②]。于是,他强调:"你的语言一定应该是与众不同的,而且你的想法也与众不同。艺术家的想法无所谓好不好,无所谓有了好的想法和不好的想法,他应该是独特的,与众不同的,当我们说到里尔克、说到博尔赫斯、说到辛格、说到契诃夫的时候,我们都没认为他们是文学界的道德楷模,或者是维护文学稳定的写作者,我们说他们独特地表达了自己的生活。"[③] 正是基于这种文学理解,作家保持了一种有个性追求的创作样貌,产生了积极自觉的文体意识,作家早年也写诗,还写过短篇

[①] 林喦、原野:《大地上的浪漫歌吟——兼与散文家鲍尔吉·原野的对话》,《渤海大学学报》(哲学社会科学版) 2018 年第 2 期。
[②] 林喦、原野:《大地上的浪漫歌吟——兼与散文家鲍尔吉·原野的对话》,《渤海大学学报》(哲学社会科学版) 2018 年第 2 期。
[③] 林喦、原野:《大地上的浪漫歌吟——兼与散文家鲍尔吉·原野的对话》,《渤海大学学报》(哲学社会科学版) 2018 年第 2 期。

小说，然后才开始倾力于散文写作，因此文体的交融意识是明显的，其小说《巴甘的蝴蝶》曾获得"蒲松龄短篇小说奖"，授奖词中便提及"散文的笔墨"。散文中既有诗化成分，也有一定虚构痕迹，如《婚礼记》《李虎的故事》《土耳其二流子》《羊倌札木苏和烙饼的本命年生日》等，这样做的一个目的便是心灵表达与情感抒发的自由，于是让散文的"真"做出暂时让渡，然而那份"真情"一直存在。鲍尔吉·原野以非凡的勇气试图使自己的散文创作摆脱平实与平常，在追求不同凡响和别具色泽的路上越走越远，并形成了自己独特的文学表达气质，营建"闲话"氛围的同时又彰显了"独语"的智慧，简练之中意蕴绵长。

鲍尔吉·原野向外探究自然，向内探究心灵。草原风物的背后是文化肌理，文化肌理的背后是心灵奥秘。静观草原，最终是为了守望心灵。树木、青草、羊群、河水、山峦、夜色、篝火等平凡事物之所以能够在作家笔下超越平凡、有声有色，是因为它们具有一种灵性，有呼吸有脉动更有心跳，如果说作家的文字是有力量的，那便是他理解了自然万物，激活了自然万物的生命力，并让自然万物理解了人，激活了人类心灵的力量感。鲍尔吉·原野的创作提示我们：人与自然必须达成彼此深入的理解。我们在阅读鲍尔吉·原野的散文时可以找到两个角度，即浮世绘与心灵史。他善写生活中的各类人和事，不温不火，不徐不疾，各类人和事也成为人们观察社会现实的望远镜和显微镜。他的作品又以极大的热情灵动地传达着人类心灵世界的悲伤喜乐，作品选材既是有趣的又是有情的，关注人与生命，呼唤珍惜生活与友情，又藏着幽默、锐气和智慧。《吵架》《男根》《小看客》《怀里是非》《羊和羊倌》《雅歌六章》等作品不乏幽默和轻松，其诙谐性往往不是故弄玄虚的，而是以一种朴素的拙态触及事物的本质。回忆性散文《小看客》用孩子的目光观察那个荒唐的时代，以反讽手法和黑色幽默语言增强了沉重的历史感，引发读者深沉的思考。鲍尔吉·原野散文思想内容呈现的焦点是真善、宽容、博爱、淡泊等方面，既指向人性的美好，也指向人生态度的恬淡与从容。《善良是一棵矮树》《跟穷人一起上路》《看人的看法》

《慢的与善的》《积攒快乐》《诚实大美》等文无不引领读者进入文字的真与美、人性的善与恶，启迪人们的心智，体现着对于人间至真至善至美的不懈追求。散文集《草木山河》（2012）透露出"独与天地精神往来"的云水情怀，是童心、泛灵与哲思的融合体，花草树木构筑起纯净辽远的心灵世界和丰富细腻的诗意人生。从散文集《让高贵与高贵相遇》（2008）中，我们可以品味到那种孤芳自赏的坚忍与决绝。还有部分作品在书写城市景观和表达相关情感体验中彰显出对于都市生存困境的认知，又流露出并强化着对于故乡的眷恋之情。综合来看，鲍尔吉·原野的散文既关注着自然生态，又指向人们的精神生态，是写意山水画，也是蕴含哲理的精神食粮，既在自己的精神云端拥抱生活，又在拥抱和启示着他人。

　　如果说，散文"是作者的心灵和语言的探险"[1]，鲍尔吉·原野在两个方面的冒险可谓十分大胆和深入。语言方面，"鲍尔吉·原野的意义在于他将并非母语的现代汉语驾驭到了不同寻常的境界，他让语言返回到大地，返回童真"[2]。他给我们带来了新的审美经验和美学力量，在纷纭的散文流派中保持宁静从容，自领风骚。散文家席慕蓉、华文文学大师王鼎钧、著名学者楼肇明都对鲍尔吉·原野赞赏有加，楼肇明还将他视为继老舍、萧乾、沈从文之后中国最为优秀的少数民族作家之一。

---

[1] 孙绍振：《建构当代散文理论体系的观念和方法问题——在大连"散文理论创新研讨会"上的发言》，《当代作家评论》2010年第2期。
[2] 张翠：《文学与精神家园》，吉林大学出版社2015年版，第291页。

参考文献

一 论著类

白长青主编:《辽宁文学史》,辽海出版社 2003 年版。

毕宝魁:《东北古代文学概览》,春风文艺出版社 1993 年版。

曹革成:《端木蕻良年谱》,春风文艺出版社 2019 年版。

曹万生主编:《中国现当代文学史:1898—2015 上》,中国人民大学出版社 2016 年版。

丛琳:《生命向着诗性敞开:迟子建小说的诗学品质》,吉林人民出版社 2016 年版。

车红梅:《北大荒文学地图》,中国戏剧出版社 2018 年版。

陈隄等编:《梁山丁研究资料》,辽宁人民出版社 1998 年版。

陈平原、[日]山口守编:《大众传媒与现代文学》,新世界出版社 2003 年版。

陈晓明:《无边的挑战:中国先锋文学的后现代性》,广西师范大学出版社 2004 年版。

程光炜等:《中国现代文学史》,中国人民大学出版社 2007 年版。

程文超主编,陈伟军等编写:《新时期文学的叙事转型与文学思潮》,中山大学出版社 2005 年版。

[日]大久保明男:《伪满洲国的汉语作家和汉语文学》,北方文艺出版

社2017年版。

戴永新、隋清娥主编：《文学经典作品赏析教程》，中国海洋大学出版社2012年版。

董健、丁帆、王彬彬主编：《中国当代文学史新稿》，北京师范大学出版社2011年版。

［俄］弗·阿格诺索夫：《俄罗斯侨民文学史》，刘文飞、陈方译，人民文学出版社2004年版。

樊星主编：《中国现当代文学史》，武汉大学出版社2012年版。

冯毓云：《大荒野中的老牛仔——杨利民论》，黑龙江人民出版社2002年版。

傅璇琮、蒋寅主编：《中国古代文学通论　辽金元卷》，辽宁人民出版社2016年版。

富育光讲述，荆文礼整理：《天宫大战　西林安班玛发》，吉林人民出版社2009年版。

高翔：《现代东北的文学世界》，春风文艺出版社2007年版。

郜元宝：《拯救大地》，学林出版社1994年版。

葛杰、何平：《家族文化再造与中国当代散文》，广东人民出版社2020年版。

哈尔滨市地方志编纂委员会编：《哈尔滨市志　报业　广播电视》，黑龙江人民出版社1994年版。

韩浩月：《有时悲伤，有时宁静》，大象出版社2019年版。

韩明安：《黑龙江古代文学》，光明日报出版社1986年版。

韩兆琦编注：《唐诗选注汇评》，北岳文艺出版社1998年版。

何青志：《当代东北小说研究》，吉林人民出版社2002年版。

何青志主编：《东北文学六十年》，吉林人民出版社2009年版。

何宗美：《明末清初文人结社研究》，上海三联书店2016年版。

黑龙江大学俄语语言文学研究中心编：《俄语语言文学研究　文学卷第2辑》，人民文学出版社2003年版。

胡风：《胡风回忆录》，人民文学出版社1997年版。

胡志毅主编：《中国话剧艺术通史　第2卷》，山西教育出版社2008年版。

金毓黻：《静晤室日记　第1册　卷1—卷17》，辽沈书社1993年版。

金毓黻：《静晤室日记　第3册　卷36—卷53》，辽沈书社1993年版。

孔海立：《端木蕻良传》，复旦大学出版社2011年版。

郎伟：《欲望年代的文学守护》，宁夏人民出版社2012年版。

雷达主编：《新世纪小说概观》，北岳文艺出版社2014年版。

李彬：《1931—1945：东北沦陷区文学与"外来"文学关系研究》，吉林人民出版社2011年版。

李长虹：《东北作家群小说文化精神》，吉林人民出版社2008年版。

李春燕主编：《东北文学史论》，吉林文史出版社1998年版。

李春燕主编：《19—20世纪东北文学的历史变迁》，吉林人民出版社2004年版。

李鸿然：《中国当代少数民族文学史论　下》，云南教育出版社2004年版。

李云忠：《中国少数民族现代当代文学概论》，辽宁民族出版社2006年版。

李宗刚编：《多维视阈下的中国现当代文学》，山东人民出版社2019年版。

蔺海波：《90年代中国戏剧研究》，北京广播学院出版社2002年版。

刘平：《中国话剧百年图文志》，武汉出版社2007年版。

刘淑丽编著：《纳兰性德词评注》，商务印书馆2017年版。

刘铁梁、王凯旋主编，梅显懋著：《东北非物质文化遗产丛书　民间文学卷》，东北大学出版社2018年版。

卢敏主编：《20世纪中国话剧精品赏析》，中国戏剧出版社2003年版。

吕思勉：《中国民族史》，吉林人民出版社2018年版。

马力、吴庆先、姜郁文：《东北儿童文学史》，春风文艺出版社1995年版。

马学良等主编：《中国少数民族文学史　上》，中央民族大学出版社2001年版。

马振宏编著：《中国当代重要小说分年评介》，中国言实出版社 2019 年版。

梅定娥：《妥协与抵抗　古丁的创作与出版活动》，北方文艺出版社 2017 年版。

孟繁华：《新世纪文学论稿　文学思潮》，现代出版社 2015 年版。

那木吉拉：《中国阿尔泰语系诸民族神话比较研究》，学习出版社 2010 年版。

宁明编译：《海外莫言研究》，山东大学出版社 2013 年版。

牛贵琥、张建伟：《女真政权下的文学研究》，三晋出版社 2011 年版。

逄增玉：《东北现当代文学与文化论稿》，中国社会科学出版社 2012 年版。

彭放编：《黑龙江文学通史》，北方文艺出版社 2002 年版。

钱理群、温儒敏、吴福辉：《中国现代文学三十年》，北京大学出版社 1998 年版。

青年报社、郝玮刚、张兆磊：《文化酵母》，百花洲文艺出版社 2019 年版。

曲文军：《中国传统文化与现代化》，山东人民出版社 2011 年版。

任惜时、赵文增、臧恩钰主编：《东北文学通览》，辽宁大学出版社 1994 年版。

［日］山田敬三、吕元明主编：《中日战争与文学　中日现代文学的比较研究》，东北师范大学出版社 1992 年版。

萨仁图娅著，金秀梅编译：《蒙古族非母语创作研究：以辽宁为例》，辽宁民族出版社 2019 年版。

上官缨：《上官缨书话》，吉林人民出版社 2001 年版。

沈阳市精神文明建设指导委员会编：《品读沈阳》，沈阳出版社 2011 年版。

司马长风：《中国新文学史　上卷》，香港昭明出版社 1978 年版。

宋林飞主编：《江苏历代名人词典》，江苏人民出版社 2019 年版。

孙一寒：《端木蕻良传》，华龄出版社 2016 年版。

孙中田、逄增玉、黄万华、刘爱华：《镣铐下的缪斯——东北沦陷区文学史纲》，吉林大学出版社 1999 年版。

佟冬主编：《中国东北史　第4卷》，吉林文史出版社2006年版。

汪立珍：《鄂温克族神话研究》，中央民族大学出版社2006年版。

王宝琴：《青海女性作家作品研究》，上海大学出版社2016年版。

王滨、马知遥：《二十世纪中国经典戏剧研究》，中国戏剧出版社2008年版。

王宏刚：《满族与萨满教》，中央民族大学出版社2002年版。

王宏刚编：《追太阳　萨满教与中国北方民族文化精神起源论》，民族出版社2011年版。

王建中、任惜时、李春林、薛勤：《东北解放区文学史》，辽宁大学出版社1995年版。

王荣国主编：《辽宁省图书馆藏辽宁历史图鉴》，沈阳出版社2008年版。

王越：《抗战时期东北地区作家群落研究》，吉林大学出版社2020年版。

温凤霞：《现代中国诗化小说研究》，知识产权出版社2020年版。

文日焕、王宪昭：《中国少数民族神话概论》，民族出版社2011年版。

席扬：《中国当代文学30年观察与笔记》，海峡文艺出版社2014年版。

夏承焘、唐圭璋、缪钺、叶嘉莹等撰写：《宋词鉴赏辞典　6》，上海辞书出版社2017年版。

夏志清：《中国文学纵横》，上海人民出版社2019年版。

徐迺翔、黄万华：《中国抗战时期沦陷区文学史》，福建教育出版社1995年版。

许觉民、甘粹主编：《中国长篇小说辞典》，敦煌文艺出版社1991年版。

阎浩岗主编：《中国现代小说研究概览》，河北大学出版社2008年版。

严家炎：《中国现代小说流派史》，人民文学出版社1989年版。

颜敏：《在金钱与政治的漩涡中——张资平评传》，百花洲文艺出版社1999年版。

闫秋红：《现代东北文学与萨满教文化》，暨南大学出版社2012年版。

杨宾等撰，杨立新等整理：《吉林纪略》，吉林文史出版社1993年版。

杨雨：《杨雨说词　第4卷》，上海教育出版社2019年版。

么书仪等主编：《戏剧通典》，解放军文艺出版社1999年版。

姚宏越编：《地域文化视域下的东北流亡文学》，春风文艺出版社 2019
　　年版。

叶志良主编：《戏剧鉴赏》，对外经济贸易大学出版社 2009 年版。

尹郁山、郑光浩：《长白山史话》，吉林文史出版社 1998 年版。

（金）元好问编：《中州集》，中华书局 1959 年版。

詹丽：《伪满洲国通俗小说研究》，北方文艺出版社 2017 年版。

张碧波、董国尧主编：《中国古代北方民族文化史　民族文化卷》，黑
　　龙江人民出版社 1993 年版。

张翠：《文学与精神家园》，吉林大学出版社 2015 年版。

张福贵等：《文学史的命名与文学史观的反思》，北京大学出版社 2014
　　年版。

张惠林：《人性关怀与审美观照——当代文学论札》，甘肃人民出版社 2014
　　年版。

张菊玲：《几回掩卷哭曹侯　满族文学论集》，辽宁民族出版社 2014 年版。

张炯主编：《中国当代文学史》，江苏凤凰文艺出版社 2018 年版。

张毓茂主编：《东北现代文学史论》，沈阳出版社 1996 年版。

赵德利：《民间文化批评的理论与方法》，商务印书馆 2016 年版。

赵翼著，王树民校证：《廿二史札记校证》，中华书局 1984 年版。

赵园：《论小说十家》，生活·读书·新知三联书店 2011 年版。

赵志辉主编：《满族文学史　第 1 卷》，辽宁大学出版社 2012 年版。

郑春凤：《东北女作家论》，吉林出版集团股份有限公司 2017 年版。

郑丽娜、王科：《文学审美与语体风格：多维视野中的东北书写》，中
　　国社会出版社 2009 年版。

郑孝芬：《20 世纪中国的文化裂变与乡村叙事主题变迁》，中国矿业大
　　学出版社 2016 年版。

中国当代文学研究会教育学院系统分会编：《中国当代百部长篇小说评
　　析》，云南教育出版社 1990 年版。

中国第一历史档案馆编：《清代档案史料　纂修四库全书档案　上》，上
　　海古籍出版社 1997 年版。

周建忠主编：《中国古代文学史 下》，南京大学出版社2003年版。

朱德发编：《现代中国文学史精编 1900—2000》，山东教育出版社2013年版。

二 报刊论文类

安菲：《回望家园：萧红、林海音与迟子建创作的文化选择》，《学术交流》2007年第2期。

《拜阔夫传》，《青年文化》1943年第1卷第3期。

常宽：《〈赵一曼女士〉的叙事聚焦》，《名作欣赏》2017年第8期。

陈皓：《浅谈端木蕻良的小说〈曹雪芹〉》，《红楼梦学刊》2012年第6期。

陈鸿莉：《走向坚实——从话剧〈地质师〉看杨利民的创作追求》，《文艺评论》1997年第4期。

陈洁仪：《论萧红〈商市街〉四个重要的空间意象》，《中国现代文学研究丛刊》1998年第3期。

陈悦：《论〈科尔沁旗草原〉的主题意蕴》，《民族文学研究》2004年第2期。

迟子建、周景雷：《文学的第三地》，《当代作家评论》2006年第4期。

崔佳琪：《宏大·民间·审美的历史意识——解读迟子建长篇小说〈伪满洲国〉》，《乐山师范学院学报》2019年第2期。

崔淑琴：《朝向故乡的深情书写——论迟子建散文中的地域文化特色》，《当代文坛》2009年第5期。

刁绍华：《中国大地哺育的俄罗斯诗人：瓦列里·彼列列申》，《求是学刊》2001年第1期。

窦应泰：《郭沫若1921年吉林之旅》，《钟山风雨》2010年第1期。

杜晓梅：《尼·巴依科夫创作和研究中的"满洲主题"——兼论其对我国东北自然研究的贡献与价值》，《沈阳师范大学学报》（社会科学版）2016年第6期。

杜雨璇：《论萧红创作在左翼文学中的独特性》，《宁夏师范学院学报》2021年第3期。

冯毓云、杨利民：《寻觅心中的梦——杨利民访谈录》，《文艺评论》2002年第1期。

高鉴：《背叛时尚——杨利民和他的时代》，《剧本》1989年第10期。

高云球、王巨川：《论旗人作家穆儒丐在东北的翻译文学实践》，《民族文学研究》2015年第5期。

古耜：《用生命感悟白山黑水的魂脉——说素素和她的"独语东北"系列散文》，《当代文坛》1999年第2期。

关纪新：《风雨如晦书旗族——也谈儒丐小说〈北京〉》，《满族研究》2007年第2期。

关纪新：《抗战期间的满族作家端木蕻良》，《承德民族师专学报》2011年第4期。

韩传喜：《丰富的精神苦闷：〈雕鹗堡〉与端木蕻良的创作心态》，《名作欣赏》2012年第26期。

韩传喜、吴楠：《断裂与转换——论端木蕻良1942年的三部爱情题材小说》，《吉林师范大学学报》（人文社会科学版）2014年第5期。

何宗美：《"吴兆骞现象"及其经典意义——兼论清初东北流人文学的历史内涵》，《求是学刊》2009年第5期。

胡河清：《洪峰论》，《当代作家评论》1990年第1期。

胡心慧：《阿成的叙事意图与设计——〈赵一曼女士〉解读》，《名作欣赏》2017年第8期。

黄松筠：《论清代东北封禁与流人文化》，《中国边疆史地研究》2002年第4期。

贾鲁华、刘冰：《一种底层文学的书写方式——以阿成的〈咀嚼罪恶〉〈忸怩〉和〈马尸的冬雨〉为例》，《黑河学院学报》2016年第2期。

建忠：《看戏札记（一）——第七届中国艺术节部分剧目观后感》，《大舞台》2005年第2期。

金小天：《从今天向回追想》，《盛京时报》1936年10月18日。

靳瑞芳、杨朴：《试论〈科尔沁旗草原〉的深层结构》，《社会科学战线》2017 年第 4 期。

孔海立：《端木蕻良和他小说（1933—1943）中的自我形象》，《中国现代文学研究丛刊》1999 年第 2 期。

李德新、刘晓东：《清代东北封禁与流人遣戍》，《满语研究》2013 年第 2 期。

李丽：《晚清旗人的现代民族国家想象——以穆儒丐在〈大同报〉发表的文章为例》，《民族文学研究》2018 年第 4 期。

李丽：《遗民心态与新民立场——旗人作家穆儒丐 20 世纪 20 年代作品研究》，《民族文学研究》2020 年第 5 期。

李仁年：《俄侨文学在中国》，《北京图书馆馆刊》1995 年第 Z1 期。

李兴阳：《乡村伦理道德的失范与批判——新世纪乡土小说与农村变革研究》，《长江丛刊》2020 年第 16 期。

李延龄：《论哈尔滨俄侨白银时代文学》，《俄罗斯文艺》2011 年第 3 期。

李延龄：《论俄侨诗人瓦列里·别列列申》，《俄罗斯文艺》2014 年第 4 期。

李杨：《〈林海雪原〉与传统小说》，《中国现代文学研究丛刊》2001 年第 4 期。

李莹：《渤海遗裔文学的师承与流变——以王庭筠的后期诗风为中心》，《文化学刊》2019 年第 8 期。

李振：《"火的弟弟"和他的故乡——鲍尔吉·原野〈流水似的走马〉》，《中国现代文学研究丛刊》2019 年第 10 期。

林超然：《寒地黑土文学叙事的双子星座——迟子建与阿成小说对读》，《文艺评论》2014 年第 11 期。

林梦瑶：《萧红对民国知识者的批判与反省——以〈商市街〉和〈马伯乐〉为中心》，《合肥学院学报》（综合版）2018 年第 6 期。

林泉：《大雪地大荒野上的大风歌——杨利民话剧作品评析》，《大庆高等专科学校学报》1995 年第 2 期。

林喦、原野：《大地上的浪漫歌吟——兼与散文家鲍尔吉·原野的对话》，

《渤海大学学报》（哲学社会科学版）2018年第2期。

刘爱华：《〈小城三月〉：美丽而苍凉的象征》，《东北师大学报》（哲学社会科学版）2003年第6期。

刘恩波：《旷远细微幽邃之美——说说原野的写作》，《渤海大学学报》（哲学社会科学版）2018年第2期。

刘广利：《迟子建散文中的"生活美学"》，《文艺争鸣》2019年第8期。

刘国平：《清代东北流人诗歌创作的精神特质——关于创作主体文化心理结构的解析》，《社会科学战线》1999年第6期。

刘晓丽：《现代文学史上的失踪者——以伪满洲国文学何以进入文学史为例》，《探索与争鸣》2007年第6期。

刘艳：《固定人物的限知视角与限制叙事——以〈呼兰河传〉小团圆媳妇婆婆形象为例证》，《现代中文学刊》2018年第3期。

刘颖慧：《从〈上塘书〉看孙惠芬的文体"革命"》，《长春师范大学学报》2015年第1期。

刘震云：《她是迟子建》，《时代文学》1999年第6期。

刘中慧：《浅谈萧红与左翼小说之关系》，《汉字文化》2020年第S1期。

柳扬、邓海燕、江丹：《辽宁新生代作家小说创作述评》，《沈阳师范大学学报》（社会科学版）2011年第6期。

罗雪松：《家族叙事·社会分析·风俗图：端木蕻良〈科尔沁旗草原〉研究》，《玉林师专学报》1999年第1期。

马宏柏：《端木蕻良小说与中国文学的抒情传统》，《中国现代文学研究丛刊》2013年第12期。

苗慧：《论中国俄罗斯侨民诗歌题材》，《俄罗斯文艺》2002年第6期。

穆儒丐：《〈香粉夜叉〉或问》，《盛京时报》1920年4月22日—28日。

潘多：《论萨娜〈多布库尔河〉叙事特色》，《青年文学家》2017年第27期。

逄增玉：《解放战争时期东北解放区的期刊出版》，《新文学史料》2011年第2期。

逄增玉、孙晓平：《解放战争时期的东北书店及出版事业》，《现代出版》

2014年第5期。

逢增玉、张远：《〈东北文艺〉与东北解放区文学》，《晋阳学刊》2016年第1期。

逢增玉：《东北解放区文学制度生成及其对当代文学制度的预制》，《文学评论》2017年第4期。

朴正薰：《与抗战无关的两篇故事：端木蕻良的〈初吻〉与〈雕鹗堡〉》，《兰州学刊》2010年第A1期。

钱理群：《"言"与"不言"之间——〈中国沦陷区文学大系〉总序》，《中国现代文学研究丛刊》1996年第1期。

乔雨书：《心灵史与浮世绘——阅读鲍尔吉·原野的两个角度》，《鸭绿江》2021年第28期。

秦弓：《端木蕻良小说的文体建树》，《河北学刊》2001年第1期。

秦林芳：《萧红对左翼文学的融入与疏离》，《中国现代文学研究丛刊》2013年第9期。

青青、琳子：《女作家关于〈落红记——萧红的青春往事〉的对谈》，《南方日报》2014年9月20日。

秋萤：《满洲文艺批评之研究》，《新青年》1937年第5卷第12期。

秋萤：《刊行缘起》，《文选》1939年创刊号。

山丁：《乡土文艺与〈山丁花〉》，《明明》1937年第1卷第5期。

施战军：《独特而宽厚的人文伤怀——迟子建小说的文学史意义》，《当代作家评论》2006年第4期。

石国忱：《传统文化氛围中的童蒙——读〈呼兰河传〉随想》，《呼兰师专学报》1996年第3期。

史元明：《庄重地离家，轻逸地回归——论迟子建小说中的"离家模式"》，《当代作家评论》2009年第4期。

宋宝珍：《杨利民的荒野情结与剧作的形象系列》，《大庆高等专科学校学报》1995年第2期。

苏童：《关于迟子建》，《当代作家评论》2005年第1期。

孙晨晨：《〈呼兰河传〉的叙述视角转换研究》，《安徽文学（下半月）》

2018年第8期。

孙绍振：《建构当代散文理论体系的观念和方法问题——在大连"散文理论创新研讨会"上的发言》，《当代作家评论》2010年第2期。

孙苏：《难能可贵的人间情怀——从〈年关六赋〉到〈例行私事〉》，《文艺评论》2013年第3期。

孙中田：《〈绿色的谷〉与乡土文学》，《东北师大学报》（哲学社会科学版）1992年第2期。

孙中田：《山丁的乡土情结》，《学术交流》1998年第4期。

唐小祥：《当下写作如何为1990年代赋形——以〈血色莫扎特〉和〈平原上的摩西〉为讨论中心》，《当代文坛》2022年第3期。

铁峰：《二十年代的东北新文学》，《社会科学辑刊》1992年第1期。

佟雪、张文东：《〈夜哨〉的文学与文学的"夜哨"——伪满〈大同报〉副刊〈夜哨〉的文学史意义》，《社会科学战线》2012年第5期。

汪树东：《呼唤人性和生态的双重救赎——评杨利民生态话剧〈大湿地〉》，《文艺评论》2013年第3期。

王彬彬：《关于萧红的评价问题》，《中国现代文学研究丛刊》2011年第8期。

王翠荣：《抗战文学的先锋阵地——哈尔滨〈国际协报〉副刊》，《学术交流》2010年第1期。

王翠荣：《东北书店的出版经营方略及历史贡献》，《中国出版》2021年第22期。

王德威：《艳粉街启示录——双雪涛〈平原上的摩西〉》，《文艺争鸣》2019年第7期。

王富仁：《三十年代左翼文学·东北作家群·端木蕻良［之四］》，《文艺争鸣》2003年第4期。

王劲松：《流寓伪满洲的白俄"虎人"作家拜阔夫》，《新文学史料》2009年第4期。

王璐：《游牧文明的挽歌——〈额尔古纳河右岸〉的文学人类学解读》，《北方民族大学学报》（哲学社会科学版）2010年第3期。

王伟强、周青民：《中国先锋文学发轫期的后现代主义特质——以马原的〈冈底斯的诱惑〉为例》，《名作欣赏》2021年第36期。

王卫平、刘栋：《现代都市小说中的北京想象——以老舍、沈从文、张恨水的创作为中心》，《北方论丛》2007年第1期。

王晓恒：《〈盛京时报〉小说的现代性分析——以穆儒丐〈香粉夜叉〉为例》，《长春师范大学学报》2015年第9期。

王晓恒：《〈随想录〉：〈盛京时报〉时期穆儒丐真实思想的表述》，《沈阳师范大学学报》2017年第6期。

王欣：《〈商市街〉中的门窗意象和家意象》，《山海经》2016年第1期。

王亚民：《"满洲"密林的生态书写与哲学性思考——以伪满洲国俄侨作家尼·巴依科夫的〈大王〉为例》，《沈阳师范大学学报》（社会科学版）2016年第6期。

王越：《历史困境中的文学选择——论东北沦陷时期山丁的"乡土文学"主张》，《华夏文化论坛》2012年第2期。

巫晓燕：《再论草明工业小说中的精神资源》，《文艺报》2017年7月24日第7版。

吴海琴：《救赎与断裂——〈长明灯〉与〈雕鹗堡〉的比较》，《江西蓝天学院学报》2010年第1期。

吴晓东：《回不去的故乡——鲍尔吉·原野散文集〈流水似的走马〉评析》，《渤海大学学报》（哲学社会科学版）2018年第2期。

吴亚丹：《乡土　正义　人性——读梁山丁〈绿色的谷〉》，《名作欣赏》2015年第24期。

吴义勤：《梦魇与激情——洪峰长篇小说〈和平年代〉解读》，《苏州大学学报》1995年第1期。

《现时文艺活动与〈七月〉——座谈会纪录》，《七月》1938年第3卷第3期。

肖振宇：《沦陷时期的东北话剧创作概览》，《戏剧文学》2006年第11期。

肖振宇：《论"东北文艺工作团"与东北解放区的戏剧运动》，《戏剧文学》2007年第10期。

肖振宇：《民间狂欢：东北解放区的秧歌剧》，《社会科学战线》2009年第7期。

邢孔辉：《灵魂之手——论〈上帝之手〉及其他》，《阅读与写作》2009年第5期。

徐金葵：《距离的制造："洪峰"及其他——洪峰小说形式谈》，《当代作家评论》1988年第4期。

许敏：《爱情传奇中的人生悲剧——评端木蕻良的〈雕鹗堡〉》，《长春工程学院学报》（社会科学版）2010年第4期。

严家炎、范智红：《小说艺术的多样开拓与探索——1937—1949年中短篇小说阅读札记》，《文学评论》2001年第1期。

杨迎平：《论萧红小说的写意剧特质》，《文学评论》2012年第5期。

杨迎平：《〈呼兰河传〉：融汇各种文体艺术的奇文》，《山东师范大学学报》（人文社会科学版）2016年第1期。

叶舒宪等：《史诗研究：回归文学的立体性》，《淮阴师范学院学报》（哲学社会科学版）2003年第1期。

殷之：《白杨社与〈白杨文坛〉》，《东北师大学报》（哲学社会科学版）1985年第5期。

尹建民：《〈雕鹗堡〉〈长明灯〉〈红花〉比较》，《昌潍师专学报》2000年第3期。

岳玉杰：《试论梁山丁的乡土小说》，《中国现代文学研究丛刊》1993年第1期。

张碧波：《殷商、高句丽、满族"三仙女"族源神话的比较研究》，《满语研究》2000年第1期。

张丛皥：《边缘的意义——论鲍尔吉·原野的草原书写》，《鸭绿江》（上半月版）2017年第3期。

张国侠、潘金凤：《别列列申在哈尔滨的侨民诗歌纵论》，《名作欣赏》2011年第30期。

张洪波：《论端木蕻良〈曹雪芹〉艺术创作的三重视界》，《民族文学研究》2017年第1期。

张立群：《"萧红传"的历史化与经典化问题论析——兼及萧红研究的若干问题》，《传记文学》2020年第8期。

张敏：《旷野上的忧郁诗——再论〈科尔沁旗草原〉的语言特色》，《名作欣赏》2019年第11期。

张伟、李永东：《民初北京的文学想象——以穆儒丐的长篇小说〈北京〉为中心》，《创作与评论》2017年第18期。

张幸幸：《诗意、寻找与家园守望——论迟子建〈烟火漫卷〉的意蕴建构》，《佳木斯大学社会科学学报》2021年第6期。

张学昕：《短篇小说的"上帝之手"——阿成的短篇小说》，《长城》2020年第2期。

张宇凌：《论萧红〈呼兰河传〉中的儿童视角》，《中国现代文学研究丛刊》1997年第1期。

张毓茂：《评梁山丁的〈绿色的谷〉》，《辽宁大学学报》1988年第3期。

张祖立、吴娅妮：《论津子围小说人物的身份意识》，《大连大学学报》2019年第2期。

赵宏、焦宝：《明代东北文人贺钦的诗文创作》，《东北农业大学学报》（社会科学版）2016年第6期。

赵坤：《文化错动中的人生悲凉——〈小城三月〉的时空体形式》，《文艺争鸣》2011年第3期。

周惠泉：《东北古代文学研究初论》，《社会科学战线》1994年第2期。

周青民：《东北沦陷时期话剧演出活动的主要特征》，《吉林艺术学院学报》2014年第6期。

周青民：《东北现代文学研究中的开放性思维》，《楚雄师范学院学报》2017年第2期。

周青民：《从容指向生活之谜与生活之谜的悬置——评朱日亮小说〈一个人看电影〉》，《边疆经济与文化》2018年第11期。

三 学位论文类

蔡娅雯：《阿成作品中的哈尔滨意象》，硕士学位论文，牡丹江师范学院，2020 年。

曹艳霜：《论穆儒丐小说的旗人书写》，硕士学位论文，暨南大学，2017 年。

范庆超：《抗战时期东北作家研究（1931—1945）》，博士学位论文，中央民族大学，2011 年。

范昕茹：《在历史中艰难跋涉——从女性视角看萧红写作》，硕士学位论文，上海师范大学，2017 年。

高瑜：《达斡尔族女作家萨娜小说研究》，硕士学位论文，山东大学（威海），2019 年。

姜丹：《纯美良善的心灵书写——鲍尔吉·原野散文研究》，硕士学位论文，沈阳师范大学，2020 年。

李彩贺：《论迟子建小说的哈尔滨书写》，硕士学位论文，吉林师范大学，2021 年。

李卓琳：《鲍尔吉·原野散文的审美研究》，硕士学位论文，西南民族大学，2020 年。

刘英慧：《神灵在草原上舞蹈——论鲍尔吉·原野散文中的神性写作》，硕士学位论文，渤海大学，2019 年。

吕萍：《左翼文学视野下的萧红小说》，硕士学位论文，延安大学，2013 年。

马宏柏：《端木蕻良小说创作与中国文学传统》，博士学位论文，华东师范大学，2005 年。

潘美玲：《东北沦陷区文学的苦难主题论》，硕士学位论文，宁波大学，2009 年。

王肖玲：《生态批评视域下杨利民戏剧创作研究》，硕士学位论文，沈阳师范大学，2015 年。

王亚民：《20 世纪中国俄罗斯侨民文学研究》，博士学位论文，兰州大学，2007 年。

王彦彦：《20 世纪中国小说性爱叙事研究》，博士学位论文，兰州大学，2007 年。

闫秋红：《现代东北文学与萨满教文化》，博士学位论文，武汉大学，2003 年。

杨丽娜：《清代东北流人诗社及流人诗作研究》，硕士学位论文，苏州大学，2011年。

张丹：《论先锋小说中的死亡意识》，硕士学位论文，南京师范大学，2013年。

章俊：《〈额尔古纳河右岸〉语言特色研究》，硕士学位论文，华中科技大学，2018年。

赵文菲：《论迟子建小说的诗化叙事——以〈额尔古纳河右岸〉为中心》，硕士学位论文，重庆师范大学，2018年。

周青民：《东北现代文学与民俗文化》，博士学位论文，吉林大学，2015年。

周商：《论阿成作品的哈尔滨城市书写》，硕士学位论文，哈尔滨师范大学，2020年。

四 文学作品类

阿成：《赵一曼女士》，《人民文学》1995年第5期。

阿成：《蟒珠河》，《中国作家》1996年第4期。

阿成：《胡天胡地胡骚》，北京出版社1999年版。

阿成：《东北吉卜赛》，广州出版社2002年版。

阿成：《阿成自选集》，河南文艺出版社2005年版。

鲍尔吉·原野：《流水似的走马》，湖南文艺出版社2017年版。

鲍尔吉·原野：《从我的梦中打马走过》，时代文艺出版社2019年版。

[俄]别列列申：《无所归依——别列列申诗选》，谷羽译，敦煌文艺出版社2015年版。

迟子建：《寒冷的高纬度——我的梦开始的地方》，《小说评论》2002年第2期。

迟子建：《额尔古纳河右岸》，《收获》2005年第6期。

迟子建：《落红萧萧为哪般》，《文汇报》2010年5月10日第11版。

迟子建：《锁在深处的蜜》，《时代青年》2014年第4期。

迟子建：《迟子建小说》，浙江文艺出版社2017年版。

端木蕻良：《科尔沁旗草原》，人民文学出版社 1981 年版。

端木蕻良著，王富仁选编：《端木蕻良小说》，浙江文艺出版社 2003 年版。

端木蕻良：《端木蕻良文集 7》，北京出版社 2009 年版。

高彩梅：《客居在城市的玉米》，内蒙古文化出版社 2015 年版。

何庆章、蔡德禄讲述，果钧搜集整理：《黑娘娘的传说》，《民间故事选刊》1989 年第 2 期。

（明）贺钦著，武玉梅校注：《医闾先生集》，辽宁人民出版社 2011 年版。

洪峰：《永久占有》，时代文艺出版社 2001 年版。

蒋子丹：《蒋子丹自选集》，天地出版社 2018 年版。

李延龄主编：《松花江晨曲》，谷羽译，北方文艺出版社 2002 年版。

李延龄主编：《兴安岭奏鸣曲》，冯玉律等译，北方文艺出版社 2002 年版。

李延龄主编：《中国俄罗斯侨民文学丛书 俄文版 10 卷本 卷 3 兴安岭奏鸣曲》，中国青年出版社 2005 年版。

梁山丁：《绿色的谷》，春风文艺出版社 1987 年版。

林文力主编：《中国名家经典散文集萃》，内蒙古文化出版社 2010 年版。

马原：《马原自选集》，现代出版社 2006 年版。

茅盾著，四川文艺出版社编：《茅盾选集 第 5 卷 文论》，四川文艺出版社 1985 年版。

茅盾：《茅盾全集 第 19 卷 中国文论二集》，人民文学出版社 1991 年版。

穆儒丐著，陈均编订：《北京，1912》，北京联合出版公司 2015 年版。

穆儒丐著，陈均编：《北京梦华录》，北京出版社 2016 年版。

穆儒丐著，陈颖校注：《北京》，北京大学出版社 2018 年版。

《清诗观止》编委会编：《清诗观止》，学林出版社 2015 年版。

山丁著，牛耕耘编：《山丁作品集》，北方文艺出版社 2017 年版。

史铁生：《新的角度与心的角度》，北京出版社 2017 年版。

苏者聪选注：《中国历代妇女作品选》，上海古籍出版社 1987 年版。

素素：《独语东北》，百花文艺出版社2001年版。

陶然编撰：《金元词一百首》，岳麓书社2011年版。

萧军、萧红：《跋涉》，花城出版社1983年版。

萧红：《呼兰河传》，解放军文艺出版社2000年版。

萧红：《萧红散文名篇》，时代文艺出版社2002年版。

萧红：《萧红全集》，黑龙江大学出版社2011年版。

萧乾：《萧乾选集　第3卷》，四川人民出版社1984年版。

薛瑞兆、郭明志编纂：《全金诗》，南开大学出版社1995年版。

万竞君注：《崔颢诗注·崔国辅诗注》，上海古籍出版社1982年版。

汪曾祺著，季红真主编：《汪曾祺全集　9　谈艺卷》，人民文学出版社2019年版。

王嘉良等主编：《20世纪中国文学名作典藏》，浙江文艺出版社2003年版。

王景科主编：《精美散文读本　中国卷》，山东友谊出版社2013年版。

王统照：《王统照文集　第二卷》，山东人民出版社1981年版。

王万森、吴义勤、房福贤主编：《中国当代文学作品选读》，中国海洋大学出版社2007年版。

吴玉贵、华飞主编：《四库全书精品文存　18》，团结出版社1997年版。

吴兆骞、戴梓：《秋笳集·归来草堂尺牍·耕烟草堂诗钞》，黑龙江大学出版社2010年版。

杨利民：《大雪地》，《剧本》1989年第7期。

杨利民：《大荒野：杨利民剧作选》，百花文艺出版社1991年版。

杨利民：《秋天的二人转》，《新剧本》2003年第6期。

《元杂剧观止》编委会编：《元杂剧观止》，学林出版社2015年版。

张毓茂主编：《东北现代文学大系　第二集　短篇小说卷　上》，沈阳出版社1996年版。

张毓茂主编：《东北现代文学大系　第六集　长篇小说卷　上》，沈阳出版社1996年版。

张玉兴选注：《清代东北流人诗选注》，辽沈书社1988年版。

张资平：《冲积期化石》，上海书店出版社 1926 年版。

《中国新文学大系》编辑委员会编：《中国新文学大系 1937—1949 第四集短篇小说卷二》，上海文艺出版社 1990 年版。

中国作家协会创研部选编：《来劲》，时代文艺出版社 2000 年版。

周振甫主编：《唐诗宋词元曲全集　全唐诗　第 14 册》，黄山书社 1999 年版。

后　记

　　"东北文风不盛"是一种事实的存在，同时也极其容易让人产生一种定性思维，认为事实本来如此，无须再深入探究细节了，这种思维是错误的。本书是文本细读的基础上呈现东北文学最为特色的东西，结合整个地域文学发展历史和中国文学整体发展状况，探寻东北文学自身特殊的运行规律，挖掘东北作家在"文风不盛"的基础条件下顽强而坚韧的文学探索精神。

　　20世纪以来的东北文学可谓历尽风雨，特别是20世纪上半叶的东北作家，既要以百般的勇气挣脱传统文学模式的桎梏，又要在民族的土壤中面对殖民意识的疯狂渗透，摆脱束缚砸碎镣铐的过程极其艰难，为此东北作家进行了艰苦卓绝的现代化耕耘，不畏艰难砥砺前行，无论文学技艺如何，其拥抱时代而不退缩的精神至今依然散发着动人的气息。进入新时期，东北作家不仅紧跟时代步伐，关注社会变革，也在创作题材、艺术风格和表现形式方面力求多样化。21世纪以来的东北作家依然以无悔的姿态融入时代大潮。本项研究便以20世纪以来的东北文学作为研究重点，着重考察了东北作家与东北地域文化之间的内在关联。

　　在作家的选择中，兼顾了时代性和多元性，尤其是对于俄侨作家的选择，属于一种有关东北文学发展风貌和样态的新的认知与理解。在一些特殊的历史发展阶段，东北文学都显示了接受其他元素不断汇入融合的趋势，在这个过程中，东北文学实现了理念的扩容与能量的增殖。

　　由于水平和学识有限，本书的研究有太多瑕疵和不足，有待专家学

后　记

者批评指正。这个研究本身就是一个抛砖引玉的事情，只求一个目的：让更多人关注东北文学，让更多人重新认识东北作家的创作。

这本书属于为本科学生讲授的选修课程《东北作家研究》的教学成果总结，受到了"吉林师范大学教材出版基金"的资助。本书在出版过程中得到了恩师、著名学者杨朴教授的热心教诲与指导，在此表示深深的敬意！还要特别感谢中国社会科学出版社的郭晓鸿主任以及编辑老师的辛勤付出！

周青民

2022 年 6 月